网谍

舒中民 著

WANGDIE

当代世界出版社
THE CONTEMPORARY WORLD PRESS

图书在版编目（CIP）数据

网谍 / 舒中民著. -- 北京：当代世界出版社，2023.9
ISBN 978-7-5090-1749-4

Ⅰ.①网… Ⅱ.①舒… Ⅲ.①长篇小说-中国-当代 Ⅳ.①I247.5

中国国家版本馆 CIP 数据核字（2023）第 111850 号

书　　名：	网谍
出 品 人：	吕　辉
策划编辑：	刘娟娟
责任编辑：	刘娟娟　徐嘉璐
装帧设计：	王昕晔
版式设计：	韩　雪
出版发行：	当代世界出版社
地　　址：	北京市地安门东大街 70-9 号
邮　　编：	100009
邮　　箱：	ddsjchubanshe@163.com
编务电话：	(010) 83907528
发行电话：	(010) 83908410（传真）
	13601274970
	18611107149
	13521909533
经　　销：	新华书店
印　　刷：	北京新华印刷有限公司
开　　本：	880 毫米×1230 毫米　1/32
印　　张：	12
字　　数：	240 千字
版　　次：	2023 年 9 月第 1 版
印　　次：	2023 年 9 月第 1 次
书　　号：	ISBN 978-7-5090-1749-4
定　　价：	69.00 元

如发现印装质量问题，请与承印厂联系调换。
版权所有，翻印必究；未经许可，不得转载！

现实的恶意永远比想象中更幽微吊诡。

——题记

目录

第一章 起 端 —— 001

第二章 长 生 —— 032

第三章 承 诺 —— 089

第四章 粉 丝 —— 143

第五章 转 机 —— 182

第六章 鼹 鼠 —— 245

第七章 合 璧 —— 309

第一章 起 端

一

宣传部网管办技术顾问江心洲大步走出会议室，看到副部长夹着包走来，立即迎上去接过包，转身目光快速扫视室内，叽叽喳喳的说话声立即停了下来。会议是网管办召开的，在场的包括梅阳公安分局局长黎政和市公安局网安支队支队长季亚明。江心洲轻咳一声，瘦削的脸上露出主导一切的表情，会议室里一片纸张的窸窣声和圆珠笔的按压声。

"我们开始吧。"副部长抬起头，注视着整个会场。他一张国字脸，有棱有角，胡子理得干干净净，下巴泛着一种冷青的色泽。

"昨天下午，题为'网络魔女肆意掠夺孤寡老人，十多亿棺材本下落不明'的消息横空出世，被幕后黑手肆意炒作，跟帖几十万条，几乎粘贴到所有网站，并强行推上雁南官网、汉讯新闻。据初步查证，消息纯属谣言，是对我市王牌企业的恶意攻击。目前，该消息已在官网被屏蔽，但未能清除所有信息，恶劣影响仍在继续。"

江心洲学着副部长的模样，视线在一张张脸上移动，一直扫视到椭圆形会议桌的尾部，停留在季亚明背后的小苏脸上。

"这是一兜顽固的野草啊！"他戏谑地说了一句，赢得了满屋笑声。他看见小苏暂时忘却紧张,脸上浮起浅浅的微笑。江心洲扶了扶眼镜,嘴角上扬,露出雪白的牙齿。

他接着说:"因为未能及时封杀,还不知道接下来会造成什么后果。"

"这种事情,交给我们季支不就万事大吉了?"政府办副主任说。

江心洲低头摆弄着桌上的资料,没有接话。过去十几个小时的努力,被证明是无用的,失败就写在小苏涨红的脸上。

副部长开口了:"刚才,江顾问已说明了事件的复杂性,没什么可推诿的,否则,我们也就不必召开这次协调会议。市委主要领导已经下了死命令,要求彻查此事、严肃处理。这就涉及在座各位的责任范围。这个周末,你们不能休假,甚至不能请病假。黎局长,公安方面摸到什么情况没有?"

黎政抬起头,望着副部长:"对于网络的事,我没有发言权,但来之前,我了解了一下情况,信息里提到的被诈骗老人在我辖区,我已组成专案组展开调查。"

他转向身后点点头。

这时,江心洲才看到坐在后排的人,是一名女子。她穿了一身深咖色西服套装,内搭浅杏色蝴蝶结衬衫,没化妆,一头短发用一枚素色的抓夹拢在脑后。从江心洲的角度看去,她几乎完全被黎政遮挡了。

她有意让自己隐形,就像所有只显示职业特色的军人一样。她黑色眼眸闪烁着柔和沉静的光韵,双颧匀称,唇线柔和,散发着闺秀气息,几乎不像个警察。但江心洲知道,这只是生活中文静的肖可语,工作中的肖可语却是梅阳分局刑侦大队副大队长,比男人都要泼辣和拼命。他俩是发小,可谓青梅竹马,但他无论怎么表示喜

第一章 起 端

欢她,她都从来没有过响应。

副部长说:"简要报告一下,肖副大队长。"

"好,"肖可语站起身说,"专案组调查发现,老人受骗购物,跟志愿服务者没有关系,康馨集团也仅限于宣传高科技器械与养生保健的关系,没有高价推销的意思。"

江心洲再次抬起头,目光透过眼镜片直视着肖可语,稍作停留后又望向黎政。这位分局长是个前途远大的人,拥有法学硕士学位和出色的破案记录,也许哪天他应该邀请黎政吃顿晚饭。江心洲没成家,但已经自购并装修了一套新房,弄几个家常小菜还是不成问题的,再不济,他还有个朋友是一家酒店的主厨,会随时听他调用。

是的,虽然江心洲已有女朋友,也知道肖可语有男朋友,但他仍没有放弃追求肖可语的念头。他想邀请黎政夫妇和肖可语共进晚餐。豪装的新房,加上跟黎政的关系,这两样东西应该会给肖可语带去一定的心理冲击。

小苏犹豫地举起手,说:"提请注意那些推销电话……"

江心洲望向季亚明背后的小苏,没想到这个年轻人会未经允许随意插话。

"今天的主题是负面舆情。"江心洲说着,脸上露出温暖的微笑。小苏帮他做了很多事,他不能当众指责。"只要确定一切跟康馨集团没有关系,我们就把主攻目标对准制造负面消息的自媒体平台,推销电话可以另案处理。"

政府办副主任插了一句:"电话诈骗是目前的重灾区,几乎每个人都接到过诈骗电话或信息,这次也要成立专案组才行。"

"没错。但我们不考虑这类案件,因为有公安的打击电信网络诈骗中心管。我想他们可能已经立案,以前破获过同类案件,捕了

003

人，但跟这个平台没有关系。"

"江顾问说的不是负面舆情吗？"

政府办副主任才想到这个问题就脱口而出，和其他人一样惊讶地听见自己的声音。他发现众人转过头来，便吞了口唾沫，想把视线牢牢锁在江心洲身上，却情不自禁地朝季亚明的方向望去。季亚明点了点头。

"呃，舆情里提到的电话诈骗目前没有人报案。"季亚明说着，揉了揉脸颊。背后的小苏一直在佯装记录，谁都不看。

"在侦查打击方面，公安有什么计划？"副部长问。

"安排了小苏专门配合这项调查。"季亚明答道。

"我不希望公安安排一个年轻人应付了事，得有一个专班。"副部长说得很严肃。

"那就由我亲自带队。"

副部长转头看着政府办副主任。"除了侦查打击和负面舆情的处理，与康馨集团的协调也很重要，请政府办派出专人进驻，加强沟通，以免节外生枝。"

"政府办会负责好这部分工作。"

"亚明，我以为这种任务你不会亲自参加，"副部长说，露出一个微笑，"你手下有个人名气很大，在黎局那里立下过汗马功劳，我怎么没听你提起？"

"部长，"江心洲插嘴道，"那个人不熟悉这一块业务。"

季亚明的目光快速掠过江心洲，视线落在副部长脸上。副部长似乎看了他一眼，但毫无表情，眼神一片平静。他想给"那个人"解释一句，但品着江心洲的话，打消了念头。

丁杨的工作室在高高的阁楼上，与主楼隔着一道架空天桥，全

第一章 起 端

幅玻璃墙结构。同事们根据其位置和外观，特别是拉开窗帘时的模样，称之为"鸟巢"。

季亚明沿着装了栅栏的天桥向前走着，一边仰头注视紧闭的磨砂玻璃门。门上什么标志也没有，外人来到这里，一定会茫然失措——这正是他和丁杨需要的效果。丁杨两耳不闻窗外事，一心只在网上游，同事，包括老季找他也是网来网往，难得亲自光顾。因此，不论何时，天桥都是沉寂的。

今天是周末，在寂静得连灰尘落地都听见声音的"鸟巢"里，脚步声立即引起丁杨的警觉，门外站着他最尊敬的领导之一——支队长季亚明。

"他怎么来了？"疑问在丁杨心头浮起，"难道有紧急、秘密任务？"

在丁杨眼里，老季就像是一位父亲，是他录用了丁杨，也是他使网安支队成了丁杨的家。丁杨学历低，职业技术学院毕业，读书期间还因上网犯过错，但因祸得福，老季查看了他的案卷后，果断地向上级申请予以特招。

老季爱兵如子，对这个特招的年轻人更是关爱有加——其他技术员，包括副大队长都在分割成一格一格的大办公室工作，只有丁杨独拥阁楼。

有人说他偏袒丁杨，他只是以事实回击：丁杨是他见过的最聪明的新手，他决不会因为学历和资历而让丁杨沦为庸常。不到五年，丁杨成了全国公安机关最年轻的一等功臣和公安部网络侦查技术顾问。

此后，谁也不敢轻视丁杨。丁杨成了季亚明的宝贝。但丁杨也并非只会享受支队的特殊待遇，面对网络犯罪发展的新形势，不论手头有案没案，他总能主动提出一系列非常规但又十分成功的侦查方法，引起领导和同行的注意——特别是中肯精准的分析。

在同事眼里，他是个彻头彻尾的工作狂，沉默寡言，顽固地恪守着追求尽善尽美的行事风格，一双慧眼总是透出自信和剥茧抽丝的审慎。同时，他也是一个理想主义者，一个谦谦君子，待人接物显得十分简单和纯粹。

老季走到天桥的尽头，还没抬手叩门，"鸟巢"的电子门锁嗡嗡地响了起来。玻璃门往两边张开，丁杨一个标准的敬礼迎接支队长。

"我就知道你一定在这里，小丁。我有事要请教你。"

"您太客气了。季支请吩咐。"他笑了笑，将老季请到主位上坐下来。

老季四肢颀长，身高足足一米八五，肌肉超乎常人的厚实，站在丁杨面前仿若巨灵神般的存在，但今天他的神情看去弱弱的，带着求人的味道。

"您看上去似乎没有睡好。"丁杨说。

"碰到伤神的事，又不好拒绝。"老季叹了口气。

还有你搞不定的事？丁杨促狭地想。

他以前从未见支队长如此情绪低落，嘴角垂吊，两眼血丝，平日里抖擞的板寸发型居然像秋草般凌乱，挺括整洁的制服也多处显出褶皱，看样子昨晚应该是和衣而卧的。

老季轻叹一声，接着说："都是水军闹的。有个网站又就康馨集团一事纠缠不休。"

丁杨轻轻地笑了。康馨集团，全称是康馨医疗保健器械制造有限公司，专门生产中老年医疗保健器械，拥有多项高科技智能专利产品，号称这些产品能帮助老年人延年益寿，大大提升老人的获得感、幸福感，免除老年人的病痛和生命危机。

第一章 起　端

康馨集团的高频宣传引发了老年养生热，也引起了很多人反感，一些自媒体平台不断曝光负面消息。对付负面舆情，本来是宣传部网管办的事情，但网管办管网却不懂网，很多事还是要公安网侦部门处理。

"不是专门抽调小苏配合处理吗？"丁杨说。支队职责明确、分工很细，彼此很少插手对方的业务。"您老亲自登门，就是为了这事？"

老季坐在那儿，漫不经心地拨弄着手机。沉默良久，才发现丁杨盯着他看，便也盯着丁杨问："封杀一个非法网站，清除所有垃圾信息，最长需用多少时间？"

这话不应该出自支队长之口，因为毫无技术成分。

"哦……"他稍一沉吟，答道，"在侦破梅阳网络诈骗杀人案时，锁定'硅谷'虚拟外汇交易平台后，我用了大约两个小时进行封杀和清除，但那个平台外围有'绞肉机'防火墙，源代码寄存在秘密主机里，注册端口有几千个。"

老季咕哝着说："两个钟头？嚯！要是遇上设置了游离功能的平台得用多长时间呢？"

丁杨笑了笑说："如果包括追踪锁定程序在内的话，自然更费事些。"

"怎么个费事法？"

丁杨闹不清支队长问这么多是什么意思。

"这么说吧，季支。两个月前，我尝试设计了一个黑客网站，其中配置了游离技术链和攻击识别软件，搭载极速循环功能。我先使用新近颁布的追踪软件进行精准分析，然后用清剿软件进行半路拦截，借助智能数据分析模型成功锁定并清除了它。"

"用了多长时间？"

"小半天吧。"

"也就是说，再难缠的黑客网站，无论设置怎样的密码和隐身手段，利用最新颁布的两个软件，加上辅助工具，也只需要小半天而已？"

丁杨点了点头："应该是。不熟练的话，也就大半天。"

老季犹豫了一下，像是怕说出什么不想说的话似的。最后，盯看着闪烁蓝光的电脑屏幕道："你说的几个软件我都用上了……"他转头看着丁杨，欲言又止。

丁杨问："您是说，用它们对付非法网站，却没封杀？"

老季点了点头。

丁杨看起来并不担心："诊断发现新程序吗？拦截 APK 木马了吗？"

"诊断没有发现新东西，甚至没有木马。"

丁杨等着老季说出下文，可他又没话了。

"普通网站？您是在开玩笑吧？"

"但愿如此。昨天上午宣传部副部长亲自召开会议交代任务，小苏十点钟开始工作，十二个小时劳而无功。晚上十点半左右，我亲自接手处理，到现在还没有追踪到。"

丁杨惊得张开了嘴。他看了看自己的手表，又看了看支队长，问道："足足二十四个小时了，还在束手无策？"

老季欠起身，坐到丁杨的电脑显示器前面，快速地在键盘上输入系列指令。屏幕数据飞速滚动，显示进入了季亚明专用界面。接着，跳出一个黄色的对话框在中间忽闪忽闪：

12 小时 19 分 33 秒

追踪网站/平台：FZ 进行时

丁杨惊愕地瞪大了眼睛。支队长的网侦水平不容置疑，程序规范，使用的软件也高端，那就只有一种可能，这个所谓的"FZ进行时"自媒体平台防火墙强大，行踪诡秘，无法破解，无法追踪。这真是天方夜谭。

"这不可能，"他断言道，"您检查过黑客攻击识别吗？也许是您的界面遭到攻击，追踪程序出了故障……"

"安全程序运行正常。"

"那就是数据分析模型被破坏！"

老季摇着头说："技战法系统一切正常。这个平台的木马程序也十分普通。"

丁杨百思不解。他盯着屏幕看了看。支队长专用界面是他调试并维护的，如果被破坏，或存在故障，他一眼就可以看出来。"其中定有蹊跷。"丁杨说。

老季点了点头："说到了点子上。这里面是有蹊跷呢！"

丁杨有些担心地看着支队长。

支队长使用的追踪软件、清剿软件都是公安内部新近颁布的，还从未碰到过抓不住的平台和解不开的密码。普通的自媒体或者论坛，几分钟内就可以封杀，并完成电子数据勘验取证工作。丁杨瞥了一眼显示屏右下角的备用信箱，数字显示为零。

"丁杨，"老季轻声说道，"你也许不相信，不过我要告诉你，"他咬了咬牙，接着说，"我们正在追踪的这个网站模式非常罕见，和我们以前见过的都不一样。"

老季顿了顿，好像有话很难说出口："它的防火墙是一个锁扣。"

丁杨瞪大眼睛，满脸疑惑地看着支队长。锁扣？所谓锁扣不就是密码吗？哪道防火墙不设置密码呢？公安追踪软件本身就自带强大的解密功能。理论上说，所有的密码都是可解的——只是时间问题。密码也就是数理,对于超强大的计算机来说,无论多么复杂的密码早晚能找到正确的答案。"

"您能说得更详细一些吗?"

"这个锁扣解了没用,也可以说不可解。"老季毫无感情地说。

解不开?丁杨不敢相信这话竟出自一个有着十多年网侦经验的侦查员之口。

"解不开,季支?"他很不自然地问道,"克劳德·香农的大数据理论错了吗?"

丁杨在北京集训时学习了信源编码定理和信道编码定理。这是通信系统数学的基础,也是密码学的发展和继承。按照这个编码定理,计算机把所有的可能都尝试一遍,那么从数学意义上来说就一定能找到正确的答案。

老季摇了摇头:"不是解不开,而是解开不起作用。"

"解开不就开了吗?"丁杨颇不以为然地瞥了支队长一眼。从数学意义上来说,密码只有破解与不可破解两种结果。解而未开,只可能里面还有一道密码未解。

老季右手搔着额头,竟是一手的汗水。"这个锁扣是一个全新设密程序的产物,我以前从未见过。"

他这么一说,丁杨更加丈二和尚摸不着头脑。但是,老季的目光里有钢一样的东西,接下来说出的话更具爆炸性。

"这个锁扣可以一层层地解,一层层地锁,循环反复,没有终点……"

丁杨差点从椅子上跌下来:"您说什么?!"

"也许我们的追踪软件已经破解了密码,但还是只管破解下去,因为它不知道自己已经破解了密码,"老季沮丧地说,"我感觉这个锁扣被一个高智商的人操控,牵引着我们的软件不断地做无用功,宛若跌入了黑洞。"

丁杨没有了惊讶,眼里飘起隐约的浮云:"那个东西真是一个普通的非法网站?"

老季慢吞吞地答道:"货真价实。网管办江心洲移交过来的。"

丁杨不由得捏了捏拳头。网安支队掌握着最好的监控追踪软件和最好的技术人员,却奈何不了一个门外汉用网吧电脑设计的非法网站?

老季明白,已经挑起了丁杨心头如火苗蹿动般的好奇,便降低了声音:"这个网站非比寻常,发布的负面消息充满恶意,既想搞垮我市的王牌企业,又在挑战我市的网络精英。市委市政府都惊动了。"

丁杨才不关心什么挑战,什么王牌企业。他在想,最新网侦软件到底哪里出了问题:故障?病毒?什么都比存在解不开的密码这个可能性大。

老季严肃地看着丁杨,说:"现在明白我来找你的原因了吧!"

丁杨思忖了一会儿,原本凝重的脸色又变得活络起来:"一般的自媒体网站不是我的专业,对此我有常识性断层,何况……"丁杨目光谨慎地从支队长脸上离开,望着远处一条半隐在日光下的街道上走过的人群,"您不会让我去跟江心洲打交道吧?原因您知道的。"

他们是情敌,这是公开的秘密,老季当然知道。

丁杨的女朋友就是江心洲的老乡和发小肖可语。江心洲一直追求肖可语,曾经公开声称肖可语是他的梦中情人,只要丁杨和肖可语没有结婚,他就有竞争的权利。

老季想笑,但硬生生忍住。他平日不苟言笑,这是多年干侦查养成的习惯。

当支队长后，他考虑着成为一个刚柔相济、形象规划完整的领导，第一准则就是培树个人魅力，赢取同事的支持。老季清清喉咙，决定把他想说的话说出口，这会有些难堪，因此他先柔和了脸色，向丁杨表示他的话既是指令又是请求，务必多担待。

"这不是调整你的工作，也不是让你跟江顾问打交道，"老季说，"只是临时请你协助，小苏随刑侦去南都了……"网警出差是常事。别看他们整天跟电脑打交道，但不论参与哪个部门的案子，随侦而动是必须的。无数专业表现，都在路上。

"哦？"丁杨口气不善地吐出一个字，看到窗外飞过一只鸟。

"你有想法？"老季似乎有些恼怒，其实想进一步敲打一下丁杨。"我们工作的意义，并不是为了某个人，不是去证明或炫耀自己，而是为了保护弱者的权利，让人民群众过得更好！现在你干得不错，那是因为网侦是你的理想和爱好，再苦再累也干得乐意，如果安排在其他岗位呢？难道你就不干了，难道就不尽到自己的责任？"

丁杨终于收回目光，像颗粗大的钉子钉在那里，发出敲击钉子的声音："没有如果，是您看中我这方面的才能，才招录我的。"

"说起才能，难道只有你有这方面的才能？你忘了入警时我是怎么跟你说的？"

"忠诚……"丁杨明显听到自己的声音缩回了嗓子眼里，他把目光投向地面，不敢看老季的眼睛。

"对！只有良好的品质和对工作的忠诚，才能承担起这份责任，才能在经历过掌声和磨难之后，负重前行。你也不是新警了，你应该明白，我们工作的动力，不是激情和冲动，而是职责和使命！"

丁杨的脸涨得通红，他想起入警宣誓后唱的那首歌，歌的旋律半浮在阳光和水汽之间。季支对他的偏爱太多太久了，就像一个受宠溺的孩子忽然被大人胖揍了一顿之后，才明白自己闯了祸一样得受到处罚。片刻之后，他重新挺起了胸膛，目光坚定地看着支队长："我不会让您失望的！"

"你明白就好，这既不是为江心洲做事，也不是还蒙兰兰的情。"

蒙兰兰？丁杨脑子里又升起无数个问号，想问问为什么，却停了下来，然后又想再度开口，最后终于放弃想说的话，从老季手里接过追踪非法网站的优盘。

二

"爷爷，我来了，开门呀！"

肖继中从沙发上撑起身子，拄着高科技手杖颤颤地往门口走。他戴着骨传导技术助听器，耳尖得很，而且心里一直牵挂着这个女孩，希望她陪着说说话，捶捶背。

打开门，面前站着个二十岁出头的年轻姑娘，穿着一件白色镶粉红边的薄呢制服连衣裙，一双时下最流行的小白鞋，搭配同样白色缀粉色蕾丝边的棉袜；标准的瓜子脸上，薄薄施了一层散粉；最动人的还是那双眼睛，仿佛会说话似的，溢满欢喜。

她张开双手，给老人一个大大的拥抱，脸颊贴了贴他的脸颊，接过拐杖说："爷爷，盈盈回来了！"她牵着他往屋里走，说："爷爷，风凉着呢，别感冒了。"

盈盈甜甜地笑着，关上门，让老人坐下，随即从携带的包里取出一副硅胶手套戴上，开始帮着收拾屋子，手脚不停地忙活起来。

老人心里又是欢喜又是忧凄。盈盈是个志愿者，不是亲生孙女,刚来时,他有些不放心,不让进门,说:"姑娘,我不认识你,走吧。"但姑娘告诉他:"您放心,我是老龄工作志愿者,来给您送温暖的!"

老人琢磨着,志愿者好啊,电视上经常有这样的报道呢。但也担心她上门来强行做有偿服务,就把话挑明:"盈盈姑娘,谢谢你的好心,我没有钱,付不起工资的。"

盈盈说:"爷爷,我不要您的钱!我只要照顾好您,让我在志愿者协会有个好成绩。如果我哪儿做得不好,告诉我,我立马改正!"老人打消了猜疑,这姑娘真是一个志愿者,自己真有福分,儿子肖谦在国外工作,家里就他一个孤寡老头,国家给他安排一个志愿者义务照顾,如今这社会真是越来越好了。

开始的时候,盈盈每周来三四回,有时甚至每天都来。一进门,脸上就笑开了花,手脚也很勤快,帮老人洗衣、烧开水、搞卫生,帮他做饭、炒菜,帮他掏耳朵,用药水帮他泡脚。老人身体不适,带他上社区诊所,天气好时,逛公园散步赏花,时不时讲些笑话,逗得老人像个孩子似的手舞足蹈。

老人孤独,喜欢聊天,常常讲起自己年轻时候的趣事;盈盈偶尔也跟老人聊自己的生活和工作,他知道盈盈刚职院毕业,在一家叫康馨集团的公司上班,参加了康馨志愿服务协会,协会组织了一项给孤寡老人送亲情的活动。

知道了盈盈志愿服务的内容,肖继中安然地接受了她的照顾和关心。

跟他聊天时,盈盈双手并不闲着,帮他按摩肩、按摩脖子、按摩头部,按得他舒舒服服。遇上过节,还提来礼物,陪他一块儿过。

邻居们都夸他有福气,儿子不在家,来了个比亲孙女还亲还孝顺的志愿者,他脸上写满了幸福。老肖原来是设计院的工程师,是个电脑迷,只要儿子有空,两人就在网上视频通话。肖谦在国外,最放心不下父亲。他曾以帮忙办理出国手续为条件,嘱托表兄弟达一路照看父亲。达一路虽然不时去看望,甚至在他家住过小半年,却跟父亲相处得并不好。现在家里有了一个乖巧可爱的志愿者"孙女",父亲受到悉心照料,他悬着的心终于落了地。他还在视频里跟盈盈见过面,不动声色地观察、敲打过她,感觉她不但长得漂亮,而且很勤快,很阳光,也就放了心。

盈盈这么勤快又这么可人,时间一长,肖继中有些离不开她了。一天不来,第二天就会数着时间等她的脚步声;两天不来,他就心里忐忑,以为盈盈发生了什么事情,或者自己什么地方得罪了她,暗暗地在内心检讨自己的言行。

他不缺钱,尝试着买了些姑娘喜欢的零食,但她总是不吃,反而都让他吃了;他还试探着要给她买衣服,但她坚决不要。几个月下来,姑娘啥也不图,没花过他一分钱,反倒时不时地带菜带水果,为他花费不少。

随后,盈盈不来时,有个姑娘时不时地给肖继中打电话,竟然还知道他的QQ号码,要加他为好友。他以为是盈盈,非常欢喜地跟她聊。姑娘声音柔婉,讨人喜欢,开始的时候,像盈盈一样对他嘘寒问暖。但没两次,便露出了狐狸尾巴,她开了家网店,专卖医疗保健器械。她在电话里暗示,如果不买她的产品,志愿服务很难继续下去。

肖继中想了很久。他已经辨识出电话里的姑娘并不是盈盈,尽管对方并未肯定或者否认,但他有些怀疑是盈盈指使的,是盈盈的意思,只是她不好意思说出口。

他没有跟盈盈说电话的事,只是不动声色地观察她,发现她近日不再欢欢喜喜、跳跳蹦蹦，而是愁眉不展。盈盈这副样子，老人看了揪心，问她原因，她却不说。

老人试着看了看电话姑娘提供的商品，都是些高科技的医疗保健器材，比如骨传导助听器、全能拐杖、调温水床、高纯净水器等等，养生功能被说得天花乱坠。他试着跟盈盈聊这些产品，谁知盈盈对产品的性能和使用方法十分熟悉，并说这些产品蕴含的高科技成分对老人身体非常有益。

老人自以为心知肚明，便动了购买的心思。他原来工作的设计院效益不错，送儿子出国后仍小有积蓄，现在退休工资也不低，儿子还常常寄钱过来，名下存款挺丰盈的，他不缺钱。于是，他试着买了一副骨传导助听器，效果很好，又买了一根全能拐杖，很称手。

虽然价格有些贵，比市面上的同类产品翻了好几倍，甚至十几倍，但他看着每当有产品买回来，盈盈那如花绽放的面容，觉得值了。

后来，电话姑娘还是不断地给他打电话推销产品，盈盈时而忧郁，时而开心，肖继中虽然没问，也没有说破，但自以为掌握了窍门：盈盈除了搞志愿服务，还有一份推销工作，如果她不能完成公司分配的销售任务，怎么能来陪伴他呢？

经过这段时间的亲密交往，在老人眼里，除了远在国外的儿子，没有人比盈盈更让他心疼的了，他甚至觉得儿子还不如盈盈对他好。

为了让盈盈高兴，肖继中狠狠心，花十多万买了一张高科技水床，水床可以通电，冬暖夏凉，还可以按摩，老人自打睡了水床，感觉不但睡得安稳，精神也好多了，于是对这类高科技保健产品更加喜爱。

接着，他继续买了一个"睡得香"枕头，一副"嚼得动"假牙，一台舒缓按摩器……老人用着这些东西舒心，看着盈盈的笑脸更舒心。只是，这一系列产品买下来，银行卡上的数额越来越小，甚至需要开口向儿子要钱。

肖谦觉得很奇怪，怀疑父亲是不是得了重病，却不告诉他，就打盈盈手机。盈盈却说，爷爷挺好的，不用挂念，还让他放心，她会照顾好爷爷。

正是温馨而反复的四月天，奶油般的细雨收脚后，汉洲的天空终于绽露明丽的阳光。气温回升，玉兰和海棠竞相开放，人们纷纷走上街头，空气中洋溢着一种实实在在的喜悦感。丁杨坐在附楼"鸟巢"里，手指浮雕般地浮在电脑键盘上，两眼紧盯着显示器，连发际线上都爬满了惊讶。

一定是什么地方出了问题，否则，光标不会长时间像皮球似的弹来弹去。但他只愣怔了一瞬，便兴奋起来，大脑飞速地转动着，那根较真的弦越绷越紧。从刚才的诊断分析，这个"麻烦"网站的设计者，不会是一个普通的黑客。

此人极讲究程式漂亮，几乎把密码当成一门艺术，每一道工序都表现出精湛且独树一帜的技艺。他从不使用口令，也未设置身份验证，唯一的武器就是密码框。但那个框里的程序设置得机智而大胆，让人充满好感，而不是敌视。

奇怪的是，丁杨对此人的手法似曾相识，却感觉对方像一条真正的变色龙，不但编制手法多变，而且能像出色演员一样，不仅骗过他的肉眼，还避开他的心眼。更令丁杨疑惑的是，国内相关网络技术他都接触过，如果有人借助那些技术搞出这样的网站，他理当可以识别。但种种迹象表明，此人不仅掌握着最前沿的算力技术，而且十分熟悉国内网络侦查的常用软件，采取了变态的方式予以应对。

制造"麻烦"的网站有一个迷惑人的名称——"FZ进行时",相当于一个自媒体平台,设置了留言栏,可以转载新闻消息,发布评论,接受点击和留言讨论。

"该网站没有正常注册,更没有纳入机构管理,属于非法平台。近日,它针对康馨集团,制造谣言,发布负面信息,对企业的慈善活动和志愿服务颠倒黑白,产生极其恶劣的影响,严重败坏我市王牌企业的声誉。"

丁杨的脑海里不断回响着支队长季亚明交代的话,但他的思绪并没有放在对"王牌企业"的保护意义上。他一直回避着那个"王牌企业",那里有他一份伤心的痛。

他努力诊断着这个网站的加密方法。他的工作就是对付网上的非法活动,决不相信有破解不了的密码。不论是论坛,还是自媒体,都源于某个IP,这是克劳德·香农的大数据理论。他觉得自己像个面对菩萨的无神论者。

该网站前十的文章都谈到康馨集团,有的直指集团医疗器械技术来自剽窃,有的说所谓的慈善隐含着更大的阴谋,有的说志愿服务其实是推销——诱惑式高价销售。他用鼠标拉动网页,扫视着文内章句,反复将目光停留在"魔法鹦鹉"一词上,对评论里说的曼妙女声来自"魔法鹦鹉"感到莫名其妙。继续下拉,反复查看留言,众说纷纭,包含了上千条猜测、谩骂和评论——这无疑发布了封杀自己的檄文。

"传播之广泛,用心之险恶,触目惊心……"老季用他那嘶哑浓重的汉洲口音做出结论,然后转身推门离去。风从门缝吹进来,带着春的清新和芳香,仿佛青春往事。

那段往事,肖可语并不知情。丁杨也不想让她知道,自己心痛

第一章　起　端

的事，何必让心爱的人担忧呢！他拨打肖可语的手机。她已经知道他在干什么——机灵先生随时向梦幻小姐通报工作。反正都是警察，没什么可保密的。

"我看过新闻，'魔法鹦鹉'是一种幼儿玩具，一种电子产品。"肖可语在电话里说。

"电子玩具？"

"录入父母或者保姆的声音，然后它就能模仿发出他们的声音，用以逗幼儿开心。有的还可以智能生成，更好地起到照看幼儿的效果。"

"小儿科，"丁杨说，"这种智能应用倒是不足为奇。问题是，它跟'诱惑式高价销售'有什么关系呢？"

丁杨似乎听到肖可语"哼"了一声。

"它不是发出曼妙女音吗？"手机里传来柔婉的歌曲。

丁杨顿了一下。

"你是说通过声音起到诱买的效果，像中了魔法一样？"丁杨问道。

"大概吧。"

丁杨翻了个白眼。跟肖可语交往后，每每谈到网络知识，翻白眼几乎成了他的习惯性动作。不过，欣慰的是，通过他的教导，肖可语这个电脑盲已经大有长进。

他调出诊断和追踪程序，对其进行高配置编写，重新启动。

"越是智能的东西，越讲求简洁，"肖可语说，"就像你教我的那些口令。"

丁杨心下一惊，屏幕发生了变化——他自主编写的软件追踪到一个邮件地址：

"Srclm&ls4f8"

这个邮箱搭载在一个匿名账户上，但丁杨知道它的真实身份不久就会水落石出。追踪程序会进入非法网站邮箱，最后将它的真正联络地址信息发送回来。

如果一切顺利的话，这个信息会帮他找到网站源代码，然后找回密码。如此，他的任务就算完成了，辟谣包袱就可以退回给网管办的江心洲。江心洲才是清除谣言的责任人。

丁杨又仔细看了一眼地址，然后将其输入相应的搜索框里。他不禁笑出声来，支队长在追踪非法网站时竟然还会遇到麻烦。很显然，新旧两个追踪软件他都使用过，但两次追踪都误入了连环锁扣的陷阱。支队长犯了一个简单错误，丁杨想。或者很可能把两个程序的数据字段弄混了，使得追踪程序受到错误账户的欺骗。

丁杨再次摁下"Enter"键，电脑"嘀"的响了一声。

追踪程序已发出。

丁杨轻呼一口气。他为自己对支队长心生轻视而感到内疚。如果有人能包容他犯错，那一定就是支队长季亚明。老季总是能不可思议地从他的小过失里找到闪光点和优秀品质。

老季识人辨事思维敏锐，有自己独到的见解。去年，丁杨未经请示参与侦查梅阳分局的网络诈骗案，并差点成为犯罪嫌疑人，有人建议开除他，至少停止执行职务。

老季跟局长说，丁杨去梅阳是报告过他的，所有责任由他一人承担。事实证明，所谓丁杨的犯罪嫌疑纯属子虚乌有，梅阳网络诈骗案的侦破，全凭丁杨的技术和智慧。案件惊动了国家最高层，公安部向汉洲发来贺电和嘉奖令，并安排丁杨到北京集训了半年。

"情况怎么样？"支队长打电话催问，"有突破吗？"

丁杨用键盘的敲击声作为回答。

"怎么回事？"

"刚才编制新软件花了些时间。"

"传统软件让你无功而返?"

"也不是完全无用,至少排除了一些假命题。"

"说说看?"

"我通过回避目标的智能通信系统,斩断了你说的连环锁扣,原软件弥补了安全保障漏洞,新软件对起始站点发起了攻击……"

"太好了!"老季顿了一下,"然后呢?"

"进入目标的一个附加邮件链接。"丁杨一边猛烈地敲击快捷键一边回答,"破除了网站导引,找到一组留言区的源代码。"

"是关于'魔法鹦鹉'的吧?"老季问。

"不能肯定,看起来像个链接枢纽。"

"那一定是谣言的源头,破解并揭露这个阴谋,一切便迎刃而解了。"老季说,"领导说了,找到真相,可以直接发布到网上。"

丁杨不假思索地蹦出一句:"不用再跟江心洲联系做解释工作了。"

他设置了一个自动存储文档,并与相关新闻发布网站连通传输接引。追踪软件抓捕的信息会自动进入文档,然后点击图标,就会自动发布到相关新闻网站,但他心下明白,严格说起来自己并没有发布新闻信息的权限。

丁杨一边盯着屏幕,一边向季亚明汇报:"'志愿服务者引诱老人高价购买产品'被封杀。"

"该你的清剿软件起作用了。"季亚明说,"接下来,应该是编制假网站,发布假新闻……"

"嗯。只是他自身就是虚假网站,却要编排别人的虚假性,这种白痴谣言到底要糊弄谁?"丁杨撇撇嘴,语气颇为不屑。

"你猜。"

两人同时在手机里说:"网管办。"然后大笑起来。

"网站源代码出现。"

季亚明轻"嗯"了一声。

"好,五分钟后我要参加一个会议。我会把手机设置在保密状态,随时接收你的信息。"

丁杨闭上双眼,集中注意力,在脑海里逐项核对检查,然后把自己加工编制的清剿软件配置到位。他说:"一切就绪。"

屏幕跳出老季的信息接收箱:"收到。"

手机进入静音。搜捕和清剿软件加快了攻击。自称"FZ进行时"的网站时而模糊,时而清晰,浮现出对抗的图像。这是个狡猾而高傲的对手,这是一份最出色的杰作,丁杨能感受到不一样的刺激,不一样的战栗。链接枢纽建立了一个关系网络——一种可变因素之间相互作用的假定模型,包括"魔法鹦鹉"、假网站,以及源代码。使用者输入任何一个信息,随后的留言讨论就会生成更多链接。

丁杨用了很大努力收回视线,端起咖啡喝了一口,内心的激动引起眼皮微微颤抖着。

再过半个小时,所有密码都将破解,清剿完源代码,他的任务就算完成了。回复支队长,清空内存,他就可以恢复正常工作。他更喜欢跟网络犯罪嫌疑人打交道,而不是清剿负面消息,跟舆情打交道。但是,这次季亚明被赋予的责任十分重大,令他负担沉重。

室内除了电脑主机的呼吸声,听不见一丝声响。丁杨查看优盘上的指示灯,中间一点绿色。软件运行正常。他决定待会儿去找肖可语,一起去悦荟商厦度过晚上的时光。肖可语说过多次,想去悦荟享受"一条龙"消费、购物、游乐、吃饭,他想在每个环节上都让肖可语和她的儿子奇奇尽兴。也许……

第一章 起 端

"搞什么……"

丁杨抓住鼠标,打开自动存储文档,嘀咕道:"'魔法鹦鹉'的同声翻译和录音资料?难道真有一个这样的后台程序?"

电脑发出静默的电流声。丁杨的视线扫过一个又一个文件。不错,是"魔法鹦鹉"发送的录音资料,发送时间、时长都一清二楚。点击播放键。曼妙的女声流淌出来,娇柔、婉约、甜腻……丁杨浑身泛起一层鸡皮疙瘩。

"靠!"丁杨打开另一个文件,"志愿服务培训指南""语音档案""服务指导方案"……他一目十行地读下去,语音内容跟文件里的服务指导方案几乎一模一样。

"这一定是自媒体平台伪造的内容,以此蒙蔽网民。"他想,"我得把情况向老季汇报。"

他拨打季亚明的手机。

"您拨打的电话不在服务区!"

会议室信号屏蔽?丁杨检查了一下老季的信息接收箱。信息在源源不断地输入。老季应该已经掌握了这边的情况,没有回复,那就是默许。

"假网站"的源代码被清剿出来,刷单信息……

可恶!声音、信息,对消费者确实构成强烈的诱惑力。清剿它、揭露它!丁杨第一次察觉到做好这项工作的荣誉感和责任心。他继续拨打季亚明的手机,心里祈祷支队长能接听电话,或者回复指示信息。虽然老季有让他直接发布信息的指示在前,但他仍想再次确认,汇报没有错。任何一个领导都不会喜欢自作主张的下属。但是,任何一个领导也都不会喜欢凡事反复汇报的下属。总之,两难。

"鸟巢"隐藏在午后的白光里。寂静中,丁杨听到了很多声音,但都不那么真实，如花海里徜徉的蜂群，虽然劳碌却收获了甜蜜。老季是怎么说的："破解并揭露这个阴谋。"

接电话，老季，告诉我你时刻关注着自己的信箱。里面都是些恶意的负面消息。

触目惊心，犹如观看山洪暴涨引发的泥石流。

丁杨暗叹了口气，开始执行程序。转瞬间，锁扣成功破除，网站崩溃，"鸟巢"里闪烁起一点微微绿光。云开天霁，碧波荡漾的水库等待着开闸泄洪……

然后，丁杨抓着鼠标，箭头移来移去，双击桌面上的图标，从非法的 FZ 进行时网站破解出来的信息，洪水般泄向公共网络。"热点新闻"栏目首先反应过来，在头条位置挂出标题"震撼！'FZ 进行时'属非法网站，谣言工厂终遭封杀"。接着，汉讯新闻秒转。

他紧盯着新闻主页。激动人心的时刻终于到来，"FZ 进行时"网站封杀新闻以秒刷的速度更新，套红加粗，发送在最醒目的位置。

他紧盯着新闻主页。寂静再度袭来。在这短暂的片刻，在网络的汪洋大海里，网民的道德责任感掀起正义的巨浪，网络的集体智慧神秘运转，完美地诠释着新时代公安群众工作。

这是个普通的仲春下午，难得梅雨暂歇，春阳像花一样开放，连"鸟巢"里的空气都闻起来带着丝丝芳香——这是他跟肖可语周末踏青闻到的味道。突然间，丁杨想到，也许操作这一切的根本就不是他，也许只是印证了再简单不过的新闻传播原理：吸睛吸金。

他依然紧盯着新闻主页，纷至沓来的标题红黑交替，仿佛无情的泥石流将他淹没。

第一章 起 端

三

"嗨，小丁，你的信。"走过秘书科的时候，丁杨被里面的人叫住。

这年头居然还能收到信，丁杨纳闷儿。"哪儿发来的？不会是广告吧？"他随口问了一句，接过一个米黄色的信封。

"不知道。"秘书科长答道，"没有落款，没有邮戳。"

丁杨的心怦怦剧跳着，封首"内详"两个熟悉的花体字已经勾起他所有的回忆。他把信收进衣袋里，随后下了楼。

仲春的公安大院繁花似锦，绿意盎然。丁杨沿着蜿蜒曲折的小径走了好一会儿，才在大楼后花园找到一条树荫下的长凳。

这里只有他一个人，他怀着忐忑和好奇启开信封。

亲爱的杨杨：

让我再这样叫你一次吧，也许这是最后一次。

我不再抱什么幻想，我知道你在远离我。

对我来说，分别只会加深我对你的思念，我希望你也能想念我一点点。

我在等你，杨杨，想和你在一起。

我想告诉你，对我来说，你加入康馨的那段日子，没有什么比我们在养老院一起度过的时光更有意义。我们谈论书籍、网络、音乐，创造属于我们的世界。

我想告诉你，那个广场上大雨不期而至的下午，我们两人一起跑进环卫棚里躲雨。那一瞬间，我感到一阵慌乱，同时也被你深深

025

吸引,我想你一定也是,我们都有些手足无措。我知道那天我们差一点就要亲吻。你没跨出这一步,是因为你是君子,懂得尊重女性,你不想像"其他人一样",只是轻浮地追求美女。

但你不知道,如果那天我们亲吻,我会带着欣喜离开,无论未来的日子是风雨还是阳光,我都满怀希望,因为我很喜欢你。我知道那个吻将长久地伴我走到任何一个地方,像份温暖的记忆,在我孤独时给予安慰。人们常说,最美的爱情一定是还没来得及去体验的那一场。果然,甚至我们还没来得及接那个吻……

此刻,我们就像两个隔河相望的人,只是偶尔在桥中间相遇,每当我闭上眼睛,等待你的牵手,你的脚步却已去了对岸。即便如此,我脑海里全是幸福的画面,阳光、歌声、会心一笑,令我刻骨铭心。

我不想让这一切溜走。

我一直在,杨杨,在河的对岸。

我在等你。

我知道你害怕跨过那座桥,

但给我一点希望吧。我不要你的承诺,只要——你一句回答。

我只要一点点你的音讯。

现在有个机会让你把音讯传递给我:这里有两张文化娱乐中心的门票。这是我的开场演唱会。如果你觉得我们还有未来,请在会后,到后台找我……

爱你的兰兰

丁杨抬起头,拿着信笺的双手控制不住地微微颤抖,太意外了。

第一章 起 端

  他看看四周,生怕别人看出他的激动。他本来还有很多工作要做,但现在这个情形,已经做不了了。于是,他离开办公区,搭乘地铁去市中心的图书馆。

  丁扬坐在车里,任凭思绪在蒙兰兰的信带给他的惊讶和回忆里沉浮,久久难平。他从来都不是一个受人关注的男孩,也不会每天都有人这么关注他。他和蒙兰兰的相遇十分平凡——他参加了她组织的康馨志愿服务协会。她是热心的组织者,他是最醉心于志愿活动的成员。那时,他们都走在拼命奋斗、不甘平凡的路上。

  他们在散发着文人不羁气息的魏源广场义卖。

  他们在繁华的交通路口劝导行人,宣讲交通法规和文明礼仪。

  在养老院,他们陪伴孤独的老人,童心大发,像孩子一样手拉着手唱歌跳舞。

  在重大节庆活动上,他们像交警、环卫工一样做好服务,尽一份力。

  最初,他们只是活动时在一起;然后,空闲时相约。他弹奏吉他,她即兴唱歌。他发现她歌唱得很好,却不知道她本来就是一名歌手。他工作很忙,她应酬很多,但每当在一起,他们就是天地间的唯一,周围的世界转而退成舞台上的一个布景。

  她很迷醉与他在一起的感觉。所有人都认为她乐观而且坚强,只有他理解她的脆弱,明白她内心的迷茫。但好景不长,有人知道了他们之间的事情,有人明里给他警告,有人暗地干预。他耐不住好奇心,暗暗调查她的身份。原来她是康馨集团总裁的独女,是一个歌手,还有种种秘密……她忙,她天南地北地飞,是排练、演出,是为一炮而红做准备。

  他理解她的处境,明白她精神上的苦恼。

  但他最终选择了退却。其实退却让他缺氧,不过,她的身份和她背后的势力，有理由让他感到自卑，甚至恐惧……他知道自己无法给她幸福，害怕置身其中后的暴风雨。

他一味沉浸在自己的思绪中，不知不觉竟坐过了站，只好掉头走回去。他在图书馆坐到打烊，一直没有下定决心是不是去参加那场激动人心的演唱会。

那年夏天，两人都心存希望，并雄心勃勃地去实现梦想。他们的经历如走马灯似的晃过，眼前、心头都是挥之不去的回忆。蒙兰兰的努力和背后的财富，终于让她走到了舞台聚光灯的中心，即使她有心找回那份爱，也估摸不到跟丁杨的距离。

丁杨透过虚拟世界看生活，生活因而变得不凡而触动人心。网络陪伴着他全部的生活，只有侦察破案能把他从失恋的痛苦中拯救出来，抚慰他的失落和忧伤；也只有那些亲手编制的软件丰富着他的想象，细腻着他的思维，让他不再彷徨。

就这样，四年，转眼过去……

盈盈没来的时候，老人就一直坐在门前的躺椅里，看树梢和蓝天。看着看着，他就睡着了。他盖着一床薄毯，只露出凌乱而花白的头发。他的姿势很奇特，是那种曲起了一条腿的卧姿，像一只正在挣扎攀爬的壁虎，嘴巴不停地张翕，仿佛跟人争吵着什么。

显然，老人又做梦了，还是同样的梦。梦里有盈盈。她陪着他在一座礼堂里，参加养生医疗知识巡回讲座。少女和老人，围着数十种医疗保健器械。时而静如幽谷，上千人屏住呼吸；时而人头攒动，欢呼如山。

少女们洋溢着亲情和热情，带着老人挥手挪腿，做名为"养生操"的动作。然后，有人屈身上前，把靠得近的老人请到医疗器械上亲身体验。

第一章 起 端

先是一位佝偻着身子的腰肌劳损患者，被两名少女扶上一张皮椅，接通电源，一阵颤动后，待扶到地下的时候，患者忽然震惊地挺直腰，舒展地伸起两臂，露出一双老泪纵横的浑浊眼睛："我挺直了，我挺直了，我弯了二十多年的腰啊！"

另一个则是位穿旧制服的老人，左手弯曲，右腿瘸拐，偏瘫的模样，声称是脑血栓七年，一直靠妻子照顾，维持基本生活。此人被架上一张水床，不能活动的左手右腿各夹上按摩器，脑袋枕在按摩枕上。没多久，老人眼睛露出年轻人的灵光，一骨碌坐起来："不瘫了，不瘫了！谢天谢地，我终于可以照顾一回老婆子啦！"

神奇的效果把后面的老人都吸引住了。他们一齐往中间拥过来。

肖继中听到周围响着一阵阵的问话声："我的冠心病能治好吗？""智能按摩椅能治坐骨神经痛吗？""我可是重度糖尿病，撒尿都招蚂蚁了……"

他被拥挤在人群中，周围的嘴巴融合成一团团白光。幸亏有盈盈护着。要不然，那些白光怕是会将他吞噬。没想到，接下来发生的一件事情，给演示带来了莫大的麻烦，而且差点让肖继中陷入一场踩踏事故之中。

事情发生在那位穿旧制服的老人被人从水床上搀下来之后，肖继中说了一句话，把他自己震撼性地推到了众人眼里的焦点位置。

他说："盲人都相信天是蓝的，聋人都相信雷有回音咧！"

那时，他的心思在哪儿呢？全集中在那位穿旧制服的老人的脸上、左手和右腿上了！原来"旧制服"是肖继中的老熟人、老朋友，是他的工作单位设计院的政工科长班一鸣。他们两人斗了一辈子，两天前还一起散过步，拌过嘴呢。

拌嘴时，班一鸣脸色丰润饱满，流光溢彩，身体棒得像头牛似的。这才几天，竟然自称患上了脑血栓，还偏瘫了七年？肖继中哪里容得下这种明目张胆的欺骗和谎言，他看着越围越多的人群，叹息道："这些器械我已经买了好几件，体验的感觉真是……"

打锣听声，说话听音。老人话没说完，便看见几个手持照相器材的男女围了上来，长枪短炮朝着他只是乱拍。

如果被记者朋友围住后，就势说一番外交辞令，照高科技产品的说明书发挥一番，将医疗功能说得天花乱坠，没准儿还能在那数十种医疗保健器械里挑选一两件免费带回去，并慢慢地混成广告代言人。可惜，老人年轻时只做学术，不擅交际。

接着，他无视对着他乱拍的长枪短炮，忘记了自己所为何来，只是焕发出古之圣贤的格物致知精神，盯着老政工科长班一鸣大吼了一声。

"你这个老不死的，根本没有偏瘫，却冒充什么七年患病！真是不知廉耻！让大家相信你，不如让盲人相信天是蓝的，聋人相信雷有回音咧！"

其实，肖继中的声音并不大，带着点暮气沉沉的鼻音，甚至口齿都不清楚。但他的每一个词汇、每一个腔调都充满了斩钉截铁的意味，仿佛真理就在他的嘴巴里藏着，只要一张嘴就会从牙缝儿里漏出光芒来。

正笑盈盈地对着镜头摆姿势的班一鸣"嗷"的一声回过神来，好像被高压电打了一下。紧接着，他也顾不得主持人的千嘱万托，脸涨得通红地辩解道："我是没患过脑血栓，没有过偏瘫，身体比你棒，气死你，大不了不要这点小钱。"

在场的老人开始并不明白"那点小钱"是什么意思，推销的少女心中却忐忑起来。她们纷纷指责盈盈，盈盈当然不愿成为众矢之的,拉着肖继中匆匆离去。

之后,肖继中便日复一日地陷于梦魇之中,期望盈盈能来把他从噩梦里唤醒。

第二章 长生

一

丁杨走到办公楼下，看到肖可语站在晚霞灿烂的影子里。他理了理头发，摆出悠闲自得的姿势，迎过去。肖可语似乎情绪特别高昂，扑过来便给了他一个真真切切、扎扎实实的拥抱，甚至还亲了一下他的脸蛋。可是，丁杨情绪上来的时候，肖可语却放开他。

丁杨又甜蜜又羞恼，哀求道："再来一个？"

肖可语带着一种心满意足的神情，完全像一个刚刚踏足花丛的少女，赏赏可以，采摘就免了。她说："下次吧，奇奇在车里等着呢，说好去悦荟的。"

两人手拉手往楼外走，肖可语问他为什么迟到，是不是又被抓了佚。丁杨问她怎么知道？她心无城府地说，是江心洲告诉她的。这期间，江心洲给她打过两次电话。

丁杨有些气恼，进一步猜测，老季指派他任务就是江心洲使的坏，想给自己制造机会。幸好肖可语坦诚，又有前面的拥抱暖身，丁杨倒不怪她。

一直以来，丁杨很难捉摸肖可语对江心洲的态度。听说两人自幼一起长大，江心洲从未停止过对肖可语的追求，但她大学毕业便

第二章 长 生

与同学恋爱结婚,并迅速生子。丈夫牺牲后,仍对江心洲的追求显得漠然。丁杨知道,肖可语并不是不苟言笑、情感深藏的人,吸引他的,恰恰是她的开朗大方、言笑晏晏。只是,她对江心洲既不接受又不拒绝,令人费解。

与蒙兰兰分手四年,肖可语是他唯一挚爱的女人。像所有的男人一样,丁杨不希望爱人身边蜂来蝶往,更不喜欢她跟人玩暧昧。偏偏江心洲是个惹事的人,不论丁杨是不是跟肖可语泡在一起,他随时会来到肖可语身边,也不管丁杨是不是在跟肖可语卿卿我我,反正他不会演默片,爱的宣言时不时地在他嘴里跑火车。

当你从朋友的角度来定位他人时,友情的特质已经在你身上发生;而当你从敌人的角度来定位他人时,记住,敌对已成为你的特质。丁杨的敌视,因为江心洲的出现被无限拉长,就像正经历一场翻车,从开始失控到彻底翻倒,可能只花了几十秒,但痛苦的感觉却经历着一个漫长的过程。于是江心洲再次示爱时,他动了手。

那是春节后一个晴朗的周末,丁杨和肖可语跟几位同事在城郊踏青。乍暖还寒的郊野,一扫又湿又冷的霉味,绽放着春天到来的信息。

一路走着,肖可语的手机响个不停。丁杨一边拉着她的手,一边偷听她讲手机。对方的话听不见,肖可语的应答很简洁,仅仅"嗯""啊"几个语气词,最长的词是他们踏青的地名。这种电话他早已司空见惯——有人关心她的去向,或者同事间通报行踪。但让丁杨意外的是,没多久,后面追上一辆车,车上的人居然是江心洲。

"你怎么来了?"熟悉的同事惊讶地问。

依然是俏皮而理直气壮的语气:"我怎么不能来?有人相邀呗!"江心洲面带争辩的笑容,双手张开迎向肖可语。

丁杨瞄了一眼肖可语,她竟然没有否认。

"才没人邀请你呢!"丁杨说。

江心洲笑了:"你当然不会,可有人会。"他说着,伸手揽过肖可语的右臂。丁杨不备,肖可语的左手从他右手掌里脱离出去,身子倾向江心洲。

丁杨想都没想,右掌化拳,直撸江心洲嬉笑得花一样的脸。

身子靠得很近,又几乎用上了入警后每日勤练的五六分力气。江心洲一个趔趄,眼冒金星,鼻头流血,脑袋里操办起水陆道场,锣鼓铙钹一齐响。

同事都是见惯了突发事件的,男警很快插在中间,女警则把肖可语搂在怀里。冲突起得突然化得无形。

丁杨说:"有时候光忍让是没用的,还得主动教训一下不知天高地厚的人。"

肖可语喜忧参半地接受了这个小插曲。

江心洲要驱车过来,她是坚决反对的,司马昭之心路人皆知。但她碍于情面,无法拒绝他的赖皮。毕竟,虽说他嘴上油滑,却从没做过出格的事,反而处处像兄长一样关心她,是关键时刻能够依靠的人——这是二十多年来,特别是丈夫牺牲后印证过的。

事后,她没有责备丁杨,也没有解释。依然跟丁杨在一起,似乎那起冲突根本没发生过,相约一起散步、吃饭、谈论工作、忙忙活活,说的话从不涉及两人生活以外的人和事。他们一起探讨虚拟世界,谈论流密码、背包变体……肖可语从如坠五里云雾,到坐在电脑前分析程序,专心致志地研读电脑理论,终于理解了索求数据、守护神、隐秘门……

肖可语原来在派出所工作,她所知道的公安工作就是面对面跟群众打交道,对虚拟世界的好奇只缘于两年前。一天,有人报警遗

第二章 长 生

失了十五万比特币。她对比特币摸不着头脑,却很快抓获了一个嫌疑人。嫌疑人倒也爽快,交代钱都在网上,证据也在网上,可以从手机里提取。她好奇地将嫌疑人的手机送到网安支队。

接待她的是个男孩,瘦高个儿,白净帅气。这是她第一次看到丁杨。手机到了丁杨手里,迅速调出一组组数字和字符,像电影里的"密码电文"。

丁杨一边操作,一边条分缕析地向她解释,这些"电文"确实是加了密的文字,从中推断出来的信息就是证据。

不到半个小时,丁杨调出来的数据跟嫌疑人的口供全都对了上号。肖可语惊疑地看着丁杨,那些数据到底透露着什么秘密,她仍旧全然不知,但丁杨在她心目中的形象高大起来。"这……真的可以提交法庭吗?"

丁杨哈哈地笑了起来,却发现肖可语只是两颊绯红地望着他,露出独特的表情——它不仅独特,而且透着灵秀,富有个性。那一刻,丁杨看着肖可语额前随风飘扬的秀发,感觉眼前的世界从未如此敞亮。

案件成功移交起诉,肖可语却一直不明白证据链在哪里——她看得出,检察院对丁杨提供的证据极为认真,因为他们进行了严肃论证,最后一致交口赞誉。

肖可语第二次提交协查的时候,网安支队内勤把她请到了接待室,说:"你是梅阳派出所的肖可语教导员吧?请在这里稍等。"

"为什么?"肖可语知道网安支队对基层协查有求必应,但已是下班时间,她没有想要立等结果。儿子在幼儿园,正等着她接呢!

内勤耸了耸肩,道:"你送的案子有专人负责,他正赶过来。"

"专人?"肖可语笑出了声。没想到自己在网安支队还有专人待遇。

"好笑吗？"身后传来一个男子的声音。肖可语转过身，立刻一脸赧色。她看到丁杨正满面春风地走过来，两眼一直在她脸上逡巡。她怀疑自己脸上是不是有墨迹。同时，他举起手，仿佛是用一个无意的动作抓住或者留住什么一闪而过的影子。

"我不是那个意思。"肖可语搪塞着，"我只是……"

"我叫丁杨。"男孩微笑着伸出手，似乎在出演一场情景剧。

肖可语握住伸过来的右手，应道："丁专家好，您上次帮过我大忙，我认识的。我叫肖可语，叫我小肖就行。"

"那可不行。肖教导员，以后由小丁联系梅阳，期望您大力支持呢！嗯，今天什么事？我们可以换个地方聊聊吗？"

肖可语犹豫了一下："说实在的，我这会儿确实有点急事儿。"

话一出口，她便但愿这话没说。对一个帮助过自己，接着还会热心帮助自己的专家断然拒绝肯定是个愚蠢之举。但半个小时后儿子就会散园，而且儿子初进园，正是难以适应并与母亲无法割舍的时候……分局长黎政交代过，工作可以耽误，儿子绝对要培养好。

"我不会耽误您当好妈妈的。"丁杨眼里含着些奇特的东西，"请将资料给我。"

二十分钟后，丁杨在幼儿园门口停下车，肖可语提着"初次见面的丁叔叔为小侄买的零食"，脚步轻盈地走向接送点。丁杨发现，这个年近三十岁的教导员，不仅是个母亲，还是个魅力四射的女人，是他所见过的最睿智的女警之一。谈到破案和传统侦查，丁杨觉得自己脑子要拼命转才能跟上她的思路——对他来说，这是一个全新的兴奋体验。

一路走来，丁杨已忘记了跟她会面的初衷，而肖可语也全然不觉他们在一起的别扭，聊天的主题不断跳跃，两人时不时相视而笑。

第二章 长　生

丁杨坐在车里，他那极具分析力的头脑似乎有些迷糊，以前可从不相信什么荒谬的一见钟情，现在却有些不可思议。这般园门守候像随机数码生成的程序，丝毫没有感觉是第一次，自然自在，情理之中，那个窈窕的身影俨然是自己青梅竹马的少年恋人，既有激情的碰撞，又仿佛一直都蹲在他的心里。

肖可语一直没有说出感谢他驾车帮她接儿子的客套话，那种话只会让两人感觉疏离。从这个大男孩谈到网络侦查时表现出的那种激情，她可以清楚地看出，他是绝不会容忍她的客气的。肖可语决意不表达自己的感激，免得坏了二人的心绪。她感觉自己又完全像个小女生了：说什么也不能破坏这种感觉。

的确，那种感觉一点也没有遭到破坏。

爱情的发展却缓慢而艰辛。两人都很忙，丁杨书呆子气缺乏浪漫，不懂得私约密会，除了夜深人静的思念，他甚至不知道该怎么邀请她参加讲座和音乐会。肖可语除了矜持，还有一份带着拖油瓶的自卑，她已经做好独身的准备，尽管她很喜欢丁杨那种睿智和深邃，那种把深奥的东西描述得浅显易懂的讲解。肖可语经常带着儿子在公园徜徉，她很需要这种放松来调节她工作的紧张情绪。

去年初秋的清晨，丁杨突然闯进梅阳分局专案组。当时，组里只有肖可语一个人。他饶有兴趣地看着她惊喜与疑惑交加的表情，戏谑地说："果然让我一抓一个准。"

肖可语嘟囔道："你抓谁？"

丁杨不置可否地看了她一眼。这本是一个粗暴的挑衅，却做得一点也不粗暴，反而充满了温暖的柔情。

"这可是办专案。"她解释道，"一起非常复杂的案件，所以忙得几天几夜没回。"

丁杨不想让她太窘迫，碰了碰她的手，实话实说，他是应罗卫之邀前来解决网络问题的。罗卫是梅阳分局刑侦大队副大队长，这个专案的组长，他的妻子高媛正是丁杨的上级。

"真的？"肖可语问，"你会一直跟我们把这个案子办下去吗？"

"只要你喜欢，我就一直待下去。"

肖可语撇了撇嘴："我才没这个面子呢！"

丁杨笑了笑，赶忙奉承："在这里，我就是你指挥棒下的小提琴。"

这样一晃，就过去了好几个星期。其间，虽然有人反对，但丁杨一直坚持让肖可语当他的助手。肖可语也自称不懂电脑，想跟他保持距离。

"懂电脑未必帮得上忙。"丁杨对罗卫说，"我要的是基础性工作，自以为懂行的人，往往先入为主，越帮越忙。"肖可语不太高兴，但还是默默服从了。丁杨心里暗笑，只要你在我身边就行。

尽管肖可语刻意和丁扬保持距离，可一旦两人独处，她就会对着电脑喋喋不休地问他问题。

你从哪里学的网络技术？

你是怎么进公安局的？

你这么能干，怎么没找女朋友？

丁杨红着脸说自己懂事得晚。十六七岁死了父亲，瘦得像根麻秆似的承受失怙、家产败落，以及生活无着的痛苦。他妈妈跟他讲，父母不能给他物质遗产，但补偿了他一个聪明伶俐的脑子和朴素无华的人品，这才是最重要的。

这补偿倒确实宝贵，肖可语心想。

丁杨说他早在初中时就对电脑产生了浓厚的兴趣。只是接触不到，于是爱上了拆卸电器。学校老师发现这一天份，将他往物理方面引，培养他灵巧的双手。初中三年里，他折腾了音响、收录机和

第二章 长　生

一台废旧电视机。拆开，再装起来。没过多久，真空管和电路板的神秘感便荡然无存，求知欲开始像饥饿感一样被重新唤醒。

毕业那年，他终于接触到第一台电脑。那时，父亲刚从外面收了货款回来，带着他到一家超市让他自己挑选生日礼物。"想要什么尽管挑。"父亲说。

"随便什么吗？"丁杨放眼宽阔的商场，成百上千种分类分区摆着的商品。

"想要什么尽管挑。"

他径直走向电器区，挑了一台电脑。父亲同意了他的请求。谁知，电脑一到手，丁杨首先将它拆卸了开来，先看它的元件构成。这时的丁杨已经不是蒙头求知的年龄，他的拆卸显得更理性。从拆到装花了整整一个星期。

然而，天有不测风云。就在丁杨的求知欲达到高峰时，父亲被害了。母亲四处求告，家里钱财耗尽。他为了照顾母亲，上了本地一所职业技术学院，学习计算机。在职院，他完成了从一个天资聪颖的电脑爱好者到黑客的进化，并碰上一批黑客拥趸，比如"不如不见""梭哈族人"，他们结成"后羿追日帮"。再后来，他就是因涉嫌攻击门户网站、拉帮结派，被警察找上门，带进了公安局。

整日在网络上遨游的黑客都知道公安局网安支队，那是黑客的死敌，也是黑客的知己。负责网络监控的季亚明审查了丁杨的档案后，不仅没有处罚丁杨，反而夸奖说，他编写的程序令人想到贝多芬的交响曲，只有天使般的头脑才能把软件构思得如此美轮美奂。

这时，丁杨得知了一个秘密——父亲是公安局的线人，为公安出了十几年力，却被罪犯报复杀害了。他幸运地走进了录警"绿色通道"，走进了汉洲市公安局网安支队，甚至直接越过老侦查员，成为"鸟巢"的主人。

肖可语听得入了神。她不由得问："他们把你关在鸟笼里，竟然是你的荣幸？"

丁杨耸了耸肩，道："'鸟巢'只是戏称，那里可是仅次于支队领导办公室，比一般领导拥有更尖端精密的设备。"

"那么……"肖可语忍俊不禁，"你就是一只最具聪明头脑的鸟啰？"

丁杨在桌底下轻轻地踢了她一脚。"我要是鸟，我就把你变成鸟婆。你不会忍心让我做一只孤鸟吧？"

肖可语低下头，像个小姑娘似的，羞红了脸。她快三十岁了，还从来没有为哪个男人如此心动过。这么说，也许有些亵渎前夫，但事实如此。前夫是值得她爱的。不过，如今想来，当时匆匆恋爱结婚，似乎有逃避江心洲追求的嫌疑。

面对丁杨的表白，她不是不愿意接受，只是觉得自己结过婚，还带着个儿子，她配不上。但丁杨不这么想，结过婚有什么关系，有个儿子更显示出她的能干贤惠。

那个谜一样的专案侦办了两个多月，对丁杨和肖可语来说，那是一段神奇的"蜜月"之旅。可是，自打那时起，肖可语就在等着瞧，谁会给她致命一击。

丁杨绕过车尾，跨进肖可语的"小猎犬"里。"小猎犬"是一台沃尔沃 S60，那是肖可语前夫留给她的。每次坐这台车，丁杨心里都有些别扭。

今天，这份别扭似乎获得了平衡，因为丁杨心里也装着一个人。四年来，丁杨一直将她埋藏在记忆最深处，他做到了。不关注乐坛，回避有关她的新闻，在工作里寻求自己的宁静。但在破解"FZ进行时"非法网站时，她反复出现在网站信息里。

丁杨想不出该做点什么,转身在另一张键盘上敲了敲,键入"蒙兰兰"三个字。页面闪了一下,倏忽铺排开来,他看到了搜索结果:找到相关网页639篇。

他的目光顺着标题看下去,惊讶一个当红歌星的网络关注度,直到看到一个像是这位歌星个人主页的网址。

他点击进去,一张巨幅照片便自上而下地展现在显示屏上。这幅照片在封杀的信息里见过,照片上的蒙兰兰身穿一袭挂脖黑色高订长裙倚窗而立,乌黑的长发半掩着精致绝伦的五官,整张脸散发着极具穿透力的魅惑表情。丁杨拖动滚动条,拉到页面下方的简历部分,开始阅读起来。

蒙兰兰是过去四年来汉洲音乐界出现的最令人激动的女歌手。幼年起,蒙兰兰就展现出独特的音乐天赋。从音乐学院毕业后,二十二岁时因夺得"我是歌手"大奖赛第一名而崭露头角。那是一场风行全国的选秀节目,大奖成了她传奇生涯的起点。一年后,她在"星光大道"首次演出,获得巨大成功。年龄的增长没有妨碍她在全国各大电视台乃至国家电视台演出。

蒙兰兰的父亲是一名医生、慈善家和成功的医疗保健器械行业企业家,也就是"FZ进行时"非法网站攻击的主角、康馨集团的创始人、总裁蒙礼勤。毫无疑问,这对父女的成功是相辅相成的。蒙礼勤的财富让他们跻身上流社会,而蒙兰兰的艺术成就则是他们进入精英圈子的入场券。

让丁杨感到意外的是,搜索资料里有一张他与蒙兰兰的合影,两人都穿着志愿服务的马甲,背景是一个大型广场。照片里的他们都很放松、很愉快,说不清是他们在一起很愉快,还是一起参加这样一次活动很愉快。

他想不起这是什么时候照的。他想找活动情况记载,但是没有。他看着照片，尽力回忆这是在哪里、什么时候，但什么也想不起来。

如果你曾经与她合过影，丁杨想道，你肯定会记得的。

跳过照片，鼠标往下拉。接着是些很平常的活动介绍，地震、火灾捐款、看望艾滋病人、捐建学校、捐建养老院……时间、地点、捐款数额……几乎事无巨细。特别是养老院，捐建了十几家，每一家都配了建筑图片和入院老人的照片，入眼的都是满满的老年人的笑脸。

志愿服务协会的活动记载也十分详细，丁杨能记起的几场大型活动，都在里面。他就是在那几场活动之中，看到了真相，决定离开，决定放弃那段刻骨铭心的初恋。

继续往下查看蒙兰兰的志愿服务活动。

他把她这两年的活动剪辑复制粘贴建成一个文档，将志愿服务与演出活动分列、对比，然后向后靠着椅背，惊讶得目瞪口呆。北京、上海、广州、香港……去年一年中，蒙兰兰在各地演出四十余场，同时在汉洲等地组织志愿服务三十余次。四年前，丁杨对她组织志愿者活动的方式了如指掌：她基本上可以算是事无巨细、全程参与。如今，如果她仍以当时的方式组织活动，她哪来这么多时间？究竟如何做到身在北京，又同时在汉洲组织志愿服务呢？

不过，平台主人对蒙兰兰仿佛并没有多少恶意，至少和对康馨集团或者蒙礼勤的态度明显不同。平台为什么会对蒙兰兰手下留情呢？难道说，他也是蒙兰兰的歌迷？网站上有关蒙兰兰资料的详尽程度以及各种照片的丰富程度似乎印证了这一点。甚至，已经超出了普通歌迷的范畴，简直可以说是痴迷。

他快速地浏览着，最终目光停在了一张影印的图片上，那是蒙兰兰的最新日程安排，其中有一场演出就是今晚：4月12日，汉洲慈善演唱会。

想到这里,丁杨将手伸进从车窗跌进来的阳光中,棉絮般柔软的阳光落在他的掌心里。他侧身看着肖可语,她专心地驾驶着"小猎犬",像一幅画,或者卖车的广告视频,让人无法拒绝,特别是不忍改变约定。他抛掉那捧阳光,右拳狠狠地击打在左手的手掌里,说:"可语,我们去看一场演唱会吧?"

二

"什么?"肖可语歪着脑袋问,"我想象不出你会喜欢看演唱会。"

丁杨眨了眨眼,控制自己不要流露出别有用心的样子。事实上,他从来没有在她面前耍过心机,也从未想过有什么事要瞒着她。有时候,他想装得老成一点,点上一支烟,用油滑的腔调跟她说话,她总会说:"天哪,你怎么越来越孩子气了。"

"是吗?"丁杨说,"觉得我没有艺术细胞?"

"哈哈,有细胞,没艺术。"

丁杨被肖可语的话逗乐了,他自嘲式地笑了起来,脑海里冒出蒙兰兰的样子。他一脸沉重地看着肖可语说:"问你一件事。如果你闯进一个丈夫之外的男人的网络空间,发现那里有很多你的照片,你会怎么想?"

她沉思了一会儿:"多少张?"

"上百张,甚至更多。"

肖可语扭头看了丁扬一眼,目光灼灼。

"会不会有点儿感到虚荣心得到满足呢?"

"几张的话，可以理解。几十上百张一定有问题，被人监视跟拍了吧？"

"如果一个人了解你所有的事，点点滴滴都给你记录下来，怎么想？"

"是你吗？"她故意反问道，随即一脸不屑地说，"那人脑子一定出问题了。"

丁杨将目光转向窗外，脑海里流淌着往昔的回忆。"有件这样的案子，跟今晚开演唱会的人有关，激起了我去看看的欲望。"

"你是说蒙兰兰？"

丁杨点点头。

"演艺圈的人？年轻一代的粉丝可疯狂了，不是我们这些人能够理解的。"笑容重新回到肖可语娟秀生动的脸上，她说，"我还没看过她的现场演唱呢，那就成全你一次，让奇奇还去他奶奶家，我陪你去看看。"

演艺中心是汉洲的一座地标性建筑。走进大厅，仿佛来到了欧洲的古城堡，舞台周围是巨大的吊楼，还有从地到顶的玻璃墙。天花板上群星闪烁，仿佛你是与仙女们一道降临到这个地方。简单点说，演艺中心就像天堂一样，足够你发挥想象来描摹它的豪华和富丽。

想到今晚是第一次违逆肖可语的初衷，让她放下儿子，丁杨希望这场演唱会最好不要枯燥得让人受不了。不过，蒙兰兰给的票座离舞台很近，几乎连歌声引起的空气振动都能感觉到，很容易引起共鸣。序曲开始，舞台上走进一群身着华丽戏装的女孩，舞台场景由电子制作，虚实结合，魔幻与象征地表现种种情感。

随后，蒙兰兰走上台来。她一亮相，便赢得一阵热烈的掌声。她一边走向舞台中央，一边回应观众的热情，鞠躬微笑招手。这是丁杨第一次打量舞台上的她。至少此时，她看上去与过去大不相同。她化着很浓的妆，重烟熏的色彩把眼睛凸显得很大，唇红艳丽，让人一眼看去，只注意到她的眼和唇。头发朝后梳着，一袭靛紫飘红的拖地长裙，在聚光灯下，浑身上下折射出七彩的光芒，似真似幻。

这时，她红唇轻启，歌声像幽谷春流飘入耳中。这是人世间最美妙、最撩人心弦的声音，远远超出了丁杨的想象力。他是多次听过她清唱的歌声的，没想到几年过去，她的声音会变得如此动人。丁杨甚至将她的歌声与那些大红大紫的国际歌星对比，感觉毫不逊色。她那美丽的婉转吟唱，似乎正是向他诉说衷肠。

整场演唱会两个小时，经过导演精巧的构思，歌声完美演绎了人的一生：童年的欢乐，青年的奋斗，中年的抗争，老年的孤独和病弱……看着蒙兰兰美丽精致的舞台造型，听着她优美动听的声音，丁杨开始觉得天真，接着融入了一个现实、不浪漫的社会情景，爱和希望的力量是歌唱的重心，却出色地混合了奇幻与苦难的元素，哪怕受伤，也不能错过，唯有爱不能辜负，唯有希望能破解那侵蚀一切的孤独。

蒙兰兰不仅是一位歌星，还是一位才华横溢的演员，她的精彩演绎，让许多观众控制不住感情，泪流满面。

看着台上的蒙兰兰，丁杨心中涌起异样的感觉，一种温暖与痛苦参半的悸动，一种令人心颤的亲切。他以前从未体验过，甚至怀疑它是否真实存在。

肖可语的感动也超乎丁杨的想象。她痴痴地坐在座位上，两眼饱含泪水。于是，丁杨等了几分钟，让她慢慢恢复。大部分观众都往门口走去，却有两个人拦住了他们。一个是他们的老熟人江心洲，另一个是身穿深灰色西装的青年，丁杨似乎在哪里见过，却一时想不起是谁。

丁杨内心里涌起恼怒,这个江心洲真是不知高低,又想在这里搞事。

拦在前面的青年却一本正经地在他们面前弯腰致礼,满脸堆笑,说:"对不起,打扰一下。有人想请两位到后台一聚,不知两位有没有时间?"

不待丁杨回答,江心洲抢着解释道:"是兰兰,丁专家,她想当面对你表示感谢。"

丁杨回头挽起肖可语。在江心洲面前,他必须表现出对她的体贴和尊重,更要宣示自己的主权。他看着她的眼睛,无声地征询她的意见,直到她点头,才示意青年在前面带路。

他们沿着一处宽敞的楼梯拾级而上,越过舞台和化妆室,进入一个大型宴会厅。这里是各式晚礼服的海洋,每个人都显得彬彬有礼。显然,这是一场西式的鸡尾酒会。

江心洲大概意识到了自己不受欢迎,消失在大厅里。跟着的青年自我介绍叫封翎,是康馨集团的副总裁,蒙兰兰的表哥。他一边将他们介绍给碰到的每一个人,一边带着他们在自助餐桌旁绕圈。

桌上的食物很丰盛:有各种西式甜品、中式点心、进口水果;有各种酒水,香槟、红酒、威士忌、五粮液;还有各类说不出名字的饮料。封翎给他们一人拿了一杯香槟,又介绍了水果点心,递这递那。过了一会儿,丁杨注意到,几个风度优雅、很有教养的女士在肖可语周围绕圈子。显然,她们在想法儿接近她,跟她搭话。

肖可语意识到她们受到指使,专门接待她。她不能总是跟着丁杨四处转悠,妨碍丁杨跟蒙兰兰会面。于是,她拍拍他的肩,转身跟女人们聊起感兴趣的话题。

这时的丁扬重新打量起他面前这位年轻的康馨集团副总。仔细看上去，他似乎比自己稍显年轻一点，明显经过精心护理的皮肤细腻紧致，须发修整得一丝不乱，身材倒是跟自己差不多，在知名公司担任高管还能保持如此健康标准的体态，平日里一定是个高度自律的人。他的整个面相温和却不觉得圆钝，眉骨平坦，但是在高耸的鼻梁映衬之下，眼睛便显得深邃而有神了。

封翎已经意识到了丁扬在审视自己，但他装作浑然不觉，首先代表公司向丁扬表示感谢，感谢他在关键时候挽救了公司的声誉，打败了那个捏造公司和蒙兰兰负面消息的人，封杀了他的网站，为社会除害。

接着他暗示，如果丁扬感兴趣，可以以原始股价买到康馨集团首次公开发行的股票，日后一定能得到丰厚的回报。毫无疑问，这是蒙兰兰的意思。

随后，封翎又聊起了蒙兰兰。丁扬假装不认识她，而封翎也假装不知道他们有过一段感情。丁扬这么想，是因为他跟蒙兰兰交往半年，正是她从音乐学院回家，准备参加"我是歌手"比赛的时期，凭着自己敏锐的直觉，丁扬猜测他们交往的阻力很有可能正是来自蒙兰兰的这位"表哥"。

封翎说蒙兰兰的成功一路坦途。她虽在汉洲出生，却一直在北京成长，以神童的资格进入音乐学院，在学院两年便开始了演艺生涯，成功踏上了"星光大道"的舞台……他有意跳过了蒙兰兰在汉洲待业的时段。

丁扬假装没有听出来，他看穿了封翎的居心。丁扬问："您刚才说，您是康馨集团的副总裁，那您一定是医疗保健方面的专家？"

"说实话，我对医疗器械是真正的外行，倒是跟您的专业有些接近，在芝加哥大学获得过信息技术专业博士文凭。本来在 M 国从业，四年前接受了康馨集团的高薪聘请。"

丁杨流露出敬佩的表情，说："哦，您太厉害了。我哪算得上专业，跟您比，我的技术不过是雕虫小技，混口饭吃而已。"

"每个人都应该追求对社会的重要性，丁专家。"封翎说道，"我听江心洲是这么称呼您的。您是哪所院校毕业的，什么职称？"

对于封翎来说，院校问题的答案在国内大约不会超过五个，国外也不会超出几十家，职称大约必须高级以上，而汉洲职业技术学院和一般科员显然只会令人嗤之以鼻。

"没读过大学，"丁杨说，"也没评过职称。"

这时，丁杨觉察到封翎在盘算着怎样尽量少费口舌，完成任务，把时间打发过去。

有时候别人表面上在看着你，似乎对你很有兴趣，但是你只要看看他的眼睛深处，就会发现他正用心琢磨着的完全是另一回事。

奇怪的是，丁杨开始感觉跟封翎聊天还是蛮有乐趣的。他特别能算计，脑子在不停地高速运转，丁杨仿佛能在他身上闻到挑战的味道。"您呢？"

"我除了在康馨集团任职之外，还兼着兰兰的经纪人。"封翎说，"这很有趣，因为我对两者都谈不上专业，却对两者都介入很深。"

这时，大厅里的气氛突然变了，丁杨察觉到背后在发生着什么事，于是转过身。

"是兰兰，我们过去吧。"封翎说。

人们热烈鼓掌，然后像海水一样朝两边分开，让出一条路来。蒙兰兰挽着父亲蒙礼勤的手，像婚礼上挽着父亲的新娘。她已经卸去浓妆，换了一身香槟色晚礼服，低胸的鱼尾蕾丝长裙，长裙两侧垂缀着层层的装饰银链，钻石耳坠在发丝间闪烁着耀眼的光芒，脖子上戴着同样熠熠生辉的项链，将大堂内所有人的目光锁定在她坦

第二章 长 生

露的肩颈和胸部，但她神态自若，举止自如，一颦一笑充满自信。蒙礼勤也完全配得上这个出色的女儿，他一米八的个头，挺拔匀称的身材更加彰显出身上那套范思哲的价值不菲，稍显黝黑的肤色呈现出被阳光亲吻过的健康，唯一让人看出他年龄的是略显稀疏的头发和眉毛，还有那双光芒内敛的眼睛。

两人一出现，蒙礼勤立即被一群男人围住。他们都是熟人，但相对蒙礼勤，他们又都是想跟着他迅速增加财富的人，当然不放过任何与他亲近的机会。

蒙礼勤与他们一一握手，脸上一副若即若离的表情。显然，他明白自己的地位，他能把财富阶层的那套游戏玩到极致。

蒙兰兰则走向丁杨。人群中靠近蒙兰兰的人礼貌地跟她打招呼。丁杨没有走动，远远地注视着她，看着她向人群回礼。那些人都在真诚地表达着对艺术和美貌的敬意。

在丁杨眼里，她早就不是四年前的那个志愿服务组织者了，他也不再像那时一样迷恋，尽管她胳膊仍然瘦瘦的，身材线条优美，五官精致秀丽，眼睛仍是深黑色。从他的角度看，蒙兰兰只是一个在父亲的财力支持下的歌星。

她跟其他的歌星没什么两样。如果联系到这次对非法网站"FZ进行时"的封杀，联系到暴露出来的那些信息，她并不是没有污点的。想到这，丁杨不由得感觉眼前发生的一切，不过就是一场闹剧。她站在那儿，即便开口吟唱，再好的嗓音，也可能放出哀声。

丁杨观察了一会儿，想着以前对她的迷恋，她已来到了他站着的地方，在他面前停住了脚步。封翎还在几米以外的地方跟人说话，所以眼下他们可算是单独在一起。

她伸出白皙纤细的右手。这只手，丁杨曾紧紧地握在掌心，暖在怀里。现如今，他却感觉既熟悉又陌生。尽管室温很高，这只手却凉凉的,滑腻有余,而黏性不足,浅浅一握就收了回去,和她说的话一样有分寸:"您好,丁专家,谢谢您能来。"

他礼节性地附和说:"音乐是人类共同的财富。"

"但财富不是人类共同的音乐。"

丁杨有点儿意外,自己多年前的一句戏谑之语,她居然还记得。蒙兰兰朝丁杨的跟前凑过来。他说不管她用的是什么香水,有石榴籽和柚香的冰爽清新,也有白玉兰、牡丹和莲花的魅惑芬芳,都令人忘情沉醉。"我记得我们在一起的点点滴滴。"她说。

"我已经忘记了。"

"你不会的,"蒙兰兰笑了,"你的眼神把你的心思告诉了我。"

丁杨内心很复杂。他有些恼火,却还是禁不住心旌摇曳;他想虎起脸,却只能无所谓地笑笑。蒙兰兰也知道丁杨明白这是怎么回事,但没关系,她照样可以玩这样的游戏。真正美貌而又成功的女人可以打破任何规则。

"那是一段不能忘怀的日子,"她接着说,"我们都在奋斗中,你把警察工作、我把唱歌、我们一起把志愿服务当作事业,共同努力着。"

"时间已经改变一切。"

蒙兰兰笑起来,悦耳的笑声仍旧显得那么纯洁,那么可爱。丁杨不由得感到一股电流直穿脊梁。她又向他靠近了些,在他的耳边轻声说道:"杨杨,如果你想对我真正有所了解,你一定要记住,无论歌是怎么唱的,无论歌里讲的是什么故事,主题永远只有一个,那就是追求心灵的自由和美好幸福。"

丁杨注意到,蒙兰兰跟他说了三句话,对他的称呼改变了三次。不过,他还没有来得及作出反应,封翎出现了。封翎显得十分自然地挽起蒙兰兰的手臂,灿烂的微笑像一道移动的光芒从她身上转到了他的身上。"聊得这么开心，看来不用我介绍咧。"

蒙兰兰没有挣脱他的手，依然保持着微笑。

丁杨突然想起来看演唱会的本意，如果这时提起，有些恶作剧的意味，但现在不提的话，以后恐怕就没有机会。于是，他说："我们在聊那个恶作剧的非法网站。对此，不知封总有什么看法？"

蒙兰兰脸上闪过一丝愕然，丁杨假装没有看见。封翎说："您不是处理好了吗？"

"关于幕后操纵那个网站的人，你们有没有什么嫌疑对象？"

蒙兰兰更加吃惊："你说的是谁？"

关键时刻到了，如果丁杨说出那两个名字而她或者他没有反应，那他今晚就白来了——他委屈肖可语作陪，除了换来一杯香槟，两个小时的演唱会，还看了一眼旧情人而已。"你们认不认识'达摩'或者'雷神'？"

"网名吗？"蒙兰兰一脸茫然地看看他，又看看封翎，"这名字这么奇怪……"

封翎脸上的表情没有一丝变化，一点肌肉的运动都没有。不过，他看着蒙兰兰翕张的嘴，不动声色地点了点头。

"您也不认识吗？封总。"丁杨追着问。

封翎微笑着摇摇头："没听说过。"

不过，丁杨觉察到他微笑的面孔有一瞬间的僵硬。这变化很微妙，但如果你成天与撒谎的人打交道，你的观察力就会变得十分敏锐，再细微的变化也逃不过你的眼睛。

市公安局党委会议室的桌面摊着几张报纸，阳光照亮了头版上蒙礼勤的笑容和几个醒目的标题："网探为康馨正名""谣言不攻自破"，也有最简短也最有穿透力的标题："真相"。

老季一大早就觉得头痛欲裂，这时他小心翼翼地按着太阳穴，心里抱怨江心洲昨晚大半夜给他打电话，啰啰唆唆说了半个小时，害得他失眠。

他想闭上眼睛，但副市长兼公安局局长唐学东的视线朝他直射而来。他看见唐局长的嘴巴不断地开阖，老季却像是频道没有调准，对领导的话接收不良，听得断断续续，诸如："在这次事件的处置中……作为一名公安民警……有功有过，甚至功不掩过……"

他的脑子里依旧嗡嗡乱响，心里却明镜似的：丁杨没错，但有人认为丁杨错了。本来是网管办处理不了的棘手局面才请网安支队出手。自己和小苏没有封杀掉非法平台，不得已，找到了本不愿掺和进来的丁杨。丁杨干净利索地遏制了流言的扩散，现在却要挨批评，甚至可能受处分。

而之所以会出现这样的逆转，就是因为丁杨昨晚应邀出席了蒙兰兰的演唱会，演唱会结束不久，市委宣传部副部长就接到了康馨集团的投诉，投诉包括两个方面：第一，丁杨清剿非法平台后，不加辨识，擅自将清剿信息发布到网上；第二，丁杨用他掌握的那些负面信息恐吓康馨集团高层，恐吓蒙兰兰，给蒙兰兰造成了极大的心理压力。因此，今天召开这个会议，是讨论应该怎么处理丁杨。

"结论是……"唐局长说到这儿，大概是为强调讲话的分量，有意停顿了一下。

季亚明的心往下沉，"恐吓""威胁"这类字眼儿都用上了，丁杨恐怕凶多吉少。

"等等……"分管网管办的宣传部副部长，突然插话："我想，唐局长在下结论之前，是不是容我先做个汇报？"

唐局长是副市长，职务比副部长高，正讲话却被打断，不禁微微蹙眉。不过，副部长的所谓"汇报"代表的是谁，他心里是清楚的。"那就烦请部长再介绍介绍。"

政治部主任安饮冰坐在会议桌另一侧，示意党委秘书做好记录。

副部长说："这次事件，因为没有敲诈勒索，没有找到始作俑者，只是一起普通的负面舆情……"他的目光转向季亚明，"那个丁专家现在怎么样？"

"哦，他的认识态度很好。他很清楚这次事件的敏感性，跟封翎和蒙兰兰说起，也只是出于关心，没有别的意思，我觉得这恐怕是个误会……"老季想为丁杨辩解几句，但被副部长抬手制止了。

"希望一切都在掌控之中，"副部长说，"那么我就向各位简短汇报一下最新情况。康馨集团密切关注着事态的发展，虽然对那位丁专家的不当行动感到失望，但他们表示，只要不再发生类似事件，他们可以不追究，毕竟他制止了流言的扩散，帮了康馨集团的大忙……"

老季知道，这只是场面话，重要是后面的"但是"。在对方的"但是"说出来之前，他试图为丁杨挽回一点儿局面，尽管可能是无用功。于是他又不识时务地插了一句："那我把这个消息告诉丁杨应该没关系吧？就说著名歌星蒙兰兰已经原谅了他，这样，他也可以放轻松一点儿。"

副部长白了老季一眼，大概是恼火他的装傻充愣，连唐局长也皱起了眉头。谁都清楚，副部长的话真假参半，如果真的传到丁杨那里，很可能经不起跟蒙兰兰对质。副部长干咳一声："我想，这件事就到此为止吧。蒙兰兰跟丁杨毕竟不是一路人，如果丁杨问起来，怕她脸上挂不住。"

"除此之外，康馨集团还有什么想法？"问话的是唐学东。

"这正是我接下来汇报的重点。"副部长说，"宣传部会议之后，季支队长亲自挂帅，成立专案组对非法平台和负面信息进行封杀，短短一天时间里，全部清剿干净，蒙总对此给予了高度赞扬。"

"是丁杨同志利用他自编的软件清剿的。"老季纠正。

副部长不接这个话茬儿："另外，康馨集团董事会专门召开会议讨论过，对封杀非法平台过程中查出来的内部问题，由他们自己展开调查，并承担所有责任。"说到这儿，副部长看了看唐学东，唐学东并未表示反对。他接着说："按理说，封杀非法平台的网警对于清剿出来的信息进行辨识是必要的，尤其是那些可能有损集团形象，可能造成负面影响的信息。不过，我听说丁专家接到的命令就是将所有清剿的信息发布到网上，以证明公司的清白，因此他不做辨识，也说得过去。回过头来看，其实应该由康馨集团承担没有及时辨识的责任。幸运的是，康馨集团的领导层经过讨论，也对此达成了一致。"

"这是不是说，"政治部主任安饮冰听出了一点儿苗头，"康馨集团也认为公安方面的工作是卓有成效的？"

副部长说："在企业可能因谣言遭受巨大损失的紧急情况下，网安支队，尤其是那位丁专家，突破技术壁垒，攻破非法平台，挽救了企业，尽管后来他的行为有些失当，但也不能改变这个事实。"

老季隐隐听出了这位副部长的言外之意——不仅不处理丁杨，而且还要树立一个典型！他简直难以置信地说："我是听错了，还是我没抓住重点？"

副部长感觉到一阵恼怒的刺痛。老季说"我是听错了"的语气，仿佛是指责他正在编写一出喜剧脚本，剧中所有引人发笑的元素都是出于搞怪，也就是说，宣传部牵头所做出的一切，压根就是一出闹剧。

他压制住内心的不快，对唐学东说："唐副市长，我认为接下来只要做好一点就够了,那就是说服媒体和参与事件的每一个相关人员,我们的网警做出了最正确的选择,任何人不得对此有丝毫怀疑。重点是,他是我们的功臣。如果我们不奖励这位网警,就等于承认他封杀平台的工作做错了,连带的也就表示宣传部和公安局安排的事宜有疏漏。"

"所以,我们要给他记功?"老季问。

"不是,"副部长说,"我的建议是,不仅记功,一个人才的发现和培养,记功是远远不够的,应该用在合适的岗位上。"

唐学军和安饮冰对视一眼,谁都不言语,其实他们心里也是山呼海啸。他们终于领会了副部长的意思,毫无疑问,康馨集团对丁杨的做法是非常不满意的。但是,如果处理了丁杨,就等于承认他封杀平台的工作做错了,甚至有可能让局外人产生不当的联想,是不是康馨集团真的有问题。

对丁杨来说,这是遇难呈祥。但老季觉得丁杨不会高兴,因为领导们最终决定,把丁杨调到治安支队去——不在网侦,说不定能少惹点儿麻烦。

三

电脑发出"嘀嘀"的声响,靠在沙发上打盹儿的肖继中被惊醒。我怎么睡着了呢?刚才不还在云麓峰上吗?老人终于明白,刚才又做梦了,在梦中去了一趟云麓峰。以前,每当他心神不宁时,云麓峰就有某种东西吸引着他。书院、碑林,佛寺幽境、云麓道宫。多年来,他最喜欢登临此峰,一边欣赏无边的山景,一边思考问题。

还有山上的儒家胜地释心亭。

释心亭又叫宽怀亭，亭里有一座千年古碑——忠诚碑。碑刻说一个人能否释心宽怀，跟他对国家对社会对亲友，甚至对自己是否忠诚有关。亭旁有一口深不见底的老井，来这里的人们往往将身上的铜钱、硬币扔进井里，表示从此远离怨恨、自我释心、忠诚处世为人。

最质朴的箴言。肖继中梦里抚摸着忠诚碑，凝视着远峰夹峙，林木茂盛，天地万物嗖嗖有声，似喜似悲，若啼若笑，感觉越来越疲惫。他的视线模糊起来，好像看见形形色色的神秘黑影在树林里飘来飘去。

"嘀嘀"声还在继续，是QQ语音的连接提示。应该是儿子吧，儿子可是劝我待在家里的。谢天谢地，这是在家里。肖继中转了身，慌慌张张地抓住鼠标，按动右键。那个梦太怪了！他一边喘着粗气一边心里暗自嘀咕着。

这里是晚上，儿子那边应该是白天。难道儿子不放心自己的安全吗？点开QQ，却不是儿子，而是一个陌生号码要求通话。

"是肖继中老先生吗？"一个陌生的女声，标准的普通话，语速很快，听上去有些失真。"您不认识我，我知道跟您通话有些冒昧，但请您好好听我说。"

肖继中一下子完全清醒了："你是哪位？"

"我是一个主持正义的人，看不惯那些诈骗老年人钱财的事。"

"我……不懂你的意思。"

肖继中迟疑了一瞬。与人面对面，都难以猜透对方脑子里到底想的是什么，何况是网络语音？他不敢透露任何事情。

"我知道您是受害者，而且您搜集整理了他们诈骗您三十多万的证据，特别值得称道的是，您懂电脑、懂网络，您破解了他们实施网络诈骗的软件密码。"

这是怎么回事？

"您在网络上跟踪了他们诈骗的全过程，保存了所有的证据。我还知道警方也破解了有关网站，发现了密谋诈骗的真相，您的证据可以跟警方印证。现在，骗子知道您掌握了他们的情况，您的处境很危险……"

"什么？"老人听到了自己问这句话的声音，空洞、嘶哑、发自咽喉，声带由于畏惧而颤抖。

这人是谁？他怎么知道得这么详细？对方只有一点没有说对，那就是，肖继中不是破解了密码，而是编写软件的人胆大妄为，借助他的网络向外发送源代码时被他及时捕获。

对方继续说："请您好好听我说，按我说的做，也许还来得及……"

不等对方说完，肖继中恐惧地冲出了家门，穿过走廊悄悄溜进电梯。毫无疑问，这是一种轻率的、由恐惧引起的行为，可是他无法自控。

这个家已经不安全了。老人的心一直在怦怦乱跳。家里的网络也不安全了，我得找个安全的地方，那就只有儿子的新房。

儿子虽然国外，但他在梅阳给儿子买了一套住房，毕竟还是要回来的嘛。不仅无人知道他或者儿子买了那套房，院落的安保还十分严密。高高的围墙，带倒钩的栅栏，高科技的门禁，以及二十四小时的严格出入检查，时刻提醒着人们这里警卫森严。老人很庆幸，那里应该是安全的。

从老人的住处到儿子的新房，步行有半个小时路程。他拐过街角，警惕地看了看四周，五十米外的黑影让他警觉起来。那里有一条休闲长凳。黑影背对老人坐着，远远的路灯斜斜地照过来，可以

网 谍

看清那人块头很大,身穿灰色风衣、蓝色牛仔裤,头戴鸭舌帽。他大概在玩手机,手机亮光强过路灯,反射到背后,特别显眼。

他不是这片街区的。肖继中暗暗嘀咕,下意识地加快了脚步。转过另一个拐角,他紧张地往后看了一眼,玩手机的黑影竟然跟在身后!肖继中加快脚步,呼吸也急促起来。他不知道离开家是不是个严重的错误。

儿子让我待在家里!但儿子毕竟不了解家里的情况。

肖继中曾打算报告社区大妈或者告诉小区保安,但那个女声警告过他,不能报警,社区里都是"他们"的人。怀疑的种子一旦埋下,迅速生根发芽。

女声说:社区、志愿者跟电话里诈骗你购买高价器械的人都是一伙的,知道你在收集对他们不利的证据,他们联合起来想要除掉你。她还在电话里列举了强有力的事实,不是只有志愿者盈盈有他家钥匙。

除了我自己和儿子叮嘱照顾我的亲戚,还有谁有我家的钥匙呢?肖继中心里惴惴不安,却不敢再在家里待下去。

老人惶恐地走在马路上。他担心等不到出租车,或者出租车也是要害他的人安排的。玩手机的男子仍然跟着他,不紧不慢,离他五十米左右。

突然,刺耳的刹车声划破了夜空,把肖继中吓了一跳。他立即意识到那是一辆公交车在前面站点停靠的声音。老人一阵惊喜,迅速冲过去,推挤着上了车。此刻,他觉得公交车就是老天派来救他的。车里挤满了夜读的高中生,两女孩见到他,礼貌地让了座。

可是,没等公交车起步,身穿灰色风衣、玩着手机的男子快步钻进车门里。

肖继中一下子愣住了。可是,男子若无其事地玩着手机,从他身边挤了过去，连看都没看他一眼，挤入车尾的人群里。通过窗户的映射，老人发现男子始终埋头玩着手机，根本没有注意到他。

老肖头，别疑神疑鬼了！他自责道。没有那么多人关注你，或许就是个普通的行人。

公交车经过两三站后，高中生陆陆续续地下了车，肖继中满怀渴望地想着只有几站远的儿子新房，但他不敢离开这辆安全的公交车。

街上行人疏落，如果我落了单，那人再跟踪我……

肖继中继续坐在座位上，他觉得在人群里可能会更安全些。我就在公交车上坐着喘口气吧！他心想。不过，他突然尿急起来……

几分钟后，公交车停靠在下一站，肖继中跟随着几个年轻人下了车。年轻人径直往一家歌舞厅走去，肖继中不敢落单，只有跟着他们，再说，他还要找厕所。

公交车轰然启动，却又突然停了下来。最后一名乘客——跟随老人一起过来的男子也下了车。肖继中再次感到自己的心跳加快。不过，那名男子仍然连看都没看肖继中一眼，背对着他和四名年轻人迈着轻快的步子，朝另一个方向走了。一边走还不时看着手机。

肖继中终于安下心来。不过，为了安全起见，他还是跟定年轻人，准备在歌舞厅里解决内急问题。还有，歌舞厅里人多，如果有个什么变故，在人多的地方，那人不敢对他下手……

富丽堂皇的歌舞厅后院像一座废弃的老宅，乱糟糟的走廊，装饰着稀奇古怪的玩意，厕所里垃圾满地、浊水四流，隔间里涂着形形色色的淫秽语句。关键是，这样的场所仍人满为患，暗黑的走廊里有十几人在排队。肖继中膀胱胀得不行，他忍不住了，只得惶恐地往楼上去——不论上面有没有洗手间，找个隐蔽地也得解决了。

二楼房门一间接一间紧挨着，像迷宫一样，但全都紧闭着，似乎是已经下班的办公室，或许室内有洗手间，但肖继中进不去。公共厕所一时找不到，又无人可问，他只得沿着走廊一直走下去。走廊不长，转角就是阳台，阳台正好可以俯视后面的院子。尿意已经在迫使他就地解决，但不经意间，他往院里看了一眼，浑身瞬间凉了半截。

院子的人群里，有一顶鸭舌帽突兀出现，并恰好抬起头盯着他。短短的一瞥间，两人四目相对。紧接着，那人像饥饿捕食的恶狼一样，身子一躬，矫捷地冲向楼梯。

隔着一层楼呢，还有机会。肖继中一边不要命地沿着走廊跑，一边拨打报警电话。他听见女接警员提起了电话，便急不可耐地说："有人要杀我，快点过来，快点……"

戴鸭舌帽的"达摩"跃上楼梯，迅速窜上了二楼阳台。你走不掉的。他想，你也报不了警，"哥哥"说过，只要老人的手机一开，他便会截断附近基站的信息。

他注视着前面漆黑的走廊，面露喜色。因为他知道再往里走，除了洗手间，再没有其他出口，目标无法藏身。走廊很黑，很窄，尽头有一扇变形的木门，那就是公共厕所。他两腿跳跃，在地板上发出"咚咚"的声音，好似有一群人走过来，然后一个隔间一个隔间地敲门。

终于，他听到一个低沉的应答："有人。"

有这些就够了！"达摩"听出了肖继中的声音。他往后一撤身，在震耳欲聋的音乐掩护下，用他强壮的肩膀对准木门猛撞过去。"砰！"厕所门弹开。

里面漆黑一片，却不见人！猎物哪里去了？"达摩"失措地搜索着，第一次为自己的鲁莽行事感到惊恐万状。

第二章 长 生

"咣！""达摩"只觉脑袋一懵，直直地往水槽倒去。面前杵立着手持马桶盖的老人。

肖继中一脚踩在"达摩"腰上，问："谁派你来的？"

没有回答。地上的"达摩"突然双眼外凸，身体乱扭，两手一边抓挠脖子一边抓挠胸口，脸憋得通红，眼睛里透出乞求的目光，最后翻滚到脏兮兮的地面上，半边脸浸入了便池里，浑身仍旧不停地颤抖着。

怎么啦？难道我下手太重，或者他有心脏病？肖继中想。

我得报警才行！他扔下马桶盖，慢慢地朝门口退去。

"达摩"拼命憋住气。他没想到自己扮了一辈子狼，却在一个老人手里栽了，必须假死才能保命。他一动不动地躺在地上，听着老人扔下了马桶盖，脚步往门外走去。一步，两步……老人的脚步离开了便池蹲位。"达摩"确信老人已完全转过背，对他没了防备。他慢慢睁开双眼，深吸一口气，抓起马桶盖。"噼啪"，马桶盖拍击在肖继中的小腿上。

肖继中颤巍巍地回头看了一眼。让他不解的是，那个要死的人竟然趴了起来，手里握紧马桶盖，正抬头看着他笑呢。

他一下子愣住了，根本没来得及做出反应，"达摩"一跃而起，挥起马桶盖再次扫向他的头部。就在老人闪避时，"达摩"老鹰抓小鸡似的卡住了他的脖子，猛地把他的脸摁在地上。

"谢谢你好心。""达摩"低声吼道。

肖继中试图辩解，但"达摩"没再给他机会，自言自语似的说："好了，我的任务完成了，你可以到地底下去好好反省。"

不一会儿，肖继中感到一根针管钻进脖子，接着一阵刺痛，一阵灼热。那股灼热迅速像火似的流进他的喉咙，冲进他的心脏，并燃遍他的全身……

四

孙倩倩站在丁杨家楼下。阳光穿过楼前高大的桂树,落下灿烂的光影,宛如舞台的旋光灯,给她的身影增添了一层玄奥的颜色。而一盆墨兰在微风中轻轻地招摇着,那浓郁的花香沁人心脾。

治安支队长车小宁派她来找丁杨。她上楼按过门铃,没人应答。或者是丁杨有意不开门,或者是丁杨无法开门。孙倩倩相信丁杨在家,所以她就等着,要么丁杨请她进屋,要么她就等到天黑。风哗哗地吹过树梢,带动地上的粼粼光影。二楼的一扇窗帘裂开缝,丁杨终于熬不过她的执着,倚着窗棂开始抽烟,悄悄地留意楼坪。

丁杨看到了像一根白绿相间的葱一样亭亭玉立的孙倩倩,孙倩倩眼尖,露出一口细碎的白牙冲他喊道:"嘿!"

丁杨无处逃避,点了点头,仿佛一直藏在那里等她。然后他打开了门。

"你是在睡觉吗,丁专家?"她朝他夹烟的右手指了指。

丁杨耸耸肩:"你不是江顾问的女朋友吗?"

"对啊,病假到期了,"孙倩倩说,"车支希望看到你明天回去上班。"

丁杨转过头来:"我不想去见车小宁。"

孙倩倩将一张小纸条摊开在窗台上,纸条后面附着一张薄薄的处方单。

"这可是车支队长亲自签发的,就三天。老季说你在处置康馨医疗事件后,就调到了治安支队,一切都归车支队长管了。所以,你明天必须去治安支队上班。"

丁杨的目光移到窗户上。窗玻璃染有不均匀的色彩，以便路人无法看见里面。这和"鸟巢"惊人的一致，孙倩倩心想。

"不用想了，有好事等着你。"

"哈……"丁杨局促得像刚从乡下进城来的孩子。孙倩倩记得丁杨刚入警那阵，每回从训练场归来，都可以看见他这个模样。"我还能有好事？"

"你去了就知道，还不止一个惊喜呢！"

"我？惊喜？"丁杨毫无兴趣地笑道，"会有什么惊喜？加工资，评英模，领袖接见，还是调到公安部去？"

他抬起头，孙倩倩正好看见他那布满血丝的眼睛。她叹了口气，转头望向窗户，透过迷蒙的彩漆，看着阳光在树影里跳跃，仿佛看迷彩筒。

"丁杨，那不是你的错。领导已经做了结论，真的，你只是在执行命令。他们出糗，那是他们自己的事，怪不到你身上。"

丁杨的视线避开孙倩倩，低声说："领导让我去处置负面舆情，我却给他们制造了负面舆情，你真以为他们会像你一样想吗？何况，连我自己都责怪自己。"

"天哪，你这是瞎担心！"孙倩倩拉高嗓音说，"丁杨，我们都是小人物，只要当好鹦鹉，学好舌便行，不用揣度大人们的心思。"

丁杨没有回答。他坐下来，又摸出一支烟点上，猛吸一口，像菜鸟一样咳个不停。

"你一定不会想永远当呆鹅的，是吗？丁杨，明天来上班吧！就当我求你，你只要来露露头就好。你不用说什么，我都会给你办好，行吗？"

孙倩倩的比喻用得太好了，丁杨内心的思绪洪水般奔涌。原来自己的人生从入警第一天起就注定如此无能为力。他把小手指穿入窗帘的蕾丝孔，然后不停地扭动。现在，孙倩倩不是在等待他的回答，而是担心他会不会把窗帘拉下来。

孙倩倩想放弃，打算说几句伤人的话，但又作了罢，只是怔怔地望着丁杨好一会儿，终于悠悠地叹了口气："好吧，有件事本来车支队长交代过要由他亲自宣布，不过，我还是先跟你透露一下，你升官了，你是来治安支队当领导的。"

丁杨冷冷地笑起来，笑声就像从冰山里冒出来。"好吧，再次谢谢你的一番苦心。不过，你要说谎还需多加练习。"

"为什么你总认定我骗人？你的能力谁人能比，你做出的业绩有目共睹，你做了这么多年，早已到了应该提拔的年龄……"

"谁告诉你提拔看年龄？何况我刚犯了错，调离网侦在预料之中，只是没想到让我到治安打酱油，这真是一个疯狂的好主意。"

"治安哪里不好了？治安虽然有菜鸟，但也有鹦鹉、黄鹂、斑鸠呀！总之，吹拉弹唱的鸟都有用武之地，那里可以提供千百种可能。"

"好，我敢打赌你们一定不需要一只整天待在'鸟笼'里的呆鹅吧？而且这只鸟没有执法资格证，因为他没通过执法资格考试。一个连'鸟笼'都待不住，把汉洲大人物的脸都丢尽了的警察，只有关禁闭、停止执行职务。不上纲上线、起诉判刑已是大幸，提拔到治安去继续坐'鸟笼'，可能性微乎其微，你说对不对？"

"执法资格考试？"孙倩倩说，"去年的中级考试，你跟我坐在一起，你没拿到证，我也没拿到证，那是上级搞混了。前天，车支队长派我跑了一趟省厅，翻到了试卷核对，我俩的分数超过了及格标准。我已经将证书领了回来。"

孙倩倩对丁杨露出灿烂的笑容，丁杨的表情似乎更加困惑：

第二章 长 生

"你拿回了证?"

"没拿回来我也不敢来见你。丁杨,你已经是我领导了,下次我不敢再这么叫你。"

"没有的事,我……"丁杨顿了顿,垂眼凝视着面前的请假条,慢慢地收进口袋里。

"那就说好了,明天八点见,丁副大队长。"孙倩倩挥挥手,转身下了楼。

"副大队长?"丁杨冲倩倩的背影喊,"什么意思?喂喂……"

孙倩倩没有回头。太阳的光芒像一根根随意从天上撒下来的丝线,从孙倩倩的背影里滑落,十分无力地飘在地面上。一阵风吹过,让丁杨觉得脸上有些微微温暖,又有些微微凉爽。

歌舞厅后门的皮帘下,走出一个黑影,像守候猎物的蜥蜴。他将安装着女性电子腔语音对话软件的手机放进口袋,为自己成功将老人引诱出门而暗自高兴。他并不觉得自己设下的陷阱多么精巧,可那个老人竟然听从了电话的指示,尽管指示漏洞百出。

一切按"哥哥"的指令行事。以前给他下达指令的是"父亲"。"父亲"去年在一次枪战中死了,现在,另一个跟他一样叫"达摩"的兄弟接替了"父亲"的位置。他们出生于不同的家庭,并非真正的兄弟,只是都有家破人亡的遭遇,被"父亲"养育成长,所以对"父亲"死心塌地。他们被"父亲"带入江湖,始终活动在邪恶的空间,是谜一样的存在。

他们没有正当的职业,没有公开的身份,走在街头或许光鲜帅气,却只为掩盖他们的各种非法活动。这些非法活动包括枪支贩卖、黑幕交易,甚至绑架胁迫、杀人越货等等。

他们犯下的案件骇人听闻,却很少留下证据。

因为他们遁身隐形,谲诡从事,不是自家兄弟,无人知道他们的真实存在。他们还以自己隐形、诡谲、邪恶而自鸣得意,甚至彼此夸耀,出于一种与众不同的意识而更加飘飘然,那就是愈邪恶、愈隐形。对于他们,这不是一种消极防守性的行为,而是提着尖刀走在人群里恍然不知身在何处的蒙昧。

"哥哥"的指挥手法更隐秘,辅以科技的配合,也更加残酷无情。这个任务是一天前下达的。先是让他盯梢一个孤寡老人,接着是灭口指令。"哥哥"的指示很明确,那是一个知晓他所有秘密的人,必须用最便捷最没有后患的办法,那就是注射药水,一种心脏起搏注射液,让对象的死因看起来是心脏病发作。

他想,我才不在乎提出解决方案的理由呢。装聋作哑、不问情由,是"达摩"兄弟不成文的规矩。他将一次性注射器和那瓶药水悄悄扔进垃圾桶里,改换了一种伪装,趁着走廊无人,大摇大摆地走上大街。

五

在机场空旷的地坪上,肖可语一直在给丁杨打电话,可对方的手机不在服务区。

"这是怎么回事?他到底去了哪里?"她自言自语地嘟囔着。自从丁杨被调离网安支队,她便一直担着心。她知道丁杨不愿意离开网侦。她害怕他一时想不通,再做出什么傻事。事实证明,上次陪着丁杨去听演唱会,就是犯傻。

"女士们、先生们,"机舱里的广播响了,"航班已经离开汉洲,前往南都……我们为你准备了午餐,祝您旅途愉快……"

第二章　长　生

这时候已经没办法打电话了。肖可语看着舷窗外越来越小的汉洲城，满脑子都是丁杨。这家伙去哪儿了？

此时，丁杨正在康馨集团现代化的会展中心执行会展安保任务。走进会展中心，丁杨立即被它的宏阔吸引了。十多米高的立柱挨着全幅式的玻璃幕墙，直达拱形穹顶，墙与顶都镶着 LED 光源，不露痕迹地闪耀着水晶般的光。纵横交错的天桥和眺望台悬在半空，既是通道，又是展厅，各式智能展品和高清视频沿天桥和眺望台摆放，井然有序。

参观者在天桥上、眺望台前观赏。各个层次的展品自然地纳入眼帘。不远处，一部观光电梯悄无声息地顺墙悬挂，往返接送来往的客人。

会展中心进行了无菌化处理，每一个角落都晶莹剔透，洋溢着碧蓝灵动的气息。音响效果别出心裁，同楼层解说回声荡漾，看似透明的不同楼层却互不干扰。

现场除了治安警，还有不少武警。他们在执行严格的安检，即便是丁杨和孙倩倩入内，出示执勤证后，仍要在一长串宾客名单中找到相应的名字进行比对。

"我肯定是被监视了。"

丁杨突然感到有双眼睛盯着，他赶紧观察四周，看有没有隐藏的探头——明处的摄像头是不会让人产生监视感的。

"不用找。"封翎不知从哪里闪出来说道，"既然是暗探头当然是隐藏的，这次展览也是一次医疗保健的体验式艺术，让参与者不仅体验保健养生，更让他们感到延年益寿是一门艺术。每一个人都会在毫不知情的情况下被拍摄，离开时就会收到一份特别的礼物——他在整个体验过程中留下的视频。"

"荒诞，这种拍摄有侵犯隐私之嫌。"丁杨抗议。

"请原谅,"封翎说,"之前我们就料到,可能有人难以接受这个事实。但没办法,探头是一种光影合成的录像。也就是说,这座建筑本身就是一架带数万个探头的巨大摄像机,可以自动识别人像,只要一个人进来,就会激活一个探头,那个探头就会自始至终地跟定他,拍下他的所有行为。"

"既然你们的监视如此严密,那还请我们警察来干什么呢?"

"那不一样,"封翎答道,"警察的出现,能给我们的展览带来一份严肃的气氛。"

警察只是一种气氛。这无异于给参观者设了个陷阱。

"其实您不用生气,"封翎娓娓地说,"我建议您先走一圈。走过后,您就会发现接下来的时间您没有虚度。因为这里的智能科技体验,会远远超过您的网络技能操作感受,让您体会到网络所面临的挑战。"

"网络沦为附属物?"丁杨顿时瞠目结舌。

"网络从来只是人工智能的载体,"封翎接着说,"网络就在于实现快速的数据访问,实现互通互联。我们所有的器械都能实现这一点。真正的挑战在于,如何辨别数据的相互关联。人工智能与个体思想、体质的相互关系,特别是影响与锻造关系,正是蒙礼勤总裁的研究方向,他特别想请您亲身参与测试一下,以此作为考量……"

"我?"丁杨有些窘迫局促,"我不懂……"

"这是一种类似于图灵测试的挑战测试法,"丁杨听封翎发出笑声,"您拥有智能优势和思想优势。他想看看一个懂得人工智能,又有一定思想深度的人怎样延年益寿?"

图灵测试是密码破译专家艾伦·图灵提出的一项挑战测试,用来评估机器的行为方式是否有别于人类。封翎的话透露,蒙礼勤大约是想制造出一种智能机器或者器械,通过人器对抗,达到相互影响、相互制约、提升脑力和体能的目的。

"等等,今天上午来这里的每位客人都在进行这项长生测试吗?"

"可以这么说,但不是每个人都能起到影响、制约和提升的效果。"封翎说,"目前,宾客中没有一个人觉察出异样。他们都非常开心。"

"那只是他们不知情而已。"

"从技术上讲,知不知情都没关系,因为追求健康长寿是所有人的希望。只是体验感受力差异,不同的人会做出不同的反应。您是擅长网络侦察的智能型警察,结合器械的智能特性,蒙总觉得与您合作,能够更加快速、准确地接近成功。"

"这是对我的赞赏吗?"

丁杨知道,多年来蒙礼勤涉足人工智能领域,也不时出现在报刊上。但是,蒙礼勤的康馨集团研发的主打产品,只是医疗保健器械,难道人工智能真能延年益寿?

"我知道对您来说,这一切太突然了,"封翎继续说道,"不过,作为一项研究,蒙总投入了大量经费,只要参与,您将获得应有的一份。"

丁杨摇了摇头。封翎却不放弃,接着说:"请您往里走,我们一起去看看。"

前面是一条狭窄的弧形过道,丁杨接近玻璃廊柱,便感觉浑身起了鸡皮疙瘩:"你能告诉我里面有什么吗?我对狭小的空间可没什么兴趣。"

"没关系,这只是螺旋体入口,空间其实很宽大,特别是中心位置会给您不一样的体验。包括孙警官,你们可以一起进去。"

丁杨回头看了一眼孙倩倩，又看向入口，仿佛里面有件神秘的作品，丁杨依然犹豫不决："您不跟我们一起进去吗？"他问封翎。

"我另有事情。放心吧，这里连小孩子跑进跑出，都一点儿不害怕呢！"

丁杨吸了一口气，带着孙倩倩朝螺旋体入口处走去。高高的墙壁中间就像狭窄的峡谷弯弯曲曲，一眼看不到头。他也不知道自己究竟走了多少圈。每顺时针转一圈，过道就窄一点儿，他宽宽的肩膀几乎蹭到了玻璃墙，看似晶莹却不透明的玻璃让他觉得好像随时会往身体挤来，压得他粉身碎骨。

他看到孙倩倩的小脸都青了。

丁杨刚想转身往外走，突然发现自己已经到了过道的尽头，置身于一块很大的空地前。这不就是一种利用智能光影精心设计的骗局吗？

"叮咚！"

看似无缝的玻璃墙发出一声曼妙的乐音，墙面张开来，红蓝的彩光显示一道门。丁杨看到，一名男子脱离一大堆的人影，越过门迎着他们走来。他又高又帅，皮肤白皙，戴着一副时尚的无框眼镜，镜片后的那双眼睛炯炯有神，顶着一头精心打理的黑发。孙倩倩惊喜地叫了一声："江……心洲。"

丁杨转身往正在体验医疗器械的人群走去，双脚往前跨出，一下子陷进了柔软的地毯里。他顿时感到身体本能地放松下来，进入了另一片天地，眼前的景象完全出乎他的意料。

"我……置身在户外？"

此刻，丁杨感觉自己站在一个广阔的空间里。头顶繁星闪烁，东边一轮银钩似的月牙正从一簇簇似锦繁花后面慢慢升起。春风和煦，蛙虫和鸣，空气里弥漫着泥土的芬芳，有股刚刚修剪过的草地的味道。

一名工作人员说:"警官,你可以随意休息,或躺或坐,请尽情享受吧!"

丁杨先是走了走,空间的草地修剪得整整齐齐,间或栽着迎春、樱花,桃红梨白,正开得热烈。里面的客人都是真实的,或走动,或坐在草地上,丁杨跟几个人握了握手,问候了几句,但他们对此情景大都不明就里。

过了好一会,丁杨终于明白,这里仍然只是一个幻象,空间只是一件规模庞大的艺术品,客人跟他一样,都只是行为艺术的一部分。

但是,种种细节的精心布局简直无可挑剔,令人惊叹不已。

丁杨蹲下身子摸了摸草坪。青草柔软、脆嫩,跟真草一模一样,只是拍不出一点儿水分。仰头细细辨识星月,连带云彩、远山,都是光影的合成。所有的外围环境,也巧妙地经过音色的掩饰,让人感觉自然逼真。

丁杨回想起自己第一次看3D电影的情形。那是十年前的科幻巨片《阿凡达》。他坐在电影院里,却似乎与唯美的异星生物生活在一起,梦幻般的画面几乎终生难忘。

今天,这种身临其境的感觉同样令人错愕,周围的人也慢慢明白了怎么回事。丁杨看到在场的客人跟自己一样惊喜万分。与其说这是康馨集团通过一种展览体验营销自己的手段,倒不如说是他们创造了惊人的幻象,引发客人思考着生命的种种奥秘。

"现在,让我们回到童年。"突然,空间里响起一个声音,"让我们躺在星空下,放飞思绪,尽情畅想。生命由此变得充满希望,像爱一样永久绵长。"

丁杨感觉到在场的客人都兴奋起来。

"我是蒙礼勤,我是爱和生命的探险家。"那个声音变得柔和,"我愿与大家一道,带着希望出发……去发现从未涉足的灵性……去超越哲学的想象,瓦解生死有命的世界观。今天,我们关于生命的思考将重新定义。"

"这是什么论调!"丁杨心想。但现场的客人一个个都为之激情飞扬。

"朋友们,"蒙礼勤的声音再一次响起,"今天,我们齐聚一堂,就是为了共同见证一个重要的发现。我只是搭建这样一个平台,真正的转变在于你们。你们才是人类生命理念的践行者,才是不可辜负的爱和希望。谁也不会例外……"

在雷鸣般的掌声里,丁杨感受到现场的热情震撼着他的心扉。不过,他有一种强烈的被渗透的感觉,他似乎成了某个计划的一部分。

"随着智力的进化,科学的发展,我们逐步勘破了这个星球的奥秘,同时也解释了人类自身的奥秘。神和传统的轮回观必将离我们越来越远,一个接一个,直到全部消亡。"

穹顶之上,灿烂的星斗叠加着不同的图案,显示出它们代表的传统观念和神话传说。

"一切都在改变!"蒙礼勤大声说道,"我们是科学支撑的一代。"

穹顶之上,星斗叠加的图案挨个地消失,画面越来越少……

接着,天空中出现了新的画面——清晰的太空船、靓丽的智能器械……

"一切已经在发生改变,未来的历史学家和人类学家会记录下来,今天我们感到难以置信的东西,就像一百年前,我们无法想象使用手机、电脑一样,变得平凡无奇。"

第二章 长 生

这句话在空间里久久回荡，抚慰人心。

然后，一个年轻的声音打破了沉默。那是封翎的声音。

"生命可以无限期地存在！"封翎说，"我们的身体就像一台智能计算机，只要我们能像修正计算机操作系统一样，不断修正我们身体的操作系统，我们会发现如下结果。"

此时，穹顶上出现了两行大字：

摒弃混乱，创造秩序

播种希望和爱

封翎接着说："爱就是我们修正的 DNA，希望就是无限延长的生命。人类发展的时间轴正在压缩，个体生命的延续却在无限拉伸。我可以向大家保证，未来几年的人类生命将会超越常规、令人震惊，完全无法想象！"

突然，所有的声音全都停止了。

灿烂的星空出现，紧接着，春风和煦，蛙虫和鸣，蓝色的月光像湖水一样洒在各自的肩头……空间里的客人似乎不约而同地舒了口气。

但是，丁杨的体验被打断了。孙倩倩告诉他，抓住了一个潜入会展中心偷东西的小偷，需要过去处理。小偷被拘在保安室里，顶着一头彩色尖刺，黑 T 恤背后印着醒目的骷髅，牛仔裤很久没洗了，分不清蓝色还是黑色。

丁杨看了看他的身份证，又掂了掂他偷的两个电子元件，拉过他的身板，像是拨开一棵草一样，逼着他与自己对视着："你叫强超，就想要这个，几十元钱的东西？"

小偷神情紧张，脸色愈加苍白，像多年没见过阳光。他点点头，又摇摇头，眼睛通红，好像有一肚子怨气。"我叫崔久道。"他说,"我没偷东西。"

孙倩倩对比着身份证上的照片问:"为什么改姓崔?"

强超直勾勾地望着孙倩倩说:"我没偷东西,那两个小玩意儿是我从地上捡的。你们是警察,不能随便冤枉人。"

丁杨对这种自以为聪明的小年轻一般都很有耐心和同情心。他自己经历过贫穷,知道他们当中大多数人犯错都出于无奈,有的则是出于好奇。他抓起小偷的手,指尖果然有又粗又糙的茧,一个典型的网虫——是不是他的机器上缺了两个元件,兜里又没钱?

"我劝你最好端正态度。不论是警察,还是遭受损失的公司,都希望你首先能有个好的态度。"丁杨说。

"你也知道这两个东西只值几十元钱,这也算损失?再说,它们就搁在那儿,说不定是他们公司里什么人随手扔掉的,我就是捡起来而已。"

"既然不值几个钱,怎么不去店里买?"

"这是自动拨号机连接器,一般的店里没有。"

丁杨意识到强超不是一个普通的网虫,而且,很可能是自己的同类。他不想这么随随便便把他按小偷处理,也许,自己能帮他一把:"不管出于什么理由,盗窃的事实是存在的,而且人证物证俱在,你自己也承认。眼下,你必须不折不扣地照我说的去做,才能救你。"

"没有人会为了这两个元件把我关进监狱。"强超好像迎着风说话。

"你是想试试吗,强超?"

"崔久道。"他纠正道。

丁杨没时间再跟他磨蹭了。如果录了口供,移交到派出所,一切就太迟了,不关也会留下案底:"好吧,崔久道。你现在必须听我的，因为我是个想救你的警察。"丁杨抽出一张50元的钞票塞到强超手里："跟我来，按我说的做。"

他拽着强超的手来到保安队长面前："队长，小强已表示愿意真诚悔改，他有话跟你说。"

队长转脸看着强超，而强超正扭着、摆着想挣脱丁杨的手："把钱给队长。"丁杨说。强超刚要开口说什么，丁杨用中指使劲抠了一下他的手腕，痛得他差点瘫掉。他那只没被抓的手伸进口袋，掏出那张票子，递给了保安队长。

"现在，把您想对队长说的话说出来。道歉也行。"丁杨的手上依旧没有松劲。

"对不起，我很抱歉……"强超眼里有了一些明白和悔意。

"以后再也不会发生这样的事了，对不对？"

"是……再也不会了。"

保安队长看了丁杨一眼，把钞票叠好，放回强超的口袋里说："看在丁警官的面子上，原谅你了，下不为例，走吧。"

丁杨看了看站在不远处的江心洲，江心洲正冷冷地观望着这边发生的一切。他肯定看得出来，这都是丁杨的意思。丁杨向保安队长道谢："就算是给这小子一次机会吧，年轻人不懂事，教育为主。"

强超挺了挺腰，想要开溜。丁杨却没有松手："还不向江顾问和队长说谢谢？"

"谢谢……"他含糊不清地说。

离开保安室，丁杨才把手松开。强超一脸苦相："你用那么大劲儿干嘛，都快疼死我了。"

丁杨淡淡地问："是进监狱疼，还是被我掐着疼？"

"就这俩破玩意儿，能把我送进监狱？"

"你也许很懂电脑,懂网络,但你对法律还不太了解。你这个行为,可以给你一个星期的治安拘留,并处罚款两千元。"

"我没有那么多钱。"

"那就等着你父母赎你。"

"我没有父母。"他的双眼似乎有点潮湿。

丁杨皱了皱眉头,没有再问。强超的脑子也在转。感激别人对他来说是个相对陌生的概念,他花了好一会儿才蹦出一句:"嗨,老哥,谢谢你。"

"不客气。"

"那么,搜走的东西会还我吗?除了你的五十块钱。"

"全带走吧,算我请客。"

强超恢复了满不在乎的表情:"那我就不客气了,这年头儿像你这样的人真的少见。"

"我只是不忍心让你关在拘留所里,与强奸犯、抢劫犯一起睡在又窄又小的通铺上。像你这样秀气俊俏的年轻人在晚上可是最受欢迎的哦!"

强超下意识地颤抖了一下:"好吧,我欠你的。不过,我也没本事还你的人情。"

"谁说没有?"丁杨递过一张卡片说,"上面有我的电话,我也有你的号码。也许,我会找你帮忙。"

强超露出狡黠的笑容:"你们这帮警察,果然没安好心。"

会展执勤一结束,丁杨便拨打肖可语的手机,关机。难道她又忙得忘了充电?丁杨干脆直奔梅阳分局去。孙倩倩正与江心洲热恋中,巴不得有两人独处的机会。

去年丁杨帮梅阳公安分局破获了网络诈骗杀人案,而且协助罗

第二章 长 生

卫击毙了达一路的父亲,他在这里自然受到欢迎。刑警大队长胡志远让苏南给他去泡咖啡:"您这是刚执完勤吗?来了就不要急着走,一起吃饭。"

"我就来问问肖可语要不要我接送奇奇,她手机关机。"

"您看我这脑子,她特地交代我跟您联系,一忙就忘了。她刚刚出任务,去了南都市。奇奇不用担心,她已经安排好了。"

丁杨想问出什么任务,但忍住了。肖可语现在是刑侦大队副大队长,派她出什么任务都是应该的,即使她是丁杨的女朋友。好在胡志远真心不拿他当外人:"有人往南都发了个邮件,我让她去追回来。"

苏南端着咖啡进门,一边跟丁杨打招呼,一边跟胡志远倒苦水:"一直搞不定,怎么办呢?"

"急什么!"胡志远嘿嘿一笑,"这不来救星了吗?"

苏南一拍脑袋,看着丁杨:"我都快被那个防火墙逼疯了,快快,机房里请。"

胡志远朝机房点点头,却说:"别忙,先喝完咖啡。"

丁杨知道胡志远言不由衷,起身跟着苏南往隔壁机房走,那类地方对他总是有无尽的吸引力。苏南走进一个卡座,桌上并排摆着两台电脑,一台是临时安置在工作台的。丁杨坐下,掏出工具包,里面有他的工作优盘。五分钟后,他发现帮助苏南解决问题并不容易。

"是不是很麻烦?"苏南问。

"也许只是需要点儿时间。"然而,丁杨仔细研究一番,开始的自信劲儿没了。"这个用户是一个高级黑客,拥有高端的攻击程序和防御措施。他的防火墙对自己攻击的对象也是严加防范的,他要确保自己入侵的对象不会反过来追踪到他的终端,调查他的身份。

他没有硬件加密措施,比如掌纹或虹膜识别,用的是密码,这个密码很疯狂,足有三十多个字符。不能破解密码,就不能查实他内存里的数据,也就没法儿锁定他。"

苏南瞪着丁杨,说:"你不是有一个最新版本的'解密王'吗?利用自动词典式搜索,将数字和单词轮番组合。我们机房有强大的计算机组,一起运行可不可以?"

丁杨沉吟着说:"这种超级运算,你们机房的计算机还不行,也许把'解密王'分散到几个平台上,再将市局的主机运行起来……"

"市局?"苏南的语气有点儿沮丧,"估计没戏……"

半小时后,丁杨一边吃着乏味的午餐,一边皱着眉向胡志远说:"我现在是治安警察,下午得回去上班。我帮不上你了。"

胡志远点点头,但说话的语气充满刺激意味:"放弃了?"

丁杨站起身,在那台电脑前来回踱步:"我需要好好想一想,下班再来。"片刻,他又问道:"这台电脑的主人是谁,有这么重要吗?"

"是个老人,有人发现他死在一家歌舞厅楼上的厕所里,死前往南都寄出了一个邮件。我们怀疑那个邮件跟这台电脑有关,可能是一块储存芯片。"

六

肖可语一下飞机就径直打车赶往邮件寄达地岭南路宜梅苑。尽管一路上她考虑了多种见面方式,却没有想到,找到收件人班一鸣时,他已是一具尸体。

第二章　长　生

宜梅苑静悄悄的,两名当地刑警坐在台阶上等着她。肖可语开门见山直奔主题:"死者的遗物呢?"

其中一名刑警客气地站起来,自我介绍是中队长,冲着沙发努了努嘴,那里有一个皮箱和几双鞋子:"都在这里。"

肖可语在两室一厅空荡荡的住房里转了转,里面似乎刚刚搬空,只有一张床铺着卧具,书桌、书柜都是空的,客厅有电视机,除了厨房有些厨具,其他地方连张纸都没有。她打开皮箱看了看,只有一些夏天的衣物、洗漱用品和几本书。

班一鸣也是汉洲人,前天才在南都租下这套房子,协议半年,大约是准备到这里过夏天的。除了房东,周围没有一个相识的邻居。肖可语翻了翻中队长复印带来的案卷。案情十分简单,报案人听到隔壁有异响,出门看到死者倒在门前挣扎,看起来像是患了心脏病。他立即拨打了急救电话,但医生赶到时,死者已经没有生命体征。

黎政的指示非常明确:拿到汉洲寄过去的邮件。肖可语看着那些东西,皱起了眉头,没有邮件。中队长问:"去不去看尸体?"

肖可语心不在焉地点点头:"确定他死于心脏病?"

"应该是。不过要征求家属意见,做了解剖检验才能下结论。"

停尸房离宜梅苑不远,几分钟的车程。中队长走在前面,打开灯,尸体直挺挺地摆在尸床上,一丝不挂,无所隐瞒。肖可语凝视了一分钟,没有发现任何异常痕迹。

"邮件会放在哪里呢?或者邮件里的东西?"肖可语暗想,"难道让我空手而归。"

她朝床上的尸体看了最后一眼。突然发现他的左臂隐隐有些青瘀。她集中全部注意力,俯下身子,斜眼看尸体的左手。她问中队长:"你确定报案人没有说什么细节性的问题?"

中队长点点头:"没有啊!"

肖可语沉吟了一下,说:"我想见见那个报案的邻居。"

中队长十分尽职,在他们返回的路上,便联系了报案人。

邻居在家里等着,肖可语问:"你看到他的时候,有没有发现他收到什么快递或者信件?"

"快递?"邻居突然一脸恍然的样子,"你一说我就想起来了,好像是有个快递,不过,我当时不知道那是死者的。"

肖可语心里一沉:"什么样的快递?在哪儿?"

报案人摇了摇头,说:"我应该早点报告的。哦,谁知道在我们这样的文明社区,竟然有那种事呢……我一直以为那人是在胡说八道。"

肖可语脸上的笑容消失了:"说清楚点。"

"就是带着救护车过来的那个保安。当时,一起过来的不仅仅有医生,还有看热闹的。保安说有人手里拿着一个快递,里面有一个盒子。因为现场比较混乱,盒子摔在地上,里面的东西滚了出来,是一副项链。保安口齿不清,听起来像是蹩脚的绕口令。"

"他说了那个快递是谁的吗?"

报案人摇摇头:"也许快递就是死者的,但我不能肯定。医生一来,我便躲在一边,但拿快递的人却跟医生挤在一起。现场很乱,许多事情顾不及。"

"那副项链在哪儿?"肖可语问。

"不知道。"邻居迟疑地看了一眼肖可语,说,"脸生,我觉得不是我们小区的人。"

丁杨环视办公室,对面书架上摆着整齐的法律书籍和鲜艳的奖励证书,一排排功勋奖章格外夺目。办公桌后墙上挂着一张彩色照片，照片中的车小宁正在接受某位首长的接见。丁杨正想细数照片里的勋章，车小宁走了进来。

丁杨做了个起身的动作，却被车小宁一把摁住。

"怎么样？"车小宁问，"来支队这些天，还适应吗？"

"会习惯的。"丁杨说。

"对，会习惯的，只是要有点耐心而已。很多事都是如此。"

丁杨点头表示同意。堂·吉诃德的文学画廊形象是有教育意义的，在每一个团体里都是如此。他的工作内容很简单，巡逻、为大型活动提供警卫，当然也负责一些侦查和抓捕，还有往来的报告及侦查卷都由他初审，然后评估是否需要呈报上级。车小宁的指示非常明确，除非报告废话连篇，否则都要呈报上级。换句话说，丁杨的工作是过滤劣质报告。

他手里目前积压着三份报告。第一份来自综合大队，有一套新型电子监视设备无人操作，原因是提供设备的公司破产了；第二份说市场出现了假冒伪劣的康馨集团产品，怀疑有贴牌公司，甚至有康馨集团的工作人员参与；第三份是网安支队移交的，说多个论坛里有网民热议，康馨集团欺骗消费者，天价销售医疗器械，康馨志愿服务协会也有渔利嫌疑。

后两条都与康馨集团有关，且相互矛盾，但说得有鼻子有眼。丁杨觉得应该让车小宁知道，就过来直接汇报。车小宁翻了翻丁杨送来的报告，问："你怎么看？"

"我有一个怀疑，"丁杨说，"这两个报告可能跟梅阳的案子有关系。"

"什么案子？"

"一起杀人案，受害者是一个退休工程师。"

"哦，我想起来了。黎政给我打过电话，说有台电脑里的数据涉及一起谋杀案，想借你过去，他说的就是这起案件吧？"

"对。中午我去分局找肖可语，他们让我帮着看了看老人的电脑，发现他多次黑入康馨集团的网站，搜集的信息有的涉及假冒伪劣产品，有的涉及天价销售。而且，那个老人多次购买过康馨集团的医疗保健器械。"

"所以你认为这两份报告跟谋杀案有关？不过，丁副大队长，"说到"副大队长"时，车小宁特意加重了语气，"现在那不是你的工作。"

"也许吧，但我只是想提供一点思路，建议负责核查这两个报告的人去追踪康馨医疗器械的生产和销售记录。"丁杨又从手中的文件夹里抽出一张打印纸，"这是今年以来市场监督部门收到的有关假冒伪劣康馨集团医疗保健器械产品的举报清单，举报内容十分具体，销售这些产品的人是前康馨员工，现在南都打工。"

"你去过市场监督部门了？"

"我请孙倩倩联系过他们。"丁杨不由有些忐忑——自作主张，这是他的老毛病，现在又犯到了新领导手里。

车小宁的目光在丁杨身上停留了一会儿，才仔细查看那张打印纸："打假确实在我们的职责范围内。而且涉及保护本地王牌企业的利益，上级一定是支持的，这件事交给你们大队经办也不是不可以……"说到这儿，车小宁停顿片刻，微微叹了一口气，"我知道你是想重操旧业，我也理解。"

丁杨想解释两句，被车小宁抬手制止了，吊着细长眼袋的目光像烛炬一般，折射出洞若观火般的心思缜密："反正案子交给你了，怎么办是你的事。既然你认为报告上的事跟梅阳的命案有关，也去向黎局长汇报一下，如果需要你配合侦查，那就好好配合。"

丁杨站起来，立正，敬了个标准的警礼。车小宁挥挥手，推着他离开了办公室。

七

丁杨赶到梅阳分局的时候，强超已经在门口等着，仍穿着同样的T恤，同样的牛仔裤，不过好歹已洗干净。黑客是一些古怪的家伙，但他们是世上最理智、最崇尚技术的人群。

进入分局机房，丁杨将一张优盘插入主机，输入几行指令。强超在旁边看了一会儿，眼里散发出夏日阳光一般灼热的气息。丁杨觉得他的每一寸皮肤和骨头都在欢叫。他说："这台电脑的防御前所未有的严密。"

两个小时，两人喝了八杯咖啡。胡志远实在受不了，追着丁杨问："这是什么鬼东西，我已经看着你们运行了几万遍，为什么还翻来覆去的？"

"我也不知道，但我可以告诉你，这个老人是个奇才。"丁杨说。

"这个老头儿也是黑客？"胡志远大吃一惊，"我以为黑客应该都是年轻人。"

"黑客也会老，"丁杨微微一笑，"不过，确切地说，老人还算不上黑客，应该是……"

"密码朋客，"强超兴奋地说，"也许是全中国最厉害的密码朋客。"

胡志远皱眉问："那是什么东西？"

丁杨宽容地对胡志远点点头："你也可以简单地理解为黑客，专门破译密码的。"

"还擅长编写密码，"强超补充道，"所以我们一直无法获取这台电脑里的数据，密码这方面，我们都不如他在行。"他突然抬起头看着丁杨："你们究竟要在这台电脑上找什么？"

"线索。任何有关老人死因的东西。"胡志远说。

这种回答等于什么都没说，强超嗤之以鼻。丁杨犹豫了一下，决定透露一些案情："还有……关于康馨集团、养生保健、医疗器械等，看看他是否侵入了别的公司系统，比如医疗器械制造公司，或者研究所，也可以寻找跟这些事情有关的人……"

"好吧，"强超的语气很勉强，"可如果进不了这台电脑，就什么都别想找到。"

"老人年轻时留学M国，"胡志远提示，"他会不会用英文句子做密码？"

丁杨盯着胡志远，有点儿犯愁："我的英文可不怎么样！"

"我来试试，无非下载一本语言词典罢了，"强超说，"理论上是可行的，不过，你的'解密王'需要重新设置一下。"

半小时后，电脑主机发出"嘀嘀"的嘶鸣。丁杨两腿一跃，端正地挺直在椅子上，盯紧了屏幕上两行英文："谁看得懂这句话的意思？"

强超将那行文字复制粘贴到搜索引擎里，中英文对照翻译，结果很快显出来："请真心地对我，把今天永远地保存在你心中。"

胡志远问："是两句诗，或者英文歌词？"

"Be always true to me, keep this day in your heart eternally，正是《恋人协奏曲》里的一句歌词，"强超说，"没想到他用这个作为进入电脑的口令。"

丁杨输入密码，按下回车键，于是，他们走进了肖继中的隐秘世界。

第二章 长　生

他纷乱的内心世界已转变成二进制的数字，转变成微电流。他灵魂里不安分的一半保存在虚拟国度，以独特、古怪的方式，表达出他对盈盈的迷恋。在他的加密文档里，这种迷恋不加约束地开放出疯狂的花朵。

描述肖继中爱上盈盈，或者说喜欢上那个让他觉得应该是盈盈的电话女孩的心路历程使人感到痛苦，因为这撕碎了人们的现实安全感。

事实上，网络的介入已经打破了现实生活的安全感。只是身在其中的人不肯承认，就如同乘坐车、船、飞机的危险性，你有必要去忽略它，因为生活就是这样，如果你真的揭开生活中非正常的一面，可能一辈子不敢出门。

丁杨想，盈盈与肖继中共度的时光应该是愉快的，关心、照顾、倾心长谈，没有任何不正常的迹象，也是他萌生爱的基础。但他对那个打电话的"盈盈"却流露出古怪的感情，同时用巨大的意志力克制着这份情感，老人被分成了两半——可是，电脑记述的东西，就一定是真实的吗？

没有答案，肖继中已经离去。

他完全沉迷于对盈盈的想象中，将她的照片与其他图片混合起来，构思出离奇的艺术画。他甚至将盈盈的头、身与自己的头、身互换，创造出半男半女的怪物——其中一定蕴含着难以启齿的意象。

走进老人的疯狂世界，在场的人都感到震惊。胡志远不得不承认自己对老人死亡的看法有必要重新立论。他要立即传讯盈盈，但丁杨建议他别这么做。丁杨坚信，藏在电脑里的老人，一定是盈盈连想都不敢想的那个人。

"这么严密的安全措施就是为的这个？"胡志远不解。

"还有更需要保密的。"丁杨俯身在键盘上敲击了一下,几秒钟后,云端医疗技术研究所的标识跳了出来,接着是一长串名单之类的东西。

"云端医疗技术研究所?"胡志远依旧摸不着头脑,"据我所知,这个研究所几年前就破产了,保存它的资料干什么呢?"

"一般黑客入侵别人的网站,无非四处遛遛,换换图标之类。可是,他把人家公司的整个网站都做了镜像,真是疯狂……"强超一副崇拜的表情,"你们说他是个老人,真是令人难以置信。他竟然可以设置隐形登录,随意更改别人的口令。他还编写了一个自动记录器,可以隐藏在系统的任意终端,录制该终端输入的每一个字符,使用者却一无所知。"

胡志远可不想听强超夸耀老人的网络技术。他本来期望能找到一些老人被杀的线索。可是,却看到老人侵入一家公司的系统,而这家公作司早已破产。这跟命案有什么关系呢?

"我再看看。"丁杨按了几个键,随着光标浏览着镜像网站。从对公众开放的网页看,研究所的目标是医疗器械研究,但有几个网页专门介绍一些保健药物。

几分钟后,他们看到一长串看起来无意义的字母和数字。

"这些东西恐怕得请教专家才行。"丁杨说。

强超点点头:"不过,不管这是些什么,一定是老人极想知道的。他储存了很多链接,指向的都是这些东西。"

丁杨瞪着显示屏:"我想,还有一种可能……他会不会是受人雇佣。他所做的都是不愿意让别人知道的事情。"

强超表示赞同:"嗯,这样的工作可以挣很多钱。"

胡志远顿时两眼放光:"你们说到了点子上。老人闲来无事,极可能为别人做这个。他家买了很多高科技医疗保健器械,他要付

第二章 长 生

器械账单,要为盈盈买东西,获取她的欢心,肯定得花很多钱,这样就解释得通了。我们需要弄清是谁雇用了他,为什么要如此深入地了解云端医疗技术研究所。或许,他就是因此而死的!"

"被雇主杀死的?"强超问。他静静地坐着,突然发出粗重的呼气声。丁杨转过脸看着他,他的脸色本来就白,可丁杨发觉他此时的脸色比平常更加苍白。

丁杨想找出恰当的话来安慰强超,不要把他吓着了,但已经迟了。他变得惊慌失措起来,他说:"我们必须立即下线。"

"别慌,小崔。"这回丁杨没有叫他"小强"。

"慌?他们已经杀了一个人,我不想当第二个。"强超瘫在椅子里,感觉身上的力气像皮球漏气一样突然一下子漏光了。

胡志远撇了撇嘴,他有点看不起这个没有骨气的小男人,说:"这里是公安局,没人能找到你。"

"你懂什么?每个黑客都有自己的特征,那叫网络个性痕迹。"

丁杨轻轻抚着他的肩膀,好像在给他鼓劲:"镇静点儿好不好,即使留下个性痕迹,那也是我的痕迹,跟你没有关系。"

"你?也许有你的,但我的更多、更明显,"强超盯着丁杨,像看着怪物,"你是帮过我的忙,但我还不至于为了几十块钱的恩情去送命。"

真是个令人头痛的家伙。胡志远已经很不耐烦了,丁杨冲他微微摇头,然后拉过椅子坐到强超的对面:"崔久道,我是不能给你多少钱,但我还是希望你跟我们合作。看得出,你是一个有才华有志气的孩子,聪明、灵活、有抱负,可你并没有好好运用你的才华。"

"那是你的想法。"

"这么说吧,小崔。五六年前,我也跟你一样,每天跟黑客朋友们瞎混，甚至黑入一家网站，差点犯下大错。看到你，就像看到那时的我，我真不忍心让你这么浪下去。现在，我给你一个真正做点有用的事的机会，而不是虚度光阴。也许，你可以变得跟我一样。"

强超哼了一声："我比您出色，领导，您落伍了。"但很明显，丁杨描绘的"可以变得跟我一样"的前景还是打动了他。他的鼻子不由自主地有点酸，他懂得落魄的滋味，像一朵在水里漂来漂去的浮萍，他也想像丁杨一样拥有一种特别的东西。

"也许你是对的，所以我希望你是真正的出色。但是目前为止，你还没让我看到你是如何出色，还不得不靠我帮你洗刷展览会上的盗窃嫌疑。"

第三章 承　诺

一

"除了脚印，现场没有发现任何有关凶手的线索。"胡志远说，"侥幸的是，肖继中受到袭击时奋力挣扎，凶手的针头钻偏了，留下一片瘀痕，否则，我们只能得出心脏病突发的结论。这正是凶手的本意。"

"凶手在厕所里杀害被害人，"黎政补充说，"他的脚印在厕所多处出现，表明他在厕所蹲守过，对被害人的行踪非常清楚。"

"凶手用注射心脏病药物杀人，显然是不想留下痕迹。"丁杨插话道。这是他第一次参加肖继中被害案分析会。车小宁以调查假冒伪劣产品销售线索为由成立治安侦查组，安排丁杨与孙倩倩到梅阳分局协同办案。

"我们再回顾一下，"胡志远说，"肖继中下午跟儿子通过QQ视频，儿子让他在家待着，不要出门，一旦有风吹草动就报警。晚饭后，他接了个QQ电话，通话时间五分钟，但来电是个网络号码，只能查知来自市内，无法确定地点和来电人。老人对来电随手做了笔记，标明是女声，疑似推销医疗器械的女人，对方警告他不得报警，否则……照理说，说狠话的应该是男人，但网络电话传出的可能是电子声,不能确认对方一定是女性。随后,他便出了门,上了公交车,躲进歌舞厅……可是,这一路上都没有找到凶手的视频,连公交监控里都没有这么个人……"

丁杨搓揉着下巴说:"凶手一定是跟踪进入歌舞厅,因为他无法预测老人会去哪里,只是临时起意。蹲守厕所,因为他对歌舞厅熟悉,知道老人无处可躲,只能往那里去。"

"有道理,"胡志远说,"公交车只有投币处有监控,他可能从后面的车门上去。歌舞厅一定有后门,或者攀缘上了二楼。"

"歌舞厅后面是块没有路灯的空坪,四面都有小巷可以进去,"苏南说着,捂嘴打了个哈欠,"我已经问过住在小巷边的每个人,没人注意到那里,也没发现攀爬的痕迹。"

丁杨问道:"后门呢?那里通常会有些急不可耐的男女……"

苏南说:"我们也询问过在地坪里休息的人,都说没有注意到有什么异常。"

会议室的门被推开,强超走进来说:"打扰一下,我的机器人搜索到了一条信息,有一个论坛提到名叫'雷神'的版主。此人的技术手法跟死者接到的网络电话的个性特征相似。"

在网络上找人,有两个办法。如果有邮件或者论坛帖子的真实文头,可以查看路径说明,从中了解信息从哪里进入,搭载什么软件进入它被发现的那台电脑IP。按规定注册的用户,便会显示真实姓名和地址。

但是,通常说来,黑客都使用假文头,以防被人跟踪,他们也不会用真实地址注册。所以,要找到他们几乎不可能。但正如强超所说,每个黑客,特别是擅长编制软件的黑客,都各有各的个性特征,就如笔迹,不论你如何隐藏,点划勾撇,总会有你的个性。

强超在论坛找到"雷神"后,随即将超级木马载入警用地理信息系统,键入"雷神"的个性特征,每碰到一个新的论坛,或者公号平台,或者新闻论坛,就会拿"雷神"的特征去对号入座。找到同类,便会"叮"地发出警报,并将那些信息归纳整理。

"你追踪到它在哪里了吗?"苏南问。

"对。"强超有些激动,他拿出一份打印件,"那个地址应该是有效的。你们看这条线,它代表着木马的追踪路径,一路向西,最终停留在雁麓区的中部,末端那个方框里有个问号,说明追踪的不是独立终端,而是一个虚拟系统。"

丁杨望着那个图形,轻轻敲着屏幕:"它正在移动中——如果不是车载的,就是上载了游离程序。"

苏南说:"要不我去查查看?只要它不下线,就脱离不了在线地图服务的共享环境,相信一定可以捕捉到。"

丁杨摇摇头:"能否捕捉到不重要,但一定要查明它是不是车载的,这很重要。"

苏南打了个响指,马上去查实。黎政关切地问强超:"还追踪到什么信息吗?"

"重要的在后面呢!"强超说,"我破解了一个加密文件夹,里面的文档曾被粉碎过,恢复后发现,内容跟丁领导的报告差不多。"

"你是说我的立案报告吗?"丁杨问。

"是的,他的资料是从网上搜集来的,网址、发帖时间、发帖人,记得清清楚楚。尽管发帖人用的是网名,但如果细究,可以查出些具体的知情人。还有几段录音,听起来不连贯、不清晰,不过有些关键词,可以引发一致性联想。"

"你是说,里面的内容都是关于假冒伪劣产品的?"丁杨问。

"具体地说,是反映有人假冒康馨医疗器械,还有就是线上线下康馨产品、真假康馨产品的价格对比等。"强超说。

"好吧，这至少将我们两个组的案件完成了串并……"

丁杨点了点头，却又疑惑地说："还有一个问题，老人电脑里的东西始终没有说到康馨集团有什么问题，他的被害会不会是想搞倒康馨集团的人干的？老人也提到了'魔法鹦鹉'，还对它加了粗、描了红，似乎与电话里的电子声有关系；还提到蒙兰兰，提到她的志愿服务协会，似乎女志愿者也跟'魔法鹦鹉'有关系。这些信息跟杀人案到底有没有关系？"

黎政对此没有发表意见，他看了看表，等丁杨说完，便说："好，大家查明了很多重要情况。下面，我分一下工。请小崔将发现的信息分类打印。志远，你安排人逐条进行分析调查，不论与命案有没有关系，将每一个人都找到，并核查提到的每一件医疗器械，识别真假，对比价格，看看其中到底有什么猫儿腻。孙倩倩，你继续跑市场监督部门，结合志远的核查情况，跟网管办联系，比对他们提出的所谓负面新闻。丁杨，你还是和小崔盯住网络。"

"好。"胡志远说。

"等一等，"丁杨说，"对所有可能性保持开放不错，但对已经判定有关联的情况还是要重点查，以便尽早突破，使网上追踪更有针对性。"

黎政表示同意。

丁杨坐着没动。强超走到门口又返转身，说："老人虽然也提到'魔法鹦鹉'，但我觉得很可能是你封杀的平台流出来的，跟其他的信息没有关系。肖继中其实并不能肯定女志愿者跟电话女声是一个人，我们查不到女声电话是从哪里打出来的，但每条帖子里都提到它，它一定存在，这就给我们的追踪出了难题。"

丁杨站起身，直视着强超的眼睛："我们不止一个难题，记得那个研究保健养生的医疗技术研究所吗？还没有结果呢……还有蒙兰兰，她也是个谜。"

说到蒙兰兰，丁杨突然想起肖可语，她的声音，她的容貌，她的抚爱。他已经一天多没跟她联系上了，只听黎政简单地提了一句，肖可语打了一个电话回来，说是她要找的知情人死了，她要追查的邮件到底是什么东西？为什么黎政和胡志远一直对此神秘兮兮的，甚至对自己也不肯明说？

驱车从分局前往文化演艺中心的路上，丁杨试图联系肖可语，可她的手机一直关机。沿途的玉兰花，尽管受到汽车尾气和摩天大楼交相挤压，仍顽强地绽放着，张扬着多彩的韵味，它顽强的生命力令人叹服。

越往西走，车流越是陷入了环城工业园玻璃与钢铁的建筑群，这是无形、无灵魂、无边界、无历史的象征，汉洲因为有了这些才成为中部发展迅速的城市之一。城市原住民，虽然感觉到了正在来临的变化，但因为怀旧情结，仍抓着过去的习俗。他们没有一夜暴富的动力，对于他们来说，人生最大的幸福就是衣食无忧。

到达文化演艺中心的时候，已经十点多，表演在一刻钟前就已经结束。丁杨将车停靠在地下停车场的出口边。

他顺利地来到舞台出口处，有二三十人在那儿等着，都是些年轻男女，衣着光鲜，发型颜色五花八门，与他上次带着肖可语参加演唱会后，在宴会上看到的人完全不一样。在这等着的是些铁杆歌迷，有的来自志愿服务协会。

他走上前，问一位年轻姑娘是否在等蒙兰兰。姑娘面露喜色，点了点头。

她不知道还要等多长时间，显然蒙兰兰不会很快出来。这对丁杨来说不成问题，需要等多久就等多久。他试探着问姑娘是不是志

093

愿者。姑娘没有回答，不知道是对此毫不知情，还是故意回避。蒙兰兰的志愿者疑似参与了伪劣产品的高价推销，也许和肖继中命案有直接的关系。把两者串联起来的，是网络电话中的曼妙女声。

警方已经找过盈盈，尽管她本人极力否认推销产品，却主动承认电话里的声音跟她很像。鉴于科技手段对声音的高度模拟，不可能完全认定曼妙女声就是盈盈的语音，不过，即使模仿，盈盈也可能是其原型。只要涉及盈盈，蒙兰兰就脱不了干系。丁杨希望蒙兰兰与此无关，但眼下的事实却让他无法说服自己。

还有封翎，演唱会之后初次见面，封翎便提出要给他送股份。这绝对不是随口一说，他的说辞一定有背后的授意，每一句话都是预先计划好的，其目的显然也不是因为他在封杀负面舆情上出过力。

这时，门开了，封翎首先走了出来，心不在焉地观察着等候的人群，这表示蒙兰兰就要出来了。丁杨走进阴影里，想在旁边观察一会。

随后，蒙兰兰被人簇拥着出现了。虽然天气有点热，她仍戴着一顶渔夫帽，用口罩遮住了大半张脸，脖子上围着一条丝巾。门口响起热烈的掌声，她面对歌迷，报以开心的微笑。但丁杨对她的样子感到吃惊。她的眼神看上去疲惫不堪，比上次见面状态差多了。

歌迷向她围拢过来。前面两人自然地拥抱了她。接着，封翎来到她身边，伸出手，为她隔出一点空间。她确实很需要自己的空间。她已经精疲力尽，但仍硬挺着回答了几个歌迷的问题并为他们签名，也许这些问题她已回答过一百遍了。

她真的很努力。丁杨在心里赞许。

只剩下四五个人时，丁杨悄悄地走进她的视线，虽然还在一片阴影里。蒙兰兰低头签着名，却感觉到旁边多了一个人。

第三章 承 诺

签好名后,她抬起了头。丁杨站的地方半明半暗,觉得她应该认不出他。但他只是感觉她在暗暗观察四周的阴影部分,或许心里在想那会是谁呢?她有着名人应有的雷达,一种本能的探测器,会发现有所求的人。

一辆汽车驶过来,这是接她回宾馆的高级轿车。

封翎走到车前,跟司机说着什么,丁杨趁机走到灯光照亮的地方。蒙兰兰放下最后一本签名,转过脸,清楚地看见了丁杨。她手里的笔停了下来,两人四目相对。

也许是因为突然见到丁杨,让她感到太意外。她十分紧张。丁杨待在她旁边,保持几米的距离。又有两个歌迷冲过来,问她问题,但她明显在敷衍,想早点结束。

歌迷都走了,封翎走到她身边,看到了丁杨。他没有出声,勉强露出一丝微笑,明显表达出看到不速之客的不安。

"兰兰,准备好了吗?那边等着呢。"封翎喊道。

蒙兰兰朝丁杨转过身。她一定想着上次的见面,想着丁杨问她的几个跟过去的感情没有关系的问题,表情显得十分矛盾和纠结。她朝丁杨伸出手,抱歉地笑笑,说:"今天没时间,我随后联系你,好吗?"

蒙兰兰狠狠地掐了一下丁杨的手心,然后松开。轿车的门开着,突然间她就上了车。丁杨一句话都没说,更没有去追,没有必要。

丁杨有太多的问题要跟蒙兰兰验证,但跟蒙兰兰想的不一样。他的问题都跟案子有关,而她不论知不知道,都不可能在文化演艺中心的出口给他答案。

目送轿车的尾灯渐渐融入汉洲的夜幕中,丁杨感觉到了蒙兰兰内心的黯然。不知是因为表演太累,还是见到丁杨太紧张,蒙兰兰与他拉手的那几秒钟,让他看出了她有很多话要说,但所有的话都藏在逝去的风里。

二

"没想到还能接到你的电话。"手机里传出肖可语毫不掩饰的责难。

丁杨艰难地咽了咽口水,不知如何作答。分明是肖可语的手机不是不在服务区,就是关机,让他联系不上。没想到自己的脾气没处发,还遭到一通劈头盖脸的斥问。

"你这是哪儿跟哪儿呢……"

"你管我在哪儿?"丁杨似乎可以看到肖可语面无表情的怒意,"你尽管去跟老情人鸳梦重温,跟我浪费什么口水……"

这才多久啊,蒙兰兰的汽车才离开演艺中心,丁杨还待在停车场里,有人却已把他们见面的事告诉了肖可语。

肖可语声音哽咽,说出的话夹枪带棒:"我还傻傻地跟着去看什么演唱会,原来是你想在我面前显摆呢!什么歌迷见面会,什么酒会,想分手就直说,何必绕这么大的圈子!"

丁杨瞪大眼睛,盯着手机,感觉电话里的肖可语变了个人似的,他呆呆地站了一会。停车场十分安静,只听得见肖可语电话里的呼吸声和哽咽声。

"我这不是为了办案嘛!"

"对,我没你精明,完全可以装出不知情的样子。你一个钻石王老五嘛,做什么不行?不用顾及我的感受,你继续编你的故事吧!"

第三章 承　诺

电话挂了，再拨，关机。

这个晚上的心情真是糟透了，丁杨灰头土脸地驾车离开了演艺中心。毛毛细雨静静落下，花树摇曳，抖落满地的清泪，柏油路在街灯照耀下闪闪发亮。他拐弯驶上梅岭路，突然感觉有人坐在后座看着他。他往后视镜看去，似乎有张陌生的脸孔一晃而过。

怎么会产生被监视的感觉呢？丁杨心头大惊，环顾四周，四下里毫无人影。

神情恍惚地回到家里，丁杨倒头便睡。也不知是梦里，还是真有人拨打他的手机，一阵铃声惊悸地响了起来。他朦朦胧胧地抓起手机："丁杨，睡了吗？"

丁杨睁开眼睛，把声音在脑子里回放了一遍，感觉是蒙兰兰。

"还没呢！"他尽量平静地回答。

一秒钟的沉默。然后她说："我知道很晚了，希望你不会介意。"

"没关系，"丁杨答道，"你怎么还没休息？"

这次，她的声音有点变化，不是发哑，而是微微有点颤抖："我知道你有事要找我，我也想跟你好好聊聊，电话里恐怕不好多说，"她的语气忽然变得很含糊，语速也明显加快，"你……你能来我住处吗？"

夜空洒落着淅淅沥沥的雨，像一口深不可测的井。丁杨导了航，终于七拐八弯地找到了蒙兰兰的住处。那是一栋山景别墅，一个奢侈的世界，精心设计的生活环境，只算门前摆放的鲜花，大约就够丁杨一年的生活费。

别墅里还住着一对花匠夫妇，但蒙兰兰没有惊动他们，听到汽车声，就带着一张泪痕斑斑的脸，站在门口等。

蒙兰兰住在三楼一个豪华套间,两扇巨大的风景窗可以俯瞰汉洲城。此时,正是灯火阑珊的夜景。她疲惫地坐在沙发上。丁杨坐在对面,静静地等待着。

沉默了几分钟。其实,丁杨也不知道过了多久,反正时间好像过得特别慢。凌晨一点的别墅,他倒是不担心有其他人。

终于,她抬起头。丁杨有些焦躁不安,他没有跟想要倾诉的人相处的经验,不懂得观察一个人的负罪感什么时候出现,更不知道该在什么时候帮他们一把。尽管她脸上一直带着笑意,但是那种仿佛深陷在悲戚回忆里才有的表情。

蒙兰兰朝后拢了拢遮在脸上的头发。她还穿着从演艺中心出来时的衣服,靛紫带白花的连衣裙,肉色丝袜,只是脱了帽子和丝巾。

"对不起,"她说,"我走神了,想起了那些往事……"

虽然极度疲劳,但她看起来依然楚楚动人。她的皮肤十分光润,是完美的奶玉白,叫人忍不住想伸手去摸一下,看看是不是真的。

往事?丁杨不确定她说的往事指的是不是四年前他俩的交往,因为她接下来又说:"你不知道我这几年经历的事情。你只看到我光鲜的外表,看不到我痛苦的内心,跟你说,你都不会相信。"

丁杨没有忘记自己匆匆赶来的目的,尽量寻找得体的回答:"每一个成功者都历尽艰辛。认识你的时候,我便看出你很努力。"

蒙兰兰盯着他,点点头:"努力是应该的,不努力就会变成花瓶。"她走到吧台,剪裁合体的裙子裹着她线条优美的身体,"但我说的不是努力,而是经历,是无法左右的命运。"

丁杨默默地看着她。她拿出两瓶矿泉水,一瓶递给他,一瓶自啜了一口,动作优雅而规范:"我很喜欢,也很敬重警察,就像以前我很喜欢你。但我知道警察并非无所不能。"

丁杨默默地看着她,等着她进入主题。但她苦笑着低下头,转变了话题:"看我说到哪里去了?丁杨,还是你先说吧,你找我一定有更重要的事情。"

以蒙兰兰目前的心情,不宜探讨沉重的话题,丁杨觉得应该保持绅士风度,说:"还是你先说说吧!这几年,你到底碰上了什么事情?"

她沉默了一会儿:"好吧,那我把我的故事讲给你听。"说着,两眼盯着地板,并且不停地用手掌把裙子抚平:"就从十七岁那年上音乐学院前的一个夏夜说起吧!那个夏夜之前,不论是童年,还是少年,我记忆中的每个日子都是幸福的。我自以为自己有一个和蔼可亲的母亲,一个令人崇拜的父亲,一群对我爱护备至的朋友。生日有蛋糕,节日有鲜花、新衣服,总之,是那么得无忧无虑。"

"我以前很少听你说起母亲,在你父亲的百科里,好像也没有你母亲的姓名。"

她苦笑了一下:"我母亲叫叶梅,她是一个纯粹的家庭主妇,常年足不出户。他们谈不上有什么感情,但从不争吵,似乎把所有的心思都放在我身上。"

"很多家庭都是这样的。"

"家庭?"她的表情更沉重了,"我那不是家庭,是阴谋。一个酝酿了二十几年的阴谋,终于在十七岁那个夏夜施行。甚至随后几年,我仍不知道那是个阴谋,直至封翎出现。"

丁杨听得云山雾罩。

她继续说:"还记得吗?四年前,你跟我闹别扭,留下一封信走了,我到处找不到你,竟然以为封翎可以代替你。那时他刚刚从国外回来,作为合伙投资人加入了蒙礼勤公司,担任了副总裁,并且兼任我的经纪人。"

听她说"以为封翎可以代替你",丁杨有点儿伤情,却没有真正往心里去。他只是不明白蒙兰兰怎么突然直呼父亲的名字。

"封翎风度翩翩,很有抱负。从见到我的第一天,他就疯狂地追求我,让我幸福得晕乎乎的。我以为离开了你,仍然会有真爱,我以为嫁给封翎,就可以摆脱蒙礼勤,摆脱痛苦的过去。我们几乎就要落入明星与经纪人结婚的俗套。"她顿了一下,脸上掠过一丝厌恶的表情,"但是,就在这时,我偷听到他与蒙礼勤的一次谈话。"

丁杨没有插话,等着她说下去。

"那时,我刚获得'我是歌手'大赛第一名,又上了'星光大道',风头正劲。封翎表现出惊人的经纪人才能,让我出现在全国各大演唱会。那天,我在上海一个国际明星演唱会上客串,蒙礼勤赶了过来。原来,封翎要跟他摊牌……"

"摊牌?"

"他不满足于当经纪人,他要跟我结婚。"

"这没什么呀?"

"阴谋,"她说,"我撞破了他们的谈话。原来这一切都是阴谋,他们都是十足的混蛋,几乎让我崩溃……"

丁杨摇了摇头。就算封翎想霸占蒙家的财产又算什么呢?只要你们两情相悦,蒙家就一个独生女,跟谁结婚还不一样吗?财产不是都落入你们夫妻手里吗?

她接着说:"原来,我二十多年的成长,十七岁那年以至以后多年的屈辱都是一个天大的阴谋。我一直生活在幻梦里……"

"十七岁那年你碰到了什么事?"

她目光空洞,呆呆地注视着前方,迟疑了好久说:"我……我被迷奸了。"

丁杨抬起头，大为震惊。

"……那时，我并不明白。"她说，"2010年，我收到音乐学院录取通知书。蒙礼勤看起来非常高兴，带着我出国旅游。返程途经香港时，我感觉很困，早早就睡下了，第二天十点多钟才醒。醒来后，下身很痛，还隐隐地流血。我不知道是怎么回事，心头很乱，不敢跟人说起。过了一天，我们回到广州……感觉跟在香港住的那晚一样，下身又很痛，有血流出。我几乎要疯了，但没想到其他方面去……"

丁杨似乎听出些名堂。

蒙兰兰接着说："后来，该到生理期时，没来。第二个月，还是没来，第三个月……我告诉了那时候觉得最亲最贴心的母亲叶梅。她苦着脸，看着我，安慰我再等等……这一等，肚子越来越大，眼看着真相无法遮掩，叶梅想用迷信的说法忽悠我，说是不是上天给我下了龙种……接着，蒙礼勤出马，帮我请了假，接我回家养着……"

丁杨越听越觉得不可思议，真相呼之欲出，却又迷雾重重。谜一般的女孩，这是丁杨跟蒙兰兰结交时的感觉，也是他下定决心离开她的原因——不仅仅是他觉得自己高攀不起。

"龙种什么的我当然不信。但我又无法得知真相。就在无比痛苦的困惑中，我被送进医院里，生下了一个男孩……"

丁杨抬起头，看着泪流满面的女人。蒙兰兰勉强支撑着的勇气已经崩溃，坚强的外表好像伤口上的绷带一样拆除，脸上全是悲伤和对自己的厌恶。

"孩子呢？"

"现在可能在M国，"她说，"封翎跟蒙礼勤对话时说的。我只看了一眼，他出生时'哇'地大哭一声，我看了他一眼，便被人抱走了。我以为他们是按医院的规矩抱走的，医生也这么跟我解释过，但此后我再也没见过他。事实上，当时，我也没办法带着他。潜意识里，我希望如此，就当没有发生过。"

她转过脸去，哽咽起来："那时，我多么希望能把从前改写一遍，让我重新拥有一个小女孩的梦想，从头再来……"

她停住了，一时不知该怎么说下去。这是最后的沉默，暴风雨到来前的寂静，她几乎垮掉了。不管她以前为了守住秘密，构筑了什么样的防线，现在已完全崩溃。

在办案中，丁杨见过不少饱受折磨的心，但眼前这个恐怕是最痛苦的。她说出了一个令人无法接受的秘密，但绝不仅这些，更多、更残忍的事实一定还在后面。

蒙兰兰看着丁杨，眼神里全是祈求："后来，我大学毕了业，很高兴认识了你。我以为你能保护我，但你逃走了。"

听到这里，丁杨的脑袋里像装进了无数只蜜蜂一样，那些蜜蜂发出嗡嗡的声音让他觉得头大了起来。他们相恋时，他以为她只是一个普通的热衷于志愿服务的女孩儿，慢慢得知她是富豪蒙礼勤的女儿，他觉得自己高攀不起，配不上她；继而发现她身上蒙着一层神秘的纱衣，有人在监视她，甚至监视他——他以为这是富家女应有的保护；直到有人隐晦地警告他离开……

"我明白，那时我们没那么相爱。"她泪如泉涌，哽咽得几乎说不出话来，"做出那种选择是你的权利。此后，我一心扑在事业上，直至听到他们谈话的那天晚上……"

丁杨站了起来，握住她的手："对不起。"

她点点头，渐渐止住了哭泣。她伸出另一只颤抖的手轻轻地盖在丁杨的手上："谢谢你。我知道，你跟我在一起，不会有好结果

第三章 承　诺

的，"她说，"你无法想象，更无法容忍那样的阴谋。"

丁杨无话可说。也许苦难真的可以造就一个人。他望着眼前的女人，她究竟是如何经历了这一切，最后还能完好无损地置身于一个大红大紫的世界里？

"你不知道。"她说："我其实只是一个弃婴。也许，像我儿子一样，一出生便被人遗弃。蒙礼勤、叶梅只是我的养父母。这是那晚从他们的谈话中才知道的。"

她擦了一把眼泪。

"他们没有子女，"她说，"好像是蒙礼勤的基因使然。但碰巧的是，我的基因能满足他的生育条件。于是，从我出生，他们便精心构筑了这个阴谋。十七岁那年，他们在我的饮料里下了药，丧心病狂的蒙礼勤迷奸了我……然后抱走孩子，送到 M 国……他们想继续掩盖真相；他们想等男孩长大，让男孩来继承家业。"

丁杨静静地坐着，在她一系列的不幸当中又加上这一条。他不知道说什么好。有的时候悲剧就像河水一样流淌，需要有相当好的水性才不致被淹死。

"男孩寄养的家庭是封翎的表亲，一个 20 世纪移居 M 国的中国人。"她说，"封翎来到蒙礼勤身边一定也是早有预谋的。"

"封翎干了什么？"

"封翎原来学的专业是信息技术，后来转向智能医疗器械，因为蒙礼勤需要这方面的人才。为了上市，蒙礼勤还需要一大笔资金，封翎拉到了一位外国投资者。这样，他顺理成章地来到了蒙礼勤身边。封翎以为获得了我的心，于是孤注一掷，决定跟蒙礼勤摊牌。谁知道这一切都被我知道了。"她笑出了声，丁杨从没听过比这更像哭声的笑。

"他以孩子的秘密为要挟，要平分蒙礼勤的财产？"

她摇摇头:"不,不,他的胃口大得很,他要的是全部。"

"蒙礼勤答应了?"

她的呼吸急促了起来:"对,答应了。我也没想到他居然一口应承。但他提出了一个阶段性签字的方案。也就是分三次在协议上签字认可:封翎跟我结婚第一次签字,男孩进入大学第二次签字,男孩独立生活后,他就最后签字,移交所有财产和权力。"

"这样看起来倒是公平。"

"可对我不公平!我不能跟封翎结婚。我本来生活在蒙礼勤给我带来的屈辱中,然后又要生活在封翎给我带来的屈辱中,我不能跟封翎结婚!"

"其实,"丁杨斟酌着措辞,"蒙礼勤的三步走,是在救你。"

"不是救我,他是在自救。"她说,"在他们面前,我就是一只花瓶,一只表演猴,被牵着不断地表演一些把戏。我的演艺活动不过是为他们提供社交保障。上流社会不是那么好混的,那些人看不起暴发户,但艺术可以帮他们打开上流社会的门。"

她喝干瓶里的水:"很有讽刺意味,是不是?我不过是他们的一笔社交财富。而且,这一切我不能声张,也不敢声张,我要做一个好女儿、好歌手,作为回报,才能享有一定的自由,享有他们别有用心的爱和呵护。"

"封翎没有逼着你结婚吧?"

"暂时不会。"她说,"他们想推动康馨集团上市,首次公开发行股票之前,他们的利益是一致的。"

"你也可以等待,等待反击的机会。"

"我一分钟也不想等了。我的儿子还活着,他就在 M 国。知道这一切之后,我觉得自己要疯了。你理解一个母亲的心吗?"

丁杨终于明白了她约自己的目的。她的话逻辑严密、无懈可

第三章 承 诺

击。但,是真的吗?他看着她,她望着汉洲迷蒙的夜空。他似乎触摸到无尽的黑暗中她孤独的灵魂。"你知道他寄养在哪里吗?知道那个寄养家庭的情况吗?"

"不知道。我只知道我只要醒着,过去的屈辱就如鲠在喉,儿子的模样时时刻刻在我眼前出现。我无法考虑别的事。我一定要找到他,不管用什么方法。"她迟疑地握住丁杨的手,用祈求的眼神看着他,"你会帮我吗?"

"如果有机会,我希望能帮你。"

那双抓住他手腕一直没有放开的小手,比刚才抓得更紧了:"看到你的时候,我就知道只有你会帮我,只有你能信任。可是,我时时刻刻在他们的监视之下,如果我设法找儿子,不可能不引起别人的怀疑……"

丁杨不想跟她商量细节问题:"我会尽力,不过,我也有件事问你。"

"什么事?"她冷冷地笑了笑,"我知道,你说过你有事问我。"

"我帮康馨集团封杀了一起负面舆情,但我发现,你的志愿服务协会陷入很深,我想知道,协会还是你在管理吗?跟康馨集团有没有关系?"

"如果我说没有任何关系呢?"

"我有我的发现,现在我只想听你怎么说。"

她点了点头,两手自然地松开了丁杨的手腕。

"你觉得我的演唱会怎么样?"她没有回答丁杨的问题。

"非常出色。你让全场观众为你欢呼。"

"是的,不管唱什么歌,我都是在唱自己的生活经历。这让我有了活好每一天的理由。"她的脸上看不出哀伤,表情平静得像一潭深绿的水。

说着,她站了起来,似乎有送客的意思:"我唱歌是为了有个活下去的理由,我唱歌是为了让自己不至于进地狱。但我累了……"

丁杨的心里涌起一股凉意,但他十分得体地把握着自己的分寸,说:"那我们有空再谈,你好好休息。"

"好。"她说着,闭上眼睛,"那样更好……"

过了一会,她伸出一只手。丁杨握了握,往室外走。临出门时,她掏出一张纸条:"这里有我的手机号,是别人不知道的,只要我不在台上唱歌,我会随时接听你的电话。"

"我不知道能不能休息,至少现在不能。"她送丁杨上车,把手搭在他的肩膀上停了一会,"今晚你不该来,丁杨。我在你身上绑了一颗炸弹,小心点儿。"

丁杨驾车出门,望着来时的路,黑泽的沥青在雨水中显现着一种淡淡的亮色,然后是一片完全的迷蒙,这让丁杨感觉自己跌入了一个巨大的黑色隧道里。

三

肖可语一路小跑,踩过南都广场被晨露濡湿的地面。广场右侧是气势浑宏的市政府大楼,像猛虎般趴着;左侧的财富中心高耸入云,像正要发射的火箭。两幢大楼之间,树木葱郁,披绿挂彩,只偶尔可见楼宇峥嵘,乍一看,会以为那里是一座偌大的公园。其实,那里藏着肖可语的目的地——椰林健康医院。

晨风细细,但肖可语冒起了热汗。昨天半夜黎政给她发了信息:采取一切必要手段,尽快拿到邮件里的项链。她明白项链的重

第三章 承 诺

要性，什么都没解释，只回复了一个字：是。

椰林健康医院的屋顶耸立着一个白色圆圈，圈里描着一个众人皆知的标志——红色十字。经过反复调看监控，保安员找到了拿着快递出现的人。那人在抢救班一鸣的楼梯上摔了一跤，扭伤了脚踝，住进了这所医院。只是，那人或许已经出院，肖可语希望医院保存着病人的信息。这样，她就能联系上他。幸运的话，她会找到那人，拿到项链，然后踏上归程。

黎政叮嘱过："不用跟他讲价钱，只要拿到项链，要多少钱都由局里出。"

"钱是小事。"肖可语这么想，"只要能完成任务，她个人出钱都没问题。"

肖可语急于回家。她的心情糟透了，不仅任务不像她设想的那样顺利，还有丁杨，一刻都不让她省心。离开才一天，就有两个电话说他跟前女友纠缠不清。她不愿相信这是真的，但昨晚丁杨打的那个电话，证明确有其事，尽管丁杨说是为了办案。早晨醒来，手机里的第一条未读信息，就是说他昨晚一直待在前女友的别墅里。

真是可恶！可转念一想，丁杨已经参与了分局的案子，一定没日没夜地待在机房里，哪有时间去会情人呢？更不可能在情人别墅里过夜。她想打电话质问他，听听他的解释。正要拨号，却又冒出一条信息：我爱你。

发信人竟是丁杨。荒唐，太荒唐！肖可语的心怦怦直跳。"我爱你"，分别是此地无银三百两，她想。但她抑制不住地向那三个好看的字瞄了一眼，又瞄了一眼，仿佛那三个荒诞不经的字眼里含着对她有所帮助的东西似的。

她索性关了机。再开机时，却发现丁杨给她打过三次电话。

她恨极了，决定不给他回话，但又忍不住，胡乱地拨弄着手机键盘。她想向胡志远打听丁杨在干什么，却又觉得不妥。认真考虑之后，决定不再打电话，不再相信别人，等回到汉洲后，看丁杨怎么解释这一切。

肖可语大步走进林荫大道。"很快就会回去的。"她喃喃地说，"很快就回去了。"

她想得入了神，却没有觉察到斜对面的树荫里，一个戴着金丝眼镜的青年正在观察着她的一举一动。

椰林健康医院由一所旧教堂改建而成，只有三层，外观带着欧式尖顶和雕刻的粉墙，十分古朴，加挂着一块社区卫生保健中心的牌子。

肖可语沿着台阶的导诊图走上去，明亮的走廊里，一片嘈杂。环境十分整洁，人流却很杂乱，空气中弥漫着医院特有的味道。一个等待急诊的男人正在流血……一对年轻夫妇沉默着，一个小女孩刚哭过……肖可语来到外科住院部大厅。左边的门开了一条缝，她轻轻挤进去，看见一个形容枯槁的老妇躺在病床上，挣扎着想拿床头的水杯。

可怜，肖可语默想道。她走过去，把水杯递给老妇。

我该找医务科才对，肖可语想。她听到大厅狭窄的拐弯处传来吵闹声，大约有十几个人在排队，每个人都在推推搡搡，高声叫喊。这正是她不愿看到的。

每所医院都人满为患。要找一个无名无姓、扭伤腿的患者，即使在这样一所小医院，也要费一番功夫。护士站只有一名护士，正疲于应付满腹牢骚的病人。肖可语在门口站了一会儿，盘算着下一步怎么办。

第三章 承 诺

"借光!"一个护理员一边大声喊着,一边将一张快速滚动的轮床推了过去。

肖可语转身给轮床让路,冲护理员问道:"医务科在什么地方?"

护理员没有停步,指了指反向的一扇对开门,然后在一个拐角处消失了。气压铰链门关着,肖可语敲了敲,里面传来应答声:"这里不接待病人!"

"我是公安局的。"肖可语说,"我想了解些情况。"

眼前一亮,门往里打开,露出一个娇小轻盈的漂亮身影,一头丰厚的头发,一双和她的目光相遇时带着询问神情的黑眼睛。肖可语打量室内一切的时候,黑眼睛的白衣天使微笑着接过了她手里的警官证,又抬头看了她一眼,接着打开了门,请她进去。

但很遗憾,没人能找到一个无名无姓的病人。坐在大板台后面的医务科长看了肖可语的警官证,面露怀疑之色,因为上面写的不是南都,而是汉洲。

"不知道姓名和病区,我无能为力。"科长说得很干脆。

"他是一起案件的知情人。"肖可语说,"只知道他因伤住进了这里,但没有所需要的信息,我要立刻找到他。"

"这不可能。"

肖可语皱了皱眉头,退了出来。没辙了。

时间一分一秒地过去,那个拿走快递的人说不准现在会在哪里。也许他已经出院,也许他卖掉了项链。肖可语没时间再考虑下去。她决心一间病室一间病室地找,她相信自己的记忆力,视频中的那张脸深深地印在她的脑海里……

突然,她全身一阵战栗。

肖可语迅速转身,推开一扇带玻璃窥视窗的病室门,接着朝第

109

网 课

二张床看去，病床上躺着的男人正是视频里拿着快递出现的人。他的右脚踝打着一个白色石膏，高高地翘在支撑架上。

肖可语碰了碰男人的胳膊："对不起，打扰一下。"

男人的身体微微动了一下，转过头盯着肖可语亮出的警官证："警察？"

说服一个陌生人交出值点钱的项链不是件容易的事，何况那东西本不是他的，他心里有鬼。肖可语再次说："能打扰您一会儿吗？"

男人沉默良久，摇了摇头，四处打量了一番，终于开口道："你想干什么？我可没犯罪。"声音里带有轻微的鼻音。

"老陈，"肖可语看了看床头的病人登记牌：陈富贵。她先称呼一声，每个字的音都发得很重，仿佛是提出警告："我要问您几个问题。"

陈富贵脸上带有一种怪异的表情："问吧，但我很累。"他说的是普通话，在肖可语的警告面前，暴躁的语气没了。

"那好，我们长话短说，您昨天是不是去过宜梅苑？"

"我住在附近，在那里有亲戚。"老陈的眼睛眯成一条缝，语气里有抵触情绪。

肖可语马上变换话题："您的腿伤得挺重的吧？"

"想救人，却把自己害了，真是倒霉透顶。"老陈挑了挑了无生机的眼袋，浑身散发着成年人睡醒后才有的一股浊气。

"嗯，您这是做好事，应该提倡的。您需要垫高点吗？"

谁都喜欢被人关心的感觉，老陈下意识活动了一下脖子。肖可语立即从旁边的病床上抓起一个枕头，帮老陈垫上。老陈仿佛感到舒服多了，满足地叹了口气："谢谢。"

"别客气。"肖可语诚恳地说，"我想知道昨天抢救老人时，还

第三章 承 诺

发生了些什么事情?"

面前一个大美女,虽然是警察,但态度这么好,老陈有火也发不出来了:"当时我正要进电梯,正好医生护士推着担架过来,就按住电梯等着他们。大家一起上了楼,看到那个可怜的老人倒在地上。医生护士冲过去抢救,我想帮帮忙,但人多场面乱,不知是谁推了我一把,我就顺着消防梯溜下去了……"

"当时您手里拿着东西吗?"

老陈面带愧色:"地上有件快递,我想俯身捡起来,结果……"

果然有戏,肖可语思忖着。她竭力装得若无其事的样子:"那件快递呢?"

老陈脸上露出惊讶的表情:"他们跟你说到那串项链了?"

"是的。"

老陈脸上露出惊讶的表情:"是吗?我还以为没人注意呢!我摔倒了,还大喊了一声'快递,里面有项链呢!'可大家都手忙脚乱的,没有一个人在意。"

"什么样的项链?"

老陈眼睛怔怔地望着空中,好像在回忆:"样子有点儿奇怪,吊坠是一个心形白玉,里面镶了一块方形的东西,黑色的。"

肖可语马上联想到芯片:"项链现在在您手里吗??"

老陈勃然大怒:"我怎么会要一个死人的东西?而且我当时已经摔到消防梯里了!"

"没人说您拿了项链,"肖可语尽量和颜悦色,"那么,您有没有注意到,项链掉在地上后,被谁拿走了呢?"

"一个女人!项链在那个年轻女人手里!"

"知道她是谁吗?"

"我哪知道?我不认识她!"

网 谍

　　肖可语放下手里的纸和笔。骗人的把戏结束了。麻烦来了。项链就这样在她眼前蒸发了。"老陈，我还要找那个年轻女人录一份证词。能不能回忆一下，那个年轻女人长什么，有什么特征，穿什么衣服？"

　　老陈紧紧闭着眼睛，一阵长时间的沉寂。

　　"我实在……"

　　"好好想想。"肖可语催促道，"公安局得知道这一切。找到她，能洗脱你拿走项链的名声，只有您能帮助自己，帮助我们……"

　　但老陈似乎并没有在听："有人叫那个女的……"

　　肖可语轻轻地摇了摇老陈，看着他迟疑的表情，装着看望病人的样子，掏出两百元钱，客气地塞进他手里，说："只要是您能回忆起来的情况，什么都可以。"。

　　老陈盯着那两张钞票，收进口袋里，眼神里有了内容，咕哝着："那个女的二十多岁，我隐约听见有人叫她……"

　　"丁小露？你确定吗？"陈富贵长长地打了个呵欠，似乎马上就要熟睡过去。肖可语心有不甘地站起来，用手机拍下陈富贵的病历牌，发给那位刑侦中队长，请他协查。然后，脚步轻悄地出了门。

四

　　丁杨凌晨两点左右离开蒙兰兰的别墅，在分局机房值班床上睡了一会，便接着捣鼓肖继中的电脑，粉碎的文件大都得到恢复，信息量很大，他对肖继中的联系人进行归纳式分析，发现一个叫"巴比伦"的十分活跃。进一步搜索，发现此人真名叫梅亚飞，是一家律师事务所的主任。丁杨翻了翻他的论坛发帖，涉猎非常广泛，其中提到过"魔法鹦鹉"一词,却也没说明那是什么东西。

"找到什么线索吗?"胡志远过来询问进展。

丁杨摇了摇头。

胡志远自言自语似的说:"看来,只能等肖可语找到老人寄出的邮件了?"

丁杨望着大队长:"肖可语有消息吗?"

胡志远也摇摇头:"黎局让她在找到邮件前不要给我们打电话。"

"为什么?万一她需要帮助怎么办?"丁杨一脸惊讶。

胡志远无奈地说:"我们在这里帮不上什么忙——她只能靠自己。另外,黎局出于保密考虑,她不能在不安全的手机里通话,以防有人偷听。"

丁杨显得焦虑不安,眼睛瞪得老大:"那是什么意思?"

"放心吧,可语很好。黎局只是出于谨慎。"这话说了等于没说。胡志远走后,丁杨对肖可语的安全越来越不放心,脑子里开始胡思乱想起来。

强超担心地看了他一眼,回到电脑面前。他键入个人密码,屏幕亮了,恢复程序出现,仍然没有芯片的内存提示。他怀疑自己在编写程序时犯了什么错误,快速浏览屏幕上编程语言里几行长长的字符,寻找任何一个可能出错的环节。

"嘿,我们是不是钻了牛角尖。"强超试探着说,"或许,肖继中设置了一枚虚无的芯片,编写了一个虚拟的储存痕迹,用来蒙骗拿到他电脑的人?"

丁杨抬起头。"虚拟的痕迹?"他顿了一下,"哦……我好像看过这方面的资料。不可能……'魔法鹦鹉'的资料是有的,只是无法恢复而已。"

"看来，我们真得另辟蹊径了。"强超愣了愣说，"可追踪程序你更在行，听说你去年破解过一个'遥控报警系统'。"

"嗯，那个追踪程序用过了，不起作用。"

强超眼珠转了转，突然说："如果不怕我盗用你的知识产权，不妨把它给我，让我改造改造。"他故意叹了口气："你的软件就是太光明正大。如果我在里面开个'后门'……让它在追踪中偷看所有相关邮件，你看怎样？"

丁杨若有所思地点点头。这时，他手机响了，是蒙兰兰。"有空吗？"蒙兰兰的声音充满了期待，"我在绿汀大会堂排练。"

很明显，这是在邀请他见面。丁杨有点儿迟疑。

"你不是还有问题要问吗？你可以从后门进来，这里没有别人。"

"好。"

"你会看到一个'闲人免进'的牌子，不要理它。"

丁杨将软件调出来，让强超任意使用，便驾车往绿汀会堂去。路上，他有点儿后悔，觉得不该答应跟蒙兰兰见面。他可能已经卷进蒙家阴谋的漩涡中心，那个阴谋可能只是有钱人家惯有的钩心斗角，那个漩涡可能跟案件无关，只是蒙兰兰在利用他的同情。该死！如此草率地跟昔日恋人频繁见面，活该挨肖可语的骂。

他要的是破案线索，或者说跟破解某个程序有关的信息，而不是因为她唱歌能吸引人。丁杨提醒自己，必须排斥这种吸引。他一直就是四年前的那个丁杨，对于神秘的人和事总是想保持距离。不过，她够苦够难，为了生存付出了太大的代价，丁杨十分钦佩她的勇气。他会帮她。他有屡遭挫折的经历，能理解她的遭遇。

会堂里传出蒙兰兰训练有素、悠扬高亢的嗓音。丁杨悄悄走进后排。排练厅大约两百个座位，他站在离舞台不到三十米的地方。

第三章 承 诺

她穿着一套白色运动服,头发在脑后高束,扎成一个马尾,没有一点妆容的脸像清水般干净,显得充满活力而无比温软。见到他,蒙兰兰并没有停顿,曼妙的歌声在厅内回旋。

丁杨轻轻坐下,安静地倾听着。她的歌声中有一种原始的渴求,又有一种绝望。上次演唱会上,也曾有相似的元素——一种无法摆脱命运控制的揪心的绝望。丁杨想起蒙兰兰说过的话:"我唱歌是为了有个活下去的理由。"当时,他听来觉得伤感而神秘,此刻却在眼前展开了生动的诠释。不用再问她的艺术才能源自何处,她歌声里的每一个音符都包含着无法形容却又完全真实的悲伤。她的心灵备受折磨,而她则把痛苦化作了日复一日的吟唱。

她练唱了半个多小时。有时,感觉某个音节不合节拍,稍作停顿,跟伴奏交流一句;有时,眯起眼睛,朝他微微一笑。那笑容,出现在悲切的演唱间隙,显得晶莹璀璨,仿佛是一碰就碎的瓷器。

排练结束后,她从舞台轻盈地走下来。丁杨赶紧走过去迎她。相距一排座椅时,她倾过身子,轻轻地说:"上我的车吧。"

她从包里掏出一副墨镜戴上,黑框,深绿色镜片。丁杨点点头,和她一起朝后门走去。他闻到她身上玉兰香水的味道,和昨晚在别墅里一样。

"你最后唱的是首英文歌吧?"丁杨问,"是为演唱会准备的吗?"

她狡黠地朝他笑了笑:"不是准备的内容。"她说:"专为你唱的,懂歌词的意思吗?"

丁杨迷惑地摇摇头,推开会堂的后门,让蒙兰兰先走:"你知道我读书不多,懂的英文仅限于部分电脑语言。"

她笑了起来,眼里有星星点点的光在跳跃:"这首歌改编自两百年前一个叫济慈的英国诗人的诗,写一个女人被爱人抛弃后的痛苦，"她顿了一下，望着他的脸说，"她深爱着那个男人，也理解被抛弃的原因，但那一切并不是她的错。"

丁杨点点头："一定是男人始乱终弃，爱上了更年轻漂亮的。"

她摇摇头。

"女人有污点，或者前夫回来了，男人无法容忍。"

她再次摇了摇头，继续向前走着："济慈是与拜伦、雪莱同时代的伟大诗人，虽然不像拜伦、雪莱那样走上革命道路，但他也是一个思想家，善于捕捉生活中最复杂的东西。"

丁杨感觉自己像个木瓜，在藤蔓间荡来荡去。

"男人出身底层，虽然想攀豪门，却又不甘人下，"她说，"但他的抗争更遭到那个社会的反击，遭到那个豪门的禁锢。于是，他不惜牺牲女人，成全自己……"

他们来到了地下停车场。"后来怎么样？"丁杨问。

"女人决定给予爱人信任，为跟他在一起放弃了一切。"她走到汽车旁，停下来，转身看着丁杨，"但男人并未因此自信，反而以为她出于怜悯，最终还是出卖了她……"

"一定与当时的社会形势有关。"

蒙兰兰脸上露出一丝忧伤的、无可奈何的笑。"这首歌叫《恋人协奏曲》，歌唱永恒不变的爱情，Be always true to me, keep this day in your heart eternally。"她打开车门，敏捷地钻进去："这世上哪有永恒不变的爱情呢。"

丁杨心里"咯噔"一下，那个歌名如此熟悉，特别是那句英文竟然是肖继中的电脑密码，难道仅仅是巧合吗？他站着出了会儿神，然后上了车。

"昨天你的问题没问完，"蒙兰兰直截了当地说，"现在可以问了。"

第三章 承　诺

"有件事需要跟你印证一下。"丁杨硬起心肠，就像走访所有知情人一样，尽量不带感情，不带成见，"你听说过肖继中这个名字吗？为他提供志愿服务的盈盈是你们协会的吗？"

蒙兰兰的目光从丁杨脸上移开，穿过挡风玻璃向远处望去。"我知道，他死了，被杀的。你……怀疑跟盈盈有关？"

"会有关吗？还有你的协会？"

"不可能。"她说，"协会是个纯公益性组织，每个志愿者都是经过精挑细选的，她们怎么可能杀人？"

"你到处参加演唱会，怎么有时间管理协会呢？还有一种情况，你有没有想过。比如盈盈，假设她平时为肖继中志愿服务，其他时候却偷偷地给他打电话，向他推销产品？"

蒙兰兰沉默。

"你是不是请人代管过协会？"

犹豫片刻，她说："就算是吧，但也不是真正的委托，只是与一个律师有过私下的协议，我相信律师事务所总比其他社会组织要靠谱些。"

"你说的是哪个律师事务所？"

"梅亚飞律师事务所。"

"梅亚飞？"丁杨想起肖继中电脑里的联系人。

蒙兰兰点点头。

"你知道梅亚飞搜集了大量关于志愿者协会和康馨集团的资料吗？也许是他自己，也许是某个竞争对手雇佣他刺探你们的消息。"

"刺探消息？"蒙兰兰迟疑地问。但丁杨看得出来，她并不意外。

"梅亚飞不只是一个律师，"丁杨说，"他很擅长电脑技术，在地下黑客世界里小有名气。"

"你怎么知道这些的?"

"我是警察,"丁杨说,"有没有听说过云端医疗技术研究所?"

她摇摇头:"不知道。"

这个回答让丁杨有些失望,但他掩饰着没流露出来。"还有一个问题,"他说,"你是否知道梅亚飞的网名?上次我也问过你。"

"不知道。"

"有没有听说过'达摩''雷神',或者'巴比伦'?"

蒙兰兰皱着眉头:"'巴比伦'……好像有点儿印象,但在哪儿见过想不起来了,好像有人用这个网名给我发过什么信息也说不定。"

"封翎会不会用到这类网名?"丁杨在这里挖了个小小的坑,试探蒙兰兰会不会跳进去。

蒙兰兰看上去大为震惊。"封翎?你怀疑他操纵志愿服务协会的事情?"

"难道不可以?你是一个当红的歌星,你的日程安排得那么紧,哪里还有时间管理协会,哪里有时间去了解别人,而你的事务都是封翎在打理。"

丁杨说这话不是否定她,而是陈述客观事实。蒙兰兰感到很不安,但不是受伤的那种,和她听说梅亚飞刺探消息相似。

"封翎没必要在网上故弄玄虚。他是公司的技术总监,又为我跑前跑后,如果他做了对协会不利的事情,我会知道的。"她叹了口气,突然显得很疲惫,"你来参加我下午的演唱会吧,在市政大礼堂。"

"时间长吗?"

"不长,为一个纪念活动唱开场曲。一次比较随意的演出,不用一个小时。你可以见到封翎,或许还有梅亚飞。你可以就我们说的事，跟他们谈谈。"

"封翎？"丁杨暂时还不想惊动梅亚飞。

"是的。你跟他不是一类人，但一样执着，一样认真。"她沉默了一会儿，"我想看到你在台下听。那样，我会唱得更美，更动情。"

丁杨掉过脸去，只是为了避免让自己的目光与她富有魅力的目光相遇。"我不知道有没有时间。"他说。他有太多的理由不能去。

但蒙兰兰直视着他。丁杨准备接受她对他的追问。然而，出乎意料的是，她放过了他："我知道你有自己的考虑，但我希望你能来，让我们再次成为……朋友。"

五

陈富贵正闭眼假寐，一个灰色人影闪进病室，轻手轻脚地走近他的病床。灰影掏出一个注射器，银色的针头闪闪发亮。随后，他左手猛地捂住老陈的嘴，右手挥针无声地插进了陈富贵脖颈上面的动脉血管。灰影用粗壮的大拇指用力按下栓塞，将管内浅蓝色的液体全部注入老陈的体内。

陈富贵只睁开眼睛几秒钟。一边恐惧地看着灰影，一边拼命挣扎。但他躺在病床上，压在他上面的身体像座大山一样，使他动弹不得。他感到一股灼热的火团钻入脖子，一阵撕心裂肺的剧痛穿过腋窝、胸部，直抵心脏。仅仅几秒钟，如同千万支匕首插进心脏，身体僵直了片刻，便软了下去……

出了医院大门，灰影又成了戴着金丝眼镜、文质彬彬的青年。他抬腕假装看手表上的时间，却迅速地在表盘上打起字来。他腕上那个玩意不是普通的手表，而是一个新款微缩电脑样机，兼具移动通信功能，电话、微信、QQ 接收自如，展现了个人电脑的全新时代，使用者可以一边浏览数据，一边处理身边的事情。

这种电脑的与众不同之处不在于其微小的显示屏，而是数据输入系统。使用者可以通过连在指尖上微小的触头来输入信息，仿佛速记法似的，以旁人肉眼难以察觉的方式，完成信息录入和传送。

青年按下微小的开关，表盘亮了起来，变换成显示屏。他的右手放在身体右侧不太显眼的地方，开始依照顺序快速触击不同的键标。表盘上顿时闪现出一条信息：

目标：陈富贵已干掉。

青年脸上露出得意的微笑。向"哥哥"发送暗杀成功信息后，照例他会收到一笔不菲的奖金。

他腕上的表盘闪烁了一下，程序自动回复：消息已发出。

丁杨决定找家小店解决温饱。刚坐下，手机响了，是职院同学孟原的电话，开口就问他到了哪里。丁杨说了餐馆名，他点了两份煲仔饭，孟原就到了。

"你这个警察当个屁，后面有人跟踪都不知道，警惕性去了哪里？"孟原嘲笑道。

"跟踪？谁……"

"我哪认识那么多人，"孟原说，"但我以前在赌场见过，不是什么好东西。"

"你在绿汀会堂看到的吗？"

"天哪，你真是太粗心了，丁杨。不仅是绿汀，还有演艺中心。在演艺中心看到他，我便起了疑心，谁知又在绿汀看到。原来他跟踪的是你。"

第三章 承　诺

"真是发疯了，他跟踪我干什么呢？"

"报复的第一条规则就是知己知彼。"

"我知道，但我没得罪谁呀……"丁杨没有说下去，心里开始怀疑跟踪者的目标可能是蒙兰兰。"听着，孟原，没人敢对一个警察动手。"他说，"也许他跟踪的根本不是我，而是那个歌星。他，或者其他什么人想打美女的主意。"

"不可能。"孟原摇摇头，"刚才我盯了很久。歌星的车走出老远，他还蹲在原地，就等着你出来，看你会往哪里去……"

"谢谢你。"丁杨说，"听我说，这样做很危险，你还是好好送你的外卖，多赚钱，给你妈妈争口气。"

孟原侠义地看着丁杨，说："我已经很努力了。但看到他竟然跟踪你，我恨不得冲上去把他揍一顿。你……怎么就没有一点防备心呢？"

丁杨以为自己挺有戒备心的，比如对蒙兰兰。

"你看看自己，兄弟。你是一个天才，以前你在网上瞎混，我就担心你，现在进了公安局，却跟蒙兰兰这种人搅在一起。"

"工作需要。"丁杨说。四年前，孟原就劝过他离开蒙兰兰。

"我时刻关注着你。我对自己说，这是我最好的兄弟，一个天才，我本来配不上他，但他把我当兄弟，我就要保护好他。保护好天才，我也就为这个社会作了贡献……我是说，该死，丁杨，你再也不能被人陷害了。"

"怎么会呢，孟原。"丁杨静静地说。真奇怪，现在孟原开始给他说教了，就像他给强超说教那样。这种感觉真好。"放心，我是警察。"

"正因为你是警察，坏人才容易构陷于你。"孟原说，"你知道演艺圈是什么吗？那是大染缸，一个好人进去都会带出一身泥。还有那个康馨集团，简直就是一个大泥坑。"

"这样说太偏激了，孟原。"

"那些人随便拉一个出来，都可以判几年刑，你知道的。"

"就算无商不奸，也不是像你说的那样。"

"你这是在帮他们脱罪。难怪他们都说官商一家，你变了。"孟原目光空洞地看着丁杨，很灰心。他以前开了家网吧，因为参与赌博被取缔，后来又与人聚赌，欠下大笔债务，被迫送外卖谋生。像他这种人，总是会不自觉地流露出一种仇官仇富心理。

"好吧，今天就说到这里。谢谢你的提醒，我会加倍小心。"

"你能听进去最好，"孟原说，"我是为你好，你需要知道的只是这个。我可以预言，如果你不听我的，即使有我在暗中保护，你也可能会出事情。"

饭后，丁杨早早地就去了市政礼堂。即使这样，礼堂里已经坐满了人。他在一个偏僻的位置坐下来，给封翎发了个信息。

此前，丁杨打电话给强超，让他调查封翎跟梅亚飞的关系。强超在沿海某名牌大学的毕业生名册里找到两人，同届但不同班，都是汉洲人，是老乡，两人本科学的都是电子信息，但梅亚飞研究生读的是法律。

丁杨让强超再查查他们后来的交集，这时，一个影子挡住了舞台的光线，接着响起一个滑稽有趣的声音："对不起，我处理点事，迟到了。"

丁杨挂掉手机配合地笑笑："打扰你工作了，经纪人够累的吧！"

封翎坐下来，说："喜欢兰兰的演唱会吗？"

丁杨发现封翎用一种十分直接的方式注视人，脸上却带着热诚的表情，让人觉得他说话的同时也在诚恳地聆听，很阳光的模样。

第三章 承诺

"我对音乐不是那么痴迷,平时几乎不听,你呢?"

封翎摇摇头,说:"不过当我忙完工作、感觉疲累的时候,我会躺倒在椅子上,随便点开一首小提琴曲,让乐声自由地流淌。"封翎做出一个舒适的后靠动作,仿佛正在入情入景。

"然后我会酣然入睡,不会听完,也不选择什么曲调。"

"我想你是把音乐当咖啡了,那我是不是打扰你休息了?"

"不,她演唱时我会客是常事,这是对她演唱的致敬。她不演唱时,我就没时间会客了。"

丁杨没有接话。

"其实,兰兰也许更喜欢你来当这个经纪人。"封翎的话里有明显的醋意,丁杨更不好说什么了。封翎继续说:"我很羡慕你,对兰兰而言,你只要在这里就够了。但我不行,我按照《优秀经纪人手册》上说的那样替她张罗这张罗那,却只是让她觉得厌烦而已。你知道兰兰每天一下舞台就穿运动衣吗?她说是留恋四年前那段无忧无虑的日子。那时,你们经常一起跑步、爬山、打羽毛球,对吗?你是她最留恋的那个人。"

丁杨不得不承认,他很喜欢听见这些话——但是,在内心深处,他现在已经不需要这些了。每个男人都是善妒的混蛋。他知道封翎话说得漂亮,心里一定在对他下着冷冷的诅咒。不过,随他去吧,封翎永远得不到蒙兰兰的心。

封翎紧抓着前排扶手:"现在兰兰当红,追求的人很多,可谓蜂鸣蝶舞,汉洲就有不少,反而让她在内心深处更留恋过去的感情,你可要抓紧。"

"我们已经是过去式了。"

"可是兰兰不这样认为,她似乎心里只有你。"

丁杨淡淡一笑,封翎一定在等着他对这句话的反应,他却突然

123

转换了话题："你读本科时，有一个同学叫梅亚飞?"

"哦!"封翎没想到刚才的话题没有引起丁杨的兴趣，"有这么个人，我们不是一个班，但都是老乡。一入校，便有学长介绍，很快就熟悉了，经常一起参加同乡会。你们认识?"

丁杨继续问："你们关系不错吧?"

"谈不上好，也不坏。在外地，老乡关系你是知道的，但我们性格不一样，玩不到一起。你们关系很好吗?"

"不是，偶尔因案子打交道。"丁杨的回答很含糊。

"我想也是。"封翎笑着说，"你们的性格，恐怕也很难走到一起。他这人故事可多了，我们同学之间偶尔会八卦一些他的消息。"

"你的意思是说，你们现在没有联络?"

"大家各忙各的。"封翎的回答同样含糊，"有些人把职业当事业，有的人当天职，就像你。但老梅不一样，他自己也直言不讳，他说他当律师，就是为了赚钱，因为律师来钱快，还能让那些不懂法的人畏惧。"

"所以他一心赚钱，一心想变得令人畏惧?"

"主要是为了赚钱。现在律师安全感没那么强，被人怕的机会恐怕不多，畏惧别人的时候倒是不少。他一直想进入上流社会，总是在找成功的窍门，但他似乎有些努力过头，这种事也需要运气，而他缺的就是运气。我刚回国时跟他见过一面，他似乎也十分泄气。"

"他还要找什么窍门呢？难道不想好好当他的律师吗?"

"这我可不知道，反正都是同学们八卦时说的。就跟他当初放弃信息技术一样，他也曾想过放弃当律师。当然，换个专业很正常，我这不也是用非所学嘛！但他是唯一一个总是把心里话大声说出来的人。"封翎笑着说，"年轻的时候，我们大多是理想主义者，只有经过生活的磨砺,才把注意力放在赚取别墅、豪车和迎娶美女上。至少梅亚飞没有背叛他的理想,他从一开始就是以赚钱为目的……"

蒙兰兰一曲终了,接受台下献花,观众都起身鼓掌。封翎也站起身,对着舞台挥手。丁杨的目光分明也落在那个娇美的身影上,却仿佛什么都没有看见。人群正在像水盆里渐渐淡去的墨汁一样,慢慢消散,他眼里的一切都显得那么支离破碎。

六

根据丁小露这条线索,肖可语查询了警务通,与相关公安户籍部门进行了沟通,落实了具体人和具体身份。丁小露竟然明里是导游,暗里是失足女,经常勾搭一些老年游客到宾馆开房。她将情况向黎政做了汇报,希望黎政能帮她协调当地警方调查丁小露的去向。但黎政对她说:"接触过班一鸣之后,明面上你已经回了汉洲,不能让任何人知道你还在南都,更不能透露那条项链的情况。这可能关系到更多老年人的生命安全,必须尽快找到项链。"

肖可语站起来,一边想着在南都旅游公司的走访情况,一边思忖着下一步的行动。太阳当空,脚下鹅卵石铺成的人行道渐渐滚烫起来。

"小露?"听说肖可语打听丁小露,南都旅游公司接待小姐声音油滑地回了一句:"你是说小露姐姐啊!我们这里有两个女孩子叫小露,一个红头发,一个红粉两色头发,这跟她们带队去的地方有关。中午嘛……大都在休息,她们一个在桃意区,一个在梅城……"

梅城……肖可语突然怔住了，自己还在派出所干过七八年呢！竟然被一个小姑娘耍了，她在打哑谜。那个梅城还有另一层意义，梅城宾馆！

她查看了南都旅游公司的对口接待线路，梅城是他们的对口宾馆之一。

肖可语急忙打开手机导航，循着路线掉转头。她太激动了，完全没有注意到，就在街对面，一个戴着金丝眼镜的年轻男人如幽灵般一直在紧盯着她。

梅城宾馆是一家传统的四星级旅馆，背靠圣泉路，四周是镔铁围成的栅栏和樱花树。肖可语沿着大理石台阶拾级而上。当她正要伸手推门时，门神奇地开了，一个男性服务员将她迎了进去。

"你好女士！有什么可以帮你的吗？"

"谢谢，我想咨询一些事情。"

服务员看起来有些不快，似乎他们之间短暂的相遇并不令人满意："这边走，女士。"他领着肖可语走过大厅，指了指前台，然后转身离开了。

前台不是很宽大，但装饰很有特色，格调高雅，赏心悦目。坐在台前的有男有女，见肖可语走近，一个胸口标着"主管"、修长挺拔、衣冠楚楚的男子主动走过来。

"我能为您做些什么，女士？"他的普通话发音并不标准，说话刻意装得温柔。眼睛轱辘辘从上到下打量着肖可语。

肖可语用南都方言说："我想找前台主管李劲青先生。"

那人苍白的脸上绽出更大的笑容："在下就是李劲青。您有什么吩咐？"

"南都旅游公司的肖其恒经理跟我说，你可以……"

李主管挥手示意肖可语不要说下去，紧张不安地扫了眼门口，好像怕有人跟踪进来。

"请这边走——"他领着肖可语来到前台右边的行李房。"请说吧!"他礼貌地躬身做了个请的姿势,声音低得几乎像在耳语,"我能为您做什么?"

肖可语也压低声音说:"我要找他公司的一个导游,带几句话给她。他告诉我,她就在这里休息。她的名字叫丁小露。"

主管长出一口气,好像刚才被紧张憋得出不来气似的,说:"哎呀,小露啊,那个小美女可不一般,您知道的,她正在带客人,不方便。"

肖可语点点头,表示歉意,坚持说:"肖经理的事很重要,他交代过……"

"不行。如果你留下来等,我不担保她见你。如果你就几句话,那就留个口信吧,她下次过来我就给她。"说着,他撕了一张便笺纸。

"那我给她房间打个电话吧?"

"对不起,"主管答道。他似乎看出些端倪,先前的客气不见了,"宾馆在保护客人隐私方面有严格的规定。"

"我理解,"肖可语说,"对不起,打扰你了。"她接过主管手里的便笺纸,转身走回大厅,然后在赭红的书桌前坐下。肖可语在便签纸上写了几行字,塞进信封里,然后回到前台的主管身边。

"对不起,麻烦你了。"肖可语局促不安地说,"我知道你们的规矩。这样吧,我把要说的话都写在纸条上,我先去办点事,你见到她后,把信交给她。她会打我电话的。"

主管低头看了看信封,微微一笑:"好的,我保证小露会第一时间拿到信。"

"那就太谢谢你了。"肖可语露齿一笑,作势转身欲走。

小心谨慎的主管确信肖可语转过身后,从柜台里拿出一册住宿登记本,将信封夹在丁小露所在的页码里。就在他将信封塞进去的一瞬间,肖可语转身问了最后一个问题。

"请问厕所怎么走?"

主管从登记本上抬起头,往左边指了指。但是,肖可语没有看他的手势。时机掌握得正好,主管的手正从标着"1116"的登记页抬起来。

肖可语谢过主管,慢腾腾转身往左边走去。她观察过了,那边也是电梯间。

"封翎真的这样说?理想这东西,我的认识还真是浅薄。你说,一个出生就吃不饱的人,会有怎样的理想呢?"梅亚飞说话的时候,喜欢先轻轻地抿一下嘴唇。他头发浓密而卷曲,肤色白皙,眉毛很细,牙齿洁白整齐,一切都像经过严格的修饰和打理,衬得整张脸清秀润泽。丁杨觉得,甚至有点儿女性的阴柔。

"他也就那么说说,也许没什么意思。"丁杨不想为封翎圆场。

这是毗邻中级人民法院的一个高档别墅区,建筑风格偏重欧式,贵族风胜过实用,但要住一大家人还是绰绰有余,何况梅家只有梅亚飞和他母亲。此刻,两人坐在梅亚飞的书房里。

这是一间名副其实的书房,两面墙的书架,从天到地都排满了书,包括中外法律、中外文学名著、历史、地理,少部分理工类,比如信息技术。有个书架上全是杂志,大都是《演讲与口才》和《读者文摘》,有些出版于20世纪八九十年代。

"哦,我明白他的意思。"梅亚飞轻轻笑着说。

丁杨约略看出,梅亚飞也认为他们在本科阶段是最轻松愉快的。那时,他们可以无拘无束地交流,心无芥蒂,上网冲浪的钱每次都归封翎出。

"封翎总是自诩品德高尚,他不过比别人更加幸运而已。或者,两者都有吧。"梅亚飞无声地笑,"要说恐惧,谁没有呢?他就最怕死了,总觉得死后会下地狱,便不时地给贫困些的同学一些小利小惠,想累积自己的功德。"

"他信佛吗?"丁杨问。

"才不呢!"梅亚飞扬起优雅的眉毛,兴味盎然地看着丁杨。他换了身柔软的丝绸质地的家居服,穿着浅蓝色鹿皮拖鞋。一只高档手表挂在腕间,一晃一晃地。

"丁警官,我自幼失去父亲,随寡母长大,吃穿是最实际的问题,所以,我一直只相信眼睛看得见的东西。不过,我比较努力。母亲在农村吃了一辈子苦,我得让她吃饱穿暖住好。但像我们这样起于草根的人,不论怎么混,永远属于底层。"

丁杨看着梅亚飞,表现得很理解他的心理。梅亚飞以一种夸张的悠闲姿态坐在椅子上,像是有意显示他烧钱的亢奋。他以洋溢的热情邀请丁杨来他家时,丁杨脑中就闪过这个念头。

"你应该不算底层,"丁杨说,"你是……在努力维护底层的权益。"

梅亚飞居然给个针头就当棒槌:"谢谢,谢谢你理解我。但总有人说我吃了原告吃被告,或者只为钱服务,为有钱人提供服务,他们哪里理解我内心的痛苦。不过,我不在乎。"

他盯着丁杨,期待在他脸上看见赞同的表情,但丁杨反应平淡,他只得顺着丁杨的话接着说:"我是律师,当事人为我的劳动付钱,如此而已。可这并不代表我没有原则。保护弱者,维护遵纪守法者的权益,就是我的原则。肖继中的官司,很多人不敢接,我接了。为什么?就是出于这一原则。丁警官,肖老被害,我深感悲痛，可我实在帮不上忙……"

"你帮得上。"见他已经进了自己的套路，丁杨从口袋里拿出一张对折的打印纸，放在两人之间的桌子上说，"这份调解书，我想听听你的解释。"

梅亚飞露出尴尬的表情："这……这不能说明什么。即使是刑事犯的免费辩护，相关部门也要为此支付一定的劳务费，何况我是受他们聘请，为他们辩护。他们事先不谈价，事后却嫌贵，不肯出费用。这……别说不符合法律规定，也不讲道义嘛！"

"肖继中带头向你讨钱，为什么肖老的钱你没退？"

"肖继中的钱是事先说好的。"梅亚飞说，"当时，他求告无门，找上我，说好了是为他代理。真正代理的时候，却不是他一个人，而是一个群体。按理说，我应该按群体收费，可他们就是不肯。肖继中坚持说他付的代理费不是指他个人，而是他们一群人。我就这样吃了哑巴亏。"

"怎么那么巧，现在付钱的人死了。"丁杨说，"那起诉讼会不会跟他的死有关？"

"我不认同你这个说法。即使有关，你也该去找诉讼另一方当事人。"梅亚飞对此倒也不怎么紧张，"律师只在法庭上说几句公道话而已，只有律师被杀，还没听说过律师杀人。"

"你大老远带我来家里，就是让我参观你的别墅？"丁杨说。

"对不起，我怕不跟你好好谈谈，就会被传讯去局里。我可不想无事生非……"

"你怕传唤，就该说实话。你做了些什么跟案件有关的事情吗？"

"没有，绝对没有。"梅亚飞说，"我是一个律师，不论从道义上，还是法律上，都紧跟国家大政方针，紧跟社会大势……"

第三章 承 诺

丁杨明白梅亚飞心里在想什么——警方一定没有拿到对他不利的证据,否则不会跟他到家里来聊,而是直接传唤,或者干脆拘留。丁杨手上没有证据,只是聊着聊着,把很多线索串联在一起,发觉它们都跟梅亚飞有着某种关系。

"听说,你对网络很在行?"丁杨转换话题。

"以前学过。"

"喜欢上网跟跟风,也发发帖什么的?"

梅亚飞迅速瞟了丁杨一眼,不安地低下头:"可能有些不合规矩,但我只是参与讨论,大都是法律问题,当然难免涉及社会现象。"

他说得滴水不漏。孟原曾跟丁杨说过,赌博的人如果想靠虚张声势赢得牌局,那就注定会输。除非你冷静且刻意记下每个对手的行为模式,否则很难看穿高手的故弄玄虚。丁杨不想根据梅亚飞的表情、声音或肢体语言来判断他是否说谎。

"问你一个常规性问题,3月27号和28号晚上你在哪里?"

"我料到你一定会这样问,"梅亚飞微笑起来,"路上我就回想过,我在家里跟……"

这时,一名老妇走进书房,一头灰白色头发用赫色拢梳往后梳着,显得精致而干脆,迈着细碎的脚步,手里端着一个果盘,上面放着两杯咖啡。她瞥了儿子一眼,梅亚飞立刻跳了起来,接过果盘。

"辛苦了,妈。"

"我听到喜鹊叫,"老妇转过身,对着丁杨,"果然来了贵人。"

"妈,这位是丁杨警官,他想知道3月27日和28日晚上我在哪里。"

丁杨站起身来,恭恭敬敬地跟老人打招呼。

131

"我当然记得，"老人说，用和善的眼神瞥了丁杨一眼，端了咖啡递到丁杨手里，"我们在一起看你那个演喜剧的朋友的谈话节目，他说话挺逗的，只是有点儿看不起我们农民。"

"他那是开玩笑。"梅亚飞说，"妈，我们还有事要说，您忙您的吧！"

丁杨对梅老太太微微一笑，说："咖啡真好喝，谢谢您。"

"常来啊。"梅老太太深深叹了口气，嘴里喃喃自语，不知说些什么，端起果盘走了。

等老人出去了，丁杨问："你刚才说封翎'幸运'是什么意思？"

"什么？"

"你说'封翎总是自诩清高，他不过比别人更幸运而已'。"

"那个啊，我是说他竟然进了康馨集团，还泡上了蒙总的女儿，大歌星，大美女。封翎可不是一个普通美女拴得住的，也只有蒙兰兰了。哦，这些话你可别跟他说啊！"

"嗯，你帮蒙兰兰打理过志愿服务协会？"

"前后打理了两年多吧，准确地说是两年半，直至去年。那时，蒙兰兰很忙，等她的事业走上正轨后，我就慢慢地移交给了封翎。"梅亚飞说得十分淡然，脸上呈现着灯光下才会有的白亮而缥缈的表情。

丁杨的心里充满了怅惘的感觉："那么，现在是封翎在打理协会？"

"我当时是移交给了封翎，后来怎么样我就不清楚了。不过，封翎可不看好这个协会。在他眼中，用钱做好事，比任何服务都容易收买人心。"

第三章 承　诺

七

肖可语站在梅城宾馆 1116 套房门口时，手机不合时宜地发出"叮咚"声。是一个陌生号码发给她的短信："中午，丁杨在市政大礼堂观看蒙兰兰演唱会，与封翎争风吃醋，先是相互谩骂，接着大打出手。"

肖可语越看越气，恨不得立即删掉。她将手指移向删除键时，突然想到，且不说消息是真是假，这个人一会儿给她打电话，一会儿给她发信息，到底是什么目的呢？关心？幸灾乐祸？别有用心、扰乱她的心情？恐怕第三种可能性更大些——当务之急是找到项链，她不该受这些短信的影响。

定下心来，肖可语听到套房里有人走动。还有细碎的聊天声。她敲了敲门。里面传出带着不知何方口音的普通话："谁呀？"

肖可语没有出声。房门打开一条缝，伸出一张胖乎乎的脸，白多黑少的眼珠下面，吊着两个沉重的鱼泡眼袋，一看就是个纵欲过度的老男人。

肖可语礼貌地笑了笑："你好，丁小露在吗？"

那人点点头，又摇摇头："你找错房间了。"

肖可语用地道的南都方言继续问："我能跟你说几句话吗？"

男人不安地看了看周围，奇怪一个年轻女人随便敲男人的门："你想说什么？"

肖可语意识到自己有点失了方寸。不论是派出所还是刑侦教程里都说过，在敲陌生人的门之前，必须做好防备，至少需演练一番，拿出几套应对方案，但她几乎没有基本的思想准备。她脑子里快速考虑着怎么措辞:"丁小露在哪里?"

"快滚!"老男人咆哮道。

肖可语深吸一口气,想都没想就将脚伸入门缝里,把门挤开。老男人的眼睛瞪得老大:"你要干什么?"

她紧张地回头看了一眼走廊,没有人过来。如果让保安知道,铁定是要被赶出宾馆的,她必须抓住这次机会。

"拿开脚!"老男人大声吼道,"否则,别怪我不客气。"

她掏出警官证,在老男人面前亮了一下,沉声吼道:"警察!"接着,肖可语猛力推开门,像是被什么东西吸进房间似的,并迅速打开所有的灯。老男人有点儿被吓到了,惊愕地望着她:"我没干什么……"

"闭嘴!"肖可语用普通话说道,"据可靠情报,你窝藏妓女?"

她仔细打量了一番房间。墙上挂着超现实主义的画作,桌上摆着玫瑰花、红酒,一张宽大的双人床,布置得极尽豪华而精致,没有人,但有女人的衣服。大约丁小露正躲在浴室里。

老男人肥大的脸上闪过一阵惶恐,问:"你想干什么?"

"我是南都市公安局治安支队的。有人举报这里有嫖娼行为!"

老男人不安地瞥了一眼紧闭的浴室门,矢口否认:"警官,搞错了吧,这里就我一个人。"

"是吗?"肖可语瞪着他,"你叫什么?"

"我……"老男人被肖可语的气势镇住了,"我这不算嫖娼,我们认识很多天了,谈朋友的。"

"是不是谈朋友,到公安局去询问一下,就知道了。"肖可语带着权威式的语气说道,"我想你一定是懂法律的。"

"懂,懂!"老男人一边喘息着,一边走向梳妆台,拿起他的钱包,"现在就交罚款给你。"

第三章 承诺

肖可语故作愤慨地吼道:"你想向警察行贿吗?那就罪加一等。"

"不!我不是这个意思。我只是想……"老家伙放下钱包,"我……我……"

他完全乱了阵脚,一屁股坐在床角上,用力地搓着双手。床在他的重压下嘎吱作响。

肖可语神气地叹了口气:"你还是把丁小露叫出来吧!"

老男人用袖口擦了擦额头上的冷汗,刚要张口,"砰"的一声浴室门开了。一个穿着睡袍的女孩出现在门口。真是一个美人!飘逸的金色长发,润泽白皙、无可挑剔的皮肤,黑白透亮的双眼,饱满圆滑的额头。她腰间随意地系着袍带,更衬托出高挑苗条的身段,领口松散地敞着,隐隐露出丰满的乳房。

女孩走进卧室,脸上挂着挑衅的神情。肖可语脑海里闪过陈富贵的描述,感觉面前的女孩就是丁小露。

"你是谁?"她在浴室里观察过肖可语好一会儿,听起来很有底气。

"你知道我是谁,我问你,你为什么出现在宜梅苑?跟死者是什么关系?"

一旁的老男人顿时脸色煞白:"死者?"

"别听她胡说,根本没有什么死人。"女孩说,"你到底是什么人?少拿警察吓唬我,公安局里的警察我都认识。"

肖可语迟疑了一瞬,知道这个女孩不是那么好应付的,不如对她实话实说:"我是警察,不过,"她看看老男人,"我对你们干了什么不感兴趣,我只想问你,那条项链在哪儿?"

女孩的表情放松了一点儿:"谁告诉你我在这儿的?"

"这个你没必要知道。我只想知道那条项链在哪儿,"顿了顿,肖可语补充道,"我可以花钱买。"

屋子里沉寂了片刻,女孩露出狡黠的笑容。她坐到椅子上,叉开双腿,说:"大家都说实话,事情就好办了,你打算出多少钱?"

看样子,项链就在女子手里。肖可语不露声色:"我可以付你五千元。"这是黎政出价的一半,但她必须有所保留,给丁小露讲价的余地。

女孩扬起眉毛:"挺大方的嘛,就那么一条破项链。"

"成交吗?"

女子摇了摇头:"我倒是挺乐意成交的,但是……"

肖可语以为她嫌少,立即加码:"七千,我只能出这么多了。"说着,肖可语把手伸进提包里,准备拿现钞。只要拿到项链,她马上就可以回汉洲了。

"真可惜,早知道是这样……"女孩的语气很遗憾,"项链不在我手里,我把它卖掉了。"

"云都派出所有个管片民警认出了他,"苏南说,"说是在夏阳路与紫薇街交叉口多次看到过这个人,当时还以为他在搞推销呢!"

"这个律师还搞第二职业?"黎政问。他专程来专案组了解情况,一起参与了他们的阶段性讨论会。

"我向管片民警介绍了梅亚飞,"苏南说,"民警也觉得很奇怪,据他了解,那一带没有梅亚飞接手的官司,也没有亲戚和朋友……"

"那里不是干休所吗?"黎政问,向胡志远努了努下巴,"有人跟我说他给一些老人打过权益官司,是不是跟干休所里的人有牵连。"

"那个案子早就结了。"胡志远说,"那个路口有几个老龄场所，干休所、老年大学、云都养老院，再过去一些，有一家老年病医院……"

这时，丁杨走进门，穿着有点邋遢，脸色苍白，眼睛眯成一条细缝，但仍以高兴的语气跟大家打招呼，然后在黎政亲自拉来的一张凳子上坐下来。孙倩倩跳起来，朝他挥了挥手，似乎埋怨他这一天不见影子，到哪里去了也不跟她打招呼。

"我去了老年病医院，还走访了几个医生，"苏南接着说，"他们说，梅亚飞向他们了解过几种常见的老年病，比如颈椎突出、脊椎突出、糖尿病等等，还有物理治疗及护理常识。"

"不仅如此，梅亚飞还在很多医疗网站上咨询并学习老年病的治疗方法。但据我了解，他母亲身体很好，也许不适应城市生活，但至少没有他咨询的那些疾病。"丁杨说着，脱下外套挂在椅背上，"他帮老人打的权益官司已经结案，因此他去了解这些，不是为了官司。"

"梅亚飞也多次去过梅阳的医疗器械和药品公司，"孙倩倩说，"他对老年医疗器械和药品特别关注，似乎有意做这方面的生意。"

"没错，"丁杨说，"从他上网的情况看，他不仅特别关注康馨医疗器械，还黑入过云端医疗技术研究所网站，盗取了不少资料。不过，那个研究所几年前就已宣布解散，核心技术并不在网上，而且他不是唯一黑入该研究所网站的人。"

胡志远说："康馨集团营销部为我们传来了纸质证明，梅亚飞还真是个斜杠青年，他的第二职业就是推销老年医疗保健器械。"

"做康馨的营销不足为奇，"孙倩倩说，"前几年政府正式行了文，要求各行各业支持本市企业产品的销售，对不对？"

"他做的产品会不会就是你们治安打击的那种呢？"苏南问。

黎政摆摆手，说："暂时不要惊动梅亚飞，先查原云端医疗技术研究所,查产品来源,查它与市场上假冒伪劣产品的关系。"

黎政的话一锤定音,可丁杨总觉得梅亚飞哪里不对,那个男人不仅在追求金钱方面表现出不择手段,竟然还具备梦一样的才华。为了让投机钻营显得像是一种现实的需要,他仿佛把心也掏空了,到了今天还是那样的迷茫和焦灼。

丁杨第一次觉得自己的经历跟梅亚飞何其相似,只是自己得到了季亚明的挽救,虽然历尽煎熬,却不再那样无助。

散会后,丁杨约孟原吃饭。孟原正在送快递的路上,有点不愿意,但耐不住丁杨的命令,只得答应。其实,看到孟原的务实和努力,丁杨心里是高兴的。人是一种橡皮筋一样的动物,是有弹性的,不论什么样的生存状态,人都会在很短的时间里适应。

那天,丁杨从一个沉默寡言的人变成了一个话痨。他对梅亚飞的事有十分浓厚的倾诉欲。他说他怀疑梅亚飞说了谎,但只是一种感觉,具体原因说不清。

在孟原的记忆里,眼前这个同学的眼神似乎从未这么火烫过,他也很久没有这样的絮叨了。丁杨背着双手在他身后来回踱步,他也由此在孟原对面的镜子里时隐时现。

孟原放下手中的筷子,来了兴趣,说:"你知道为什么很多人认为赌博的输赢只在于作假功夫的高下吗?因为赌博跟概率有关,讲的是手气,一旦你玩到熟练的程度,面对的对手对概率了如指掌,那么输赢就取决于别的方面。一流高手之所以能赢钱,因为他们能读出对手的心理。赌场打牌,参与较量的都是一流高手,我曾经用手机悄悄地将现场情景录下来,仔细研究每个人故弄玄虚的行为,慢慢播放,观察他们重复出现的动作,比如搔鼻孔、抚摸牌面,那都是一种心理表现。只要你掌握了这些动作规律,并在赌博中加以运用,就提高了赢的概率。"

第三章 承　诺

"那你为什么总是输呢？"

"我以为自己会赢，但我也有这些动作，牌面一好，表情就好，牌面一差，脸就抽搐。自己无法控制，被人掌握了去，那就只有输的份。"

"这跟梅亚飞有什么关系？"

"我想告诉你，那家伙说不定是一个职业赌徒。他跟你见面时，糊弄你的技巧可能比大多数赌徒还要厉害得多。"孟原说，"你自认为是个善于观察的人，可你无法判断他回答问题时说了真话，还是说谎言来着。"

"你善于分析动作和表情，那你看看我跟他对话的视频，可以分辨出他说谎吗？"

孟原笑了："没那么简单。就我研究赌博来说，有几个条件：一是录像必须清晰；二是必须看到牌面。而且，我要反复观察，分析对手唬人的规律行为。就像使用测谎仪，要有一个校正仪器的过程。"

丁杨皱着眉头："意思是，既要有显然真实的对话录像，又要有显然是谎言的对话录像。然后才能针对某几段难辨真假的对话进行判断。"

"理论上是这样。"

丁杨返身关上包厢门，掏出一个优盘，用数据线连接上手机，调出与梅亚飞对话的视频，播放起来："来，你仔细看看。"

孟原看着视频里的梅亚飞，背景是整扇墙的书柜。梅亚飞身穿丝绸睡衣，脚上穿着鹿皮拖鞋，坐的姿势有些怪，仿佛屁股下面竖着钉子，看起来很不舒服，说话的声音透过手机喇叭听起来有点空洞。

"你怕传唤，就该说实话。你还做了些什么……"

139

"没有,绝对没有。我是一个律师,不论从道义上,还是法律上,都紧跟国家大政方针,紧跟社会大势……"孟原点击暂停键,画面凝结。

"你认为他在这里说谎了吗?"孟原问。

"对,"丁杨道,"至少言不由衷。他一直在跟请他打官司的老人接触,了解他们的近况,回收他们购买的医疗保健器械。他说'没有'时,你有没有看出什么?"

"我刚才不断地暂停,放大画面里他的眼睛,我看到他的瞳孔放大。"孟原指着屏幕,"那是承受压力的典型征兆,再看看他的鼻孔,你有没有看见他的鼻孔微微张开?一个人承受压力就会这样,大脑需要更多氧气。但是,这不表示他说谎。很多人在说真话的时候也有压力,而在说谎话时没有压力。你看他的手是静止的。"

丁杨看着手机屏幕,梅亚飞的双手静静放在大腿上,左手置于右手之上。

"世上没有永恒不变的说谎表现,"孟原继续说,"每个赌博者都不一样,所以你要做的就是认出不同之处,找出一个人说谎话和说真话之间的不同处。他说'本科学的是信息技术'肯定是真话,那么他说的'可能有些不合规矩,但我只是参与讨论,大都是法律问题,当然难免涉及社会现象'是不是真话呢?你就要从他的手势去找表现,是不是有不同点……"

丁杨完全不知道看些什么。于是说:"他的手看起来很自然。"

"当然自然。可是,他手上的动作前后不一致。"孟原说,"赌徒如果拿了一手烂牌,典型的特征是把牌藏在手底下,当他们做相反的动作时,会把手若有所思地按在嘴巴上,隐瞒自己的表情,这种人是隐藏者;还有一种人则相反,抓到烂牌会夸大动作,像是在椅子上坐得笔直,或是靠着椅背,试图让自己看起来像巨人,这种人叫虚张者。梅亚飞应该是前者。"

"那我问他3月27号和28号晚上在哪里时,他的反应正常吧?"

"应该是在说谎。"孟原说,"他是个隐藏者,当他说谎的时候,他的双手离开椅子扶手,把右手藏了起来。我想,他是个习惯使用右手的人。"

"我看他的手势不明显。"

孟原发出"呼哧"的声音,丁杨知道这是在笑话他。

"他不会表现得那么做作。就像前面说的,他是个不错的赌徒。你问他问题之后,前几秒他的右手放在扶手上,像在考虑要不要说实话,同时他两眼快速地眨动几下,像是在承受压力,紧接着,他藏起右手。嘴里吐出了谎言。"

丁杨演示了一遍孟原说的情形:"这表示他有所隐瞒?"

孟原撇了撇嘴:"也可能代表他选择说出一个自知会被看穿的谎言,来隐藏他其实可以说真话的事实。"

丁杨没有说话。

"赌徒拿到一手好牌时,不会一股脑儿地提高赌注,却会在下大注前透露出细微的忧虑,显示他牌烂,用来钓经验不足的赌徒,让他们自以为看出对手在骗人,于是也跟着下注。梅亚飞使出的就是这种招数,这是个前置的谎言。"孟原一边说话,一边打着手势,像皮影戏里一个缥缈的人物,飘荡在喧嚷的舞台里。

丁杨缓缓点头,问:"你是说他要我以为他有所隐瞒?"

孟原做出一个懒洋洋的姿势,叹了口气,说:"这不是精密科学……"

丁杨本以为能从中找到一些线索,却似乎失败了。

"我唯一能确定梅亚飞表达出真感情的,是他说'我是说他竟然进了康馨集团，还泡上了蒙总的女儿，一个大歌星，大美女'。他的羡慕嫉妒恨全在里面。"孟原说话时，专注地观察着丁杨对他的话的反应。

丁杨抖了一下，给孟原打开了一瓶红牛。

孟原大笑起来。"你也一样，"好像嘲笑丁杨可以给他带来快感，"梅亚飞问你是不是对志愿服务有兴趣。你回答说'四年前，我也是这个协会的成员之一'感情表现得如此丰富！这话以后最好别说了。"

第四章 粉　丝

一

肖可语一脸震惊地盯着丁小露："你把项链卖了？卖给了谁？"

"对不起，那也不是我想要的……"丁小露像歇在沙滩的鱼，满怀遗憾，"真应了那句老话，各人有各人的谋生路子，有人路子晦气，有人路子轻松。我就是前面那类人。"

她接着说："那天出了小区门，就碰到一个脱粉的海螺人。我不想要一个死人的东西，她却不计较，硬缠着我叫小姐姐。她就拿了去。"

肖可语认真地点点头："脱粉女孩叫什么名字？"

"我实际上不算是卖掉的，"丁小露答非所问，"我虽然不想要，但想赚点小钱，却耐不住她机灵，还是个孩子，而且确认过眼神，她委实没钱。我就把项链送给了她。早知你能出这么高的价钱，我就把项链留给你了。"

"你为什么离开小区？"肖可语问道，"有人死了，你捡起项链就走，那不是犯法吗？"

"犯什么法？我已经帮过忙了，再在那里，是越帮越忙。再说，我朋友在楼下等我，我急于见他，便捡起东西就走了。这份麻烦可不是我想要的。"

"到底怎么回事?"老男人扭扭捏捏地坐在床上。他的浪漫之旅莫名其妙被人毁了,到现在还摸不着头脑。他问丁小露:"你们说的是咱们在小区门口碰到的那个女孩儿吗?"

没人搭理他。肖可语继续问:"她拿了你的东西,然后去了哪里?"

丁小露一边回忆一边说:"当时,她是往东边的宜梅路方向走的,谁知道她在哪里呢!现在算起来过去十几个小时了,不过呢,我虽然说她是脱粉的海螺人,或许还是个脑残粉,说起明星来头头是道,我都听不下去。"

肖可语看了一下手表,已经是下午三点多钟。我还在这儿做什么呢?拖延时间吗?她叹了口气,问了脑海里能想到的一个重要问题:"那个女孩长什么样子?"

"我说了,可能是个脑残粉。"丁小露答道:"那个范儿,活脱脱一个韦秀娜。"

"韦秀娜?"肖可语大感不解。

"娜娜姐,"丁小露用粤语说道,然后又迅速转到普通话,"饰演《极品女神》的那个。不过,这女孩左耳朵上戴了一个怪异的耳环,感觉像是个骷髅,仿制的微缩版。"

"头发呢?直发,还是卷曲的,或者染成什么颜色?"

丁小露笑着说:"明星的头发是多变的,她可没法儿学,也许不屑于学。那个小姐姐,粉红,颜色自头顶越来越浅,有点儿杀马特的味道。"

"她有没有告诉你她的名字?"

"没有。"

"她没说要去哪儿?"

第四章 粉 丝

"没有。她的粤语说得很差劲。"

"她不是南都人?"想到如此怪异又来自内地的女孩形象,肖可语不由得皱起了眉头。

"是的。我估计她是内地人,但不像你是汉洲人,她的话里带着更多的北方口音。"

肖可语默默地点点头,说:"好。粉红,自上往下越来越浅的头发,带北方口音,左耳上挂着一个骷髅,可能是韦秀娜的粉丝,还有什么特征?"

"没了。就是普通女孩那个样子。"

她还算普通女孩?肖可语生活的世界里只有学生装和保守的发型——她甚至想象不出这个女孩在说什么。"你还能想起什么吗?"她追问道。

丁小露思考了片刻:"没了。就这些。"

这时,床突然吱吱作响,发出很大的声响。丁小露的客人艰难地移动了一下身体。肖可语转向他,用普通话问:"你能给我提供些情况吗?"

丁小露盯了客人一眼。老男人似乎想说什么,但又不知如何说。他的下唇哆嗦了一下,又停了片刻,最后嘴里蹦出的五个字,像英语,又像粤语,但一定不是普通话。

"人间不值得。"

肖可语惊得目瞪口呆:"对不起,请再说一遍。"

"人间不值得。"那人用蹩脚的粤语重复道,大约他自己都不知道该怎么用普通话表述。于是,他用粗大的手掌在被面上拍了两下,好像是表示放弃的意思。

丁小露盯了老男人一眼,恼恨地说:"要不是你纠缠她,我怎么会失去这么一大笔钱?"

145

肖可语疲惫不堪，没留意丁小露说的话。她仍揣摩着老男人的话，"人间不值得"，他是怎么了？是表达自己的心情，还是学舌别人说过的话呢？她十分费解。

"你还能想起什么吗？"肖可语重复道，"还有什么能帮我的情况吗？"

丁小露摇了摇头："没有了。但是，我想你恐怕永远找不到她。南都太大了，好嗨的地方太多，你会找不着方向的。"

肖可语礼貌地挤出微笑。"再见！"她为丁小露诚意的配合而表示谢意。她快步走出房门。心里一直翻滚着，"人间不值得"到底是怎么回事？

她在宾馆一楼的超市里买了一瓶饮料，顾不上淑女形象，拧开瓶盖猛喝一气。末了，穿过走廊，手里还拿着喝了一半的饮料，走向窗前，想呼吸一些新鲜空气。

看来一下子回不去了，肖可语思忖着。一切都不像她预想的那样顺利。"必须拿到项链才能跟我联系。"黎政是这么指示的。现在，她别无选择，走上街头，寻找一个粉红头发，或许是韦秀娜的铁粉女孩。她会在哪里呢？

肖可语将剩下的饮料倒进一盆绿植盆里，把空空的饮料瓶像手榴弹一样扔进了几米开外的垃圾桶。一忙起来便不知道昼夜苦累的人，丁杨经常这么说她。肖可语真的晕乎了。

转过身，她走向大厅，经过电梯口的时候，电梯门慢慢地滑开了，一个青年男子像一枚影子飘了进去。那人拿着一张餐巾捂着口鼻，似乎在抹着脏物，她只看到那人厚厚的金丝框边眼镜，和眼里藏着的深不可测的阴冷。

肖可语礼貌地露出微笑，然后继续向前走。但是，准备在沙发上落座时，她突然改变了主意，绕了个圈，走出大门，走进热得令

第四章 粉 丝

人窒息的南都街头。

苏南在老年病医院找到了原云端医疗技术研究所的李致，见面便一手递过警官证，一手举起一张照片："见过这个人吗？"李致看了一眼证件，又看了一眼照片，心里紧张了一把。警官苏南他不认识，但照片里的人他认识。他明白警察一定不是来找梅亚飞的，而是让他指认，或者配合印证跟梅亚飞有关的事情。

梅亚飞帮他打过官司。那时，李致还是研究所所长，因为所里的股东产生纠纷，几个股东联合起诉他，他聘请了梅亚飞当代理人。

李致在老年病治疗方面颇有研究，提出黄帝经络疏导调理法，获得过国家科技成果奖，并成功注册了专利，获准面向社会开展临床试验。他因此雄心勃勃，与几个同门师弟合股注册了云端医疗技术研究所，准备大干一场。但是，不到两年，师弟联合起诉他不履行合股责任。官司打赢了，研究所却再也办不下去，他只得加盟了哥哥李韩的老年病医院。

李致老老实实地回答："他叫梅亚飞，我请他打过官司。"

"还在一起干过什么？"

"没干过什么。"

"我知道你们在一起搞过其他经营——非法经营。"苏南说。

"我当医生，正派行医，每一种证照都合法的，你要看吗？至于他——"李致指了指照片，"你可以去查他。我相信，他也是证照齐全的。"

苏南摇摇头："我查的不是你们的正当职业，而是你自诩的斜杠。你们自以为研究乱七八糟的东西很前卫，但是违法的。"

李致足足呆了半分钟，他有了不祥的预感，但说话仍然硬气：

"我什么都没做。我只是一个医生,至于研究什么,那是'学所以益才,砺所以致刃',你管不着。"

"可是,非法我就管得着。"苏南说,"你想清楚点。"

李致摇摇头,他想不出自己的研究哪里违法。"我的研究得过国家科技奖,想要提升成果没有错。"他说。

"你还停留在自以为是的过去,但现在不一样了。"苏南说,"你现在是在行医,根据规定,不经审批,医院不能对在院病人使用非准字号药品和医疗器械,除了对口行政管理部门,公安机关有权每隔一段时间对可能造成病人无辜死亡的医疗事项进行检查。"

李致有些不明所以。

"我是在继续自己的研究,"他说,"但没有在住院病人身上试验,也跟梅亚飞无关。他每次来,都是做他自己认为应该做的事情。"

"医院里的病人难道还要请律师?"孙倩倩插话问。

"不是法律援助。"

"是什么?"孙倩倩紧追不放。

"他回收涉及老人保健养生的医院器械。"

苏南问:"他回收起来,供你研究?"

"不是。他可能有自己的用途,跟我的研究无关。他一个病室一个病室地找,跟老人聊那些器械,疗效啊,副作用啊,比我做研究还仔细。"

"哦。"孙倩倩说,"他回收那些东西用来干什么?"

"不知道。"

"可是,你一定感兴趣,对不对?他一个没有学过医的人,怎么可能研究那些东西。"

李致的T恤衫背部已被汗水湿透:"他有时也来咨询我,甚至问到一些核心技术,好像在做什么研究似的……"李致心下踌躇,既不想说得太多,又想表现出愿意合作的样子,撇清自己的嫌疑。他感觉梅亚飞一定涉及了不小的案情:"我不知道他为什么回收那些东西,我只是听一些病人提起。"

"哦,"孙倩倩说,"听起来有点诡异。你有没有指导病人用过那些器械?"

李致默然不答。

"医院允许病人自带药品和器械进来吗?"苏南问,"我是说,你们怎么对待病人带进来的医疗保健器械?"

李致叹了口气:"病人要带,我们制止不了。但我们会引导……"他顿了顿,接着说:"告诉他们怎么避免受伤害,怎么避免产生副作用,也告诫他们后果自负。"

"为什么不阻止?"苏南问。

李致耸耸肩,说:"我们不能强制阻止,否则,没有人会来住院。"

"都是康馨医疗器械公司的产品吗?"

李致点点头。但苏南察觉到了什么,也许是他紧绷的颈部肌肉,也许是他充血的眼角膜出现些微的抖动,于是问:"有没有其他产品?"

李致摇了摇头。

"没有标号和防伪码的?"孙倩倩问。她显然跟苏南一样嗅到了什么。

李致又摇了摇头,但摇头之前他的脑子必须做出选择,因此出现短暂的迟疑。

"贴牌,还是无牌的?"苏南追着问。

"可能有……"李致犹犹豫豫地说,"收治的时候,我们要登记随身物品，发现私自携带医疗器械的，就建议转院，不予收治。我想，这样的病人一旦出现问题，我们负责不起。"

苏南点点头，转换话题："嗯，梅亚飞呢？他回收过那些产品吗？"

"不清楚。在医院应该没有回收过。"

"你的意思是，其他地方有可能？"苏南问，看了孙倩倩一眼，"好，那我们先去查查你们近几个月收治的病人。"

李致知道自己应该闭嘴不再多说，但如果警方查出医院里出现假冒伪劣医疗器械的问题，一定难以善了。他可不能砸了"哥哥"的场子。

他觉得孙倩倩看起来形象淑女，应该比较好说话，便追上去。"这位女警官，"他说，"我这里没有什么好查的，但我可以提供一个情况。"

孙倩倩偏了偏头："说吧，什么情况？"

李致说："我知道他回收医疗器械的仓库，旁边好像还有一个加工厂，但那家厂是干什么的，我不清楚。"

两名警察点了点头，转身离去。危机暂时过去，李致心里暗暗佩服自己的机智。

二

肖可语走后，1116房间里传出浪声浪气的声音。丁小露装出特别兴奋的样子，但她感到自己快要被压扁了，压得喘不过气来，一心祈祷老男人能快点结束。

突然，没有任何暗示，就那么突然地，老男人的身体变得十分

第四章 粉 丝

僵直,随即倒在她身上。完事了?丁小露心里纳闷,既感到惊讶,也感到欣慰。

她用力想从老男人身下翻出来。"亲爱的,"她用娇柔的声音说,"让我到上面去。"

"亲爱的……压死我了!"她感到头晕,感到自己全身的骨头都要断了。"醒一醒!"她本能地猛扯老男人乱蓬蓬的头发。心脏病突发了吗?

就在这时,一股温暖的液体,流到她的脸上,流进她的嘴里。有点腥。她疯狂地扭动身体。她看到了,老男人的脸扭曲了,鲜血正从他的太阳穴里汩汩流出来,流得她全身都是。

她想要尖叫,却叫不出声。她慌了神,头脑都乱了。这时,她看到了一张戴着金丝框眼镜的脸,一只手,那手握着一把装有长长的消音器的枪。

"噗!"一道闪光。接着她什么都不知道了。

戴金丝框眼镜的年轻人对这种声音和这道闪光早就习以为常。

这是他的生意。他开始做得小心翼翼,却越来越熟络,也就越来越习惯。射出两颗子弹后,他轻轻关上房门,他的身后,留下了两具尸体。

他迫不及待地点开腕表的信息开关。表盘闪烁起来。他的手指又一次轻轻地触击,信息犹如神秘幽灵一般发送了出去。

目标:老男人、丁小露已干掉。

丁杨独自坐在机房里,等待木马的追踪反馈。肖继中把关键信息复制在芯片上,然后粉碎了电脑上的原始文件。想要恢复这些内容不是简单的事情。目前,这项工作已经历时二十多个小时,尚无结果。因此,肖可语的任务就显得更加重要,可肖可语那边一直没有任何消息，丁杨隐隐觉得她可能遇到了什么麻烦。更纠结的是，他没法儿打通肖可语的电话——现在能和肖可语联系的，只有黎政。

强超没有报告，就擅自离开了，一直没有回来。丁杨独自待在机房，又想起蒙兰兰与梅亚飞、封翎之间的关系。"他一定爱死了蒙总的女儿，他的羡慕嫉妒恨全在里面。"孟原的这句话一直萦绕在他的大脑里，就像一片乌云，笼罩着他。

如果能尽快恢复肖继中的那些资料，找到肖继中被杀的真正原因，或者由此引出背后隐藏的秘密，揭示出梅亚飞、封翎在案件里的关系，那肖可语就没必要留在南都了。

丁杨再次将注意力集中在屏幕上，不断修正、提升自己的软件，试图加快运行速度。窗外，阳光从树叶间隙漏下来，斑驳地洒在窗台上。这是一个仲春的午后，似乎从遥远的地方响起了隐隐的雷声，他感到时间过得很快。

他打开恢复程序的状态窗口——那里有一个数字钟，显示着恢复程序运行的时间。他盯紧屏幕，希望能看到让人振奋的结果，可正相反，眼前的景象使他如坠冰窟。

屏幕上的时间不断变化："58s""59s""60s""1s"……

丁杨顿时一阵惊慌，难道对方设置的防御程序一分钟一更新？他疯狂地滚动着页面，检查屏幕上的数据，寻找任何一个可能被对方入侵的漏洞，却是在白费力气，毫无结果。他知道这种情况只有一种可能——他的木马被对方下了"寄生虫"，防御程序与他的恢复程序共存共生了。

"寄生虫"是电脑编程中最令人恼火的一个东西。不论程序编制员怎么高明，也不论电脑如何高级，只要被对手"寄生"，对手也就跟着水涨船高。它不需要任何技术或硬件，也能逼迫整个系统乖乖就范。

"寄生虫"这个词的起源非常有趣,它是电脑技术的专属词,源自第一代黑客。有一天,欧洲黑客迈克的"隐秘门"守护神不断受到攻击,他和朋友们都没有找到原因。在苦苦追踪几个小时后,一个黑客最终发现了问题。守护神程序里多了一个代码,像附着一条小蠕虫似的,不断地给予原程序以干扰和打击。从那时起,电脑程序被人控制就被谑称为"寄生"。

问题是丁杨的软件都是排他性的,怎么会被人寄生呢?

在程序里找到"寄生虫"可不是容易的事。能够寄生的代码一般都跟程序的源代码类似,有的甚至有同一性——同门师兄弟下的代码,或者盗窃了源代码的人编制的模仿代码。这样,为了找到"寄生虫"的踪迹,你必须查遍程序所有的源代码——如同在一本百科全书里找一处同音同形不同义的印刷错误一样。

丁杨知道自己只有一个选择,再一次将恢复程序发送出去。他也知道它一定还会有相同的"寄生虫"反应,并可能被对抗。他突然感到事情非常蹊跷。他几天前用同样的恢复程序,却什么问题也没出现,为什么现在会突然出现故障呢?

强超先前说过的一句话在他耳边回响起来:"丁领导,我试着将您的恢复程序发出去,但收到的数据毫无意义。"

能收到数据?那说明恢复程序是正常的。如果强超从恢复程序那里收到了数据,他得到的数据之所以毫无意义,可能是他键入了错误的代码。

他立刻意识到恢复程序被下"寄生虫"的另一种可能——外部力量的影响,比如盗窃源代码,更容易导致程序被寄生。他的恢复程序都是在内部机房里使用的,如果出现上述情况,那可能意味着……

丁杨快步穿过机房，从带来的工具包里掏出一本标有"系统操作"的活页夹，迅速翻阅起来。他找到要查的东西，然后拿着手册回到终端机前，键入检测命令。接着，耐心地等待，电脑飞速显示出过去几个小时里所运行的命令列表。

他希望这次搜索能找出原因，比如程序漏洞、劣质芯片，或者其他什么。过了一会儿，他的终端机发出"嘟嘟"的响声。屏幕显示：错误代码 L-14。

丁杨心中顿时充满恐惧。这是个坏消息。这次检查发现的错误代码表明，恢复程序已不正常。程序被人寄生是软件内部出现漏洞，或者说软件自身开了后门。

丁杨一时搞不懂"错误代码 L-14"代表什么意思。他编制的程序自身极少出现故障，而且他一旦重复使用，就随时对软件进行检查升级。于是，他翻阅系统操作手册，浏览错误代码列表。

很快他就查到了结果，但他的眼睛停在那里，凝视了好半天，还是不明白。手册告诉他，"L-14"代表软件编制者自己给自己下了"寄生虫"。

三

"寄生虫"似乎在跑动，从一程序跳到另一个程序。只要丁杨追踪到某一个，它就立刻躲到另一个里，好像在测试他是否在寻找它，等它觉得没人寻找它时却又停了下来。

丁杨一边敲击键盘，一边盯着屏幕，仔细观察每个指令的执行情况，然后，倾听着硬盘驱动器的摩擦声，看它是否发出与正在执行的任务不同步的声响。

第四章 粉　丝

这时，苏南和孙倩倩走进机房。丁杨摆摆手，让他们先不要动任何电脑。苏南站在他身后看一会，说："每个程序里包含多个软件，比如文字处理、查杀毒及磁盘拷贝，或许还附带着游戏、密码破译等等，要不要一个个剥离出来，江边洗萝卜似的一个个清理？"

"我已经剥离过了，问题是它总得有个藏身之处。"

丁杨打开、关闭了十几个程序，然后又是十几个程序，不断地敲打键盘。"这个文件目录最慢，"他冷笑一声说，"它竟然寄生在查杀毒软件里，比我的搜索软件还活跃。"

苏南说："查杀毒软件有着杀灭不利于网络或者程序运行的软件的功能，它藏身在那里，必须比查杀毒软件的防御性高出几个等级才行。"

丁杨对"寄生虫"如何工作充满好奇，假如删除查杀毒软件，"寄生虫"就自毁——如此倒方便了，只要怀疑"寄生虫"在电脑里，只需删除这个软件即可，但一定不会这么简单。他决定先把那个带有"寄生虫"的查杀毒软件代码全部拷贝下来，然后再输入到一台单机上运行，看看会有什么结果。

他让苏南在联网机上观察，自己移到单机旁，插入优盘。可是，单机电脑运行十分正常，里面竟然没有了"寄生虫"！

丁杨再次检查各种程序，苦笑道："它不在里面，一定又跳到其他软件里去了。这太奇怪了，它究竟是怎么做到的呢？"

苏南和孙倩倩面面相觑。他们寂静无声，仿佛整个世界也是无声。丁杨站起来的时候，孙倩倩拨通了强超的电话，吼道："你死哪里去了，你不知道机房出问题了吗？"

强超声音弱弱的，说："就到，就到，我在楼下呢！"

丁杨摇了摇头，注意力转移到联网电脑上。他登录黑客论坛，键入微电子侦探器，接着将检测软件附加在上面。他以"悠悠我心"为名注册了一个用户,伪装成"寄生虫"程序求救者,诉说着编写的困难和疑惑,请求论坛里的黑客老大指教。

不久,屏幕上跳出一个小窗口,一个叫"叛逆者"的用户回复:"小家伙,看你诚心,什么事问我吧?"

丁杨对苏南招招手,说:"开始追踪。"

苏南打开超级跟踪软件。显示屏上又跳出警用地理系统的界面。"正在跟踪,"苏南说,"对方的信号一直在汉洲城里转圈……"

丁杨继续跟"叛逆者"对话。

"悠悠我心":"大哥,我惹了个麻烦,对方在我的电脑里种了'寄生虫'。我想反过来也给对方种一个'寄生虫',听说你是真正的高手,请你教教我。"

"叛逆者":"要我怎么教你?"

"悠悠我心":"卖我一个'寄生虫',教我怎么种。"

"叛逆者":"你惹了什么样的麻烦?"

丁杨看了一眼超级跟踪软件窗口,的确如苏南所说,"叛逆者"的信号在移动,不过,似乎有些规律性,总是在雁麓区八号基站附近游移,这个基站就在云麓峰上。普通黑客不可能如此"不靠谱",丁杨脑海里闪过一个念头,"叛逆者"可能就是给他的软件种"寄生虫"的黑手。这种老鹰抓兔子的手法,他十分熟悉。

"找到他的服务供应商了。"苏南说,"是无线上网服务。"

"真该死。"孙倩倩骂了一句。这意味着需要网络通信公司帮忙确定从八号基站发射的信号到叛逆者接收服务器的最终连线。

苏南给雁麓区移动通信公司打电话,安全部门的负责人随即让手下的技术人员通过八号基站对"叛逆者"的信号进行追踪。不

第四章 粉 丝

过,雁麓区的电信线路很忙。可能需要十五分钟到半个小时。

"不可能!"强超说,"告诉他们,加快速度。"

强超过去是盗打电话的"飞客",攻击过电信公司的基站。以他的经验,知道此刻电信公司的员工们不仅要在各个布满继电器的交换台大房间东奔西跑,要在体力上受累,同时还需要依靠观察找到连接线,那样才能追踪到信号来源。

论坛里的聊天在继续。

"悠悠我心":"说实话,我也不知道怎么得罪他了。他先是攻击了我家公司的网站,他的网号好像就是两个空格键,或者就是隐身,没露痕迹。他攻击我家公司网站时,我狙击了他,然后就接连发生怪事。在我家的网站里种了'寄生虫',还用一个'隐秘门'脚本,专门对付我,让我无所适从。"

"叛逆者":"你想怎么对付他?"

"悠悠我心":"我想知道,'寄生虫'真的能左右我的电脑吗?而且还不断地从一个程序跳到另一个程序,我根本抓不住它。"

"叛逆者":"我认为它根本就不存在。只是一个传说。"

"悠悠我心":"大哥,一定是真的。我分明见到我的文件全都被它打开了,而我压根儿啥也没动;刚才我启动所有的搜寻软件、删除软件,但对它无可奈何。"

"跟踪软件受阻,"苏南说,"他在反追踪。"

此刻,"叛逆者"开始运行自己的超级跟踪软件,核查丁杨的来历。但丁杨编写的匿名软件能把对方的追踪误导到南都,"叛逆者"一定信以为真,因为他并未退出界面。

"叛逆者"："你的电脑里又没什么见不得人的东西，有什么可害怕的？"

"悠悠我心"："话可不能这么说，天天被监视着，谁受得了？俗话说，卧榻之侧，岂容他人酣睡。"

"叛逆者"："我可以帮你删除那个'寄生虫'，但你要交学费。"

"悠悠我心"："好的，钱不是问题。"

"叛逆者"："你看看，是不是这个东西？"

对话窗口里跳出一个链接，丁杨立即进行复制，转移到检测盘里，然后发送给强超，让他进行解析。很快，解析出了结果，对方发过来的那个链接确实包含了"寄生虫"源代码，而且正是寄生在丁杨软件里的类型。

"源代码雷同率高达百分之八十七。"强超说，"一定是他，又当师公，又做鬼。"

电话响了，是苏南的手机。他划开接听键，听了一会，简短地问了一句："在哪里？我立即让辖区派出所派人协助你们。"挂上电话，他对丁杨说："锁定了，就在中级人民法院附近，我这就请胡大队长安排雁麓分局出警。"

丁杨点点头，继续跟"叛逆者"聊天，想稳住对方。但对方只回复了三个字母：MHP。

论坛的常客们为了节约敲击键盘时间，逐渐形成了一套只有圈里人才看得明白的首字母缩略语。MHP 的意思是"马上回到屏幕来"。

苏南问："难道他起疑心了吗？"

"连接没有关闭。"丁杨说，"也许他只是上个厕所什么的。让电信公司继续追踪。"

他疲惫地靠在椅背上。"叛逆者"在中级人民法院附近，难道是梅亚飞？

MHP。对话窗口的光标继续闪动着，"叛逆者"却再也没有回来。

梅亚飞坐在电脑桌前，手里紧紧地攥着手机，对方又说打错了，这种电话他已接到好几个。对方一直没有说话，但他听见电话那头的呼吸声，威胁的意味尽在其中。

书房外传来洗衣机隆隆的声响，是妈妈在忙碌。妈妈来他这里之后，他一有空就回家陪着妈妈，想让妈妈享受天伦之乐。但现在妈妈话越来越少，他特地抽出时间回家，结果妈妈却跑到园子里跟花草说话，她甚至想挖掉几棵树和一块草皮种菜。

他想随妈妈的意，种些菜也好，毕竟妈妈种了一辈子菜，闲下来不是好事。再说，他自己常常只是心里想聊天，实际上未必，因为他对妈妈的所有话题并不感兴趣，聊着聊着就想起案件，想起法庭，想起哪笔钱还没有回笼……

母亲在这里住下来，少了他很多牵挂，却多了一份担心。情感类动物都是矛盾的，左右掣肘。他差点把公司搬回家里，几个员工在别墅里办公完全没问题。这样就再也不怕有人对妈妈不利。但回头想想，却也未必，只要心里藏着秘密，只要秘密威胁到别人，危险总会像月亮的背面一样——看不见，却依旧存在。

窗外草地碧绿，像上了一层油、刷了一层绿漆似的，带着<u>丝丝</u>不真实感。在他看来，最近发生的一切，仿佛是在做梦——一场噩梦。他常想，如果他没有接手肖继中的权益保护案，如果肖继中对事情的看法不是那么坚持，如果他还是把钱当作第一原则，那么事情的发展会不会有所不同呢？

肖继中死了，看起来像是心脏病发作。梅亚飞听到消息，感觉像在黑暗中看到一丝光明，甚至点燃一丝希望——转机来了，可以权当以前的一切都没有发生。然而一天不到，公安又传出消息，肖继中是被杀的，药品注射引起的心脏骤停猝死。他有些怨恨公安检验得太仔细了。不过，一切都在意料之中，人在做，天在看，天理昭昭，掩耳盗铃于事无补。

"发什么呆呢？"妈妈走进书房里。

"没什么，案子上的事情。"他想用妈妈不懂的事敷衍过去。妈妈是个识大体的人，他真想跟她说说心事，可他更怕她担心。

"案子上的事我不懂，但我知道打官司就是打人情，最重要的是讲感情，讲道理。"梅亚飞心里暗笑，母亲总是一嘴小时候教导他的话。

"我是按您教导我的话做的。"

"你有吗？"

两人陷入了静默。母亲看他的目光好像带着钩子，让他的心里浮起阵阵凉意。

书房里十分安静，安静得梅亚飞能听到电脑运行的声音，安静得甚至能听到他自己的呼吸。他觉得自己很违心。他没有说出心里话，他渴望有个长辈给他分析分析。

但他觉得母亲不是那个人。

"我不知道你的案子办得如何，但我发现最近周围多了些陌生人，就像电视里放的那样，是不是有人在监视你？"

"你别胡思乱想，是新搬来的邻居。"他假装轻松，但已经打定主意，还是去公司办公比较好，即便有人监视自己，也不能让妈妈发现。

第四章 粉　丝

"但愿吧，"妈妈咬了咬嘴唇，"别让我担心，亚飞。"

妈妈出去了。梅亚飞看着窗外明亮的日光照在她的背上，看着她弓起的背和手臂的影子。他突然想起老年病医院那个背部弯曲的老人，还有那个医院不予收治的糖尿病人，他必须再去走访一下他们。肖继中说过，你一定要关注这些事情。

他走出玄关，跟妈妈告别，匆匆下了楼。正要走出花园时，他发现栅栏边的草地上有脚印。他跟着脚印绕花园走了一圈，直至车库的阴暗处。

这些脚印一定不是母亲在园子里活动时留下的。他倒吸了一口凉气，既惊讶又恐惧。

四

丁杨驾驶汽车驰过梅雁高架桥。大桥的两侧是雁麓区半岛技术开发区，原来是一个河洲，一片田园风光，现在遍布庄园式厂房，却仍然绿树成荫，花草葳蕤，街道很安静。

孙倩倩坐在副驾驶位上，正在向他汇报前期调查情况。

"我搜集了一年多来的假冒伪劣产品及天价销售的举报线索，然后一条条梳理，发现所有产品走的都是快递，所谓价格都是口头价。举报者大多在汉洲市内及周边地区，也有一部分来自其他城市的协查通报，跟肖继中的器械来路是一致的。我在网上找货源、找报价，但是，那些东西并没有在网店出售。我请举报者一起上网对照，你猜怎么着？"

丁杨没有说话，他早就知道。

"找不到网店，"孙倩倩说，"他们购物时看到的网店在下单付款后就不见了。"

"你查询的购物单是什么时候的？"

"主要是去年，然后是今年春节期间，呈愈演愈烈之势。之后才有康馨集团负面舆情，我搞不懂的是，康馨集团如果认为自己是假冒伪劣产品的替罪羊，为什么不打假，只要求封杀网站呢？这是不是为我们提供了些思路？"

"说具体点儿。"

"我们一直找不到假冒伪劣产品的厂家，也找不到天价销售的人，只有莫名其妙的举报者，还有一个因举报导致的命案——但上级却并不认可这种定性。还有虚高的销售数据和被差评的志愿服务协会。"

丁杨瞥了孙倩倩一眼，说："可不能这样说，我曾经也是志愿服务协会成员之一，我清楚他们的操作规程，不会有什么问题。"

"那是四年前，现在可不一定。有传言说，蒙兰兰是她父亲社交上的一笔财富，为他的生意、为他进入上流社会提供保障，就像一只会表演的狗，被他牵着四处溜。这话说得有点过分，但也说明，协会在做什么，蒙兰兰不一定控制得了。我认为我们应该花时间研究一下协会到底干了些什么。"

汽车驶入交叉路口，左拐是新技术开发区，右拐是梅雁洲头。刚刚跃出云层的太阳，照亮了洲上开国领袖和民族英雄的雕像。

"我们得先征求上级同意。"

"话是这么说，但他们一定不会同意。"孙倩倩说，"上级对涉及康馨集团的事情相当敏感，他们认为康馨集团是汉洲的支柱产业之一，竭尽全力支持它。如果真挖出些什么来，让他们颜面尽失，那可就啪啪打脸咯。"

"你有什么建议？"

第四章 粉 丝

"我们自己展开调查。有时,正面调查与反面调查有同样的意义。"

目的地到了,丁杨停下车,关上引擎,坐在驾驶座上,视线越过河洲,望着古树参天的云麓峰。"没有确凿的证据,我们不能碰康馨那颗毛栗。"他说,"第一,康馨集团的发展关乎汉洲民生,一般情况下,上级不会同意;第二,我们办的是治安案子,虽然也协助分局侦查命案,但主责还在于为康馨集团挽回名誉,关注的人很多,不能够逾矩。"

孙倩倩眨了眨眼:"你是不是还在顾及蒙兰兰的感受呢?"

丁杨正要解释,却被一台缓缓驶进车位的宝马车吸住了目光。车门打开,一个熟悉的身影钻了出来,正是梅亚飞。

"我们为什么不干脆把他抓起来?"孙倩倩问。

"仅仅是怀疑而已,'叛逆者'中途下了线,并不能完全锁定。"丁杨说,"他是律师,没有确凿证据动不了他。"

梅亚飞见到两人,似乎并不吃惊,客气地带着他们进了律师事务所。接待室十分豪华,用的全是东南亚红木家具,当中一张跟宝马车一样宽大的原木树兜茶桌、六张相配的木凳,墙上是现代派艺术雕刻和不知名的原版版画,货真价实的原创品。

中央茶桌前坐着一名女子,身穿蓝白相间的套裙,外面罩着一件蕾丝披肩,脸上挂着亲切的笑容。丁杨和孙倩倩跟着梅亚飞经过时,女子冲他们微笑致意。丁杨猜想她可能是梅亚飞的秘书之类,便主动跟她招呼,要了她的名片。她有一个比较中性的名字:周靖。

"给客人倒茶,要最好的。"梅亚飞吩咐。

"好的,请稍等。"周靖声音婉转,姿态优雅,微微一躬身,进

163

了旁边的一间小屋，显然受过训练，比空姐还专业几分。

进入梅亚飞的办公室，丁杨一眼便看到室内左侧角落里摆着一张按摩椅，孙倩倩也看见了，盯着那椅子说："嗨，这不是康馨集团的产品吗？"

梅亚飞点点头："要不要试试？工作之余按摩一下，挺舒服的。"

丁杨不想浪费时间，径直在沙发上坐下来。梅亚飞却没有陪着他们坐，而是来到办公桌前，坐进大班椅里："两位警官，我想你们一定不是来法律咨询的吧？"

丁杨先介绍了一下孙倩倩，然后开门见山地说："我们想再次向你了解一下老人权益维护案的情况。"

梅亚飞叹了口气，拿起手帕擦拭眼镜："那是一个很简单的案子，丁警官。你上次问起，我就满怀诚意地回答了，基本上什么都没有保留，甚至不在乎律师保密原则，就是因为我不想再因为经济纠纷的事，让你们有所误解，可是……"他伸出食指，"我当律师这么多年，从来不曾跟当事人有金钱纠纷。"他的食指跟随话语左右摆动，"我也不想的。"

丁杨清了清嗓子，说："现在你可以更进一步地表达你的诚意，梅律师。我们正在调查一宗疑似假冒伪劣医疗器械案件，有假造、有废品改造、有贴牌。前段时间，我们有两名侦察员在干休所路口一带调查，发现有人低价收购废旧医疗保健器械，并做了笔录。"

孙倩倩打开案卷材料，抽出其中的一页纸，放在梅亚飞面前，问："请问这里说到的梅律师是不是你？"

梅亚飞看着指证笔录，喉咙像是噎着似的，眼珠突出，颈部青筋暴凸。"我……"他结结巴巴地说，"我……没做什么坏事或犯法的事。"

"谁知道呢，"丁杨说，"我们想了解的是，你收购的器械都去了哪儿？对了，我们还想看看你的回收仓库，你没意见吧？"

梅亚飞并不回答，他年轻光滑的容貌像是在他们眼前被吸干，瞬间老了好几岁。

"你不用急着回答我。想明白了，再打电话给我们。"丁杨说着站起身。他这是投石问路，梅亚飞果然叫住了他们。

"我带你们去看我的仓库，"他说，"我真的只是回收而已。"

"没有其他目的？"丁杨问。

"任你怎么理解都可以。"

"好吧，"丁杨说，朝门口走去，"我们会调查清楚的。你是律师，传唤出庭作证的时候，你自己跟法官去说。不配合警方没关系，最严重不过取消律师执业证。"

"等一下！"梅亚飞一只手撑住额头，不胜烦恼的样子，"好吧，我实话告诉你们，我在帮康馨集团做事。"

"帮他们调查假冒伪劣产品？"

"这是他们销售部的意思，我帮着他们回收废旧产品，消除社会对他们公司的负面影响。我相信，他们也是出于改进技术、提升产品质量、维护公司声誉的目的。"

"所以你去了干休所和老年病医院？"

"干休所搞以旧换新活动。他们手里的器械大都是康馨集团赠送的体验品，没什么问题。老年病医院里的老人使用的器械则五花八门，有赠品，也有自购的，但只要是康馨集团的产品，我都回收，并负责为他们维权。老人们对补贴还挺满意。"

"你回收过假冒伪劣医疗器械吗？"

"没有。为了辨识真假器械，我参加过康馨集团的培训。"梅亚飞掏出一张工作证，封面印着康馨集团的标识："课程专门讲授过如何识别真假产品。在回收过程中，我确实碰到过假冒的，但对方不愿意接受回收，我也没强求。至于你说的改装或以旧充新，那个我就没办法辨识了。"

"你跟李致是什么关系？他为什么拒绝收治使用伪劣医疗器械的病人？"

梅亚飞耸起肩膀："我去他医院回收过器械，但对于他们的收治规矩并不知情。"

看过梅亚飞的仓库，两人告辞。回去的路上，孙倩倩问丁杨："你相信他说的话吗？"。

"不完全相信。梅亚飞这种人，会为销售那点儿小钱去做回收的事？你看看他的办公室，还有他的别墅，回收产品能挣出来吗？"

"也对，"孙倩倩说，"说不定他只是替自己做了张面具，一张真正的面具。"

"他是个网络达人，但我们先要查清回收跟销售的关联，然后再从网上查找跟他有关的线索和信息。"

"你怀疑他以回收为幌子，生产假冒伪劣医疗保健器械？"

丁杨不置可否地摇摇头，说："调查这种案件就好像拼拼图，一开始必须耐着性子拿几块拼起来玩一玩，拼错了没关系，拼着拼着就对了。"

想着丁杨的话，却见他打了一把方向，孙倩倩提醒道："这条不是回分局的路。"

"我知道，想找个人核对一个下梅亚飞的话，就是他介绍我认识梅亚飞的。"

第四章　粉　丝

五

封翎穿着蓝色工作服，戴着劳保手套，正在康馨集团的会展中心指导工作人员拆除舞台。"因为展览所需人力、物力、精力太过巨大，现在只保留体验部分。"他一边指挥丁杨将车停入地下停车场，一边礼貌地解释道。

"对不起，这么晚来打扰你，我们不会耽误你太多时间。"丁杨说，"我就想问问梅亚飞跟你们公司的关系，以及梅亚飞在你们公司领取薪水的情况。"

封翎惊讶地看着丁杨，说："你们怎么突然问起这件事情？"他领着他们穿过一扇上锁的门，进入旁边的房间。房里有一张智能水床，一张按摩椅，还有两件没拆包装的器械，对面摆着电视机。从水床和按摩椅的新旧程度，丁杨猜测应该是用于体验的，有一股淡淡的装饰材料气味，但味道没有建材店那么刺鼻。

封翎礼貌地请两人上水床体验一下，丁杨拒绝了。不过，孙倩倩走到水床面前，仔细观察电子开关，摸了摸水床表面，感受了一下床面的质感。

切入正题，封翎说："亚飞没有直接跟我联系过工作方面的事情，也没有人向我报告过他在我公司兼职领取薪金的情况。"

他嘴里强调"我"这个字，丁杨心念一动，问："那其他人呢？"

"公司下设部门比较多，我主要分管智能科技这一块，至于其他的，我不太知情。"他露出犹豫的微笑，"这么回答，不知你满不满意？"

"还有一件事想请教,你知道公司在回收废旧产品吗?"

"所知不多,那是销售部的事,不过董事会议过,智能部是反对的……如果你想知道更多关于回收产品的事,我建议你找一下销售部,他们一定有方案,还有发放薪金的记录。"

丁杨站起来,走到孙倩倩身旁。她正在比较水床与按摩椅的商标。丁杨看了看未拆封的两台仪器,孙倩倩掏出手机,将商标和编号拍了照。

封翎送他们回车库。来到门口时,封翎抓住丁杨的手臂,语气有点儿犹豫,说:"有一件小事,我不知道是不是应该告诉你。"

"说吧。"

"本来是小事,我想给遮掩过去,但跟你了解的情况有关。"

"哦,是吗?"丁杨惊讶地发现自己居然感到失望,而非松一口气。

"我想应该没什么,但也许应该告诉你们,毕竟你们认为这可能跟肖继中的命案有关,无论如何都不能把对朋友的关照摆在前面。两个月前,下属向我汇报工作。一般来说,汇报的都是关于智能技术方面的事情,不会涉及销售,除非关系到技术问题……智能部主管在例行回访客户时,发现两台器械是经过改装和维修后销售的,销售人竟然是梅亚飞。我让他们不要张扬,直接给亚飞打电话。梅亚飞听了大吃一惊,说他那不是销售,是义务维修。当时我也没多想,也就说,感谢他的热心,以后有什么技术问题,直接交给我们就可以。我记得我当时在想,说不定……你明白的。"

"我明白,"丁杨说,"谢谢你告诉我这些。"

"应该我谢谢您,"封翎挤出微笑,"这事,也许是我以小人之心度君子之腹了。"

第四章 粉　丝

　　汽车沿文史路行驶，丁杨想着封翎刚才的态度，感觉比以往要诚恳，好像已经尽释前嫌，两人要做好朋友似的。他望了一眼苍茫的天空，升腾的浓雾正裹挟着黑云，朝着他们奔涌而来。

　　用不了多久，暴风雨就要来了。丁杨又想起蒙兰兰那温柔的叹息和裹挟她的阴谋，他顿时醒悟，对孙倩倩说："打电话去律师事务所。"

　　孙倩倩拨通电话，将手机交给丁杨："我是梅主任的朋友，请问亚飞在吗？他没接手机。"

　　"他已经离开了。"话筒里传来周靖温柔而娴熟声音，"客户约他打网球。可能已经进了球场，不能接听电话。"

　　"去了黄家山体育馆吗？"

　　"不，是新体育中心，桃花大道的梅溪会所。"

　　"谢谢。"丁杨将手机还给孙倩倩。

　　梅溪会所是一座奢华别墅，依新体育中心而建，格局与体育场馆类似，但不属于体育中心的公共建筑。进入别墅，迎面袭来一股凉意。虽然还不是夏季，别墅已开启中央空调，让运动者感觉四季如春。网球场里有几名男子隔着一张大网挥拍厮杀，拳头般的绿球在空地弹跳飞舞。其中之一正是网管办顾问江心洲。他放下球拍跑了过来，毫不避讳地跟孙倩倩打招呼。另一个人自然是梅亚飞。

　　"又见面了，丁警官。"梅亚飞说，"要不要来一场？"

　　丁杨摇了摇头。梅亚飞发出相当愉快的笑声，但他下巴的肌肉线条背叛了他假装愉快的意图，说："陪下属来约会？"

　　"我是专门来找你的。"丁杨说，"你想不想去公安局接受讯问？"

　　梅亚飞脸上的微笑瞬间蒸发，他往左侧的皮椅指了指，有意避开江心洲和孙倩倩，嘴里喘着粗气："为什么？"

网 谍

"因为你对我们说谎，你才是出售改装医疗器械牟取暴利的人。"

梅亚飞迅速看了周围一眼，似乎没人注意到他和丁杨，听不见他们的谈话，不过他仍然压低声音说："你不能在这里把我带走，而且当着他们的面……"

借着球场的灯光，丁杨很难从面容聪慧、身姿挺拔的律师身上，认出他就是事务所里的那个梅亚飞了。不过，听着他低沉阴郁声音里那种悲怆哀戚的调子，仍能感觉到他的精神恍惚和心不在焉。想必有一个外在的原因，而且是那种长久盘桓不去的伤痛，从灵魂深处唤起了他的这种状态，自然而然地给他笼罩上了一层阴影。

"你想避着他们？"丁杨说，"那就好好配合。"

梅亚飞感觉到丁杨在他头顶上悬着刀子一样的眼神，他说："不管你想查什么，我都愿意配合，可是你不能故意羞辱我，把我毁了，这些人都是我最重要的关系。"

"亚飞，我们还继续吗？"江心洲似乎跟孙倩倩聊得并不顺利，远远地喊道。

丁杨看着抑郁绝望的梅亚飞，心想他对"最重要的关系"的定义是什么？不过是吓唬他一下而已，没必要把关系弄得太僵。

"好，"丁杨说，"我们马上离开，但你必须给我一个解释，如果你不能说服我，我们的警车会开到你律所门口，还会打开扩音器找你，那些声音不仅会惊动你的关系，还会骚扰你所有的客户。"

"不就是封翎说的那些事吗？我现在就可以给你，证据都在手机里。"梅亚飞点点头，不知是自信，还是习惯使然，忽然之间就笑了起来。

丁杨也笑了。瞬间像云开雾散一样，两人的手热情地握在一起。

丁杨和孙倩倩回到车上，孙倩倩明显很不满意："就这样走了？"

"他提供了能证明他无辜的证据。"丁杨长长地吐出一口气，今天这么来回奔波，够累的。他靠在驾驶椅上，看着孙倩倩的脸庞，灯光透过玻璃给她的头发染上一圈黄色光环。

孙倩倩坚持说："一面之词。"

"出于公益目的对医疗器械进行改装和维修，这个说辞我们暂时无法反驳。他是律师，如果我们仅依据厂家未经调查的一句话，就将他带回公安局讯问，违反了律师保护条例，他有权对我们提出控诉。"

"不会吧，"孙倩倩说，"涉及命案啊，我感觉所有证据都集中在他一个人身上。"

丁杨不曾见过孙倩倩这么委屈，于是用温和的口气回答："听好了，我们暂时没办法把命案跟他的官司，跟他回收器械、维修器械联系在一起，甚至连让它们看起来有关联都没办法。梅亚飞也知道这点，所以我不能带走他。"

"那……我们就这样什么都做不了吗？"孙倩倩提高了嗓门。

丁杨一怔，这一瞬间，他觉得她说得完全正确。

"对不起，是我太焦躁了……今天，很奇怪，看到江心洲令我很不舒服。"孙倩倩一脸烦恼的样子。

孙倩倩从未跟丁杨说过她与江心洲的感情，丁杨也从没跟她说破，其实江心洲对肖可语更感兴趣。他挂上挡，猛踩了一脚油门，汽车狂吼一声，冲上了公路。

"你今天有没有跟可语姐联系？"孙倩倩问。

丁杨抬眼朝她望去。眼前的孙倩倩似乎变成了另一个人，她眼中闪现出奇异的光芒，声音里表现出充分的自制力："你对可语姐真是全心全意。"

丁杨身子一震，车速降下来。他似乎有几百年没跟肖可语联系上了，但内心的那根弦又不愿被人提起。一提便酸痛、僵硬，好像有人捅伤了他温情幽微的内心。

手机剧烈地震动起来，苏南说："强超刚刚在肖继中的电脑里找到另一条联络轨迹，联络人就是梅亚飞，他们讨论到医疗保健器械的事情，不过两人的意见并不一致。他们两人都在调查医疗器械的市场销售情况，而且都偏重于假冒伪劣产品。肖继中似乎发现了梅亚飞以此谋利，特别反感，多次质问他，两人因此产生了纠纷。梅亚飞提出跟肖继中分享利润，被肖老拒绝了。"

"关于分享利润，体现在他们的对话里吗？"

"不是，我查了梅亚飞的电脑，他跟肖继中的对话没有相关信息，他前期的文档，也只记录了回收和维护相关器械的情况，关于利润问题好像是自言自语。"

"这说明什么？"

"我有个奇怪的感觉，如果你不希望别人发现你，你就绝对不会在网上谈论某些事情，只要看过犯罪电影就知道。梅亚飞可是一个律师。"

丁杨觉得苏南的看法很有趣："也可能他事先没估计到会出问题，更别说出命案了。"

"当然有这种可能，但我觉得一个律师绝对不可能在这种事情上犯低级错误，他似乎在引导我们调查他。"

"为什么？"尽管这么问，但丁杨倾向于认同这个说法。

"也许是自信，或者自恋，自己设计一个游戏，扮演所向无敌的主角，最后赢得胜利。"

"赢得什么胜利?"

"呃,"苏南说着,觉得自己的想法过于戏剧化,"从跟警察的比赛中获得胜利,也许我这样说可能有点过分。"

"为什么?"

"我不知道,也许其中另有蹊跷。我想,他一定知道公安的调查会牵连到他身上,从而把公安的调查视为一种挑战。胡队安排我查康馨集团的销售情况,特别是废旧产品的回购情况。我发现梅亚飞是回购人员之一。他好像在与顾客做交易!"

"我跟他见过两次面,倒没这感觉。不过,他承认了回收器械、维修器械的事,只是否认从中营利。"

"我也找人问了这事。"苏南说,"那些老人跟梅亚飞挺熟悉,说是公益性的,提供了电子凭证。他们的销售、回收、维修都记录在电脑里,除了零件更换,其他都是无偿的。"

"有梅亚飞的名字吧?"

"找到三处,两次回收,一次维修。他好像挺在行的。"

"没有收钱记录?"

"收钱的似乎是别的人。"

"谁?"

"暂未查实,看起来像个网名。"

挂上电话,丁杨知道该自己出马了,既然有电子证据,那就好办多了。

六

肖可语漫无目的地走在南都大街上,努力清理头绪。夕阳漏过行道树的稀疏光影在脚下晃来晃去。她应该向黎政争取两个人来南都的,不然追查工作也不至于弄得一团糟,如果是跟丁杨一起,那就更好,也不至于放任他跟蒙兰兰厮混。

前方有一个地铁站,站口拥挤着一群年轻人。肖可语抬起头,三位少年刚刚奔过大街,一边挥手呼喊,一边向地铁口跑去。

不到十五米的距离,肖可语直勾勾地盯着他们,简直不敢相信自己的眼睛。她知道这一幕几乎不可能发生。这是千万分之一的机会。

"我是不是产生了幻觉?"

地铁口的年轻人等那三个少年跑过来,便一齐往地铁口拥去。就在那一刻,肖可语看到了那个东西,这一次她确信无疑。她突然全速奔跑起来,挤过陆陆续续跟进的人群。那个奇怪的形象锁定在她的脑海里——粉红,自上往下越来越浅的头发,左耳垂上挂着骷髅……特别是那一抹粉红的头发。

人群涌动,地铁口的滑梯慢慢移动,肖可语飞速冲过大街。幸运的是,滑梯是恒速的,仿佛要让高速运转的生活慢下来,悠闲地缓缓移动。她感到自己与地铁口的距离正在缩小。她知道她必须从人行台阶追下去。

这个地铁口人流量很大,滑梯远远不够运载,很多人都走人行台阶,特别是急着赶路的出站旅客,摩肩接踵地涌动。肖可语拼命地加速挤进去,几乎将上行的旅客推下台阶。

她双眼紧盯着滑梯,全然忘记了小腿的灼烧感。不知什么时候,旅客的行李箱磕上了她的腿,大约引起了青肿。她冲下平行道,防护栏之间的通道只能通过一人,她却偏生要与人并行,挤得栏杆"咔嗒""咔嗒"地响,引起怨声一片。

"难道我看走了眼?"

第四章 粉 丝

通过防护栏之后，眼前一片开阔，出现了三个方向的入口。应该往哪里走？粉红头发的女孩在哪里呢？肖可语失去了目标，或者是看走了眼？她不禁怀疑起自己。

身边一群年轻人叽叽喳喳地议论着韦秀娜的演唱会，肖可语冷静下来，暗忖不用忙着找人，得先听清演唱会在哪里举行，年轻人会往哪里去。目标有了，出站口定了，找人的方向就准了。她现在累意全无，完全清醒了。双腿和肩膀却开始隐隐作痛。她摇摇晃晃地向前奔跑，看到站台，站稳脚跟，然后沿站台一路寻过去。

她看见了前面的一群年轻人，就在几条廊柱之外，看到了那个粉红头发、耳垂挂着骷髅的女孩。她的脑海里顿时浮现出项链的影像、回汉洲的高铁，还有丁杨。

她走到那个女孩站立的廊柱旁边，思忖着该对她说些什么。这时，地铁到了，雪亮的灯光照过来，那个女孩的脸顿时被照亮了。

肖可语一脸恐惧地望着她。女里女气的脸上冒出一道浓密的胡茬。"她"根本不是个女孩，而是一个年轻男孩，脸上涂抹着厚厚的化妆品。

"看什么呀，喜欢人家帅吗？"那人带着娘娘腔的声音说道。

她盯着那一群少年，他们都转过头瞪着他。他们全都染着粉红的头发，只是颜色浅淡不一而已。

"上车了！"有人喊道。

肖可语呆若木鸡地站在那里，根本没听到声音。

"你上不上车呀？"一个服务生叫道。

肖可语转过身，茫然地看着就要合拢的车门。少年们嘻嘻哈哈地嘲笑着，她感到屈辱像火一起烧起来，突然飞起身，从车门挤了进去。地铁突然启动，她身体不稳，伸手去抓一个座椅靠背，但没抓到。瞬息间，身体狠狠地摔在了对面门框上。

在相距一个车厢的廊柱边,一个人从黑影中走了出来。他扶了一下金丝眼镜,凝视着开走的地铁。肖可语逃脱了。看着她一直在焦急、彷徨、六神无主,谁知她会在最后一秒跳上地铁呢?难道她已经察觉了什么?

肖可语从门框边竖起身子,揉了揉肩,迈着沉重的脚步向车厢后面走去,终于找到一个吊环。"身手不错,美女。"顶着粉红头发的少年讥笑道。

她在暗淡的光线里眯眼仔细看了看。他就是那个她一路追进地铁里的少年。肖可语一脸沮丧地看着那一片粉红、粉白色发式的草地。

"你们的头发怎么会都弄成这样?"肖可语咕哝着说,指了指他们一群人,"头发……"

"粉红、粉白?"少年重复道。

肖可语点点头,尽量不看那少年额头的油彩——那是一个骷髅状的圆圈。

"宗少十五周年祭。"少年淡淡地说。

肖可语丈二和尚摸不着头脑。

"宗少,二十世纪拥有广泛影响力的乐坛天王巨星之一,十五年前跳楼死了。今天是他的周年纪念。"

肖可语茫然地点点头,仍然没搞懂其中的关系。

"宗少自杀时,影迷们就是留这种发型纪念的,"少年啐了一口,"从那以后,所有敬爱他的铁粉这一天都把头发染成粉红、粉白色。"

肖可语仿佛打了一针镇静剂似的,半晌没说话。她缓缓转身向前,仔细看了看地铁里那一群人。他们全都是宗少铁粉,都在看

第四章　粉　丝

着她。

肖可语想要下车。丁小露说过，那女孩是韦秀娜的粉丝，可没说是宗少粉丝。

"今晚娜娜开演唱会纪念宗少，这里所有人都是去观看的。"少年又吐了一口说，"如果你对这发型感兴趣，也可以去看看。"

肖可语转过身，问："你的意思是，剪你这种发型就是为了纪念宗少的？"

少年笑着说："应该不会错。"

地铁轰轰地飞速行驶着，肖可语默默地看着窗外，少年默默地看着她。肖可语转向身后的少年，"你这骷髅是怎么来的？"

少年开心笑起来："买的。"

"也是纪念品吗？"

他恶作剧般地大笑："你不知道？美女，去了演唱会现场你就会知道啦！"

"如果还有人在找那串项链怎么办？"丁杨不安地问，"肖可语会不会有危险？"

黎政摇摇头："不会。肖继中的留言只有我知道，快递，特别是项链里夹带芯片，我只告诉了可语。对当地警方，也是说可语是班一鸣的亲戚。"

"可是，您为什么不让可语使用手机呢？这不截断了她跟外界的联系吗？"丁杨问。

但话一出口，他又后悔了。你觉得不妥，那是因为肖可语是你女朋友而生偏心。但作为领导，黎政一定有他更深层次的考虑。

"也是防止泄密。"黎政道，"不妨告诉你，肖继中被害前报过警，但手机刚接通，便中断了，原因是基站突然受到莫名阻扰。有迹象表明，在这起命案里，不仅杀人手段高明，而且配合了高科技。所以，我们怀疑……"

"有人侵入基站？"丁杨着急了，"为什么没人跟我说呢？这是典型的黑客手法，跟去年的诈骗杀人如出一辙！可语她……"

黎政将手搭到丁杨的肩膀上："放心，没人知道可语的行踪。相信我，一旦有危险的苗头，我会跟当地警方联系。"

有人敲机房的玻璃门，强超在门口探头探脑。他的嘴巴一张一合，似乎在请示是不是允许进门。接着，他又伸手用力敲着门框，一副竭力远离领导谈话的样子。

这小子昨天一整天都没露面，丁杨到处找不到他。但现在，丁杨不想被别人打扰。他愠怒地瞪了强超一眼，示意他等会儿再来。

黎政说："你不用着急，如果她找到肖继中寄出的芯片，一切都会迎刃而解。"

丁杨摇摇头："恐怕没这么简单。可语去了这么久，一直没有消息，一定遇到了麻烦。而且，问题不仅仅在电脑里。我这两天进行了摸底调查，了解到一些关于回收、维护器械方面的情况。我准备对所有销售商和集团购买客户的电脑进行一次突击检查，印证相关数据。但电话销售这一块，完全没有头绪，愈发加深了我的怀疑，传闻中的'魔法鹦鹉'恐怕不是空穴来风，负面舆情里提到的问题不是完全没有依据的。"

黎政怔怔地看着丁杨，问："你认为销售电话是'魔法鹦鹉'拨打的？"不等丁杨回答，他又说："也对，省厅反电信诈骗中心也提出了这个怀疑，还认为肖继中寄往南都的芯片可能包含破解工具。"

丁杨并不感到惊讶。肖可语南下，他便想到了这一点，但黎政希望保密，他就不能乱打听。在真相大白之前，任何人都不敢妄测

第四章 粉丝

"魔法鹦鹉"的秘密。

"我们最好两条腿走路。"丁杨说,"您再加派一组人前去配合可语追查芯片,我们加紧调查,线上线下合围狙击。"

黎政若有所思地点点头:"好,你抓紧恢复肖继中删除的文件,开展网络追踪。但是,'魔法鹦鹉'不能让外人知道,以防万一。"

丁杨明白领导的意思。据论坛报料,"魔法鹦鹉"是一个带游离功能的盗打移动电话程序。也许这个说法不十分准确,但丁杨相信论坛提到的功能一定存在,甚至要高级得多,智能得多。不知为什么,丁杨对"魔法鹦鹉"心里没底。

"强超这小伙子怎么样,能不能帮你?"黎政看了看门口。

丁杨这才发现,强超居然还在门口晃悠。

"如果他发现了'魔法鹦鹉'的踪迹,你就装着不知道,让他自主追踪下去。"黎政低声说,"但要敲打敲打他,做好保密工作,消息不能从你们这里传出去。"

丁杨深吸一口气,摁下电子开关,机房的玻璃门"咝咝"地滑向两边。强超有点拘谨地走进来,对黎政鞠了一躬:"领导,抱歉打扰您们,我在网上发现一些情况,急着当面向您们汇报汇报……"

"什么情况?"丁杨随手递给他一瓶饮料。

强超抖抖地接过饮料,视线却迅速瞟向别处。他知道丁杨的思维方式跟别人不一样,独特得让他心里不安,让他有一种深深的敬畏感。不过,他很快露出一副自信的神情,尽管他心里藏着巨大的秘密,但他是为帮忙而来,也是有备而来,如同一条不易上当、训练有素的狐狸,无论发生什么事,都跟他无关。

"啊,谢谢丁哥。"强超点头哈腰,眼睛仍不敢与丁杨对视。"黎局,丁哥,我发现一个盗打电话程序,游离的,在肖老和梅亚飞的电脑里都有痕迹。"

黎政来了兴趣:"你是说跟命案有关?"

"是,丁哥怀疑肖老可能是因举报假冒伪劣医疗器械而被杀的,昨天我在肖老的电脑和梅亚飞的网站里运行了游离软件探测器,发现一些特别奇怪的东西……我十分陌生,应该携带着某种病毒。"

"病毒?"丁杨感觉强超的话前后矛盾。

强超似乎平静了些,说:"是的,我编写了一个新的诊断程序,专门针对你在杀毒软件里发现的那个代码,我这就演示给你看。"

丁杨皱着眉头,疑惑地问:"我昨晚找你,你不是无法找到电脑吗?"

强超喉咙仿佛被堵住似的,抽动了几下,没有发出声音:"……我……我这不是匆匆赶回来编写的嘛,一有发现便急急忙忙来找你……"

丁杨脸色缓和了些,示意强超说下去。

"我在肖老的电脑里截住了游离在那个杀毒软件里的代码,追踪发现它是从梅亚飞的电脑里生成的。"

"这是个好消息,"丁杨上下打量着强超,"我会按你的思路进行调查,你肯定费了不少工夫,看你脸色不太好,先回去休息吧!"

"丁哥,我不累,跟着你,我学到了不少东西——"说着,强超坐到了电脑前。

丁杨有些恼火,他跟黎政的话还没说完,但又不能当着强超的面说,而且他发现了强超话里的歧义,这是不能容忍的。他说:"你先去歇会儿,等这边处理好了,我再请你回来。"

丁杨的声音很严厉。强超十分不情愿地放下鼠标,离开前,他对丁杨嘟囔了一句:"程序有循环功能,你一定要小心定位,别被它蒙骗过去。"

第四章　粉　丝

　　强超像影子一样飘出机房，电控门无声地合上了。他的脸上迅速掠过痛苦的神色，像是胃病发作似的。他战战兢兢地捂着肚子，看上去十分萎靡。丁杨终于听懂了他刚才的话，他是冒着生命危险，有意么说的："昨天我在肖老的电脑和梅亚飞的网站里运行了游离软件探测器。"昨天他没有来分局机房，怎么在肖老的电脑里运行软件呢？聪明如丁杨，怎么会听不出这其中的玄机？

　　他是被逼的。昨天他没来机房，是因为遭到了绑架。绑架者强迫他往梅亚飞的网站里植入了一些似是而非的电子票据，并有意让苏南发现。然后，在他身上安装了窃听器，让他当着丁杨的面，将游离代码的事嫁祸给梅亚飞。

　　现在，绑架者让他做的事，他都做到了。被丁杨赶出机房，下一步计划如何实施，不再是他能够掌控的问题。他不由得闭上了眼睛，许多冰凉滑下脸颊。他用袖子胡乱地擦了一下，才知道自己眼泪鼻涕已经在脸上糊成一团。

第五章 转机

一

周末下午,蒙兰兰亲自组织了一场志愿服务活动。地点在干休所,还是协会四年前的老成员们,聚在一起的景象,和丁杨记忆里的一模一样,如同在重温一个梦境。丁杨的心里,突然荡起了一丝波纹。

干休所在夏阳路与紫薇街交叉口,是汉洲市最具视觉错觉的地方,硕大的玉兰花,纷繁的蔷薇花,盛情绽放,相映成趣,街道在阳光下充满活力。一群青年志愿者,仿佛吹来一股清风,更加提升了街道的品位。蒙兰兰身穿一套宽松飘逸的深紫色运动衫,手持铁钳,俯身捡拾着垃圾,衣饰发出悉悉窣窣的声音,没戴墨镜,甚至没戴口罩,透着一股特别青春、时髦的气息,丝毫不怕被人认出是那个梦幻般的歌星。

从街头引导交道、帮扶行人,到各个角落捡拾垃圾,然后进入干休所服务老人,志愿者干得十分熟络。特别是干休所原本就是协会的对口服务点,他们有的帮老人洗衣、烧水,有的帮着老人掏耳朵,有的用药水为老人泡脚。丁杨在为一个老人的居室搞完卫生后,被老人拉着下棋。老人好棋,水平却不高,丁杨故意走错,赢

第五章 转 机

了棋的老人像个孩子似的。

丁杨总是在低头看棋的一刹那间察觉到一泓清澈温情的光,像是惊鸿一瞥,他知道那专注的眼眸来自哪里,只是每当他从棋盘上抬起头,那团柔滑如丝绸般洒下的光又倏忽隐退到为老人服务的人群里。

活动结束,志愿者依依不舍地跟老人们告别。丁杨最后出门,看到了不远处像一棵美人蕉一样站着的蒙兰兰。然后,他们一路往回走,街上渐渐安静下来,丁杨猛然警觉,这次聚会糅合着回忆带来的甜蜜无比珍贵,却又万万不应该。

丁杨的心里织起了一张矛盾的网,他说:"对不起,你交代的事,一直没有眉目。"

她微笑着:"这么多年都过来了,也不在乎这一时半会。"

"你放心,我会帮你找到儿子的。那侵蚀一切的迷雾,唯有真相才能破解。"

她笑出声来:"肉眼看到的真相,未必是真的真相。看来,你并不完全相信我讲的故事。"

丁杨盯着她,不置可否:"有时候爱的力量是无穷的,哪怕受伤,也不能辜负。如果没有再次遇上你,或许我会没有这份牵绊。"

"但有时,注定有一场相遇……因为,初恋,永远是最后的眷恋。"

丁杨感觉到那根不愿触碰的弦,再一次绷紧:"近段时间,我们可能不能再见面了。你忙你的演唱会,我忙我的事情。我已经谈了个女朋友,出差去了,等她回来介绍给你。"

她笑了笑:"好的,但我不能介绍男朋友给你。"

"什么意思?"

"因为我没有男朋友啊!我的爱情还不知道在哪里呢?"

初临的夜幕下，蒙兰兰或许想跟丁杨牵一下手，但刚伸出来，见丁杨无意，又缩了回去。经过一家歌舞厅时，里面飘出她的专辑歌曲，优美的旋律让丁杨不由得驻足聆听了一会。

那是蒙兰兰的第一张专辑，感情深切而又透着坚毅。丁杨的身体随音乐的节奏晃动。

蒙兰兰推了推他，说："没想到你还喜欢这首歌。"

丁杨看着她，诚挚地说："你所有的歌我都很喜欢，我们这几年虽然没有见面，但我收藏了你所有的专辑。"

蒙兰兰走进门去，汇入人群，开心地移动脚步。没有人想到这首歌的原唱歌星就在这里，她甚至被自己的歌声迷醉了。这是一首为爱而唱的歌，永远属于心里有爱的年轻人。她满含快乐与痛苦的声音，诉说着短暂的爱情回忆。

四年过去了，歌声似乎仍是两个年轻灵魂最重要的部分。

蒙兰兰伸出手说："跳个舞吧！"

"你一定是开玩笑吧，"丁杨说，"你就不怕被人认出来吗？"

她闪过一丝微笑："认出来又何妨，只要我们不承认。"

丁杨牵着她的手走进舞池。她是那样的无拘无束，那样的美丽非凡，具有无比的诱惑力。他们靠得很近，融合在音乐的节奏中。两人手指交叉、紧紧相握，像镜子里外的两个人一样，动作完全一致。

这个晚上，应和着歌曲的节拍，丁杨似乎全身地融化在恍如烟霞的快乐里，他突然觉得尽管心中不断地涌起抵制情绪，但还是被莫名的甜蜜感打了个措手不及。

那天，是手机铃声把丁杨拉回了现实。孙倩倩的声音在话筒里喊道："丁杨，你的手机有没有开？我打了你十几个电话。"

"对不起……我在的地方太吵了，没听见。发生了什么事？"

第五章 转 机

丁杨迅速赶过去跟孙倩倩汇合。那里是一家小型医疗器械销售公司,里间办公室门开着,空气感觉有点潮湿。他穿过接待间,走进经理办公室。苏南已经在那里等着他了。沙发上还坐着个男人,应该是公司的经理。

"经理办公室装了监控设备,与手机视频联了网。他在手机上看到有人进了办公室,并操作他的电脑,便报了警。"苏南说。

丁杨问经理:"清理过吗?丢了些什么东西?"

"没丢什么东西。"

苏南回过头来,盯着经理说:"你的电脑分明被人动过,硬盘不见了。"

"呃……对,电脑硬盘是丢了,但其他什么都没少。"

丁杨马上意识到这个看似普通的盗窃案里一定有玄机。他问苏南:"其他派出所有没有接到同类报警?"

苏南掏出手机,立即给分局下辖的各个派出所打电话。丁杨在办公室四周走动,看起来似乎一切都正常,案情很简单,但跟以往的盗窃案不一样,让人有些捉摸不透。

情况很快反馈上来了:云都派出所接到过好几起入室盗窃报警,包括老年病医院、疗养院和干休所,什么都没丢,就是电脑硬盘不见了。换句话说,丢失电脑硬盘的,都是购置过康馨集团医疗保健器械的公司或单位。

数起盗窃案,微不足道的损失,丁杨却感到了案件背后形成的威胁,像恐惧或危险的电流一样发出不祥的嗡嗡声,并且音量不断增大,大到让人十分不安,使他对一切事物都作出强烈的反应,变得高度敏感。

有一个瞬间,丁杨觉得盗窃案或许跟康馨集团有关,跟蒙兰兰有关,不然,怎么恰巧发生在他参加志愿服务活动的时间里?他从不相信单纯的巧合!

但他真的不愿相信。他脑子里一直响着嗡嗡声,心头悬着一种莫名的恐惧。他又想起另一种可能:强超,强超会不会陷入其中?他给强超打电话,但强超没有接听,这倒并不意外。对于强超来说,这正是网上冲浪时间,而不是休息。

丁杨给强超留了言。然后回到分局机房,一个人坐在那儿冥思苦想。

最先闪过丁杨脑海的,是一个最明显的可能:这些被盗硬盘里储存着不可告人的秘密。那么,秘密是什么?是关于医疗器械吗?盗窃者又会是谁呢?康馨集团吗?

他不喜欢这样胡乱的猜测。何况,康馨集团有什么必要偷走电脑硬盘,他们需要掩盖什么真相呢?如果不是,就存在另一种可能:硬盘里的数据与流向市场的其他数据不符,毁掉它们能够阻止整个市场的数据统计。这样做对谁有利呢?也许是康馨集团,也许是某个有利害关系的第三方,这个人狡猾而危险,有能力雇佣多人同时行动,嫁祸康馨而不露痕迹。

回到分局,丁杨向黎政一五一十地汇报了自己的想法。黎政端着茶从屋角处走过来,递给丁杨,随手拿起手机。"是云都派出所的盗窃案吗?"他问道,"志远在现场吗?"

"他在。云都至少发生了三起,其他派出所也接报了几起,但一定还不是全部。"

"你说的情况确实很复杂。"

"我认为应该根据已呈现出来的特征,发动辖区所有派出所开展排查,并案侦查。"

"窃贼费这么大周折却只偷一样东西,而且不是一家公司,确实很怪。"黎政扬起了眉毛,指了指对面的沙发,示意丁杨坐下来。

第五章 转 机

"你认为那些数据有问题,有人想毁了它。他们为什么不找黑客呢?这些事以前都是黑客干的。"

"管理财务数据用的都是单机,不联网,黑客干不了这样的事情。"

"我记得你说过,肖继中黑入过云端医疗技术研究所的网络系统,然后突然死了。后来,你又查明一个叫梅亚飞的律师也有黑入这家研究所的嫌疑,他还涉嫌回收、改装医疗器械。现在听你的意思,这些被盗公司的电脑里有关医疗器械买卖的数据可能有问题,因为怕被查,所以有人盗走了硬盘?"

丁杨点点头:"云端医疗技术研究所研制过与康馨集团同类的医疗保健产品,所以它遭到黑客入侵。流向市场的假冒伪劣医疗器械产品可能就出自这家研究所的技术。但是谁获取了它的技术,在哪里生产,我们正在调查。"

黎政静静地看着他:"肖继中是一种可能?盗窃硬盘的幕后主使也是一种可能?或者两者本来就是一伙的,只是后来有了矛盾?"

对此,丁杨只能含糊回答:"这……也是一个侦查方向。"

黎政沉吟着:"肖继中跟假冒伪劣产品案有没有关系尚无法认定,现在又冒出一个梅亚飞……我们分散精力去调查盗窃案,是不是跟命案侦查越来越远了?"

"联系应该是有的,只是一时没有形成证据链,我们……"

黎政打断丁杨的话:"我懂你的意思。不过,我曾跟你说过,肖继中的命案比较复杂,或许隐藏着阴谋,我们还是要慎重,不宜大张旗鼓。"

丁杨隐隐听出了话外之音:"那怎么办?"

"你做好自己的工作,剩下的由我和志远来处理。"

丁杨懂了,保密,还是保密。就像派肖可语一个人去南都冒险

187

一样。黎政做事总是这样神秘,让人摸不着头脑。丁杨心里十分憋屈。

丁杨回到机房,再次给强超打电话,想看看这个黑客有没有从他的游戏棺里爬出来,但仍然无人接听。他在桌边坐下,心里想着要再打一个电话。这个电话打了于事无补,但他就是忍不住。他想知道,如果蒙兰兰得知他们在一起时,跟保健医疗器械有关的公司发生了一连串盗窃案件,会是什么态度。

他拿起手机,拨通了蒙兰兰的号码。话筒里传来她的声音。丁杨的思绪又回到一个小时前,他们待在一起的短暂而宝贵的时刻。他觉得世上所有其他的一切都无关紧要,重新沉醉于共度的快乐时光,他们深情共舞,几年来的隔阂冰消瓦解,尘世的一切都被抛诸脑后。

突然间,他渴望所有的事情都没有发生,一切还是四年前,不,五年前那么简单。蒙兰兰还是他在志愿活动中认识的、一个刚大学毕业、热心公益事业的单纯美丽的姑娘。

但是,她竟然是亿万富翁的女儿,跟她的交往不断受到监视,还被警告离开……再重逢时,又自曝那个父亲只是养父,还是个强奸犯,跟十七岁的她生了个男孩……

这一切是怎么回事呢?

蒙兰兰在电话那头等着丁杨开口,可他连一句完整的话都说不出来。他心里有太多的噪音,一时扰得他思绪全失:"我们见面的时候,发生大案了。"他终于说了一句。

她的声音立即变得谨慎起来:"发生了什么事?"

"本来不想打扰你,"丁杨说,"竟然是我们在歌舞厅的时候,辖区内发生了系列盗窃案,全都跟康馨集团医疗器械购销有关。"

"天哪,丁杨。"她说,"你怀疑什么……"

第五章 转 机

"他们只是盗走记录购销数据的电脑硬盘,"丁杨说,"我还不能下结论。"

"你认为跟我有关系吗?"她说。

丁杨突然感到难堪,他怎么能跟蒙兰兰通话呢?好像他们是搭档似的。他似乎被失窃案惊得乱了阵脚,整个人被掏空了似的。

"圆瓶影城"位于南都大道东端,2号地铁线的终点站,一栋三十多层写字楼的顶层。它看起来更像是一间会议室,而不是影院或演唱厅。

坐在地铁里,肖可语的手机响了,又是一个陌生号码,跟以前的陌生号码不一样。起初,她以为是黎政安排过来协助自己的同事打来的。局里派她独自来南都,本来想得很简单,不过是取一个邮件——尽管严格来说这也算是取证,按规矩应该派两个人的,但出于保密的需要,再加上有当地警方的配合,就打了这么个擦边球。现在,收件人死了,邮件不知去向,如果肖可语继续留在南都,不论是出于办案程序的需要还是安全方面的考虑,黎政都必须给她增派人手。现在,这个人就在路上。

让肖可语失望的是,来电话的并非同事,而是经常骚扰她的那个家伙,依旧是软绵绵的声音:"丁杨跟蒙兰兰一起光顾了当年他们常去的饭馆,接着还要共度良宵……"

肖可语不得不承认,打电话的人把她的心思摸透了。这个消息让她既恼火,又迫不及待地想去证实,尽管她很清楚对方一定别有用心。她真想给黎政或者胡志远打个电话,让他们帮着管管丁杨……呃,只能是黎政。还有,她应该向黎政汇报一下坏消息——找到项链的希望渺茫了。在南都这个上千万人口的城市,即使同事赶来又能怎么样呢?

肖可语随着那群粉红头发的少年一起出了地铁站,推搡着拥向大楼,心里骂着自己的运气,这次追寻还有希望吗?可不追寻,她还能去哪儿呢?她多年形成的职业习惯,不允许她那样半途而废。

"让开,别挡我的路!"一个粉红脑袋的男孩粗暴地挤过来,看到肖可语,有意照着她的左肋就是一肘子。

"欧洲人吗?"有人猛地拉了一把男孩,几乎把他摔出去。不过,这可救了那男孩,不然肖可语是不会放过他的。

"哇,爱豆啊?"一个十几岁的女孩抬头盯着她。

肖可语强忍着恶心,但愿电梯早点到顶,电梯门打开,却见走廊里一片昏暗。一群人拥出去,走廊延伸到一个巨大的房间,房间里散发出酒精的气味。眼前这一幕十分离奇,仿佛跌入了《西游记》的盘丝洞,四周拥簇着成百上千个妖精。

人群跳得十分疯狂,就像翻滚海浪里的一丛丛海草。前方有一个低矮的舞台,拥挤着发狂舞动的少年,像发生着一场群殴。

墙壁上挂着小汽车般大小的扬声器,播放出极为震撼的音乐,甚至连最疯狂的舞者也难以接近剧烈震动的低音喇叭。

肖可语双手堵着耳朵,在人群中不停地搜寻,她满眼都是留着粉红、粉白色头发的脑袋。他们的身体疯狂地扭动着,她根本看不清他们耳朵上戴着什么饰物。但是,如果她走进人群里去,她的脚一定会被踩得变形。

"怎么办?"肖可语咕哝了一声。她沿着墙上喷有各种图案的走廊离开了舞厅。

走廊后面连着一条狭窄的通道,左边连向一个站着保安的房子,那里是即将召开演唱会的影院,右边是一个巨大的露台,零星地摆着一些桌椅,挤满了粉红头发的少年,也在三五成群地跳着,初夏的天空在她的头顶展开,月亮在乳白色的天幕中,呈现出淡淡的一圈影子，嘈杂的声音慢慢消失。

肖可语走进露台。在这里，她同样显得特立独行，吸引了所有好奇的目光。但她不再在乎，一屁股坐进离她最近的一张椅子上。从前天赶到南都，跟黎政通过几次电话，直至现在，她似乎已经过了整整一个世纪。

肖可语将桌上的食物包装垃圾和啤酒瓶清理干净，两手架在桌面上，将脑袋靠在手上。好好休息一下吧，她想。

但她想得太好了！

"滚开，这是我的座位。"一个身材粗壮的少年粗鄙地对她吼道。他尚显年幼的脸上，满是红色的疙瘩。

肖可语实在没有心思跟人吵架。她站起来，准备离开。

"想走？我的东西呢？我的啤酒，我的零食，哪里去了？"少年咆哮道。他的两只耳朵上挂着大大的吊环。

肖可语指了指地上的啤酒瓶和空纸盒："没什么东西。"

"谁让你扔掉的，赔我！"

肖可语确信自己没听错，不觉地笑了起来："你在开玩笑吧？"她比他要整整高出五厘米，重量基本上也差不多。

"我像是在开玩笑吗？"

肖可语试着绕过他，但少年跳起来，再次拦住她的去路，接着吼道："想走？没这么便宜！"

坐着的、跳舞的、赏景的一齐围过来看这场好戏。

"你喝醉了，小伙子。"肖可语静静地说。

"数体教！"少年大发雷霆，身体颤动着，直往肖可语冲撞过来。

肖可语已经忍无可忍，她是来找项链的，现在却在跟一个精神不正常的少年吵架。眼看少年的身子就要撞来，她二话不说，一把将少年抓在手里,两手用劲,少年就升到了空中,再一顿挫,屁股摔到桌子上。

"听着,小子,给我长点记性。否则我就把你那两个圈圈扯下来,塞进你的嘴里。"

少年的脸顿时煞白。

肖可语继续一手把他按在桌子上,一手拾起一个啤酒瓶:"你不觉得应该说些什么吗?"

少年瞠目结舌,说不出话来。

肖可语站着不动。她突然想起,少年刚才说过他每天晚上都来这儿。她猜想这个少年可能会帮上她忙。"告诉我,"肖可语说,"你叫什么名字?"

"黑泡。"他咬牙说,"你想告诉我父母吗?"

周围发出一阵哄然大笑。少年说的显然是搞笑话。

肖可语可不管他说什么,也不管他名字是真是假,说:"帮我找一个人,我就放过你。"

"我没见过人。"

一个服务员推着小卖车过来。肖可语掏出钱买了两瓶啤酒,递给黑泡一瓶。少年大为震惊,立即咬开瓶盖,大喝了一口,警惕地看着肖可语:"你要扩列吗,美女?"

肖可语露出微笑:"我要找一个女孩。"

黑泡发出一声尖笑:"你要找女儿?你这身打扮一进来就把女儿吓跑了吧!"肖可语皱了皱眉:"她不是我女儿。我只是想跟她说几句话。也许你能帮我找到她。"

黑泡放下啤酒:"你是警察?"

肖可语摇摇头,掏出一百元钱递给他:"我是不是警察不重要,你只要尽力帮我就行。"

第五章 转 机

黑泡第一次露出笑容:"成交。"

"好的,"肖可语低声对少年说,"我要找的那个女孩就在这里。她留着跟你们一样的粉红头发,左耳垂上挂着一个骷髅。"

一种似曾相识的表情掠过黑泡的脸。肖可语看到,心里顿生希望。但是黑泡的表情很快变得严肃起来。他"砰"地抓起肖可语放下的瓶子,欺身到肖可语面前。

"你是她什么人,老实说,不然你会有好戏看了!"

肖可语面不改色。此时,十几米外的黑暗走廊里,那个戴着金丝眼镜的人暗暗地扣起一粒石子,一旦啤酒瓶往肖可语头上招呼,他就将那颗石子射向少年的手臂。

二

晚上十一点钟,梅阳分局刑侦会议室依然灯火通明。刚从市局赶回来的黎政坐在主席位上,胡志远、丁杨、苏南、孙倩倩和几个派出所所长都在座,此外还有刑警大队负责技术这一块的教导员曾全。这时,距离电脑硬盘失窃案发生不到三个小时。

胡志远汇报了盗窃案的侦查情况,丁杨制作了现场视频幻灯片,以图像的形式直观地做了介绍。接着,雁麓派出所所长汇报了搜查梅亚飞仓库的情况。不用过多解释,黎政就知道梅亚飞有重大作案嫌疑。

"现场没有找到指纹,"胡志远说,"窃贼很谨慎,全程戴了手套,甚至还戴了头套。从几个有监控的现场看,盗窃者并非一人,但着装、蒙面工具和作案过程类似,应该是同一个幕后指使者。"

"蒙面工具是否找到相关特征?是否遗留纱线之类?"黎政问。

"没有发现。"曾全答道。

"这么多个现场,"黎政说,"有没有出现梅亚飞的身影,你们认识他的……"

"监控视频我都看过,"丁杨说,"没有看到梅亚飞的身影,但不排除他在没有监控的地方出现,因为他对这些公司都很熟悉。盗贼手法娴熟,事前策划十分缜密,线路清楚,分工明确,最多的一个人盗窃了四家,甚至进了第五家的门,但不知道是不是临时接到通知,进门后迅速退了出去。我们检查了那家公司的电脑硬盘,里面没有和康馨集团有关的数据……当然,盗贼到底在找什么数据,目前还只是猜测。"

胡志远补充道:"目前,已知失窃公司十二家,除了在梅亚飞仓库里找到一块硬盘,被认定是老年病医院的失窃物外,其他的不知去向。为什么医院的硬盘扔在仓库里,其他硬盘又去了哪里?这些问题需抓到梅亚飞,才能解答。"

"针对梅亚飞,还有没有其他证据?"黎政的语气带着怀疑。

"仅从盗窃来说,就是那个硬盘。"丁杨答道,"但涉及命案及假冒伪劣医疗器械的举报,他有很大嫌疑,比如回收改装废旧器械再卖出、黑入研究所窃取技术、编制移动程序涉嫌电话诱购等等……"

黎政咳了一声:"这些都只能说明他涉嫌制造假冒伪劣产品。"

"他的产品可能混入康馨医疗器械里,搞乱购销公司的数据,我们的侦查已经接近了这些数据,他自然会觉得保存数据的硬盘对他构成了威胁……"

"没错!"孙倩倩插话,"这样一来,命案、盗窃案和制造假冒伪劣医疗器械之间就联系起来了,似乎都是他一个人干的。"

黎政看向丁杨:"仓库里捡回的硬盘里有什么东西?"

第五章 转 机

"我检查过，全都格式化了。"丁杨。

"有没有恢复的可能?"曾全问，"也许能从中发现相关线索，特别是盗贼为什么盗窃那个东西，或者为什么出现在梅亚飞仓库里?"

丁杨的语气不太确定:"正在恢复中，试试看吧……还有，我在剿杀'寄生虫'时，追踪定位到发送'寄生虫'的人可能就是梅亚飞。结合前期侦查的情况，我个人觉得胡队的判断是有依据的，可以考虑先从梅亚飞入手。"

众人交换了一下意见，无人提出异议。

"老年病医院的李致不是认识梅亚飞吗?"黎政问。

"是的，但李致否认跟他的关系。"丁杨说，"这个李致就是云端研究所的主办人，他研发的医疗保健器械曾经申请过专利。我查过他的研究档案，据说他的研究成果跟康馨集团的产品十分相似，只是他开发的速度太慢，康馨集团先一步进入了市场。三年前，李致还对康馨集团的产品提出过质疑，并向上级申诉，后来不了了之。"

黎政皱起眉头:"康馨抄袭了李致的研究成果?"

"这个……查无实据。"

"你们的意思是，梅亚飞黑入李致的电脑，盗取了他的技术，从而制造假冒伪劣产品?"

丁杨说:"从目前的调查来看，有这方面嫌疑。"

"我不想泼你们冷水，"黎政说，"可是我知道仅凭这些证据传唤他，他绝对不会承认。但如果不抓他，又已经打草惊蛇。这样吧，先拘他二十四个小时，往后怎么办，就看你们这段时间里的作为了。"

丁杨又按了一次门铃，终于听见穿拖鞋的脚步声。又过了一会，大门打开一条缝，门内伸出一张布满皱纹的脸。缓了一会，那张老脸终于亮了起来，因为她认出了丁杨。

"对不起，丁警官，亚飞他不在家。"梅老太太说，"这么晚了，他也说不定去了哪里，你恐怕等不到他。"

丁杨摇摇头，不知道梅老太太是否看见他身后闪烁的警灯，那是苏南坚持开着的，刑警已对别墅完成了包围："对不起，能让我们进去看看吗？"

"不早了，就我一个人在家。"

"没事的，我们就进去看看。"孙倩倩说着，亮出搜查证，强硬地进入了室内。

"这么晚了，他就没说去哪儿吗？"丁杨接着解释，"我们找他有重要事情，如果他不在家，我们也得看看他的卧室，这是公事需要，你知道的。"

梅老太太摇摇头，她当然不知道。"他什么都没有跟我说。还真得你们来教教他，在外面做了什么事情，还要瞒着母亲。"

丁杨道了声谢，跟着孙倩倩一起进门。他们沿着碎石径和台阶，朝内室走去。但是，里面确实没有人，里外三层，他们搜了个遍，凡是可能藏人的地方，都搜索到了。除非有暗道和地下暗室，但应该不可能。另外的几路刑警在律师事务所及李致的老年病医院也没找到梅亚飞。前期掌握的、可能跟他有关系的女友家里也没人，据邻居说旅游去了。

退出梅家别墅，丁杨随手打开本地新闻频道，马上就听到了关于此案的报道。

"目前，警方怀疑系列盗窃案跟一名律师有关，正在四处搜寻。这名男性律师现年二十八岁，据悉涉嫌制造假冒伪劣医疗保健产

第五章 转 机

品……"

丁杨沮丧不已,大踩油门,超越左线一辆洒水车。专案会议才过去半个小时,搜捕正在进行,消息却已满天飞。公安局或者执行搜捕的警车难道都被媒体安装了窃听器吗?

街道空空荡荡。丁杨觉得这里的空气十分新鲜,回头看了一眼孙倩倩,询问她要不要来点消夜。她坐在那里,似乎很忧心,唯有美食可以解忧。丁杨在一家僻静的夜宵摊停下车。

"你比我原来的搭档强,竟然没有情绪失控。"她柔声说。

丁杨莫名地摇摇头:"我为什么要失控,一切不都好好的吗?"

"可一切都不在你的掌握之中。"她低头看着茶杯,"我……很抱歉,没帮上你的忙。"

"你一直在帮我的忙。"丁杨说,看着她弯下的纤细颈部、盘起的头发和搁在桌上的小手,他看她的眼光转变了,"我不会崩溃,我相信匍匐是为了躺赢。"

她露出欣赏的眼神:"你真的不一样。"

"也许是因为他们很少练习如何自控吧!"

孙倩倩点点头,依然看着茶杯,茶杯上印有移动通信的标志。"你是个控制狂,丁杨,难道你就不会情绪失控吗?"

"一般不崩溃,但崩溃一定很精彩。"

她抬起双眼,丁杨觉得她的眼瞳一定是射出了强烈的光芒,才使得眼白散放出银色微光。

他说:"其实我没受过什么训练,只是少年时期常常被吓坏而已,所以我算得上是情绪控制的高手。"她露出一丝微笑作为回应。

回到分局,已过午夜。丁杨在前坪停好车,不知情的记者以为他是哪路领导,立即围过来,看到他面孔陌生,又纷纷散去。原来,系列盗窃案消息已经登上了热点新闻榜,紧接着视媒、纸媒各路记者都来了。记者宣称,他们有责任让社会大众知道如此严重、令人震惊,而且能提升媒体点击量、收视率的案情。

丁杨一边通过门禁往楼上走,一边低头看着那群被门禁拦住的记者。丁杨感觉他们就像追腥的猫,在那里以探听消息的名义彼此商量、彼此愚弄。

"有什么独家消息吗?"

"今晚会举行新闻发布会吗?"

"梅亚飞是不是已经逃走,或转移财产了呢?他的财产应该很可观吧?"

记者蹲守新闻的敬业刻苦丝毫不亚于刑警,出来一趟,一定得捞到什么吸人眼球的消息回去才行。

丁杨手机响了,是封翎打来的。"我的微信留言你看到吗?"他问。

"没时间看,到处乱哄哄的……什么事?"丁杨说。

"理解,"封翎说,"我看到新闻了,那个律师是梅亚飞吧?虽然没点他的名,但明眼人一看就明白。有个情况我想告诉你。"

丁杨将手机贴上另一只耳朵:"你说吧,现在记者在到处窜,我建议你有什么想法不要跟记者说,不利于调查。"

"好的。是这么个情况,梅亚飞前两年问过我康馨集团医疗器械的技术问题,特别是智能方面的小装置,他在这方面好像很在行。去年早些时候,又跟我打听留学的事,要了我好几个国外熟人的电话。可熟人跟我讲起他,却说他并没有谈论学术问题,而是了解国外的社会组织。以前,我也没想太多。但联系到今晚的事,我突然觉得他有些危险。"

"有这事?"丁杨说着,在口袋里摸出了一支水笔和几张餐巾纸,"他跟你哪些朋友联系过?了解过什么社会组织?"

第五章 转 机

"名字和联系方式,我发在你微信里,具体情况你问他们。"

丁杨放下笔:"你知道他有其他落脚点吗?"

"不知道,近两年他可神秘了。有时,他跟我打电话,声音听起来很奇怪,不像是在开阔的地方,倒像是在洞穴里。"

"嗯,谢谢你,封翎。如果想起其他情况,请随时打给我。"

结束通话,丁杨步履匆匆地进入会议室。除了派出去蹲守抓捕的几组刑警,专案组成员都在。苏南竟然比他先进会议室——丁杨记得,他离时时让苏南带刑警守着梅家别墅。苏南神采飞扬,正在跟胡志远汇报他和梅亚飞母亲的谈话,梅老太太不断重复说她什么都不知道,亚飞不会出什么事,其中一定有天大的误会。

孙倩倩打过电话给律师事务所的周靖,她的说法也差不多。

"这些人先监视起来,梅亚飞再不出现,明天就把她们叫来讯问。"胡志远说,"目前,我们的迫切任务是寻找梅亚飞,我怕他会丧心病狂,对其他知情人下手。毁掉电脑数据之后,这个案子可能还剩下一个关键知情人,那就是原云端研究所所长、现在的医生李致。"

"你觉得李致可能是梅亚飞制假售假的合伙人吗?"苏南问。

曾全不住点头:"这样就说得通了,梅亚飞利用李致的技术制造同类产品,以康馨集团的名义销售。而且解释了假冒伪劣产品的技术为什么如此近似康馨,为什么产品在网上流通却找不到生产基地。"

胡志远说:"所以我认为李致可能有危险。"

"问题是,"孙倩倩说,"既然梅亚飞已经现了原形,他还有什么必要杀掉同伙?他的当务之急应该是转移财产赶紧逃命才对。"

丁杨说:"他的财产恐怕早就转移出去了,国内只有他的少部分资产。"他转向曾全:"曾教导,梅亚飞的通话记录拿到了吗?"

"拿到了，和相关知情人做过确认，打进打出的大部分是官司当事人，也有身边的朋友、同学、同仁及政法机关的，包括封翎、江心洲和李致。不过，跟李致的通话很少。所以，我怀疑他还有一台没有登记的手机，已经跟电信部门联系了，争取尽快找到它。"

　　会后，丁杨驾车送孙倩倩回家。孙倩倩住在公安公寓，丁杨熟门熟路地进了小区，停在十栋三单元楼下。孙倩倩下了车，却没有马上进单元门，迟疑片刻，她转过身："刚才你和胡队都倾向于认为梅亚飞要杀的人可能是李致，但是……"

　　"怎么啦？"丁杨问。

　　"当初肖继中被害，是因为他知道得太多了，李致当然也是这样，但知道梅亚飞底细的不仅是他们，还有我们，特别是你。"

　　"我？"丁杨不解地看着孙倩倩。

　　"假如梅亚飞真的要对知情人下手，那么凭借系列盗窃案的作案手法，他不会只针对某一个人，可能同时出击……"

　　丁杨没有说话。

　　"黎局在肖继中被害后组成几个调查小组，其他小组一直没有抓到线索，只有你的调查最深入，还有，可语姐那边一直全无消息，我很担心……"

　　肖可语确实令丁杨担心，但丁杨现在不想跟孙倩倩谈论这件事情："我没关系。不过，这倒提醒了我，我马上给胡队打电话，让他安排人保护你。"

　　"没必要。"孙倩倩说，"我家里有人。"说着，她抬头看了看，窗户果然亮起了灯。

　　"是江心洲？"她默默地点点头，往单元门走去。

　　丁杨驾车回家。天上一弯银亮的钩月，照亮了棚户区的小巷。他听从孙倩倩的话，回母亲家住。但仍然睡得不太安稳，母亲一定在隔壁听到他在床上翻来覆去。

起床时，他双眼被眼屎粘在一起，头痛欲裂，嘴里像含着一口胆汁。

三

这一天太奇妙了，就像坐过山车似的跌宕起伏，恐惧与希望并行，沮丧与喜悦齐飞。这也许正是侦查工作的魅力所在。

听说肖可语要找一个粉红头发的女孩，黑泡不淡定了。他像打碎的玻璃似的，一脸震惊地看着她："你是来抓她的吗？她可是我朋友磙子的马子，我那个朋友你惹不起，我劝你别找麻烦。"

"她在哪儿？"肖可语尽量压抑住内心的狂喜，"你必须告诉我！她拿了属于我的东西。但我愿意用钱买回来，很多钱！"

黑泡愣了一下，继而歇斯底里地尖叫道："你是说那串没用的、丑陋的项链是你的？小姐姐，你选首饰的眼光太差了。"

"就是它，在哪里？"

黑泡叹了口气，两眼无神地望着她："阿阮吃饭时想把项链卖掉。当然，我们都以为她是开玩笑，竟然出价两千元，那东西谁要呢？我看最多值两百元。我跟她说我愿出三百，但她不干，嫌太少了。"

"她叫阿阮？她现在在哪里？跟磙子走了吗？"

"才不呢！那个没良心的女人，"黑泡说，"她吃磙子的，喝磙子的，却看不上磙子呢！她想要骗些钱，回贵阳去。"

"贵阳？"肖可语感觉自己快喘不过气来了，"她是什么时候离开的？"

网 课

  黑泡抬起头,"什么时候?"他笑道,"已经走了很长时间了。她跟我们吃完饭就去了高铁站。那里有的是有钱人,她自信能卖掉项链,换点钱回去。不过,那里没有直达贵阳的高铁,她一时走不了的。"

  肖可语感到一丝丝绝望:"她还可能去哪里?"

  "她说过两条路线,一是先到桂林,二是先到长沙。"

  "到底会是哪里?"

  "真不知道。"他挣脱肖可语的手说,"大概先去长沙,她说那里有她的一个朋友。不过,我不能确定,对于这个女人,礅子哥也没办法。"

  肖可语哼了一声,揪住黑泡:"礅子呢?他在哪里?"

  "刚才还在这里。他用五百元买下了阿阮的耳坠,那个骷髅,很显眼的。"

  肖可语看了一下表,表上显示的时间是晚上十一点,距他们从地铁站口到这里过去了一小时十五分。她估计了一下从地铁站口到高铁站的时间:"她去了南都高铁北站吗?"

  黑泡点点头,笑道:"你的样子好像被人强奸了似的,小姐姐。"

  肖可语愤怒地甩开他:"那不跟这里是一条线吗?怎么在地铁上没见到她?"

  黑泡盯着她,显然十分开心:"哦,她跟礅子生气,跑去了其他车厢里。"他笑道:"小女孩的品性,惯坏了的!"

  肖可语从口袋里掏出一张百元钞票扔给黑泡:"醉死你!"

  "嘿,小姐姐,谢谢了!"少年在后面喊道,"如果你看到阿阮,请替我向她问好!"但肖可语早已不见踪影。

  黑泡叹了口气,摇摇晃晃地向舞池走去。他其实没醉,但舞场

第五章 转 机

里迷迷糊糊的,他没有注意到身后跟着人——一个戴着金丝眼镜的男人。

肖可语来到楼下候车坪,四处寻找出租车。一辆也没有!她跑到一个矮壮的保安跟前,出示了证件:"帮我找台车,我要离开。"

保安摇了摇头:"太早了。"

"太早了?!"肖可语腹诽道,"都已经深夜!"但这里只有来的客,没有离开的人。

"给我叫一辆!"

保安掏出一台步话机。他叽里呱啦地喊了几句,然后说:"请稍等,大约一刻钟到。"

"一刻钟,那我不如坐地铁?"肖可语说。但她明白,坐地铁固然很快,但在地铁站内转悠的时间,用于跑步过去都够了。真是倒霉透顶!

突然,一个小型发动机的声音吸引了肖可语的注意力。她转过头,两个同样粉红头发的少年映入她的眼帘。肖可语一个箭步冲过去,才看清是一男一女。男的驾驶着小蜜蜂电动车,女的裙子被风吹到了大腿上。

"我这是怎么啦?"肖可语想,"我可从来没有骑过这种小蚂蚱。"她向那男孩喊道:"别停,送我去高铁站吧,我给你五百元。"从这里打出租去高铁站都不用五十元。

那少年没有理他,关掉了马达。

"一千元!"肖可语脱口喊道,"不用送我回来。"

男孩抬起了头:"对不起,演唱会快开始了。"少年说的是方言。

"麻烦你了,就高铁站,一千五!"肖可语用粤语说。

男孩半信半疑地盯着她,笑道:"钱呢?"

肖可语从随身提包里掏出一把现钞，数了十几张递过去。那少年看了看钱，又看了看女孩。女孩一把抓过钱，数都没数就塞进了衣服里。

"客气了！"那个男孩大笑道。他把小蜜蜂电动车钥匙扔给肖可语。然后，抓起女孩的手，两人大笑着跑进了楼里。

"别走，我只是想请你送我过去！"肖可语大声喊道，但两少年早就跑得没了踪影。肖可语不熟悉电动车性能，也不懂得驾驶技巧，一路上几乎是又推又踩，摇摇晃晃地驾驶着，两手紧握着车把，指关节都捏得没了血色。

不过，肖可语还是以最快的速度赶到了高铁站。驶过甬道，她将小蜜蜂放在高铁站非机动车停靠点，便足不点地寻找入口。她看了看表，十一点半。路上用了一刻钟不到。

进站电梯正要离开停车场，肖可语一个箭步窜了进去。出电梯是一道旋转门，虽然是午夜，宽敞的大厅里人潮熙攘，要找一个女孩还是如大海捞针。这趟差事糟透了，她心里暗暗自责。

售票厅人流更大，工作人员却很少，肖可语找了半天，才看到一个搞卫生的阿姨。她跑了过去："请问，您看到过一个女孩吗？粉红头发，十五六岁，长得挺漂亮的。"

"没有。"阿姨答道，"你看看，这里这么多人，如果是您能注意到哪一个吗？"

肖可语想想，觉得情有可原，如果自己在这样的环境里生活久了，也会麻木的。她直接来到警务值班室，岗亭里坐着一个辅警。肖可语出示了警官证，还没等她说话，辅警便拨通了手机。不一会，岗亭外响起脚步声。"同志，什么事？"一个气喘吁吁的声音。

肖可语说明来意。来人穿着便衣，反反复复看着她的警官证。"我的意思是……这件事非常重要，我只要知道她是否上了高铁就可以。"

便衣同情地点点头："她叫什么名字？"

肖可语想了片刻，失望地回答："阿阮。"

便衣露出微笑："你要找的人没个全名吗？假如是您……"

肖可语长吁一口气。全名是有的，但她不知道！"实际上，情况有些复杂。售票员说这时的高铁班次不多，也许你能——"

"没有她的全名，我真的不能……"

"那么，也许你见过她，她是个年轻女孩……"肖可语描绘了一番，特别强调粉红头发。

便衣皱了皱眉："对不起，肖警官。我真的无能为力。"说着，他返身走了回去。

肖可语呻吟一声，退出大厅。真是倒霉，肖可语！简直倒霉透顶。她朝着拥挤的大厅望去。没有一个特立独行的人，没有一个粉红头发的女孩。她一定卖掉项链，坐高铁走了。

她考虑着下一步怎么办？这个晚上就像一出怪诞的喜剧。黎政的话语在她脑海里不停回响：找到项链再打电话回去。手机？她一摸口袋，手机不见了。一定是骑电动车的路上丢了，一路摇晃，一路疯狂，差点连心脏都跌宕出去，何况口袋里的手机。

她突然感到疲惫不堪。如果阿阮把项链卖了，搭上了高铁，那么现在项链在谁手里就根本无从知道了！怎么办，怎么办呢？

"圆瓶影城"西头的男厕所里，黑泡从大便间钻出来，正站在洗手台的镜子前查看脸上的粉刺，一个黑影迅速向他逼近。他想转身，却为时已晚。一双铁钳般的手臂将他按在水池里。"嘿，刺头，是你吗？扭痛我了。"他以为是自己的狐朋狗友在跟他开玩笑。

那人的手伸进了黑泡的口袋，迅速拿走了钱包，随后紧紧抵着他的背。

"碾子!"黑泡尖叫道,"别瞎闹了!有人在找阿阮。"

但黑影不是他的朋友。黑影要年长得多,两只锐利的眼睛像钢火一样,从金丝眼镜后面向外瞪着,身体前倾,嘴巴靠近黑泡的耳朵。

"她去哪儿了?"黑影发出的声音十分怪异,让人毛骨悚然。

"谁呀?谁去哪儿了?"

"刚才跟你说话的女人去哪儿了?"黑影又问,火红的眼睛盯着镜子里黑泡的嘴唇。

黑泡愣住了,吓得不能动弹,结结巴巴地说:"高铁北站。"

"她找到项链了吗?"

黑泡吓呆了:"没有,她要去找阿阮,她要买阿阮的项链……"

不等黑泡说完,黑影手下用力,扭断了他的脖子。

四

一夜寻找梅亚飞无果。清晨的时候,警方终于得到消息,在梅溪会所的网球练习场里发现了梅亚飞的尸体。

时间还不到八点,警方拉起的警戒线外,已经聚集了一大群记者。丁杨蹲在地上,从梅亚飞尸体下面取出一根空针管。他瞬间感觉眼前的一切特别不真实,灯光摇摇欲坠,胸中一阵缺氧般的窒息。

"法医有结论了吗?大约死于什么时候?"丁杨问曾全。曾全站在丁杨身旁,穿着参加会议的春秋常服,他本来要去市局参加培训,正要出门接到了报警。

第五章 转 机

"法医很难精确判断,梅亚飞失踪也就不到十二个小时,死亡时间只能估计,大约是昨晚十点至凌晨三四点之间。"

"可是,这段时间球馆是关闭的。"

"守门老人是这么说的。他晚上九点多就关了会所的门,今早开门时发现了尸体。"曾全说,"大门用的是标准防盗门锁,没有发现破坏的痕迹。"他接过丁杨递过来的注射器:"这个东西和杀害肖继中的作案工具好像差不多,我马上安排人比对一下。"

灯光扑朔迷离地打在丁杨的脸上,使他说话的表情都看起来满是漫不经心:"梅亚飞是左撇子吗?"

"从他持注射器的方式看,应该是吧。不过,得访问印证一下。"

晚上七点,梅亚飞的尸体发现十二个小时后,黎政召开新闻发布会,宣布肖继中被害及制造假冒伪劣医疗器械案成功告破,梅亚飞畏罪自杀。

之后不久,在专案组庆祝会上,在一片掌声和庆贺声里,只有丁杨默默不语。曾全走过来坐在他身边,递给他一瓶饮料:"案件证据链是完整的,梅亚飞身体里的药水跟致死肖继中的药水一样,出处也查到了,汉洲大药房,梅亚飞是那里的常客。左撇子的事也查过了,梅亚飞惯用右手。不过,这不能改变什么,左手也能注射药水。"

丁杨接过饮料,随手放到一边,起身走出了会议室。曾全追上来问:"你要回去吗?"

"不,我出去透透气,今晚终于不用加班了。"

他缓缓走下楼梯,走出分局大门,踏上雁春街。玉兰花疏疏落落地飘飞,云麓峰上的灯塔闪着点点亮光,一声惊雷从天而下,随即又如同遥远的叹息般消逝。丁杨竖耳听着,希望在茫茫夜色里听见一个声音，冷静而耐心的声音，向他解释清楚所有事情。他没有听见那个声音，他知道他不可能听见。不会有人向他解释肖继中被害和假冒伪劣产品案的前因后果。没有必要解释，梅亚飞承担了一切，他就是罪犯，他已经死了。

死人是世上最好的替罪羊。

街头的网吧门口有几个年轻人在犹豫进还是不进，美容店里出来两个女孩，嘴里哼着最新流行的歌曲。丁杨感觉自己太落伍于这座城市了，却又像惯于在夜间活动的野兽般嗅着空气，以判断街上哪里有危险的成分。哦，他是不习惯那种悠闲的生活了，不论走在哪里，他似乎都在以保卫者自居。

这时，他又想起了肖可语。她还好吗？她的手机为什么总是关机呢？

汽车漫无目的地在街头游荡，直至看到老年病医院高大的门楼，丁杨才惊觉自己此行的目的。他要找李致，梅亚飞死了，而这个掌握着医疗保健器械技术的医生，也令他暗中生疑。

晚上，除了急诊大厅偶尔传出一阵阵嘈杂声，其他地方都十分安静。丁杨打开执法记录仪，并适当做了隐藏，然后直接走进医生值班室里。

"你来干什么？"看到丁杨，李致的反应多少有些过头，猛地从床上坐起来，脸上显出焦躁之色。

为什么每次见面，这个理应心平气和的医生都显得这么焦躁无奈呢？"我想跟你聊聊梅亚飞，"他说，"有些事，你再不说就来不及了。"

在浓重却清新的药品气息里，李致深深地沉默着。似乎不想搭理、不想理会，也不想请丁杨坐下来，只是痴痴地望着对面的墙壁。墙上贴着陈旧的壁纸，壁纸上画着淡黄和橘色的迷幻花纹。书

第五章 转机

柜、桌椅成米黄色，油漆剥落之处布满黑色裂缝和污渍。诊断书、处方纸和各类报刊扔得到处都是，仿佛正经历一次搬家，还没来得及做最后的打扫和清理。

丁杨将木椅上散乱的纸张抓起来放在书桌上，主动坐了下来。他决定跟李致一起沉默。无论他想沉默多久，让他沉默好了。沉默有时比说话更检验心灵的防线，沉默会让长久以来积淀的痛苦和不适，找到最终的宣泄口。

半晌，李致似乎意识到自己失态了，终于转向丁杨。"我跟梅亚飞没关系。"他说。接着，他也许被自己怒气冲冲的声音吓了一跳，脸色慢慢平和下来。

"你知道我问什么。"

李致站起来，整了整裤子，将衬衣扎进裤头，系上领带，恢复帅气的模样。随后，他靠近镜子，梳了梳粗短的头发。他的头发非常短，梳不梳没有关系，但再转过头来时，露出一张容光焕发的脸，与最初坐在床上的李致判若两人。

"我没什么可以告诉你的。"他站起身，"我要去查房了。"

丁杨没有说话。李致看了他一会，转身往走廊走去。几秒钟后，他停下脚步，满怀戒心地看着丁杨。

"我随你一起去查房。"丁杨说，重音落在最后一个音节。

李致没有表示反对。两人年龄相仿，步履协调，路灯把他们的影子拉得很长，那些影子在不停地交叠与分离。走着走着，两人之间的气氛和谐起来。李致一边向病人点头致意，一边聆听丁杨提出的问题。丁杨的问题涉及面很广，关于梅亚飞、关于他跟病人的购销交易、关于制造假冒伪劣医疗器械、关于他聘请一些女孩给老年人打电话……只是，对每一个问题，李致都摇头表示否认。最后，他问丁杨："你这是不是代表公安局在询问？"

丁杨点点头。

李致皱起眉头："警察不是讲究事实依据吗？怎么也道听途说起来？梅亚飞平日确实嘴贱，总把钱挂在嘴边，但他并不是做每一件事都是为了钱，他人很善良，对母亲十分有孝心。这样的人怎么可能犯丧尽天良的罪呢？这种人怎么可能丢下母亲不管，而畏罪自杀呢！我回答不了你的问题，但我相信自己的结论。"

丁杨愣了一下，说："好，你给出了最好的回答。那么，我再问一个问题，你原来的研究成果呢？"

李致狐疑地看着丁杨："都废了……"

"为什么？"

李致沉默良久，叹了口气，终于开始述说他怎么埋头理论研究，怎么拿出科研论文。他的论文发表在国际学术刊物上，基础数据保存在自己的网站里，并根据自己的研究，不断改进。他没有立即将成果转化成产品，是因为感觉在病理方面还有待于进一步验证。就在这时，国家医疗专利机构发来通知，告知他的专利已经过时，不再具有专利效力……

丁杨边听边望着李致。这些不是他想知道的。案件涉及的重点是专利或者说技术是不是泄露出去，李致知不知道自己的技术被人盗用了？

李致喑哑地张了张嘴，仿佛舌头被牙齿咬住，肿得让他几近窒息。丁杨看得出他的难受，无以名状的痛苦像冷气似的将两人凝住。

"这也是我想要知道的……"最后，李致艰难地说。

手机响了，是强超的号码。

"丁哥，我是小崔，你在哪里？"

他真想骂他狗日的，找他时找不到人，不找时又冒了出来。

第五章 转 机

"我跟孙美女,还有苏南哥几个人在靓影酒吧,大家想请你一起过来参加庆祝活动。这可是胡大队长特批的。我知道网络上还有些疑点,我们明天一起解决,今天先放松一下吧!"

接着,手机里传来孙倩倩的声音:"来吧,我们等你。"

"你怎么跟他们混在一起,"丁杨有些纳闷,"江心洲呢?"

"他本来要来的,又被电话叫走了。"

丁杨挂了电话,李致这里已问不出什么,那就去酒吧吧,或许真如强超说的,他不该对这个世界充满怀疑。但他对强超的怀疑还需要解决。

靓影酒吧只供应酒类,但孙倩倩从外面带了一箱红牛。苏南把啤酒推给丁杨:"胡大队长特批,今天想怎么喝就怎么喝。"

丁杨将啤酒推了回去,烟酒不分家,但他烟偶尔接一根,酒是从来不沾的。苏南举起啤酒跟他干杯,他拿起一瓶红牛跟苏南碰在一起。

"你不喝酒?"孙倩倩俯身到丁杨肩上。

丁杨摇了摇头。但孙倩倩的话显然不在酒上,手臂碰了碰他的执法记录仪。

"我想跟小崔好好聊聊,"丁杨说,他的舌头有些打卷。他没有喝酒,但空气里浓烈的酒精阻碍了他的发音能力。只要进入喝酒的场合,他就会被人误以为喝醉了,这就是为什么他永远不沾酒的原因。

"胡大队长放一天假,"强超说,"事情可不可以明天再说。"

丁杨抬头望着他,看着那双带着醉意的眼睛,说:"小崔,我们边喝边聊。"

孙倩倩移身到对面,拿漂亮的眼眸望着丁杨。秀气的鼻子、润泽的嘴唇,像极了肖可语,看起来很美。要是肖可语在这,也会是这种表情。

"你是我师傅,一切听你的。"强超说。

丁杨举起红牛跟他的啤酒碰在一起,问:"梅亚飞死前,你入侵过他的电脑主机?"

"那不是你安排的吗?"

"我不知道是不是安排过了,不过,你做得很对,发现了什么?"

"保存了大量关于医疗器械的技术资料,还有部分销售与生产的数据,具体情况我明天可以直接进他电脑拷贝。"

"他跟康馨集团,还有李致,是什么关系?"

"一定有关系,不过要进一步分析。"

"他的厂房跟仓库呢?"

强超啜了一口啤酒,看似随意,却放空了一大瓶。这是个思考的空隙,酒是把双刃剑,能壮胆,也能松弛神经。联想到他前几天突然消失,继而出现在机房里对自己说的那些似是而非的话,丁杨想,这小子肯定有问题。

丁杨也是从网吧混过来的,对强超这种自以为聪明的小年轻很熟悉,他自己当年就是这副样子。那天在会展中心抓住强超后,他向网络安全管理大队打听过强超,对方说强超是他们管理网吧的线人,虽然爱胡闹,但品质不坏,因此丁杨才申请将强超纳为特情。现在丁杨意识到,必须立即终止对强超的使用,彻查他的问题。可如此一来,肯定会打草惊蛇……丁杨有心将计就计,查出强超背后的指使者,又有点儿担心这样冒险是不是明智。

"应该也能找到数据。"强超来不及思索,话已脱口而出,"我主要在找技术证据。"

第五章 转 机

丁杨已摸出手机,准备请胡志远过来抓人,听到这话,他又缩回了手。强超是他极力向黎政和胡志远推荐的,对此人的使用本来就有利有弊,现在就关押他操之过急。想到这里,他嘿嘿一笑,说:"难道你黑入别人的电脑,还可以有选择地搜索信息?你的软件是不是一开始就有针对性?这软件我倒是很感兴趣,什么时候给我学习学习。"

强超看着瓶中金色的液体:"我是从你给我的追踪软件里学的,但加入了我自己的源代码……没想到,还真的成了。"

"植入式的?"

"……植入……没有。"强超说,抓起酒瓶,一饮而尽。他斜视着孙倩倩,在迷蒙的吧台镜子里看见丁杨和孙倩倩一齐盯着他。他侧了侧身。

"小崔,你说谎。"

强超猛地抬起头。他似乎看到对面丁杨的眼里隐隐燃烧着的火焰,犹如漆黑的夜色里两点磷火。他的呼吸粗重起来。

"你究竟在梅亚飞的电脑里做了什么,小崔?"丁杨死死地盯着强超的眼睛,"还有你所谓的探测器,这次可别说谎。"

强超脑海里浮起丁杨在展览馆救他的情形,仿佛良心受到了谴责,继而又想起绑架者冷冷的语气。他吸了口气:"丁警官,你怎么这么想我?我是个简单的人,只会做简单的事情。"

如果强超承认说谎,丁杨只得当场抓他,因为他已经没了价值。当然,他现在的辩解并不算出色,不过,就一个新手而言,能做到这个程度也算不错。这正是丁杨需要的。丁杨把身子靠在椅背上——这个姿势有时表示放松,端起红牛又跟强超碰了一下:"因为我信任你,所以希望你对我也毫无保留。"

强超以难以置信的神情看着丁杨。这时,苏南走过来,说:

"今晚就到这里?"。

丁杨带着孙倩倩、强超上了车,先把孙倩倩送回家,然后硬扯着强超来到分局,想在机房里解析梅亚飞的电脑,结果强超吐了一地。看着烂牛屎似的年轻人,丁杨无奈地将他安排在值班床上睡下。

他将执法记录仪里的视频导入手机,发送给孟原,请他辨识李致和强超跟他说的话有无说谎的成分。但孟原已经关机,联系不上。他看着手机锁屏上的照片,那是半个月前在梅溪公园里照的。肖可语对着镜头笑,背景是漫山的樱花和淡蓝色的天空,肖可语穿的裙子跟樱花一样鲜艳,肩上披着纯白的蕾丝披肩。

案子破了,黎政怎么还不通知她回来呢?那个邮件找不找到,跟破案又有什么关系?

他碰了一下鼠标,电脑屏幕亮了,锁屏图片竟然是一个倒在彩色绒毯上的注射器。梅亚飞身下的注射器里仍附着一层蓝色物质。蓝得有如海洋。海蓝,虚拟空间的颜色。

"不许动!"肖可语刚把手伸进洗手池,背后传来一声低吼,"把钱拿出来,否则捅死你!"

肖可语两手没动,扭头看见三个蒙面男人——不知是矮还是未发育完全,高度都在她肩膀位置——呈攻击队形分列三方,中间的男人手里握着一把匕首,顶在她的腰间。

真倒霉!肖可语觉得大厅太宽,厕所一定很远,便下楼来到停车场。谁知在这看似空无一人的厕所里,遭遇了抢劫。持刀的应该是为首者,壮实、老练、站姿准确,只要对付住此人,危机迎刃而解。

她试了试运气。匕首角度很准,男人使劲地抵着。一旦她反抗，真会捅进肾脏。

她两手颤了颤，轻轻地做出甩水的动作，给人投降的印象。"三位，"她弱弱地用普通话说，"除了车票和证件，我什么都可以给你们。"

匕首抖了抖，为首者应道："拿出来。"

"好，好。"肖可语一边说，一边装出颤栗栗的样子。就在为首者伸手接她背包时，肖可语苗条的身躯一扭，闪过匕首，瞬即使尽全力反手扭脖，将持刀者制伏在地。

这一切发生得太快，太突然。另外两人慌慌地对视一眼，明晃晃的匕首已经到了肖可语手里，随即向他们刺来。两人一声喊，便消失在门外。

这时，肖可语有了一个主意，既然阿阮来了高铁站，站里却无人见她，或许是落入了这伙人手里。在车站盗窃抢劫的，无非是些混混。对付这种人，肖可语很有经验。不一会儿，为首者便老实做了交待。他们真抓了个粉红头发的女孩，因为人长得漂亮，被他关在高铁站旁边的出租屋里。他愿意带肖可语一起过去。

停车场寂静无人。肖可语四下望了望，当下的任务很简单：去出租屋找阿阮，拿到项链，然后将此人交给派出所，她就可以回汉洲去。

正是午夜，没有手机，无法报警，她只能一个人赶到出租屋去。人生地不熟，遭遇抢劫的恐惧又向她袭来。如果再遭遇一次，恐怕不会有这次的幸运。她内心感到一阵不安，但事到如今，她只能孤注一掷。三个小劫匪，为首的已经落在手里，另两个逃走。唯一剩下的问题就是找到阿阮了，她不能犹豫，她要拿到项链，丁杨在家里等着她呢！

肖可语押着为首的劫匪向停车场出口走去，努力使自己振奋起来。但是，非常奇怪，她是警察，她押着劫匪，却无来由地感到一阵阵不安。停车场的一切都很陌生，除此之外，还有别的什么东西，仿佛潜伏着一头头野兽，正伺机扑向她。

转过一个停车区间时，肖可语闻到了一股奇怪的臭味——肯定不是汽车的尾气或者动物尸体腐烂的气味。她猜想也许是下水管道出了问题。但这气味又似曾相识，她浑身不由得打了个冷战，脑海里浮现出在厕所洗手池被人包围的画面，那个气味她在厕所里闻到过。不过，这个为首的劫匪身上没有这种臭味。

刹那间，她明白了那个气味的来源——那是狐臭……还有汗臭。

她本能地警惕着，不敢靠近巨大的廊柱和汽车阴影。在同一区间的巨大廊柱后面，有两双眼睛正在瞪着她。她顿时就明白了，逃走的两名劫匪并没有走远——他们一直跟踪着她！出了厕所后，仍悄悄地尾随着。

狐臭！是三个劫匪中靠近厕所隔间的那个人。他身强体壮，如果与为首者配合，二对一，肖可语没有胜算。在这瞬间，她立刻明白了他们的想法，紧接着就行动起来——她解掉为首者的皮带，将他的手臂捆起来，让他的手指仅能提着裤带。

肖可语身后突然发出一声巨响。狐臭者躲藏的廊柱后面滚出一个油桶，哐当哐当地直向她冲过来。接着，狐臭者挥舞着一根短棍，咆哮着向她百米冲刺。

肖可语随即拉着为首者躲进一辆汽车后面，想要躲过油桶。但她感到自己失算了，狐臭者正是想将她赶进车位空隙。他的棍子猛地挥向她的头顶。

一棍未中，紧接着又是一个连环扫。肖可语感到自己的手臂就像被火烫了一把——棍尖扫中了她。肖可语奋力闪避，右手抓住了棍尖,借力往前一带。狐臭者撞在汽车上,棍子脱手飞了出去。

"我要打死你!"他跪倒在地,痛苦地尖叫道。

肖可语一边拉着为首者,一边"噌"地拐过汽车,挥棍猛击狐臭者。狐臭者就地一滚躲开,仍虎视眈眈地盯着。肖可语祈祷停车场有人或有车进来,但人车寂然。

她想将为首者拖到空旷处,对方却像使了千斤坠,死猪似的赖在地上。狐臭者很快找到了机会,从身后冲过来将她一把抱住。她奋起反抗,但头顶闪过一道棍棒的虚影,一声闷响,眼前一黑,便什么都不知道了。

五

按说昨天晚上开过了新闻发布会,今天又是周六,黎政可以睡个安稳觉,但他还是一早就被丁杨的电话吵醒,多少有点不情愿地赶到公安局。来到刑警大队一看,胡志远、曾全、苏南和孙倩倩都在。

"你们怎么都来了?"

"丁杨是什么人?"胡志远苦笑,"我要是不来,他能把我家拆了。"

"丁杨呢?"

胡志远冲着紧闭的会议室努努嘴。黎政上前就拧门把手。胡志远阻拦不及,门已经被推开了,看到会议室的情景,所有人都目瞪口呆。

丁杨坐在会议桌前,警服的衣袖高高地扎起,右臂绑着一条橡皮带,头向前倾。左手握着一支注射器插在橡皮带下方的右臂肌肤里，注射器里的液体是透明的。他们虽然站在门口，仍可清楚看见针头插入的手臂皮肤周围还有好几个红点。

"你这是在干什么？"黎政高声质问。

丁杨猛然抬起头。胡志远看见他手中拿着一只秒表，默数了几个数，突然间，拔出注射器，看了看里头剩下的液体，在纸上记录下来。放下笔，他抬头看着众人，"只是一个试验……"

"你想证明什么？"黎政问。

"结论出来了，"丁杨说着，从口袋里掏出一团棉花，轻轻按在右臂上，语气从容地说："梅亚飞不可能是自杀的。现场大家都看到了，应该知道我的试验说明什么？"

胡志远莫名其妙，他对眼前的情形无法做出恰当的反应。从黎政脸上的表情看，他感觉分局长也并不完全明白怎么回事。

丁杨从会议桌边站起身："接下来，我们还是去机房吧，那里有更多的证据需要列举。看完所有东西，再请你们发表看法，好吗？"

半小时后，机房电脑机位做了适当调整。丁杨坐在一台电脑屏幕前面，身后站着黎政、分局所有班子成员、分局所有科所队室负责人及专案组成员。除了丁杨敲击着键盘，室内没有其他的声音。

屏幕显示着梅亚飞遗体照片，还是陈尸在网球练习场上的样子。

"大家看，梅亚飞的左手握住针筒，"丁杨解说道，"但他平时惯用右手，这本来就有些奇怪。不过，用左手注射也不是不可以，左手也有那份力气。但是，针筒是空的，也就是说，他把针筒里的所有药物都注射到了身体里。"

丁杨转过身，拿起法医化验报告。"报告上说，梅亚飞自杀与杀害肖继中用的是同一种注射水剂：香吻 XT。验尸报告指出，他血液中的 XT 浓度非常高，算起来应该有二十毫升，由此推断注射器原本是满的。XT 是一种会造成心脏骤停的物质，很少的剂量就能致命。病理学家指出，一个成人如果在静脉里注射这么高剂量的 XT，顶多三秒钟就会毙命，这也是梅亚飞的死因。可是，我经过反复实验，他这么做，完全行不通。"

丁杨拿起一张纸挥了挥。黎政看见纸上写满了数字。

"我拿梅亚飞用的那种注射器进行测试，将含水比例和 XT 相当的生理盐水注射到我自己的静脉里，结果呢？不论我把针筒按得多么用力，都不可能在十秒内把细长针管里的液体全部注射进去，因此……"丁杨等待大家露出认可的表情，才继续说，"梅亚飞应该在注射不到三分之一时，全身就会瘫痪。简单地说，他不可能自己把注射器里的药剂全部注射进自己的身体里，除非有人帮忙。"

黎政舒了口气，心中开始生长确切的坚定。

"这是证据之一。"

丁杨瞥了黎政一眼，看见他眉头深蹙起来。

"接着我们来看现场的又一个直接证据。"丁杨转过桌上的电脑屏幕，以便大家都看到屏幕上的内容。他敲击了一下键盘，屏幕上跳出一张照片，是梅亚飞制造假冒伪劣医疗器械的厂房特写。

"要认定梅亚飞涉嫌制造假冒伪劣医疗器械，有这项证据就够了，因为这里的器械符合我们在市场查缴的假冒伪劣产品特征。不过呢，请大家看看我从梅亚飞电脑里恢复的技术样品。"丁杨又调出另一张照片，"昨天我使用自己的恢复软件对他的硬盘进行全面检索，发现他的技术样品都是维修的器械。当然，我也发现了假冒伪劣产品的技术参数，但那是事后别人植入的。也就是说……"

丁杨停住了，人人都明白了他的意思。黎政两手揉了揉脸，似乎要抹去脸上的不适。这份不适恐怕不是因为没有睡醒，而是出现了他最不想看到的结果：宣布结案后，专案却又回到了原点。

胡志远提出疑问："你说的这些属于网络信息范畴，能固定电子证据吗？符不符合公安部指定的要素，能不能通过检察院、法院的认定呢？"

"这个不用担心，我在检索前就跟上级做好了衔接，所有证据都符合电子数据标准。"

胡志远转头望了黎政一眼，看见他微微颔首。

"还有，"丁杨说，"虽然没有查实，但基本可以认定，所谓梅亚飞聘请年轻女性冒充志愿者电话推销的证据是牵强附会。省厅反电诈中心认为，出现在我市的推销电话跟网络骚扰电话类似，但技术更成熟、更先进，是一种智能机器人发出的。"

"智能机器人？"胡志远说，"可梅亚飞在医院回收废旧器械，又卖给老年人，他还跟被害人肖继中有矛盾，而且租赁那么大的仓库，你能说他完全没有问题？"

黎政摆了摆手，宣布今天的演示就到这里。"我不知你们是怎么想的，反正我感觉十分尴尬。"他说，"昨天，我们已经对媒体发布了破案结果，罪犯已经畏罪自杀。但十几个小时过去，我们又需要对案情进行重新梳理。"

"至少我们已经更接近真相。"丁杨说，"假设梅亚飞知道了某些不该知道的事情，而罪犯又发现我们的调查与之十分接近，于是，费尽心机嫁祸梅亚飞，并伪造他自杀的假象，以掩盖自己的罪行呢？"

黎政说："我需要的不是假设。"

"还有，我们已经离凶手很近。正是如此，罪犯才会大费周章地布置这一切，让我们以为梅亚飞就是作案人。我们不妨将计就计，给罪犯开始犯错的机会。"

第五章 转 机

所有人看着黎政。这时,天空划过一道闪电,夺目的光辉炫亮了黎政倚窗而立的身影。他沉思良久,终于点点头:"好,我赞成。"

窗外传来一阵隆隆的雷鸣,阵阵狂风裹挟着雨点呼啸而来,闯进大楼里,将窗帘吹得肆意飘动,仿佛精灵鬼怪被抓后拼命挣扎的翅膀。这是今年的第一场雷雨。

丁杨顿了一下,接着说:"黎局,昨晚我想通了,您让肖可语去南都,又不准她跟汉洲联系是对的。保密是阻止罪犯在破案前连续作案的有效途径。"

散会后,孙倩倩起身时似乎有意捏了一下丁杨的手。丁杨察觉到她有什么话要说,或者什么暗示,但他一时不好询问,怕别人感觉他们之间的暧昧。这又让他想起肖可语,虽然他认为黎政让肖可语不跟汉洲方面联系是正确的,但他刚才又偷偷拨打过她的手机。肖可语仍然没有接听。他不明白是什么原因,内心的焦虑像窗外的雨不知何时才能停歇。

不论肖可语遇到什么事,都不仅关系到肖可语的人身安全,还关系到两起命案的侦查。丁杨对梅亚飞自杀的怀疑就是在他拨打肖可语电话而无人接听时形成的。既然肖继中寄出了重要证据,而这份证据并未落入警方手里,梅亚飞为什么会暴露呢?

偏病需要偏方药引。蓝色的药剂和梅亚飞身下那支注射器,提醒他将厂方的产品标号与电脑里的技术参数进行对照,并获得了上级专家对推销电话的判断。

还有梅亚飞死前的最后一次通话,对方用的是网络电话。丁杨推测,他就是被这通电话约出去的。据苏南调查,那个网络电话之前还打给了李致,但李致没有接听。

"李致?"胡志远说,"他不是一直在我们的调查名单里吗?"

丁杨觉得有必要再次走访一下李致。胡志远说:"也好。新闻发布会后,很多人不相信是梅亚飞杀人。干休所老人向记者反映,他们甚至不相信梅亚飞是假冒伪劣医疗器械的制造和贩卖人,要求记者发布更正消息。老人还说,梅亚飞一直在帮着他们维修康馨集团的医疗器械,除了收点零件费,其他全免。他是一个律师,干这个本来就是志愿服务,不能诬告他是犯罪分子。他们告诉记者,干休所出现许多假冒伪劣医疗器械,跟梅亚飞没有关系,是个别人鬼迷心窍、贪小便宜,或者打鬼主意受骗上当买来的;他们还说,个别人自己有某种污心思,只是不愿承认。"

丁杨问:"记者怎么说?"

"他们询问警方有没有确凿证据,以便跟老人解释。"

苏南说:"这是记者拐着弯向我们打听案情。"

丁杨没再参与他们讨论,走下楼。他又想起梅老太太的反应。他跟她说,梅亚飞在制造医疗保健器械,之所以没有带几件给她用,因为那是假的,会害人。梅老太太立即大叫,不是悲痛,而是出自愤怒。她尖叫说丁杨说谎,她儿子绝不会害人。

那时,他觉得这是一个母亲对儿子的偏袒,现在想来,恐怕是知子莫若母的正常反应。

雷雨暂歇,太阳散发出潮湿的气息,分局院内绿树摇曳、落英缤纷。丁杨又想,他说梅亚飞的话恐怕得罪了梅老太太,不好再去看她了。

先去走访一下李致吧!还有孟原,一直没有回复他昨晚跟李致聊天的视频解析,接着去见一见他,或许会有所发现。

李致不在病房,也不在医生办公室里。丁杨找了两圈,终于在医务科听见他的声音。科里有两个女记者,还有一个熟人,江心洲。

江心洲看到孙倩倩,立即亲热地跑出来打招呼:"倩倩,你来了?"

两名女记者显然也认识孙倩倩,显得十分热情:"您好,孙姐姐。"

"嗨,你们好。"孙倩倩点点头。

"江顾问,那我们先走了。"两名女记者知趣地对江心洲说,"李院长这里,我们改日再来。"继而,两人对着李致点点头。

女记者边走边对着孙倩倩丢了个飞吻,脚步声沿着楼梯"噔噔噔"一路响了下去。

"丁专家,您好,感谢您对倩倩的关心。"江心洲似乎刚看见丁杨,"听说你俩被抽调到分局办专案,我一直想去看你们,却怕招闲话,没敢过去。这么长时间,我只偶尔跟倩倩见上一面,其他时间无论怎么想念,知道她跟您在一起,也就很放心。"

"我们只是工作时间在一起。"丁杨真佩服江心洲的表演功夫。追求肖可语时挨过的那一拳,似乎早已经忘记了。

"您这是来找李院长吗?要不要我回避?"

丁杨瞥了一眼李致,他一直站在南面窗下,尴尬地看着。"这样吧,你带倩倩到院里蹓达蹓跶,我跟李院长闲扯几句。"

"啊哈!那好,请便吧。"江心洲拉了一把孙倩倩,溜得比兔子还快。

孙倩倩本来有些犹豫,见丁杨说了话,又不好拂逆,只得跟着转身出了门。

"你不是昨晚才来过吗?"李致说着,"啪嗒"一声坐进办公桌前的板椅里,丝毫没有谦让的意思,表明不太欢迎,"刚才,两位女记者告诉我,无论某件事如何接近既定真相,都可以提出反对意见，这既是追求真相的多样性，也是自由主义。你说，我是不是可以拒绝你？"

今天的李致还真跟昨晚判若两人，不知是因为看到了破案新闻，还是受了记者的启发，词锋变得格外犀利。"那你对这件案子的看法呢？"丁杨问。

"呃，我看不出梅亚飞有任何合理的杀人动机，或者无聊到制造假冒伪劣医疗保健器械，他是一个正牌的律师，你不觉得有些事落在他身上，不可思议吗？"

"嗯，我知道你跟梅亚飞很有交情。"

李致夸张地转过身。"交情？我跟你说过，我只是他的当事人，后来因为老年人的关系，他经常往我医院跑，我们经常在一起打网球。不过，说句不中听的话，凭他的水平，也就负责捡捡球罢了，交情谈不上。"他说。

"你们在一起聊些什么呢？"

"男人在一起，无非是聊各种八卦新闻，谁会把自己的隐私说得天花乱坠？"

"哦，对了。电信公司给了我们一份通话记录，在梅亚飞死前，有一个打给他的电话，同样也打给了你，我想知道你当时在干什么？"

李致疑惑地注视着丁杨，深深地吸了口气："我不知道你说的是哪个电话？是不是一个老年患者打的？"

孟原曾说，赌博高手如果打算以虚张声势来赢得牌局，那么注定会输。的确，人在说谎时都会表现出轻浮的行为。但是，孟原认为，除非你冷静且刻意记下每个赌客的行为模式，否则很难看出虚张声势的人正在故弄玄虚。

丁杨倾向于认为孟原的看法是正确的，所以他并未根据李致的表情、声音或肢体语言来判断李致是否说谎。

"我是问你,当时你在哪里?"

"嘿!我不是你的犯人,我没必要每个电话都向你汇报。"

"你在哪里?"丁杨加重了语气。

"好,我时刻都待在医院……"

说着,他突然住了口,脸上露出捉弄般的微笑。"不对,你是在暗示我跟梅亚飞的死有关系。我想知道这个问题是以什么证据为前提。"

"你想让我记录你拒绝回答吗?"

李致露出老江湖的模样:"我不是拒绝回答,丁警官,但我要想一想。"他走回大板桌前,"如果你把我当嫌疑人,我得想想要不要回答,以及回答些什么。"

"我有的是时间。"

李致毫不退让,将板椅滑进窗帘遮挡的阳光阴影里:"我以前就是太正直诚信,所以总是被人利用,现在我要改变这种状况。"

"利用?"

"如果我现在回答你,可以洗清我的嫌疑,我当然乐意。可是,这样一来我更加无法说清那个电话,因为没有录音,一切都存疑。我说得对吗,丁警官?"

"每个人都有配合警方执行公务的义务,如果不配合,倒是会受到怀疑。"

"说得好,"李致大笑,态度显得像医闹的谈判人,"如果不管配合或者不配合都会受到怀疑,我当然会选择后者。"他丝毫不掩饰自己话中的讽刺意味。

"我警告你。"

李致摆出送客的姿势。"我今天很忙,丁警官。"李致微微一笑，走到了门口。"如果有什么事要问，请事先电话联系，我的律师会在场一起见你。"

离开医院，丁杨给孟原打了个电话，继续将执法记录仪里他与李致的谈话视频发过去。"我期待的结果怎么样？"他问。

"呃，你得给我一个完整的时间才行。"孟原说。丁杨听见他在敲击键盘。"这两个人都有说谎嫌疑。不过，我得仔细看看，以免冤枉好人。"

"好吧，如果能帮助揪出嫌疑人，我会给你报酬的。"

"我才不稀罕你用自己的钱请客呢。"孟原顿了一下，"那个年轻的小伙，我不相信你没有看出什么来。他跟你对话时，话里话外，特别是他的动作里似乎都藏着谎言。"

丁杨解开衬衣上面的两个纽扣，有点太紧，里头还穿着件背心。强超这小子到底遇到什么事情了？丁杨心里不舒服，以一种奇怪的姿势走着，仿佛路上长了钉子。

孙倩倩对逛街全无兴趣，倒是江心洲兴高采烈，一路品评着各类衣服和饰品。她什么都没看中，江心洲却为自己买下了一套夏装和一双款式怪诞的凉鞋。

不过，和江心洲在一起的每一秒钟，孙倩倩都感觉幸福。江心洲衣着光鲜，不赶潮流却经过精心打理，风度翩翩，说话和风细雨，动作轻柔到位，几乎能轻易赢得任何人的好感，甚至跟商场服务员都能喜笑颜开。他细致入微，让孙倩倩分分秒秒似乎都浸透着对青春时光的回味里。

正是春光旖旎的假日，丁杨又特意交代过，孙倩倩难得尽情地享受这份闲逸。他们悠然逛遍了云都整个街区，最后来到一家咖啡馆，要了一壶现磨咖啡。上午的咖啡馆几乎是空的。他们挑了一张

第五章 转 机

靠里的桌子,坐在暗暗的光线里,荒唐地不断相互交换杯子喝对方喝剩的咖啡,仿佛人世与时间都跟他们没有关系。

他们享受着爱情带来的无比珍贵的甜蜜。咖啡一定喝了很长时间,因为店里渐渐坐满了客人。孙倩倩抬起头,发现周围的人也是成双成对,这使她更加开心。整座城市都是如此和谐,而他们正处于城市的中心。

随后,江心洲买了单,带着孙倩倩来到一家歌舞厅,汇入跳舞的人群,开心地移动脚步。不管舞到哪里,葫芦丝最适于演奏旋律流畅的乐曲,合音丰富,乐声柔美和谐,诉说着民族风情。此时,孙倩倩只是一个沉浸在爱河的女孩,那么无拘无束,那样美丽,具有无比的诱惑力。他轻轻地拥着她,不时地亲吻她的脸颊,让她沉浸和迷醉。两人不断地跳着舞,融合在音乐的节奏里。

有的时候,要做到真正快乐,你必须忘掉某些现实。就像沉醉于快乐,就会忘了其他的危险。孙倩倩听着美妙的音乐,借助于跳舞的脚步和欢快的氛围,成了快乐人群的一分子。她真希望这样的幸福能永远持续下去。

江心洲拿出一个金色的盒子,谜团一般递到她手里。她瞪大眼睛盯着,那是一串珍珠项链,有一颗钻石吊坠。

"这……这太珍贵……"

"必须珍贵才配得上你,倩倩。为什么不让我帮你挂在你的脖子上呢?"

孙倩倩内心涌上一股柔情,他俯身过来,深情亲吻她的嘴唇。她闭上眼睛,双臂紧紧地抱着他。她回应着吻他,先是轻轻地,然后变得热烈起来。

他们紧紧拥抱在一起,享受着爱情的美好,世上其他一切事都显得不重要了。她几乎已经忘记了他们还舞动在歌舞厅里。

在耳热心跳中，副部长给江心洲打来电话，要看一份网管材料，很紧急，江心洲只能亲自送过去。自从成为网管办技术顾问，江心洲颇受副部长重用，几乎成了左膀右臂。他非常享受这份感觉，却也暗笑某些人对他的妒忌，他的终极目标比领导重用要远大得多。

离开歌舞厅，江心洲将车开到市委宣传部楼下，对孙倩倩说："你在车上等一会，我去给副部长送份文件，很快就下来，我们的计划不变。"

孙倩倩点点头，在车载媒体库里寻找蒙兰兰的演唱专辑。江心洲注意到了，下车前亲了她一口，问："你也很喜欢蒙兰兰歌星吗？她可是汉洲男人的梦中情人哦。"

"也是你的梦中情人吗？"孙倩倩斜睨了他一眼。

"我有你就够了。"江心洲说。

但他心里想的是，有朝一日，蒙兰兰肯定是我的。他所有的计划都在顺利实施中。再过一周，那个封翎就会消失，那时候他就是康馨集团的真正执行人。孙倩倩不过是他的障眼法，容易打发。问题是丁杨，此人太专业，竟然破解了他设计的"FZ进行时"网站。他原本想利用网站打乱蒙礼勤和封翎的阵脚，给康馨集团上市制造压力。按照他的计划，封杀网站应该由他出马，在他认为合适的时候，弄完鬼，再做一回师公。却没想到丁杨有那么大能耐，他不得不设计将丁杨赶出网安支队。尽管如此，还是没能阻止丁杨，丁杨还是参与了进来……

江心洲不是个心胸宽广的人，他不能容忍别人比他优秀。他在丁杨身上发现了太多令他恐惧的东西。当然也看到了他的弱点，说穿了，就是他太喜欢肖可语。所以，他要设法把肖可语掌握在手里。

第五章 转 机

江心洲取下车钥匙，锁车离开。这个动作让孙倩倩有点儿不舒服。开窗留锁，是对留在车里的人必要的尊重。我人还在车上呢，你就把车锁上，这不是让我憋气吗？但孙倩倩没有太过计较，也许他只是习惯使然吧！

蒙兰兰的歌曲声突然在车里响起，并非来自车载音响。原来是江心洲的手机。孙倩倩想喊住江心洲，但车窗锁住了，喊也听不见。很快，江心洲走进了宣传部大楼里。

这个星期十分充实。孙倩倩当警察以来，从没像现在这样快乐无忧。虽然工作依然很忙，很累，但她跟丁杨搭档，感觉轻松而有趣。特别是她终于有了深爱她的男友，相处十分融洽。突然之间，生活变得富有意义，不论上班下班，心里都有一种着落感。

手机响了一会儿，安静下来，不久再次响起。孙倩倩只能选择无视。但呼叫方似乎有急事，一遍一遍拨打。开始孙倩倩以为可能是刚才找江心洲的领导，但马上意识到，他应该早就跟领导接上头了。

蒙兰兰柔婉的歌曲第五次响起时，宣传部大楼门口还不见江心洲的人影。孙倩倩有心帮江心洲接听电话，可是，对方是谁呢？自己接电话，会不会让对方误会？江心洲是个儒雅而和善的人，各行各业的朋友很多。她还没有进入他的圈子，如果对方问起她是谁，她怎么回答？女朋友？想到这里，她呵呵地笑了起来。

当然，迟早有那么一天，她会认识他所有的朋友。

第六次！她终于从驾驶室的水杯孔里拿起江心洲的手机。"这是江心洲的语音信箱，他暂时不方便接电话，有事请留言。"

孙倩倩只是想开个玩笑。她原本打算在说完这句话后，立即说明自己是谁。但不知为什么，她只是坐着聆听手机那头传来的呼吸声，也许纯粹只是出于好奇。无论如何，她忽然发觉对方真以为自己进入了语音信箱，迫不及待地开了口："我是'达摩'……"

六

丁杨走出老年病医院，一辆豪华轿车停在跟前，车窗摇下，露出蒙兰兰的笑脸，那笑容像春天的阳光一样裹住了他。他没来得及问要去什么地方，就坐进了副驾驶室里。

一开始，两个人什么话都没说，蒙兰兰专注驾车，丁杨则享受着这片刻的惬意，偶或看一眼身边的蒙兰兰。她穿得非常随意，一件式样简单的酱紫色棉衬衫，一条做旧的牛仔裤，头发丝毫没做打理，蓬松地披在肩上——只有相当自信的女人才会这么穿。

蒙兰兰转过头笑了笑，伸手拍了拍他的左肩，好像那里有灰尘似的。丁杨感受到她柔柔暖暖的手温，窗外树叶在风中婆娑着，发出"沙沙"的响声。她几乎像个小女孩，只微微笑，拿出两瓶饮料，让丁杨扭开，大喝了一口，显得随意而自然，仿佛所有的不快都不存在。

"我设计了一个软件，"丁杨说，"可以有针对性地追踪通讯记录，现在正在接近蒙礼勤。我想从他那里找到你儿子的线索。"

她猛地减慢车速："暂时不要。"

"这是什么意思？"

她叹了口气："这是生存问题。"

"什么生存问题？"

"他决定着我的出路和儿子的未来。"

丁杨很吃惊地看着她。

"你知道，我演出的赞助商是他，宣传商是他，是他在维持我的形象。一旦跟他翻脸，固然会毁掉他的形象，我也会身败名裂，甚至退出演艺界……"

"对不起，我没想这么多。"

蒙兰兰语气哀怨："如果身败名裂，那将是生活的炼狱，我真不知道该如何活下去。当然，如果是我一个人也就算了，还有儿子呀，他怎么办呢？他是这个集团的继承人，公司正在筹备上市，那才是他真正的未来。"

"跟上市有什么关系？"

"康馨集团筹备上市已经很久了，现在正是最关键的时候，出不得半点差错。还好你们这么快就破案了，真是大快人心。封翎说你是最大的功臣。"

"其实，不是你想的那样……"丁杨想起黎政的封口令，案子目前的情况，对外一个字也不能说。他只得岔开话题："我们这是要去哪？"

"答应我，暂时不要针对蒙礼勤，不要帮我寻找儿子。"蒙兰兰盯着他，瞳孔里射出的光像刀锋一样清冷。他不得不点点头。

她恐怕明星当久了，有些以自我为中心。丁杨想了想，还是由着她，只要自己掌握好分寸就行："好吧，听你的。你带我去哪？"

蒙兰兰却仍旧自说自话："对我来说，上不上市并不重要。我只要音乐。只要音乐在演奏，我身在何处就不重要。但对我儿子，那一切都应该是他的……"

窗外，太阳渐渐偏西，人行道上迅速后退的树影在阳光里越拉越长。丁杨看着蒙兰兰的脸，没有哭诉的可怜，也不是硬撑的笑意，倒是漾着红晕，像一杯开心的红酒。他感觉蒙兰兰的一切都那么得不真实。

蒙兰兰发现丁杨在看她，微微一笑："今天我们走远点儿，告诉你我为什么想当歌星。"

丁杨点点头,开了一点点窗,涌进一股凌厉的风。

"是梅雁酒厂庆典的那场演唱会上,那时我还小,不记得那个明星的名字了,但我记得她长得很漂亮,穿着华丽的服装,还有她上台后观众的疯狂……我一直盯着她看,甚至在她演唱结束后又追进了后台里,那时她两腿这么交叉地坐着休息,背仍挺得笔直,仿佛一直对着我微笑。我觉得她一定懂得世上所有的事,心里对她充满了崇拜之情。"

"就像现在的你一样?"

她笑了笑,摇摇头:"不一样,那天她唱了一首英文歌,还有一首是粤语歌。我没有听懂一句,但我觉得那是我听到过的最美丽的声音,从此我痴迷上了音乐,几乎积攒起所有的生活费,搜集了我喜欢的专辑,然后开始模仿。我不知道自己唱得怎么样,我瞒着别人,但是我却被自己的秘密憋坏了。"

"怎么憋坏了呢?"丁杨有些不解。

"那时我连练声的基本常识都不懂,纯粹是盲目地跟唱,而且为了练习,我几乎放弃了读书,但是,当我自己以为练习得差不多时,唱给朋友们听,却遭到他们的嘲笑,甚至有更糟的反应。所以我决定,一定要找一个老师,一个最好的老师。那个暑假,我鼓起勇气跑去了北京……"

"然后如愿以偿了?"丁杨纯粹是为了把天聊下去。

"没那么容易。当时我什么都不知道哇!我还以为音乐学院的师生们都穿着戏装四处站着,相互对唱呢!我逛遍了音乐学院,糊里糊涂地在一间间教室外面乱转。我听到紧闭的门后传来音乐声。我真想跑进教室,向他们倾诉自己的心声。"

"后来呢?"

第五章 转 机

"我在那里逛了一个上午,害怕被人赶走,却没想出拜访老师的法子。反而,每每看到有人过来,就像做贼似的赶紧躲起来。直到临下班时,我正从一道门前经过,门开了,来不及躲避,一个女人差点撞到我身上。我记得,我还看着她身后的教室,讲台上有一架钢琴、一些小乐器和书本。简直就像是天堂一样。我几乎傻掉了。她看了我一秒钟,然后问:'同学,你找谁?'"

蒙兰兰沉浸在回忆之中。"我说不出话来,"她说,"那个女人真以为我是傻子,转身离开。这时,我憋足了劲,喊道:'老师,我想学声乐。'她真的很有亲和力,我跟她讲了我的愿望,讲了我练声的故事,并试着咏叹一声。也许这一声咏叹给她留下了印象,也许没有。毕竟,音乐学院里天才多的是,也许是一种别的原因使她愿意帮助我。"

"她答应教你了?"

蒙兰兰拿起润喉茶,喝了一口:"是的,她说我下午可以去试试。"

"她是你的伯乐呀!"

"是的。"蒙兰兰微笑着,俯过来亲了亲他的脸,"爱是最大的动力。"

丁杨抖了一下,赶紧偏开身。

"那天下午,她便留我一起上课。"她接着说,"后来我天天跟着她,比那些本科生更勤快。好长时间以后,我终于明白她为什么一听到我的歌声就把我留下来。"

"为什么?"

她一脸虔诚地说:"不管我唱什么,我都是在唱着自己的经历。"

丁杨忍不住笑了:"可那时你并不知道自己是抱养的。"

她惊诧地看了一眼丁杨："你……"

事实上，丁杨是无意伤害她的，只是她似乎在自己幻梦似的讲述里越陷越深，他不想让人觉得自己可以被糊弄，更不想让她到了今天还伪装成那样的迷茫和焦灼，还带着一份无助。那就把锣鼓敲响，有个热情应对的样子。

"我想休息一下，如果你愿意的话，"她两眼直直地盯着前方，"你可以小睡一会儿。"

他们在沉默中前行。汽车从郊外的绿原里穿过。丁杨闭上了眼睛，真的很快就睡着了。

时间一分一秒地逝去。蒙兰兰时不时地转头看着丁杨，似乎对他十分关心。见他的手机放在座位边，她犹豫了一下，伸手拿过手机关掉，再放了回去。

目的地是雁麓庄园。那里有一个明星宴会，蒙兰兰是主角。庄园坐落在古树参天的园林中，到处是繁茂的花卉和修剪整齐的草坪。

"真漂亮。"丁杨说着，下了车。

"有点小，还温馨。"蒙兰兰说。

他们一走进去，就轮到蒙兰兰上场了。她拉着他一起上台，聚光灯打过来，照在她身上。台上还有伴舞的年轻男女，丁杨躲在舞台一角，看着所有观众的目光都落在蒙兰兰的身上，看着她鲜丽曼妙的身影。

歌声响起来，全场掌声雷动。正如她自己说的，她不管唱什么，都是在唱自己的生活经历。她的演唱自然、洒脱。看着在聚光灯下表演的蒙兰兰，先前丁杨在两人之间筑起的防线渐渐被击破。他并不为此感到自豪，但也不感到羞愧，大概他自己也很难完全理解。

　　回头反思此时的感情,丁杨始终没能明白把他们联系在一起的是什么,也许他们俩都需要某种感情的避风港。但对于他和她来说,这有着完全不同的含义。

　　自从进入明星宴会,丁杨就没再关注过手机。演唱完毕,他跟着蒙兰兰满场跑,跟一些熟悉或不熟悉的人打招呼。他多少有些拘谨,害怕别人问起他跟蒙兰兰是什么关系,害怕他们问起他在哪里发财之类,他不知怎么回答。好在蒙兰兰跟每个人都不会聊太久,而他只是跟着蒙兰兰的脚步走。

　　"这样的场合,你还适应吗?"耳旁响起蒙兰兰的声音。

　　丁杨没来得及回答,她接着说:"我们跳舞吧。如果有人邀请我跳舞,可不是随便跳两三下就能了事,那可晾起你了哦!"

　　"嗯,那我只有一个选择,逃跑。"

　　接下来是一阵沉默。丁杨发觉他说的这句话可能引起了误解,便立刻插开话题:"你喜欢这样的聚会吗?"

　　"交际需要,"她说,"我在音乐学院除了上声乐课,还专门修过交际课程。作为一名演员、歌手,交际是必不可少的上位手段。不论老蒙用多少财力为我垫底,都不及我自己的交际手段来得实际。音乐学院毕业后,我闲逛了一年,直至遇到我命中的一个贵人,拿到选秀第一名,才真正找到那只下金蛋的鸡。"

　　"你可真直率。"

　　"难道不是吗?如果没有好的交际手腕,我还在老蒙的公司干文书呢!"

　　"你可以顶替封翎那个位置,也不用再请经纪人。"

　　她撅了撅小嘴:"那个位置可不是谁都能干的……当然,我还是喜欢歌手这个职业,情愿把精力花在这方面。你呢?你喜欢现在的工作吗?"

　　他们面对舞池站着,但丁杨感觉到她正在打量自己。他突然想起很多事。她成年时的故事,那是真的吗?是不是正好对应了她眼角淡淡的鱼尾纹?死去的肖继中和梅亚飞都黑入过云端医疗技术研究所,原研究所负责人李致却对此三缄其口。伪造的厂房和仓库。医疗保健器械的网络销售与真假莫名的销售电话。

　　"喜欢。"他简短地回答。

　　"你喜欢它什么?"

　　"我不知道。不过,我是真的喜欢。没有原因可以吗?"

　　蒙兰兰又发出咯咯的笑声。丁杨突然有一种冲动,只要能让她这样笑,再蠢的话他都愿意说。他打起精神,以相当严肃的口吻说了说自己目前的状况。同时,避免提及侦查中发生的事情,不过这样一来,他可说的话题就寥寥无几了。

　　但蒙兰兰并不觉得无聊,听得很认真。于是,丁杨继续说到他的父亲和母亲。每当别人问起他的事,他总想提到父亲。

　　"听起来是个很好的父亲。"蒙兰兰说。

　　"是的,"丁杨说,"至少在我印象里是这样,他从来没有打过我,对家庭很负责任。"

　　丁杨忍不住又说起他的第一台电脑,那是他的生日礼物。可是,他一搬回家,便把它拆得七零八碎。他想在父母回家之前将它组装起来,但他怎么都装不拢,正当他焦头烂额时,父母回来了。结果,父母并没有说他什么,只是看了一眼,说:"杨杨,你一定能装起来的,你一定行。"几天后,他果然完好无损地组装了起来。

　　蒙兰兰听了,大笑不已,把一些香槟酒喷到了丁杨的衬衣口袋上。

　　"最厉害的是,他在破产之后,可以立刻振作起来,精神抖擞地投入到创业中。"

蒙兰兰拿手帕擦干丁杨衬衣上的酒印。"那你呢,杨杨,你能吗?"

"也许吧?"他说,"但我可能更需要静静地躺个几分钟,然后爬起来,因为没有其他选择,只能继续干下去。"

"说得好。"

丁杨抬起眼,看蒙兰兰是否在取笑他,却见她眼里跳跃着欢悦。她总是散发出诱惑的光芒,但丁杨怀疑她是否有跌倒的经验:"你呢,如果你再碰到什么事?"

蒙兰兰若有所思地凝视着丁杨,把手里的酒杯放在就近的桌面上:"跳舞吗?"

"我刚才跟你说过,我不会跳舞,只会踩舞伴的脚,如果你不怕秀脚被踩肿的话……"

她微微向一边侧着头:"你没听懂吗?我是问你愿不愿意跟我跳舞?"

"音乐倒是挺有情趣的。"

乐队正在演奏一首二十世纪九十年代的流行歌曲《心语》,如糯如糖似的甜腻从音箱里流淌出来。"大警察还有害怕的事情吗?你就当作是一种考验好了,准备着迎接更大的挑战。"说着,她把一只手轻轻搭在丁杨肩膀上。

"踩伤脚,我就背你回去吧。"丁杨说。

"我们这是在调情吗?警察先生!"

"对不起,我不解风情,所以我与人交往只有一份率真。"

"嗯,我就喜欢率真。"

丁杨伸出一只手,搂在蒙兰兰的腰际,犹像地踏出一步。

"感觉就像回到了四年前一样,"她说,"你还是那样亲切,那样体贴，如果每个汉洲男人都像你一样，那该多好啊！"

"你在说什么呀？"丁杨感觉全放开了。

"你跟同事在办公室派对上跳过舞吗？"

丁杨莫名地有些伤感："如果完全照章办理，我今天算是违纪。"

七

"找到喜欢的歌曲了吗？"随着车门开启，江心洲坐进驾驶座，启动汽车。

"嗯……"孙倩倩被吓了一跳，"找到了。"

"怎么没播放呢？"

"算了，送我回去吧。"她一直在拨打丁杨的电话，可丁杨的电话起初无人接听，后来干脆关机了，是没电了吗？她焦躁得难以自禁。但看到江心洲，却不得不暗暗告诫自己一定要隐忍、沉稳、克制，

"出什么状况了吗？"江心洲疑惑地看着她。

"没有啊……"孙倩倩全身僵硬，紧盯着前方，手机捏在掌心湿漉漉的，令她很不舒服。她想跟他直说，但她说不出口。那一切太不可理喻，不可解释了。如果那一切都是真的，那他就是冰川，是火山，是血刃。没有跟丁杨商量出意见之前，她绝对不能说。

"有人打电话来吗？嘿！"江心洲绷紧肌肉，两手紧紧抓着方向盘，"是不是单位有什么事？或者……"

专案组里肯定什么人都没有。只有联系上丁杨才行。

"你怎么把我的手机关了？"

第五章 转 机

"什么?"孙倩倩惊骇地望着江心洲,紧张得心脏都跳到了嗓子眼,"我没看到你的手机,是不是你自己关掉的。"她听见自己说话的声音像蚊子一样低。

"好,好,没事。"江心洲的语调依旧温柔,一边说话,一边把车开上马路,"你看上去……是不是不舒服?我担心你。"

孙倩倩试着放松下来,让自己的呼吸保持均匀。但她做不到。她直勾勾地盯着车窗外的树,一棵接着一棵地数过去。她感觉到江心洲的目光一直在打量她。

"对不起,刚刚我有点粗鲁。"

孙倩倩没想到他会接着说话,吓了一跳。她手里捏着手机,不知如何是好。不能当着江心洲的面给丁杨打电话。"没有,"她绞尽脑汁找借口,"是……刚才闺蜜找我说心事来着。"

"闺蜜失恋了?"

她望向江心洲,知道他不是在开玩笑,而是很严肃地想弄清楚发生了什么。现在她只想尽快地摆脱他。"她总是那样,心里藏不住事,不倾诉过不了夜。"

"那你是要去闺蜜家吗?"车子开到了路口,直行道和左转道的灯刚刚由红转绿,"前面是直行还是左转?"

"就在前面不远,我走路算了吧。"

"那怎么行,我必须看你进门。"以前送她,江心洲确实每次都是这样做的,如果拒绝,他一定会起疑心。

"不是,只……"。

"你指路,我送你过去。放心,你还不知道老江我是个称职的护花使者吗?"

江心洲在驾驶座上扭了扭身子,座椅发出咯吱声以示抗议。两人目光相接。可恶!为什么不给闺蜜打电话呢?现在再打已经太迟了。难道江心洲已经知道她无意间发现了什么吗？她看了看旁边专注地目视前方的江心洲，想解读他的表情，但自从她接到那个吓人的电话后，她的分析能力就丧失了。

现在她终于明白为什么自己以前一直对江心洲言听计从，甚至逆来顺受了。不是因为他帅气，也不是因为他对所有人都随和的态度。丁杨也帅气，也温和，但丁杨身上透露出来的是忠诚和信任，而在江心洲身上，她感受到的是另外一种东西。现在她明白那是什么了——恐惧。

"呃，"她说，"那左拐吧。前面五百米就是。"

"好的。"江心洲转过弯，把车驶进遥岭巷。这是一条僻静的单行道，绿树掩映的街头行人稀少，商店几乎都关了门。

"我在这里下车就好。"孙倩倩尽量克制着拉开车门往外跳的冲动。

"别着急，"江心洲看着后视镜，"让我停稳车，看着你进门。"

通往闺蜜家的巷道更加空空荡荡。江心洲绅士地陪着孙倩倩一路往里走，孙倩倩用眼角的余光观察着江心洲的一举一动。他发现什么了吗？江心洲是否注意到，她的手一直放在包里？是否知道她手里握着一瓶自卫喷雾剂？见鬼，元宵节那天，江心洲笑话她不喜欢带枪，会把自己和同事置于危险之中，当时她曾把那瓶自卫喷雾剂拿给他炫耀过。

闺蜜，拜托你在家！只要进入闺蜜家，她会马上给丁杨打电话。倒霉的是，闺蜜真的不在家……孙倩倩真真假假的咒骂了几声。她发现江心洲在暗笑。

"还是送你回公安大院吧？"

孙倩倩并不住在公安大院，而是警察公寓，但江心洲习惯这么叫。周末的公寓院里不见人影，只有门口的老年保安在门卫室里慵

第五章 转机

懒地瞌睡。她突然恼恨自己在跟江心洲交往期间，轻率地把他带回自己的宿舍。现在，她就像一个玻璃人，什么都是透明的。

驶往公寓的一路上，孙倩倩始终煎熬着。终于，江心洲把汽车停下。她发狂似的拉开门。

"回头见。"孙倩倩一脚伸出车门时，听见江心洲在她身后说，"晚上我接你一起吃夜宵"。

她跟跟跄跄地下了车，大口呼吸着清新的空气，仿佛长时间潜水，刚刚浮上水面。她摔上沉重的大门，耳中仍听得见江心洲的汽车引擎低沉流畅的空转声。

她往楼上奔去，鞋子在阶梯上踏出咚咚咚的声音。急匆匆地进了家门，她立刻拿出手机点击重拨键，丁杨的手机依旧打不通。而"达摩"发来的语音信息却在她脑海里不停闪现。

"姓丁的小子编写了可以破译飞客加密标准的软件脚本，但要想侵入'魔法鹦鹉'可不容易。我的程序里储存有每一种解密标准软件的反制样本，这样加密使用的算法模式，从一开始就能识别破译软件，再通过逻辑推理……"

这段话孙倩倩并不全懂，但其中的关键词明白无比：姓丁的小子，电话飞客，"魔法鹦鹉"，反制解密软件的算法模式……线索连贯起来了，专案组研究过电话飞客，只是一时没有查明它是谁，是传说中的"魔法鹦鹉"，还是女性电话骚扰者？

一切都清晰无比、不证自明，令她大受震撼。孙倩倩向来自认为有能力察觉别人听不出的弦外之音，但爱情蒙蔽了她的心。现在，她只花了万分之一秒就想通了个中关联。梅亚飞的死是有人刻意安排的，江心洲肯定卷了进来，说不定就是他干的。更可怕的是，江心洲代表了谁？他极有可能与更高层的重要人士建立了联盟关系，他们的耳目无处不在，甚至专案组里也有。现在，唯一能够

241

网　课

百分之百信任的人只有丁杨。

可是，丁杨的电话依旧不通——关机中。快点儿啊，丁杨！她知道江心洲很快就会跟所谓的"达摩"联络。一旦被江心洲发现，她非常确定自己性命堪忧。她必须快速行动，否则，只要稍有不慎，就会付出生命的代价。

"您拨打的电话已关机……"

孙倩倩让电话一直重拨，直到手机几乎没电，接上充电器五分钟后她又重拨了一次。她站在窗边，低头望向街道。街上没有车。当然没有车。她过度紧张了，这可是警察公寓。江心洲可能正在回家的路上，或是正在约会的路上。

打了数次丁杨的手机后，孙倩倩放弃了，改打给闺蜜，闺蜜的声音听起来颇为疲惫。"刚才跟男朋友大吵了一架，"闺蜜说，"烦死了，你快来吧，我有一肚子苦水。"

"我刚才去过你家……那好，我半个小时后到，接下来就跟着你混了。"

"好啊。可不可以顺便给我带一瓶饮料和一包卫生巾？"

"没问题。我会叫辆网约车。"

"好吧，不过周末这个时间很难叫到出租车，而且从你那走过来只要十分钟就好了，多好的锻炼机会。"闺蜜的话里有点调侃的味道。

孙倩倩有些犹豫。"你是不是不太欢迎我？"她问道。

"怎么会呢？"闺蜜说，"虽然我有最先进的安保措施，但最缺的还是女警卫。"

听着闺蜜发出轻松愉快的笑声，孙倩倩也稍稍放松了一点儿。闺蜜一直独居，对自己的安全十分在意，家里的那套智能安保报警系统就是孙倩倩为她设计的，这也是目前孙倩倩最需要的。

第五章 转 机

这里一片荒芜，杳无人迹，乱石和杂草掩盖了早已废弃的梅岭防空洞入口。藏身洞中的"达摩"接到了期盼已久的电话，其实他根本不知道对方是何许人也，只是"哥哥"告诉他，让他听这个人的指挥。刚才"哥哥"让自己和这个人联系，转达一个紧急消息，但对方的电话无人接听。打了好几遍，才转入语音信箱。

"半个小时前你给我打过电话吗？"对方问。

"打过啊。我就是想告诉你，我哥发信息过来，让你小心一个姓丁的……"

"谁接的电话？"对方的语气咄咄逼人。

"达摩"莫名其妙："没人接电话，就是在你的语音信箱里留了言。那个语音小姐声音很温柔，你是从网上下载的，还是你女朋友的声音呢？"

良久的沉默。"达摩"不由得心中忐忑。对方终于再次开口："你把我们整个的行动内幕都泄露给了外人，兄弟。如果你不能立即堵住这个漏洞，不仅我完了，你哥和你也逃脱不了，明白吗？"

"达摩"什么都不明白："你的手机在别人手里？还是被监听了？"

"你刚才打电话的时候，手机不在我身边，被别人接听了，她伪装成语音信箱，你居然也信了！她把你的话都套走了！你必须在她把这件事透露出去之前截住她。告诉我，你完全有能力收拾残局，对不对？"

"这是额外的事，你得另外付钱……"

"住嘴！这是你惹出的事情，你得负责到底！不然你哥知道了，一样饶不了你！"

人在屋檐下，不能不低头。"达摩"知错地闭上了嘴。

"不过,这件事是我们整个计划中的一环,不可避免地出现了,也不怪你。只要你干漂亮了,我同样会付一笔大钱给你。前提是完美的结局,知不知道?"

"好,我只是我'哥哥'的替身而已,但我犯的错,我会了结,你……"

"放心,只要处理完善,你哥那里我不会透露半句。该你的好处,我不会少你的。"

"达摩"听见自己吞咽唾液的声音。"你说话算数?"他问。

"当然,我是个赏罚分明的人。带上你需要的东西,立即出发。我会在半路上接应你。记住,不得耽误,否则,受惩罚的不仅是你,还会累及你的兄弟。"

"达摩"深深吸了一口气,问:"是个什么人,在什么地方?"他接下来要考虑的,是该如何下手,并且不留丝毫痕迹。

第六章
鼹 鼠

一

"终于醒过来了,"为首者气喘吁吁地说,"她是警察,我们不能伤害她,得想办法尽快将她送出去。"

肖可语挣扎着爬起来,不知道自己昏迷了多长时间。她分辨出自然光线与灯光不一样的视觉触感,知道还是白天。她发现自己躺在一张小床上,被褥发出浓烈的汗臭和霉味。她的背包抓在为首者手里,正往她面前递。她扭了扭身子,头有点晕,但身上没事,手脚没有被捆。她望了望窗外,似乎仍在地下停车场里。

"你走吧!"为首者说,"不要再找那个粉红头发的美女,我们不知道她在哪里。"

肖可语根本不相信他的话。她两腿仍有些酸软,挪了挪身子,感觉血液迅速流回双腿,筋络舒展开来,力气在恢复。

她慢慢地坐起来。为首者惊骇地退出门。她本能地扬起右腿,狠狠地顶向狐臭男的胯部。她感到自己的膝盖骨顶碎了他两腿间那个软囊组织。

狐臭男极度痛苦地呜咽着,一下子瘫倒在地,两手紧紧地捂着痛处。为首者见状溜得比老鼠还快,迅速消失在屋外的转角处。肖可语踉踉跄跄地跑出门，走向光亮处。她知道，为首者一定找另一个劫匪去了。他们并没有失去战斗力，而自己一时没有恢复足够的力气。

肖可语当机立断，大声呼喊起来。

"救命啊！救命啊……"

声音在停车场里回荡，仿佛陷在山洞里，传不出去。她竭尽全力地跑着，寻找出口。停车场很宽，分区很多，跑了很远，却似乎在原地转圈。

前方有一道玻璃门，肖可语猛地一推，纹丝未动。门旁堆着几道铁栏杆，她撬动一边，然后松开了手，蹦到一边，让栏杆砸向玻璃门。随着一声巨响，玻璃门顿时化作一堆碎片。

她抬起头，透过锯齿般的门洞，看到里面仍然是划着车位的停车场，只是并没有停车，也没灯光，视线消失在黑暗里。

她管不了那么多了，最后瞥了一眼灯光灰黄的泊车区，猛地一下跳过满地的碎玻璃，冲进灰暗空旷的陌生地域。

"救命！"里面唯一的光亮发自右侧的一条通道。"救命！"她继续呼叫。四面都是风，朦胧的光影里，空旷的停车场吞吃着她的脚步并不断往前生长着，怎么也找不到门。

肖可语突然想起这是一个锁着的封闭区域。她在空无一人的停车场里转了几圈，劫匪对她的打击仍然让她心有余悸。她得离开这个区域。不管能不能找到粉红头发的阿阮，首先得自救——找来警察，抓住三个劫匪，然后再想办法。

她看了一眼那个传来光亮的通道，然后冲过去。那里也是一道玻璃门。她摸索着故伎重演，进入的却又是一个空旷的区间。这里亮着灯！如果能找到出口，离开就简单了。

"救命！"一个微弱的呼救声从左侧传来。

第六章 鼹鼠

肖可语吓得赶忙转过身，以为那是劫匪模仿她发出来的。但她没有看到人影。她四处张望，面色惨白，胸口不停地起伏着。

是谁？在哪里？不会还是劫匪引诱，想偷施袭击吧？

不，不可能！他们并没有追过来。她再次自言自语。这是哪里？距原来发生搏斗的停车场有多远，她心里没底。不，不可能是他们！我已经跑出很远了，不可能还在原地。我是警察，有人呼救，我必须救出她来！肖可语移动脚步，捕捉发出呼救声的方位。

"我在这里！"左侧的转角处传出一个女性的声音。肖可语奔过去，盯着转角的铁栅栏，栅栏里的女孩梨花带雨。那不是阿阮。她不认识阿阮，但认识阿阮的头发，阿阮的头发是粉红色，这个女孩却是一片淡黄色。

肖可语盯着她的头发，立即后悔自己刚才的冲动。如果这是劫匪的诱饵，她将再次陷入孤立无援的境地。她问："你是谁，你没事吧？"

女孩惊讶地看着她，没有吭声。

她真希望自己刚才没有走得这么近，这完全没有必要。她神经紧张，草木皆兵。奇怪的遭遇太多了。她祈祷这个女孩是真正的受害者，劫匪并没有埋伏在周围。

"你怎么在这里？"她温和地问，"告诉我发生了什么事？"

女孩说："怎么在这里，难道我愿意？我只想离开这里。"

"出口在哪里？"肖可语伸手检查铁栅栏。女孩身体向后缩。她放开手，四处打量。当她再次看向女孩的时候，看到了女孩身后墙上的亮光。

高高的墙壁上，有个黑黑的小圆盘，正闪着亮光。女孩跟着肖可语的视线望去，皱了皱眉头。她以前没有发现那个发光的控制板。她知道这道栅栏门是电控的，但无论怎么寻找，都没有发现电控开关在哪里。但是,发现控制板也于事无补。控制板有两米多高,而她一米六不到,怎么跳都够不着那个东西。

铁栅栏坚不可摧,控制板够不着。但肖可语不想干等,寻思着怎么救女孩出来。

狐臭男在停车场找到过棍子,这里一定有类似的东西。她在空荡荡的停车场寻找,终于发现一根铝合金长杆。她飞块地回到转角处,照着亮光的按钮就是一番猛按。

"菩萨保佑!"她祈求道。但铁栅栏没有打开。

"大姐,"女孩静静地说,"恐怕要遥控器。"

"遥控器?"肖可语愤怒地重复道。她瞪着控制板,那里透出一点红光,但红光周围有一圈小面积的凸起,应该是小巧的按钮。只要戳中那个按钮,应该可以开启。肖可语迅速转向女孩:"你近些,拿着杆子顶那个红点!"。

女孩接过铝合金杆,思考片刻,深深地叹了口气:"别费心了,我出不去,你走吧。"

"为什么?"肖可语简直不敢相信自己的耳朵。

女孩看了一眼肖可语,尝试着用铝杆顶住红点,拦住了红光,用力,再用力,铁栅栏门没有丝毫变化。

女孩放下铝杆,一屁股坐在地上。肖可语似乎看到什么熟悉的东西,怔怔地盯着女孩浮肿的前臂。女孩随着她的目光看向那片发青的皮疹:"难看,是吧?"

肖可语诚实地点点头。"你……吸毒?"

女孩笑起来,说:"这是粘贴式文身纸留下的!我努力想擦掉它,却擦掉了我一大块皮,墨水抹得一塌糊涂。"

肖可语凑近仔细看了看。在昏黄灯光下,她看到胳膊肿块下现出模糊的字迹,是五个字!她仿佛又回到了梅城宾馆1116房间,

第六章 鼹鼠

那个老男人曾经抚摸着自己的手臂,嘴里发出像英语又像粤语的五个字的古怪声音:人间不值得。

"你没事吧?"女孩看着一脸茫然的肖可语。

肖可语的视线没有从她的胳膊上移开。她感到一阵晕眩。女孩胳膊上被擦过的那五个字就是"人间不值得"。

淡黄头发女孩尴尬地低头看着胳膊:"一个朋友写的……是不是很傻?"

肖可语说不出话来。人间不值得!她简直无法相信。起初她以为是老男人的胡言乱语,现在她明白了,原来老男人在提示她。

她抬头望着女孩。在昏黄的灯光下,她看到女孩淡黄的头发上还有些许红色和银粉色的痕迹。"你……你……"她盯着女孩没有穿孔的耳朵,结结巴巴地说,"你是不是戴过一副耳环,一副骷髅耳环?"

女孩诧异地打量着她,耸耸肩:"来高铁站前戴过,送人了。"

肖可语看着铁栅栏里的女孩,知道自己对项链的找寻已经结束。女孩刚洗过头发,换了一身衣服,希望以普通的形象出现在高铁站,然后顺利地卖掉项链。但她失算了,她遭遇了三个劫匪,打乱了她的全盘计划。肖可语尽力保持冷静,她的疯狂找寻即将结束,她扫了一眼女孩的脖子,上面什么也没有。然后,又低头盯了一眼女孩的裤袋,如果她还保有着那条项链,肖可语想,一定在那儿!

"你就是我要找的人。"她说,"希望你不会让我失望。"

"呃……"女孩不知道肖可语在说什么。

肖可语没管那么多,抓住铝杆更加卖力地捣鼓那个控制板。她盯着那个红光点:光点斜斜地射下来,正好落在锁孔上。这个光点一定有窍门。肖可语始终用铝杆顶着控制板,拦住了光点。一分钟,两分钟……

三分钟后,"哗啪",铁栅栏锁缝处传来一声轻响,门开了。女孩"哗"地推开,便往外面奔去。

"站住!"肖可语猝不及防,扔掉铝杆就追,"站住,跟我走!我给你钱。"

女孩有些不知所措。

肖可语掏出身上仅有的现金:"你放心,很公道的,不会让你吃亏。"她低头开始数钱。她只给自己留下回程的车费。看着肖可语数钞票,女孩突然吓得倒吸一口凉气,这位大姐是个鸭母吗?她这是要买我的身?她慌张地瞅了一眼出口与自己的距离。那个出口只有她知道,但她一跑,肖可语就会追。

"我可以给你足够的钱,只要你……"

"不用再说了。"阿阮脱口而出,露出微笑,"我想我知道你想干什么。"她弯下腰去,在自己千孔百洞,却带着无数小袋子的裤腿上翻找起来。

肖可语心里顿时充满希望。她有那个东西!她想,她仍保留着项链!肖可语身上的每根神经,每块肌肉都松弛下来。她想象着自己怀揣着项链,赶回分局,亲手将项链交给黎政,再转交给丁杨,然后破解所有藏在网络里的秘密。

然后,她就回家看望儿子,就跟丁杨一起出去旅游,一起补回丢失的时间。

女孩似乎终于找到了要找的东西。她捏在手里,藏在身体侧面,没让她看见,一副一手交钱一手交货的模样。肖可语欺身过去,伸出手。

说时迟,那时快,阿阮猛地抬手,直接舞向肖可语的面部。肖可语没有反应过来,顿时感到一股喷雾射来,那是由辣椒粉和化学

第六章　鼹鼠

品混合而成的烈性物，是从阿阮手里的防狼喷器里喷射出来的。

肖可语的脸像被点燃起来。她的眼睛似乎完全被烧没了，想睁睁不开。她几乎什么也看不见了，眼前燃烧起一片烈火。

她感觉女孩正在往远处跑，惊恐万分，脚步发出咔咔的声响！她知道只要女孩走出那扇门，她就再也找不到了。她试着叫出声来，但她的肺里已经没有多余的空气，只有阵阵剧痛。"不！"她的声音低得几乎像是一抹空气。

她摇摇晃晃地站起来，大口喘着粗气，跌跌撞撞地跟着女孩。女孩冲出了几十米，快接近出口了，盲人般的肖可语摸索着向前追去。

"站住！"肖可语上气不接下气地喊，"等一下！"

女孩走到了门口，奋力推门。门带着弹簧，却突然卡住了。女孩惊愕地转过身，发现是自己推反了。她侧过身，奋力拉。

肖可语模糊地看到门裂开了一条缝。她猛扑过去，想堵住那条门缝。

在肖可语即将落地的时候，她的手离门缝只有几厘米了，突然女孩滑进门缝消失了。她的手指抓了个空，而玻璃门在弹簧作用下又转了回来，将肖可语关在门里。

"阿阮！"肖可语一边击打着门，一边啜泣着喊道。

她感觉好像有无数个灼热的细针从眼球前刺进去。她眼前一片黑暗，恶心难当，很快昏迷过去。但她的声音仍在昏黄寂静的空间里回响：阿阮！

肖可语不知道自己躺了多久，醒来时感到四周静悄悄的。而在一片寂静中传来了一个声音。有人在叫她。她努力把头抬起来，发现自己躺在一个温暖的怀抱里：

"大姐？"

网 谍

肖可语听出那个声音了,是那个女孩。她正抱着她,她的样子却比刚才更加惊恐万分。

"大姐?"她颤抖着问,"我从没说过自己的名字,你是怎么知道的?"

孙倩倩穿上外套,站到窗边向外面窥视。江心洲早已开车走了,余下几辆熟悉的经常停靠在小区的汽车,无声地泊着。她再一次拨打丁杨的手机,听见的仍是同一个声音"您拨的电话已关机"。

她没有关灯便出了门。这样,不论白天,还是晚上,在外人看来她都可能在家。出了公寓区的门,她快步走向龙山路。她知道,不论何时,龙山路上的农贸市场和花鸟市场总是很热闹。经过福兴超市时,遇见几个熟人,她跟他们聊了几句,谈到最近的治安比以前好多了,警察终于可以在周末悠闲地逛逛街。这时,她想起答应替闺蜜买饮料和卫生巾,便转身钻进了超市里。她看到一张陌生的脸,挺年轻,但略显黝黑。孙倩倩准备直接往超市去,但那男子正看着她,她只得礼貌地对他笑了笑。

拿好饮料,她在超市里转了一个圈,才在临近后门的地方,发现卫生巾。她往后门外看了看,原来这里竟与南正街相连,如果从这里出去,穿过南正街,可以少转两条小道,直接插进闺蜜所在的遥岭巷里。

孙倩倩踌躇了一会儿。她不是害怕,而是觉得在自己熟悉的城市、近在咫尺的地方,竟然有这么一条近道她不知道,不由让她心中十分期待。她为发现这条近路快乐无比。

结完账,她便穿过后门,来到南正街上。

她耳中只听见自己脚下的踢踏声,心头不由一惊:转遥岭巷的小巷子太偏僻了,还没有完全天黑,竟然寂然无人。可是,当她发

第六章 鼹 鼠

觉听见的不只是自己的脚步声、后悔选择走这条捷径时,已然太迟了。

她听见了一种异样的呼吸,一种粗重的喘息声,心中既害怕又愤怒。这时,她已经察觉到自己的性命面临危险。她并未回头,而是准备奔跑。她身后的脚步立刻以更快的速度紧追。她试着冷静,拿出警校训练的速度奔跑,不惊慌,也不做多余的动作。

像个警察的样子,她想。但她的右手还是伸进了外套口袋,拿出自卫喷雾剂。

但是,这个看似无碍的动作一定影响了她的速度。孙倩倩的右手还没有抽出来,猛地感到脖子一痛,一片薄薄的刀刃划过她的颈动脉。

鲜血喷涌,手足无力,接着头部一晕,身体失去平衡,倒在柏油路面上。

鲜血在继续喷溅,全身剧痛难当。她想放声尖叫,但麻木在身体里同步延展,不仅掩盖了剧痛,叫声也被深深地封在喉咙里。

她眼前一片朦胧,隐约看到了那个袭击者的身影,正是她在超市烟摊边见过的人。她想发挥警察的本能,但眼前瞬即变得一片漆黑。

"我一定要挺住,"她想,"我一定要挺到丁杨赶过来,他会救我的。"

她的手指在柏油路面上抓摸,找寻反击的东西。但她瞬即失去了知觉……

二

"达摩"鬼祟地潜入梅岭防空洞里，关上那条隐秘的门。夜色阴沉，防空洞里的夜色就更加阴沉了，他就完全是一个阴沉的人。"达摩"脱下鞋子，爬上唯一干燥的地方。防空洞年久失修，很多地方已经漏水，这样也好，给他阴冷的心里一份相应的凉意。

一切都结束了。他在床上躺下，瞪着天花板。刚刚发生的事像电影一样在他脑海里不断播放。他紧闭双眼，想驱走那些影像，却是徒劳。

他根本不知道那个被他杀害的女子是谁，给他下达命令的男子也没有跟他见面，只是在电话里指示他怎么走，他就怎么走。他还收到了目标的照片，女子一出门，他就认了出来，然后就是尾随……

他在热闹的超市门口追上了她。那里人来人往，无法下手。这时，她突然转过头，往超市里去，几乎跟他碰了个正着。那一刻，他几乎确定自己受到了怀疑，她一定看见了他藏在袖子里的匕首。他是如此恐惧，以至于无法控制脸部肌肉的抽动。当女子走出超市，他的恐惧已转变成愤怒。

小巷子里发生的事，有些细节他似乎记得，又似乎不记得。他知道发生了什么事，但仿佛有些片段被删除了，只剩下一些碎片，无法拼接起来。

他睁开眼睛，看着天花板上浸出的土渣。拿到钱后，他要找个好的地方租住，防空洞还真不是适合人居住的地方。每天刀口上舔血，对自己一定要好一点。

第六章 鼹 鼠

他努力思考换住地的事，心里却明白自己只是想把其他思绪驱走而已。他已经依照男子的指示，把手机里的卡抽出来毁掉，扔进了垃圾桶里，然后步行到江边，将匕首上的指纹擦干净，将手机和匕首扔进了梅溪江里。等等……好像有个地方不大对劲，漏掉了什么。他下意识地在头上摸了一把，伪装用的绒线帽呢？也一起扔到江里了吗？怎么一点儿印象也没有？他感到一阵惊慌，可恶，帽子会不会掉在现场了？接着他又自我安慰，就算帽子掉在那个女人身旁又怎么样？自己在这个城市里是隐形人，就凭那个帽子，警察能找到自己吗？

接下来，他必须保持镇定，等着看公安有什么反应。给他下命令的那个男子说，他会摆平一切，就跟以前一样。"达摩"不认识那个人。不过，只要"哥哥"相信就成，只要一切平安无事，只要按时拿到钱，他才不在乎他是谁呢！

他终于躺在床上睡着了。防空洞里，白天就是黑夜，黑夜还是黑夜。

丁杨是坐着蒙兰兰的豪华座驾回家的。一路上，蒙兰兰聊起他母亲，认为他母亲一定更喜欢肖可语，甚至喜欢孙倩倩都要比她多一点。丁杨立即解释，孙倩倩跟他只是工作关系，她是江心洲的女朋友。随后，她又聊起丁杨答应她的事情，说过段时间再跟他商量对策，她要丁杨全力帮她，像帮助一个妻子，一个情人。

丁杨感觉很累。前几天一直没休息好，刚才又陪着她四处走动，腿都有些软了。回到家，他便躺到床上，想着干脆睡上一觉。但没睡多会儿，就被震天般的敲门声惊醒了。

他抬头望了望窗外，天空中飘起幽灵似的乌云，下起了黄豆般的暴雨。潮湿的空气中充满了汽车尾气、工业废气以及沙尘被浇灭后草灰一样的气息。

"你怎么回事,手机关闭一整天,全天下人都在找你,知不知道?!"苏南那张臭脸出现在他的面前。

丁杨睡眼惺忪,说:"天塌下来了吗?天塌下来不是有高个子顶着吗?今天是周末,黎局都说了,给大家放一个假,还不让我多睡会儿?"他的回答不太尊重人,但黎政确实说了让他们好好休息,他也确实困了,睡一觉算什么。

苏南的手机响了。他一边接听一边使劲地点头,眼睛一直盯着丁杨。丁杨皱起眉头,不知道电话那头是何许人物。片刻后,苏南用恭敬的声音说:"您请稍等。"接着,他把话筒递给了丁杨,小心翼翼的模样仿佛它是件易碎的宝贝。

"网安支队打来的,是你原来的支队长。"

支队长?丁杨不仅已离开网安支队,还离开了市局。难道真有大麻烦……

他接过手机:"喂,季支,您好。"

"丁杨,你长翅膀了!"手里传来季亚明的声音。

"岂敢,领导。"

"还知道我是你领导!我以为你去了治安升了官就不认得我了。"很明显,季亚明不想把这个玩笑继续下去,而是迅速进入正题:"我们发现一条线索,与你们正在侦办的案子有关,与你的人有关。"支队长特别强调了"你的人"三个字,"但我不能在电话里提到那个人的名字。"

"是我们正在办的命案和假冒伪劣产品案吗?"丁杨问道,"你是指我请的那个人?"丁杨马上意识到"你的人"指的是谁——强超。丁杨本想说强超以前就是支队的线人,那时就应当谨慎一些,但他还是把责任全揽在自己身上。

第六章 鼹鼠

"你明白就好。"

"对不起,季支,是我用人失察。不过,他也为我们做了不少事情。我可以马上把他叫过来。"他可能在家里、在网吧,也可能已不在汉洲,已闻风而逃,可能报复社会,侵入公安侦查网,让所有的侦查工作陷入瘫痪。

"你是捆了他的脚,还是锁了他的手,说这样的大话。"

"他有把柄在我手里,季支。"

"把柄?你以为一个小小盗窃罪可以留住他?他都有胆杀人了你知不知道?就是他在被害人的电脑里植入虚假证据,利用你的信任侵入公安网,修改数据……差点把我们都骗过去了,让我们走了很多弯路……这就是他为我们做事情?"

"我这是放长线钓大鱼。他帮我破解肖继中的电脑时,我就发现他的行为鬼祟,之后我便一直在监视着他,我是有意让他得逞。"

"可梅亚飞死了,这事跟他有没有关系?"

"不可能,领导。他只是一名黑客,我们的对手只是利用他植入虚假证据,这恰恰印证了凶手的狡猾。他是我们抓住凶手的引线。"

丁杨看着苏南关切的神情,把手指放在自己的胸口上。

"现在我们发现他参与了犯罪,你准备怎么办?"季亚明问。

"继续让他游,只是得把线牵紧一些。"丁杨尽量说得含含糊糊。他知道网安支队常常两手抓,一手搞侦查,让对手原形毕露;一手布置刑侦抓捕,刑侦不能不雷厉风行。

"他现在已经严重触犯法律,你知不知道,一旦你手里的线没有牵住,让他脱逃是什么后果?那就是包庇罪,你自己也跑不了!"

"可是,收了他,我们的线索就断了。"

"你就是这么办案的吗?少一个黑客,就没办法了?"

"我想您最清楚办案的程序,领导。"

季亚明沉吟片刻,说:"你知道我相信你,不然我也不会给你打电话。那我就再信你一次,你实话告诉我,这人对破案到底有多大帮助?"

其实,丁杨心里也没底,但他必须让领导对自己有信心:"你知道,我不是个夸海口的人。你瞧,现在凶手自以为嫁祸成功了,我们已经完成了第一步。假如此时收网,那就前功尽弃,抓了他,也不一定能够挖出他背后的指使者。"

"我个人并不认为押了他就能万事大吉。我明白你的计谋,也基本理解你说的每一个步骤,如果依计而行,或许真能起到作用。不过,如果他不止参与了这一件事,不抓他就说不过去。你谨慎点,只是暂时让他进入第二步骤里。"

"好的。"丁杨又小心翼翼加上一句,"我还有一个请求,在宣布结案前,支队的同志可不可以不要去碰他,毕竟他是我的人,我的思路支队的同志不清楚。"

季亚明顿了一下,说:"我背后一个个提醒他们。我知道他们没一个有你神,但从事网侦工作的同志谁都不愿听到这种话。还有,你要注意那位网管办顾问,他手里有很多线索来源,又比较了解这个案子的情况,他会不会知道那个人在你手里?如果让他发现了那个人的问题,肯定对你不利。"

"谢谢领导提醒。"

"听着,假如那小子真的能够帮助你抓到罪犯,那好,近期你尽管牵着他,但时间不能太长,你明白我的意思吗?不用说你也懂的。假如他又去攻击什么网站或者逃跑,那你就死定了。"

丁杨正要解释,房间里传来"嘀嘀"的声音。他说:"还是一直控着他的!"

第六章　鼹　鼠

二十四小时工作的电脑屏幕上积聚了很多文档，苏南点击其中一个，丁杨点点头："这是强超登录过的网站名单，后面有时间和IP，路线一目了然。"

他把一些打印文稿递给苏南。上面大多是些令人费解的文字、计算机符号以及在外行看来毫无意义的数据和文本碎片。但在那些碎片中间，还是能看到一些银行、宾馆、餐馆的名字和使用银行卡、身份证、手机号码的信息。

"还有这些，他下载的软件、查询的信息，阅读的网文、快闪、抖音和新闻。"

苏南不解地问："可是，没有时间和地址顺序，你分得这么细有什么用呢？"。

"看不出顺序？你在开玩笑吗？"丁杨冷笑着说，"细分是为了识别他干什么、怎么干、是不是完成了；地点顺序只是追踪他在哪里，如果他一直在汉洲，没有离开，你要时刻盯着他的具体去向有什么用呢？"

突然，苏南的手机尖叫起来。他接听了一句，便瞪着眼问："你手机还没开？"

丁杨闻言一边慌慌地找手机，一边解释道："这不一直拿着你的手机在打嘛，哪里来得及。"

"天下大乱了！"苏南喊道，"快……快点，我们快点过去……"他狠狠地盯着丁杨，一边两眼无神地到处转悠，一边咬牙切齿地说，"你还愣着干什么，快点……"

丁杨莫名其妙，问："怎么了？看你慌的，发生什么事了？"

苏南说："叫你快点就快点，啰唆什么，快点……"仿佛火烧眉毛似的，他跳脚乱骂，两手四下里摸着腰，掏出手枪，检查了一番弹夹，又塞进枪套里。

"什么事，苏南？"丁杨一边拿起手机开机，一边问，"谁叫我们去哪里？"

"快点！"苏南看起来要疯掉了："黎局……黎局让我们快点去，明白了吗？快点……"

丁杨仍旧不得要领，但他听从了苏南的话，他知道一定有急事发生，不然，苏南不会如此急躁且带着愤怒。天黑得像墨似的，一场春夏之交的暴雨从四面八方向这边赶来。不等手机真正开启，丁杨就冲进了雨里，没有回头。

电话第一次响起时，治安支队长车小宁正坐在自家客厅的棕色沙发上，一边翻着最新出版的《治安管理创新与执法》，一边听副支队长易江枫和行动大队大队长欧阳谦在一旁八卦。昨天，易江枫约他钓鱼，但清早的一阵雷电留住了他。欧阳谦在楼顶养花，乡下一个朋友打电话说，发现一棵造型很好的紫薇树苑，问他要不要看看。他走下楼来，看见易江枫正在敲支队长的家门，便相邀一起坐坐。

欧阳谦最年长，在大队长这个位置已经趴了近二十年——不会侦查，这个位置趴不住；太会侦查，只能趴这个位置——这是他的宿命。

他就要退休了，丁杨一来，他便看中这棵苗子，极力向车小宁推荐。他说，他看人就像看园里的花木，能不能成才，十看九准。但支队长笑话他，看中了，还要留得住。人家最擅长的是网侦，治安只是过渡一下，很快就会被网安抢回去。

那通电话打进来之前，车小宁跟指挥中心和情报中心都联系过，询问有没有发生什么事，或者发现什么线索："闲着也是闲着，发掘一下过去积案的线索，也许能捞条小鱼。"

第六章 鼹鼠

车嫂搁下手边的抹布,转过头面对三个男人。临近晚餐时间,她也没什么好玩的能打发时间,说:"你们聊,我去买点小菜,晚上一起喝一杯。"

"好啊,嫂子,我那里正好有瓶存了二十年的酒,没机会处理呢。"欧阳谦年纪比车嫂大,但叫得很亲热。车嫂温柔阳光、目光明亮,和善地点点头。

"一起吃饭吧,"车小宁说,"喝酒就免了,五条禁令呢!"

"五条禁令也没说周末不能喝啊!难得闲一下,家里小聚,随便喝点,多少随意。"

车小宁不好多说,但决定到时自己不喝,就让两个下属喝点,反正不上班不值班,在家待着也没人知道。

"除了警卫任务越来越重,现在治安管理圈子越来越小,案子越来越少,这般好光景持续下去,局长该裁我们的员了。"

"不是案子少,是我们懂得办理的案子越来越少,"欧阳谦说,"现在什么案子都跟网络、跟电信有关,我们这些老家伙一接手,哑了。"

"是吗?那支队长送我们再去学习学习?"

欧阳谦和易江枫哈哈地笑了,车小宁没有出声。他喜欢易江枫和欧阳谦。在他的印象中,这两个家伙从未拖过后腿。大事、小情,到了他们手里,总能给他一份满意的答案。即便不懂不会,他们也有办法请懂的会的来解决。

"送我们去学习,那是抢年轻人的饭碗。"欧阳谦说,"倩倩这个小姑娘很不错,除了丁杨传帮带,有机会倒是可以送去培训培训。"

"我看也是,听说最近办理那个网络销售假冒伪劣产品案,线上线下,劲头十足。"

"线上主要还是丁杨在做,听说他还请了个黑客协助。不过,孙倩倩性子好、肯钻研,跟着谁都会有长进。"车小宁说。

欧阳谦做了个鬼脸:"便宜了江心洲那小子。"

"如果她跟丁杨……"易江枫两个大拇指凑成一对比了比,"可惜他没有早点来支队,不然我就牵线让他们在一起。"

"就是,反正姓江的那小子我看不上。"

"拜托,老谦,别这样说,江心洲也不错。再说,可语也不错,而且怪可怜的,丁杨跟她在一起,也是好事啊!"车小宁说到这里,叹了一口气。

"肖可语有个儿子,丁杨没有结过婚,受不受得了?"

易江枫神神秘秘地倾身向前,布满血丝的黑色眼睛里闪过一抹光,两个拇指又凑在一起。"你说,他们是不是已经……"

"年轻人,何况肖可语又是过来人……"欧阳谦意味深长地说。

车小宁冷眼看着他们聊年轻人的八卦,没有掺和。

"听说江心洲以前也追求过肖可语,后来又追求那个歌星蒙兰兰。蒙兰兰在汉洲的演出,十场有九场他都会参加。"易江枫突然说。

"我倒不知道这回事。"

"不会吧,老谦,大家都知道你是局里的八卦精。丁杨刚追求肖可语那阵,在一次春游中,还打了江心洲一拳。如果不是分局同事扯住,恐怕会闹出大事情。"

"江枫,我哪有你消息灵通,我又没有到处放眼线。"

"哎呀,你这是笑话我啊!"

车小宁翻了个白眼,然后说:"老小老小,你们还没老,就小孩似的聊这个,难道局里就没有其他最新消息吗?"

欧阳谦正要说话,响起了手机铃声。车小宁似乎松了口气,拿

第六章 鼹 鼠

起手机接听。

"车支,车小宁吗?"手机里便传来急促的声音。

"我是车小宁,请讲。"

"这里是处警大队,我们刚接获报案,赶到现场,有人被杀,可能涉及治安支队的……民警。等等……如果你在汉洲,请赶快来一下。"

车小宁皱起眉头。他听到手里传出嘈杂的声音,又是手机,又是对讲机,都在呱啦呱啦地对话,还有静电干扰的声音、尖叫声和很杂很乱的脚步声。

怎么回事?

车小宁大步走向易江枫,开通扬声器,让大家都听得见手机里传来的新消息。这是十年来头一回,治安民警涉及案件!手机里继续传来对讲机的声音。

"指挥中心,指挥中心,我们已赶到现场,凶手已逃离……请你们按程序报告领导、布点设卡、缉查搜索……对,使用第三频道……南正街转遥岭巷路口……救护车已经过来!噢,我的天哪,竟然发生这种事情!"

车小宁往楼下奔去,后面跟着易江枫和欧阳谦。三人脸色苍白,看起来相当震惊。他们迅速找到警车,系上安全带,按响警笛。黑夜像一块黑色的布一样被撕裂,紧接着又响起了阵阵惊雷,然后下起了凌乱的雨。

"我不明白,"欧阳谦自言自语,"民警涉案?治安民警从来没有出过事情啊!"

"打电话给行动大队,全体集合,迅速赶到南正街口,不论什么事情……"车小宁用力关上车门。他们住在市公安局新建公寓小区,不是孙倩倩的老公寓,离老城区需要半个小时。车小宁很清楚，即使警灯闪烁，全速前进，没有十五分钟不可能赶得过去。

手机再次响起时，他正在通过主街的第一个交通灯路口。副市长兼公安局局长唐学东的声音传来："小宁，小宁，你现在在什么位置？"

"距离现场还有十分钟车程。"车小宁回答，惊险地闪过两辆并排停靠的汽车，还差点和下一辆汽车擦撞。

"小宁，带对讲机了吗？请打开第二频道。"

车小宁看了坐在副驾的易江枫一眼，易江枫正从副驾储物柜里翻出对讲机，接着打开第二频道，唐学东的声音又回来了，声调不再镇定："小宁，你得快点到现场。"

"领导放心，我会尽快抵达现场。有情况立即向您汇报。"

"我在外地参加边界刑侦协作会，已安排分管刑侦的马瑜同志迅速赶回来，并陆续调派其他刑警前往现场。如果真是重大案件……"副市长的声音渐渐变弱，接着，他突然说，"小宁，就由你担任现场指挥。"

"我……"车小宁一脸困惑。在这类案件中，通常梅阳分局局长才是现场指挥，程序就应该是那样。

"小宁，我不确定现场的情况究竟如何，如果真的是涉警命案……市局必须负起责任，而且涉及你治安的民警，你一定要保持镇定。"

车小宁一言未发，他最害怕的事情终于发生了。唐学东的话不容置疑，他的民警出了意外，而且是命案。不论是谁，都是他的羽翼，最疼爱的人……

治安支队不会发生这种事情。易江枫说得没错，这种事不该发生在治安支队。

车小宁小声坚定地回答："好，我会抓好调度指挥。"

第六章 鼹鼠

"辛苦了,小宁,我就知道能信赖你。"

对讲机"咔"的一声断了。车小宁踩住刹车,减速通过一个红灯。幸好左右来车远远看见警灯,都立刻停了下来。对于那些司机脸上关注的表情,车小宁几乎视若无睹。警车笛声在大街上鸣响,除了救护车的声音,市民已很少听见大声号叫的警笛。还有整整五分钟的车程,而现在,车小宁真的很担心,这路程可能太……

治安支队的民警……

"转回第三频道,"他对易江枫说,"通知全支队民警待命。"

"行动大队已在赶往现场的路上……"

"立即与科信支队联系,以唐副市长的名义请图侦和卡点民警迅速到岗到位,我们到达现场、确认犯罪嫌疑人的情况后,执行搜索命令。"

易江枫依照命令行事。

第三频道对讲机里又传来现场民警的声音:"受害人身份已经查明,但凶手跑了……有报告说现场出现过一名头戴黑帽、面蒙黑纱、穿着黑衣的男子,极有可能是附近的熟人作案。没有抢劫,没有强奸,一刀致命,凶手凶残无比,设卡务必小心,务必小心……"

"蒙面男人?"车小宁的声音沙哑,"难道真是报复杀人?到底有怎样的深仇大恨?"

汽车终于进入梅阳大街,车速近一百公里每小时。

车小宁在脑海搜索新闻或内部通报里的袭警案件。他始终无法理解,近十年来,几乎没有出现过如此凶残的报复袭警。

易江枫已用手机传达完指令。现在,他蠕动着嘴唇,似乎在静静地祈祷。车小宁看到易江枫浑浊的眼睛像一个深潭,深潭里是看不到底的忧伤。

265

"我来了,"易江枫喃喃说道,"我们会尽全力抓住那个凶手。"

三

"你拨打的电话暂时无人接听,如需留言,请按1。"

"嗨,倩倩,我是丁杨。对不起,对不起……真的对不起。你打了那么多电话给我,我竟然关机没接着。如果接了你的电话,也许这一切都不会发生,我真该死。你知道,我知道你一定知道。我刚从犯罪现场回来,是他们架着我,将我塞进警车里押回来的。他们把我扔在分局专案组的办公室就走了。你知道的,不然,我也没有时间给你打电话……

"……你躺在小巷子的屋檐下,那么爱干净的女孩,竟然躺在垃圾堆旁边,是一个买菜的老婆婆发现的你。她老远就看到了血,很多的血,地上、墙上,到处都是。你当时一定吓坏了,你一定在奔跑。我们分析,当时你很紧张,很害怕,跑得很快,但凶手比你更快。凶手使用的是刀片或者匕首之类,很锋利的一种凶器。法医推测死亡时间跟发现时间不到一小时,就那么一段小小的时间,刚过了黄昏,怎么小巷子里就没有人呢……

"对不起,该死的人是我,你警告过我的。对了,痕检员在小巷子里发现十几种不同鞋子的脚印,有许多脚印就在你旁边,特别是垃圾堆旁的脚印都被踢散了,大概是为了毁灭证据吧。目前为止,没有目击者出面指认,但车小宁正带人在对附近进行例行调查。附近有很多房子,很多窗户,正好对着那条小巷子,车小宁认为会有人看见些什么,但我觉得,即使有人看到,认出凶手的概率微乎其微,不是光线问题,而是凶手一定有备而来。他一定做好了

第六章 暖鼠

被目击的准备,光天化日,街巷中心作案,他不可能没有防备。

"哦,还有,他们在距离现场几米远的地方发现一顶黑色绒线帽子,不像男性的,上面有血迹。如果血迹是你的,这顶帽子可能就是凶手伪装用的,法医已经把血液样本送去化验了,帽子送到了痕迹鉴定中心,正在采集头发和皮肤微粒。

"我会不断地拨打车小宁的电话,打听有关案情,然后把线索都提供给你。如果你想到什么,就跟我说。虽然他们认为我情绪过于激动,不宜参与办案,但话还是可以说的。他们承诺,随时跟我保持联系,不会让我担心。

"黎政刚才来过了,分局专案组恢复工作。虽然车小宁不让我参与你的案子,但分局这边却给我安排很多事。黎政说,投入工作能让我的生活不至于跌到谷底。这话令我反感,我强烈要求回支队去,但他没有答应。我知道他跟车小宁是一伙的。

"还有,我打了电话给蒙兰兰,质问她为什么要带我去参加那个狗屁聚会,还有意关了我手机,结果她不承认关了我手机,还说她很忙,有空会再回我电话。她语气依然温婉,却用词强硬,我不知道她为什么有这种变化。对了,因为你不在,同事们变得越来越忙乱,焦急。在分局办公楼里,到处激荡着脚步的回声,有的仿佛在窗下,有的却又像在室内,有的来了,有的去了,似乎在眼前,却又响在远处……

"倩倩,你有什么要对我说的吗?能告诉我凶手是谁吗?能原谅我吗……"

风依然是春风,只是已带着夏的气息,挟带起灰沙,使得行色匆匆的路人时不时揉揉眼睛,风渐吹渐强,吹进了分局专案组里。

孙倩倩不在,案子一样得办下去,仿佛一切照旧。

267

网 谍

一切并非都照旧。

丁杨坐在机房里，脚搁在桌子上，看着窗外的晚霞。树叶太过繁茂，看不见树枝，跳舞的老太太们穿红着绿，占据了整个广场。路口的红绿灯好像不够用，小汽车不时地闯过黄灯。所有的细节让这座城市笼罩在一层假象之下，仿佛一切再正常不过。

孙倩倩已移至殡仪馆冰藏起来，但他往窗外看去，却看不到一丝改变。

门口传来敲门声。丁杨并未答话，门还是打开了。进来的是大队长胡志远。

"我知道你在里面。"

丁杨终于看到一只狗窜出灌木丛，在绿油油的草地上游荡，鼻子在地上嗅闻，尾巴翘得老高。它是在寻找春天，还是追踪夏天？至少它发现了改变。

"怎么回事？"胡志远问，"打你电话一直占线。"

丁杨抬起头，眼里布满血丝。"一双耳朵确实不够用。治安支队那边一直在联系，我怕雨水冲掉了案件的痕迹。而且，我忙着跟孙倩倩打电话，给她的手机留言。我让电信公司那边收集整理这个星期她给我和我给她的留言，录成一盘录音带。那些留言很珍贵。很悲惨，对不对？或许并没有那么痛。唯一痛恨自己的是她最后打给我的那些电话，我竟然关机，她想告诉我一些什么呢……"

胡志远叹了口气："丁杨，我们大家都会永远记住孙倩倩。我知道她最后给你打了很多的电话，我相信你的判断，孙倩倩很可能发现了杀害肖继中和梅亚飞的凶手，所以她才会遇害。市局在抓紧侦查，我们也在努力，没有人懈怠，但破案不是几分几秒的事情，没破案不代表我们不记得她。不让你参与外勤调查，不等于不让你办案，你有你的岗位，我们希望你坚守好自己的岗位。"

丁杨黯然点头："我懂。"

"我过来是想告诉你,康馨集团跟我们联系,他们预备召开募集股份筹备会,需要公安参与,黎局建议派你过去。我也不明白他为什么做出这样的决定,但我服从,也希望你服从。有些事没有为什么,但一定有价值,你懂吗?"

丁杨摇摇头。

"这是领导的决定。"

丁杨还是摇头。"有句格言说：如果你对世界微笑,世界也会对你微笑。好长时间以来,孙倩倩一直这样做,而且让我也对此信以为真。但是,那只是心理学家的偏见,他们发现一个人微笑时,脸部肌肉会触发脑部的化学反应,让你对周围世界产生更多正面的态度,让你对自己的存在感到更满足。但是,外部的反应不以个人的意志为转移。"丁杨抬起头,望着胡志远说道,"你说,我说得对不对?"

"对。"

"大队长,你还有什么事情吗？如果就是那件事,我答复你,我去。"

"市局给帽子上采集到的皮肤微粒做了DNA化验,只能确定帽子主人的血型,经初步排查,有九个人可能出现在现场,但这九个人都没有作案可能。"

"那就是说,还没有找到嫌疑人？"

机房陷入寂静,只听得见胡志远走动时鞋底发出的细微"嚓嚓"声。

"另外,市局排除了江心洲是凶手的可能性。"胡志远说,"他没有作案时间,也比对了他的DNA。"

"所以说,市局那摊人还在原地打圈?"

269

"可以这样说。"

丁杨转头望向窗外。两只斑鸠从银杏树上振翅飞起，朝南方的保险大厦飞去。"那顶帽子呢？可能是用来误导我们的。"他说完，停顿了片刻，然后仿佛自言自语，"是啊，凶手在现场没有留下任何线索，还有意毁掉自己的脚印，他怎么会愚蠢到在距离被害人几米的地方扔下帽子？这说不通啊！"

"也许吧，但是帽子上的血迹是孙倩倩的。"

那只在草地上嗅闻的狗又往灌木丛钻去，丁杨的目光被吸引过去。狗在灌木丛左侧停下脚步，鼻子贴着地面，犹疑不定，站了一会儿，又朝右边走去，离开了丁杨的视线。

"我们还在追查帽子的来源，"胡志远说，"凶手所持刀刃锋利，作案手法老练，结合前科犯罪特征，我们在清查过去未破案件中的同类犯罪，争取扩大串并范围……"

丁杨好像走神了，目光一直停留在窗外。

"丁杨？"

"胡队，我们会不会走了弯路？我是说，我们总是把目光盯着汉洲。"

胡志远突然停下脚步，认真地看着丁杨："我也常常在想这个问题。我们总是把假冒伪劣产品跟康馨集团联系在一起，为什么不可能是外地公司，特别是沿海某些地方呢？那边的模仿能力及网络技术，可比汉洲高明得多。"

"包括凶手，对不对？"

"当然。"

"特别是南都，只有肖可语一个人，而且一直没有联系，她会怎么样呢？"

"黎局在直接指挥。"胡志远语气笃定地说。

第六章 鼹 鼠

"可是，如果让孙倩倩过去配合她，一定好些，互相有个照应。或者，至少应该让我们知道情况，对不对？现在，孙倩倩不在了，肖可语生死未卜，我们只能干着急，似乎一切都搞乱了，你明白我的意思吗？"

胡志远走到窗前，站在丁杨身旁。

"时间会给你答案的。"他说。

"……"丁杨漠然地张了张嘴。

远处响起一阵惊雷，广场上的老年舞群突然散了。

丁杨转过头，缓缓地说："胡队，你还记得去年的诈骗案吗？"

怎么会不记得呢？胡志远直瞪瞪地看着丁杨，那是他职业生涯中最重要，也是最新奇的一起案件：一个叫达一路的犯罪嫌疑人利用黑客技术盗取信息，炮制虚假外汇交易平台，通过网上网下两条线，对普通投资者实施诈骗。并派出杀手"达摩"杀害多名醒悟被骗、想要报警的受害人。在这起案件中，达一路还构筑了一个巨大的陷阱，让警方误以为丁杨是主要犯罪嫌疑人，丁杨险些身陷囹圄……

"你想到什么吗？"

"黑客达一路，"丁杨说，"记得吗？枪战之后，现场有三具尸体，因为没有DNA可以对比，无法认定其中有没有他。"

"你是说他还活着，这一系列案件可能还是他干的？"胡志远难以置信。

"不是他干的，也一定跟他有关。自从破解那个所谓的'FZ进行时'的非法网站，我就闻到了他的气味。"

胡志远愕然地看了丁杨一眼，迅速转身离去。

丁杨坐回椅子上，双脚又搁在电脑桌上，双手枕在脑后，骗自己说，我正在思索孙倩倩被害的问题。其实他的思绪不知飘忽在哪里。窗外次第亮起路灯，树影幢幢，湿漉漉的柏油路面和穿梭的车辆都留不住他的目光，脑海里一会儿是南都拥挤的街道，一会儿是郊外会所聚会的情形。肖可语、蒙兰兰，以及他与她们手牵手地走着，不知孰幻孰真。

丁杨记得肖可语不在的这几天，孙倩倩对他与蒙兰兰交往颇有异议，但他坚持自己的做法，与蒙兰兰来往越来越勤，甚至发展到关机一起参加聚会。他相信，孙倩倩至死都不理解他为什么那样做。她再也听不到他的解释了。

胡志远让他参与康馨集团的募股筹备会，丁杨不知道该干什么，但没关系，反正离不开治安保卫。同时，他手里还有一张牌，那就是蒙兰兰。她要找他帮忙，就会不断地提供消息，那他一定能从她的嘴里找到有关破案的信息。

蒙兰兰说过，要请他共进晚餐，作为没时间跟他通电话的补偿，让他等着她回电。这已经过了两个多小时，但她一直没回电。他也不想催问。

手机响起，是车小宁打来的。很奇怪，他不参与办案，但专案组长专门向他通报信息。"全国有二十多起使用刀片、匕首割人脖子或其他重要部位的犯罪案件，发现十几起跟本案有类似情形，其中有五起是蒙面人作案，凶手为年轻男性，而且都是没有破案的。"

丁杨问："凶手有没有懂网络的，或者跟电信犯罪有关，比如监听电话或盗打电话之类？"。

"不清楚，"车小宁说，"案子未破，信息量很小。不过，你说的这个特征值得重视……"

丁杨打断他的话："我觉得，凶手之所以准确地找到孙倩倩，一定监听了她的手机。所以，串并案件要看有没有涉及网络电信犯罪？"

第六章　鼹　鼠

"跟踪呢？我是说，他可能一直跟着她，直到她落单，才动手。"

"如果是这样，那江心洲就有重大嫌疑。"

"别提他了，我们查过他跟孙倩倩分手后的所有行程，一分一秒都有视频依据。而且，案发后，他一直守在专案组里。"

丁杨说："江心洲很精明，让他时刻待在专案组会干扰办案的。"

话筒传来嘈杂的声音，似乎一下子涌进了很多人。"有情况再打给你。"车小宁说。

"好的，别怪我多嘴。"丁杨醒悟到，自己跟支队长的对话似乎倒了一头，他好像在指导办案似的。也只有车小宁能容忍他，如果是别的领导不批他个狗血淋头才怪呢。

"不，你的话对我很有启发性。"

挂了电话，丁杨凝视着窗外，保险大厦的上空又有云层开始聚集。

四

丁杨敲门进了黎政的办公室。

"状态怎么样，调整过来了吗？"黎政问道。

丁杨恍然想起孙倩倩花一般的笑容，脸胀得像一个喝饱了水的萝卜，沉着嗓音说："胡大队长找我谈过了，我知道自己的责任。"

黎政挤出一丝微笑，缓缓地说："那好，放宽心，生活还在继续。刚才，康馨集团的副总裁封翎又给我打电话，说公司要举办一系列活动，安保力量不够，请我们支援。这是一个机会，我希望你

273

明白我的意思。"

"具体任务？"

"具体执勤工作有派出所民警做，你只是领队，负责协调、联系，以及跟公司上层打交道。具体怎么做，你自己灵活掌握，但希望事后能给我一个惊喜。还有一件事，我跟你通个气，希望你有心理准备。"

丁杨有一种不祥的预感。

"肖可语已经一天一夜失去联系，丁杨。我派了得力人员过去，并请求当地警方全力支援。你要保持镇定，不能随便跟她联系，以防走漏风声。情况越来越严峻，这表明你的任务也更艰巨。你要相信，你不是一个人单打独斗，配合工作有我替你安排，请你一定不要一意孤行。"

"失联？"丁杨惊叫一声，简直无法相信自己的耳朵，"怎么现在才想起派人过去？黎局。我虽然不明白你在干什么，但即使像我这样一个菜鸟都知道，肖可语一个人出外勤不符合办案规定。"

黎政挥了挥手，打断他，"此事是我大意了，我已向市局党委做了检讨，当时警力紧张，派她去取邮件，因为有当地警方配合，也不算违规，谁知……你目前的工作安排是市党委的决定，你只要做好自己的事情，我会为肖可语的安全负责，请你相信我。"

丁杨知道再着急也没有用，只有尽力控制住自己的情绪："我会做好自己的工作。派出所民警归我调度？"

黎政摇摇头："另外还有一名副所长带队，你这个组长是挂名的。你的工作由我一个人调度，向我一个人汇报。"

"可我的网侦工作呢？还有强超那根线……"

"都是你要抓紧的主业。"

说到这里，丁杨终于放了点儿心。黎政并没有让他离开网侦岗

第六章 鼹鼠

位,只是给了他一个更方便接近康馨集团的机会,这本来就是他需要的。不过,这里面有种奇怪的气味,他大老远就闻得出来,但又不确定那是什么。

黎政伸出一只手,说:"封翎会主动跟你联系。"

丁杨觉得握手颇为奇怪,黎政也察觉到了,表情突然有些不自然。但他手已伸出,五指分散,无助地悬在空中。丁杨迅速地握了握他的手,化解了尴尬的场面。

从局长办公室出来,机要秘书大声喊住他,说胡志远拿来一袋材料,让转交给他。那是一个很大的档案袋,打开一看,正是去年侦办的达一路团伙诈骗案案卷。他一边浏览着,一边往专案组的办公室走去。猛然,丁杨停下脚步,档案袋里的两份材料引起了他的注意……

本来,这起案件的每一个细节,他都很熟悉,里面的证据应该不至于让他感到惊讶,但这次不一样。就像他在警体培训中学习拆卸那把九五式手枪,最后考试的那一回,拆卸、清理、再次组装完成后,听见了一个声音,一种十分顺畅的咔嚓声,他明白,他能够得到满分,每个部件都嵌合到了正确的位置。

回到办公室,他立刻给车小宁打电话,通过加密视频发去那两份材料的照片。车小宁记下了他的问题,答应一有发现就尽快回电。

从专业来说,把所有看似不相干的线索拼凑起来是一线刑警的工作,并非他的专长。他一定是福至心灵。半个小时后,车小宁打电话来,说:"凶手留在现场的脚印比较凌乱,但技术员还是提取了几枚勉强能够辨认的,应该是四十三码的登山靴。当时,他们没有分辨出是什么牌子,跟你发来的照片一比对,什么都清楚了。那

275

是一种 M 国出产的登山靴，限量版，非常昂贵，只有专业人员或者富二代才会买它，国内进口量很小。前年，我参加世界飞人攀缘辣椒峰活动的安全保卫工作时，看到攀缘者穿着这种靴。"

"找到商品照片了吗？"

"有五张，两张是在网上下载的，两张是上海某鞋业公司发送过来的，一张是户外驴友发来的实穿照片。"

"帽子呢？"

"真是奇了，简直一模一样。"车小宁说，"黑色绒线帽，产自缅甸，一家国人投资的小厂，转内销，边境一带很常见。"

"您确定？"

车小宁十分确定，但丁杨却不像刚才那么激动了。凶手懂得把垃圾堆旁的脚印踩乱，说明他已经意识到靴子会留下证据，为什么又扔下了帽子呢？是大意吗？还是过于自信？丁杨突然对自己的感觉产生了怀疑。这种怀疑源于去年侦办的那起网络诈骗杀人案，他曾经几次信心满满地确认凶手，结果却不幸证明是误判。这次也一样吗？

车小宁说："汉洲及附近城市能穿这种登山靴的人并不多，而证据表明，两次出现的登山靴新旧程度几乎差不多……"

丁杨立刻明白了："车支，非常感谢您。您的话印证了我内心的怀疑，我跟您有一样的坚信。不过，还是要在现场仔细走访一下，看有没有人记得，附近谁穿过、戴过那两样东西。"

车小宁清了清喉咙："丁杨，该我谢谢你才对。告诉你一个好消息，你提供的这两张照片引起了市局的高度重视，唐副市长签署了命令，展开全市缉查，同时上报省厅，请求全国通缉。还有，刚才我们也向市委宣传部和江心洲通报了目前的调查进展，包括这两件证据。江心洲说他见过这个人，愿意跟警察一起搜捕。"

第六章 鼹 鼠

听到江心洲这个名字,丁杨已经完全冷静下来,含含糊糊地应付几句,就挂了电话。他转头朝窗外看去,街道上高峰时段的人流车潮已慢慢散去,呈现出夜晚的样子。一对年轻情侣大约是晚饭后出来散步,手牵着手,走在人行道上,女孩的脸上漾着幸福的光晕。他看着他们慢慢走过,最后离开自己的视线。

丁杨感觉自己的心跳已差不多恢复正常。蒙兰兰,他几乎已经把她抛到脑后,但这时她如同夜风般袭来。他想,该不该拨打蒙兰兰的手机呢?却又立刻否定了。

月亮神奇地钻出云层,一丝不挂地亮出奶白的光,落入眼里,丁杨突然感到一阵刺痛,像受了强光的刺激。他紧紧地闭上眼,那是一道闸啊,不能随便流出泪水。作为警察,破闸而出的,只能是真相。他一动不动,接着抓起夹克,朝电梯跑去。

五

以封翎目前的身份,蒙兰兰跟别的男人约会,甚至独自出去过夜,他根本管不着。但他真的很有天分,在蒙兰兰面前,显得十分在意,转身却又对丁杨笑容可掬。他是来干涉他们见面的,但他走进会客室咖啡座,出现在他们面前时,却表现得自然得体、云淡风轻,丝毫不像是竭力控制自己保持冷静的样子。丁杨甚至有点儿佩服他,这么精致的一副面具,他是怎么修炼出来的呢?

"丁队长,"他招呼道,"很高兴看见你,你能抽几分钟跟我聊聊吗?"

"可是兰兰约我来的,我得跟她在一起。"丁杨不想示弱。

"我……等会儿还有一场演出。"蒙兰兰的声音好像有点儿发抖。

丁杨看了她一秒钟，点点头："那你先去吧，早点儿化妆准备一下。"

蒙兰兰没有看他们，就起身离开了。

看着蒙兰兰的背影飘出会客室，丁杨尽量用平静的语气问："你有什么事？"

封翎十分随意地坐到对面，唇边溢出一丝微笑。过了一会儿，他说："我有个想法，丁杨。你我完全应该成为朋友。"

丁杨也对着他笑笑："哦，封总，难道现在我们不是朋友吗？"

"不是，至少不够友善。如果是朋友的话，我想我可以给你一个友好的忠告，但是你看，现在我们这么冷冰冰的……"

"你看我是个需要忠告的人吗？"

封翎耸耸肩："越是需要忠告的人往往都以为自己不需要。我感觉我们之所以如此，是因为第一次见面，我没有给你好印象。其实，我们可以从头再来。"

这话够诚恳，丁杨决定给他一个机会，看看他到底想干什么："那好，我洗耳恭听。"

"我知道你以前跟蒙兰兰好过，但既然已经跟她分手，而她已经明确跟我是男女朋友关系，你就该约束约束自己。丁老弟，你觉得我说得对不对？"

如果封翎想说的仅仅是这些，丁杨觉得自己是在浪费时间。但他不想说什么辩白的话，他得陪封翎玩一会："请原谅，我好像没听懂你的意思，你们俩还没有结婚吧？"

封翎也真是静水流深。他笑了笑，一点儿都不介意："我不是要跟你争论，但是你好像并不认可我与兰兰的关系？"

"恐怕我的回答不会让你觉得有面子。"

第六章 鼹鼠

封翎大度地挥了挥手,说:"没问题。"

"问题是,封老兄,兰兰是一个很单纯的女孩,虽然经历过苦难,但葆有一颗金子般的心。而你似乎正好相反,你读了很多书,国内国外地读,自以为很有素养,很优越,却不知道自己在别人眼里是什么。不过,这只是你的个人问题,我并不想评论。"

封翎靠着椅背,眼睛半睁半闭地听着,唇边的微笑若隐若现。他说:"你迷失了,老弟。你的话几乎是一出悲剧。我一直在想办法了解你,我由衷地认为,你可以成为一个出色的警察。所以,我不能看着你被蒙兰兰拉下水。"

"这话怎么讲?"

"长话短说吧,几首歌的时间很紧。你很有才华,也很有抱负。但你因为家庭原因,走了很多弯路。后来走了好运,却又没有好好珍惜。"

此时,丁杨默默发了个誓愿:如果他提到父亲的名字,就揍扁他装满洋文的脑袋。

但封翎并未闭嘴,声音平静得像门口走过的一阵风:"二十年前,你父亲也算汉洲富豪,几起几落,就因为没有处理好圈子里的关系。后来,终于好了起来,依仗政府关系,称雄一方,可莫名地被人所害。你少年时,过了几年好日子,本来有着光明的前途。可失怙的悲哀,让一切都打了水漂。我想,你父亲的事已经毁了你一次,难道你还要重蹈覆辙吗?"

丁杨完全清楚,如果他打断封翎的腿,他这警察就别想干了,即使逃过牢狱之灾,也苦于几辈子都赔不起。所以,虽然封翎的话让他觉得值得那么干,但他还是忍住了。

"你觉得自己很了不起吗,封老兄?"

封翎笑笑,说:"不,不,我只是想跟你成为朋友。"

丁杨平静了一下心情,决定刺激一下封翎:"我承认对你一无所知,但我知道,你想拥有的女人并不喜欢你。所以,你说什么都是白搭。你的心思我知道,她也知道,我想她的那个养父也一定知道。你想在一个星期之后,变得无比地富有,只可惜……"

"你说的一切都不是真的。"

"真不真,日后见分晓。"

封翎似乎感到好笑,那又薄又直的嘴唇,眼眶上又细又直的皱纹,都暗含讥讽地微微弯曲起来,使那副原本温和的脸上露出狰狞。

"只有愚蠢的人,才相信时间会证明一切。而聪明的人,相信时间会创造一切。"

"谚语是正确的,但因人而异。"丁杨身子向前倾了倾,"还有一句话是这么说,你怎么对待时间,时间会怎么对待你。如果你不择手段,黑着心想得到一切,那一切终究不会属于你。你心里亮堂着呢,对不对?"

封翎不动声色的目光死死地盯着丁杨。"只有一个人会这么说。"他说,"你跟他谈过,对不对?这很有趣。"

"没有人跟我说过。"

"江心洲是一个不错的人。他跟你一样学习网络技术,只是没有你那么出色,但他比你会混,能够获取更多的喜欢和信任。但这种人跟人相处久了,很难保持自尊。他喜欢你所喜欢的所有女人,你知不知道?但我不是他那样的人。"封翎停了一会儿,脸上仍挂着微笑,目光在丁杨身上溜了一圈,"你有你的优点,丁杨。他争不过我,也争不过你。"

"不要把我跟你相比。"

封翎耸耸肩:"好吧,丁杨,你不喜欢我,认为我是个势利小

第六章 鼹鼠

人。好,我再说一次,我不会恳求你相信我,但我会慢慢地赢得你的信任。"

"这样做,显得你很有心计。"

"等着。"封翎顿了一下,直视着丁杨的眼睛,似乎很随意地问,"兰兰有没有将蒙临轩的事情告诉你?"

听到这话,丁杨的世界仿佛开始倾斜。这是一个天大的秘密,蒙兰兰再三叮嘱无论如何要守住的秘密。封翎提到这个名字时那么随意,就好像是在谈论天气。

"谁是蒙临轩?"他轻声说。

"兰兰的儿子,丁杨。你别说你不知道,我知道,蒙礼勤也知道。"

"我不明白你在说什么?"丁杨决定将谎话坚持到底。

"丁杨,她对你说了谎。"

"她什么都没跟我说,哪有什么谎言。"

"她一定跟你说过蒙临轩是蒙礼勤的儿子。"封翎说,"我从你的表情里看得出来。告诉你,蒙临轩是她跟人淫乱的恶果。不久的将来,你就会明白,我说的才是真的。"

丁杨闭上眼睛。封翎的话他都不敢去想。他那么信任她,决定不惜一切帮她。如果这一切都是为了一个利用他的人,将会改变他对这个世界的看法。

封翎静耐心地等着丁杨。"你知不知道兰兰有过犯罪记录?"

"不知道,她犯了什么罪?"

"还不止一件,"封翎说,"蒙临轩是一个很不幸的孩子。"

"跟你说话很费劲,你太会转换话题了。"

"是的,丁杨。只是我想从谎言说起,谎言里包括她不幸的孩子和犯罪事实。"

"哦，那先说说谎言，"丁杨问，"她为什么要编谎言呢？假如蒙礼勤知道兰兰侮蔑他，散布他的谣言，为什么不阻止她，还纵容她找人帮她寻找儿子？"

"因为他不想让她伤心，不想毁了她的事业，身败名裂。"封翎说，"这样，她受到纵容，反而得寸进尺，利用她出色的操纵男人的本领找人帮她。"他顿了一会儿说，"她肯定跟你说孩子是她被蒙礼勤迷奸后留下的。"

丁杨不置可否。

"她一定说孩子出生后就被蒙礼勤抱走了。"

"是的。"丁杨忍不住表示肯定。

"这是她最常用的伎俩。"他苦笑道，"如果你知道这个，感觉会好点，那我告诉你，你不是第一个受骗的。你是……第五个，我想，也就是说江心洲是第四个。"

丁杨瞪大了眼睛："江心洲？"

"我告诉你，蒙兰兰的一切都瞒不过我。每一件事情。"前一天在会所聚会的一幕迅速掠过丁杨的脑海。

"没关系，"封翎好像看穿了丁杨的心事，"她真是光彩照人，对不对？她一开口，你就觉得她是一个女神，那么美丽，美得令人透不过气来。但这一切只是错觉。我以为你四年前就看穿了她的一切，没想到现在又深陷其中。"

封翎停顿了一会儿，接着说："蒙兰兰是个神经错乱的女孩。蒙临轩出生后，她不愿承担做母亲的责任，大家都不觉得奇怪。"

丁杨觉得他的心在一点点下坠，他只想知道究竟："发生了什么事？"

"说的只是一个意外。婴儿差点淹死，而兰兰当时正在另一间房里和男朋友做那事。"

丁杨没有出声。

"大约她之前正在给儿子洗澡,男朋友来了,她就丢下孩子去跟男朋友打招呼。但见到男朋友便忘了儿子,一起进了另一间卧室里。直至一个邻居听到婴儿哭声,担心孩子没人照料,报了警。警察及时赶到才救了小孩。"

封翎做了一个鬼脸,接着说:"警察在浴室里找到了蒙临轩。他倒在水盆里,嘴距离水只有几寸远,只要他的脑袋滑离盆沿就淹死了。不错,是蒙礼勤送走了她孩子。这是唯一对孩子负责的做法。他生意忙,也无法顾及一个婴儿。"

"蒙临轩现在在哪儿?"丁杨问。

"这跟你没关系。蒙礼勤让孩子得到了很好的照顾,你知道这个就够了。"封翎叹了一口气,"蒙兰兰每隔一段时间就会感到后悔。她想要找到儿子,向他解释所有事情。过了这么多年,她想做母亲了。这可以理解,我想。但现在蒙临轩在一个很好的地方,受到很好的教育,他们见面不会有什么好处。"

整个世界都颠倒了,丁杨竭力想理清楚头绪。他自以为单纯可爱的女人原来在无情地利用他,而他所谓的敌人却将埋藏最深的秘密告诉他。

突然,丁杨脑子里闪过一个念头,"江心洲是个很有心机的人,按你的说法,他也在打蒙兰兰的主意,他会不会利用蒙兰兰的事做文章。"

"他要想栽第二次跟头,那是他的事,我管不着。"封翎说。

"你的意思是,因为你了解他,所以你不动声色?"

"因为他只是个可怜虫,用点儿钱就可以打发掉。还有几天康馨集团就要上市了,如果这个时候康馨集团的总裁或副总裁,或者跟总裁关系密切的人的名字出现在媒体负面新闻上,可不是什么好事情。"

"那么，公司上市之后呢？"

"一个新股上市，必须有一段时间的稳定期，稳定最重要。上市后，我们处于舆论的风口浪尖，我可不想对着采访话筒，向媒体解释两个男人争风吃醋的丢人事。"

"你们买通了他？"丁杨问。

"不是买通，江心洲本来就是蒙总裁的亲戚。"封翎把身子靠在椅背上，仿佛刚刚放松下来。"所以，我需要跟你谈谈。"

突然，丁杨明白了封翎干预他跟蒙兰兰见面是为了什么，告诉他蒙兰兰儿子的事也是同一目的。封翎不是个吃醋的人，他不会为此浪费他宝贵的时间。他是来与丁杨做交易的。"我才是你要解决的麻烦，对吗？"丁杨说。

封翎没有正面回答："康馨集团是汉洲的龙头企业，康馨上市是汉洲的政府工程，上百亿人民币的股票都靠着康馨集团有一个正面形象。虽然康馨本身是那个假冒伪劣产品案的受害者，但股民不会这么想，股票市值缩水才是他们最关心的。"

"这并不是我的问题。"

"其实，我们最支持你把这个案子办下去，这是维护我们的利益。但在上市的关键时期，假如你能稍微放慢脚步，让公司安全避险，我们会更好地配合你。"

"我只是想知道答案。"

封翎掏出一张名片放在丁杨面前："明天上午到康馨集团总部来，把名片交给门卫。"

丁杨吃惊地扬起了眉毛："去干什么？"

"黎局没告诉你吗？蒙总裁想见见你。"

"真的吗？"

第六章 暖鼠

"我们都知道你心存怀疑,最近发生太多的事,康馨集团是受害者,而你帮着做了很多工作,我们也心知肚明。为了让你知道最近发生的事情与康馨没有一点关系,为了让你更加了解康馨,了解蒙兰兰,蒙总裁想亲自见见你,谈谈这些问题。本来,我以为,我跟你聊透这一切就行,但他坚持亲自向你解释。当然,如果是我,也不能容忍一个养女到处说自己的坏话,还把好心当作驴肝肺。"

封翎站起身,接着说:"他觉得,如果你听了他的话,一定会在蒙兰兰的事情上理智些。"

"你的意思是,他想让我离她远一点?"

"目前是敏感时期,而她又是变化无常的脾性。如果她崩溃了,谁也不是赢家。"封翎转身朝门口看了看,"演出快结束了,你还跟我一起过去吗?"

丁杨摇摇头,坐着没动。

封翎以最绅士的姿势向丁杨点头致意的时候,他那微笑的脸上有一种诡秘的表情,使他接下来说出的话含有高深莫测的意味。"我本来不想背后讲人坏话,但既然我们聊得很开心,我想提醒一句,江心洲并不像他表面看起来那样诚恳,你要小心。"

"我记住了。"

丁杨独自坐在会客室里。他本来没有烟瘾,但此时,烟就像一个情人似的向他招手。他觉得自己可笑又愚蠢,这种感觉像火一样炙烤着他,先是自责,接着是疼痛。

他被封翎狠狠地踢痛了屁股。最让他难以忍受的,是与蒙兰兰的关系,他四年前就以为自己看穿了她,最近以办案的名义接近她,其实不过是为她的美丽、优雅和才华所倾倒。

现实点说,她那么有名,那么高贵,对丁杨这样的小警察来说，应该可望而不可即。但她却那么好接近，那么主动、亲昵，不是因为他与她般配，不是因为他可爱，而是因为他是一个可利用的角色。

南都高铁北站驶来一辆出租车，戴着金丝眼镜的乘客透过车窗，扫视着空空荡荡的停车场。他看见肖可语和一个十八九岁的女孩儿坐在停车场边缘的台阶上，两人在低声交谈。

他知道，来对了，来得正是时候。

女孩从她口袋里掏出一件什么东西，递给了肖可语。肖可语把它举在半空，在灯光下仔细端详了一番。接着，她把那东西戴在她自己的脖子里。毫无疑问，那就是项链了。接着，肖可语从口袋里拿出一叠纸币，付给了淡黄头发的女孩。她们又说了几分钟话，然后女孩抱了抱肖可语，起身整整衣裙，挥手告别离去。

终于等到了，金丝眼镜心想。一切都到了该结束的时候。

六

蒙兰兰柔婉的歌声突然响起。"达摩"低声咒骂着拿起新手机，这是那个给他下达命令的人刚刚送给他的："狗日的，怎么调的这个铃声？"

他调整了一下手机音量，划开接听键。

"立即离开防空洞。"电话那头说，"我给你找了家宾馆，很安全，也很安静，包你满意。地址发在手机信息里。"

"现在吗？""哥哥"给他的指示是对那个人绝对服从，因此他像个听话的小学生。床头外的洞穴仍在滴水，股股阴冷潮湿的气息

第六章 鼹鼠

不时袭向他的头顶。终于可以离开这个鬼地方了,希望不仅改善居住条件,还能拿到这次额外任务的佣金。

他看了看表,距离完成任务才几个小时,街上一定拥满了清查的刑警。他口袋里连吃顿晚饭的钱都没有。真是可恨!那个人答应"任务完成马上付账",结果只送了台手机却没留下半分现金。他又不能使用电子支付。否则的话,他的银行卡里倒是有大把大把的钱,那是"哥哥"给他的酬金。

他有些不理解"哥哥"的做法,给他大笔钱,名义上是他的,却不准他使用,账户还实施双控。他当然明白使用银行卡、身份证的危险性,但有钱不用,太折磨人了。

"达摩"任务完成得很好,没有人可以否认这个事实,但是他还能怎样?事后小心起见,那人禁止他跟"哥哥"联系,说是怕他说漏了嘴,引起"哥哥"担心。去他妈的!说漏了咋的,给那个人手机留言,又不是他一个人的错,主要是那人自己把私密手机乱扔造成的。

夜色降临,山顶的风发出尖锐声响。"达摩"钻出防空洞,把简单的行李提在手里,快步绕向另一个方向。洞口附近的几条小道都是店铺,老板都是见过他的,而且正是人流车潮的高峰期,直接走下去一定会被人看到,或者被人听到他的脚步声。

他穿过几丛荆棘,前面是一座废弃的小庙,里面已没有香火,更无人迹,穿过去,就有一条小巷。他决定从那里走,既不会留下痕迹,又方便搭车。

他已经厌倦了这样的生活,老实说,他也讨厌"哥哥"和那些兄弟。他想,做完这一单,拿到钱,就回去找"哥哥",把所有的钱都取出来,换个地方,换个身份,找份工作,或者做个小本生意,踏踏实实地过日子。整天打打杀杀,他早就腻了。

网 谍

根据信息的指引,他来到一家旅游民宿。不起眼,但很舒适,房间很豪华。宽大的单人床,柔软舒适的被褥,二十四小时空调、热水,洋溢着芳香的气息。

"达摩"的视线从床铺移到墙面,墙壁上有当地的风景照片、蒙兰兰乐队的演唱会海报、印有民宿标志的镜框。他觉得自己摇身一变,成了一个休闲的旅游者,这还是他头一次有这种感觉。二十七年的生命,除了父母双在的童年,那时的喜乐已不太记得了,青少年的日子都是在颠簸流离中过来的。

他闭上双眼,任由自己重重地倒在床上,又轻轻地弹起来……

"咚咚、咚……"两短一长的敲门声,这是约定的暗号。

"谁?"他警觉地爬起来,走近房门。

门外响起蒙兰兰柔婉的歌声……

"敲门声与音乐就是暗号。难道是他来这里找我?"

进门才几分钟,他已交代服务员不要打扰,除了给他下指示的那人,没有人知道他住在这里。尽管已经猜到是谁,他还是警惕地凑近窥视孔,看到门外站着一个和他年纪差不多的年轻男子。他有些犹豫。

"嘘,'达摩',是我。"

他认出了对方的声音,打开房门。来人迅速侧身挤进门,并立即在身后关上。"我说过要来看你的。"那人仔细打量着房间,"这个地方还真不赖。"

"你是从正门进来的?"

"我自有办法躲过所有监控。"男子举起一副"壁虎爬"手套在"达摩"面前晃了晃,手套上还粘有外墙的粉黄色油漆。

"你来干吗?""达摩"明知故问。

"你说呢?"男子露出微笑,"今天是算总账的日子。"

第六章 鼹 鼠

"达摩"不知道自己是该惊喜还是该惊魂。男子不准他向"哥哥"汇报,但男子自己一定向"哥哥"说了他犯错的事情。他看着男子放下夹克的竖领,取下墨镜,突然觉得男子一点不像指使他杀人的人——飘逸的头发、温暖的眼神、细腻润泽的白皙脸庞,非常帅气。只有黑色短夹克里露出结实的手臂和胸肌,显示他是一个有力量的人。

男子依然微笑着,从夹克内袋里抽出一个信封,里面是一叠粉红色的钞票。现在"达摩"最需要的就是钱,有钱,一切都好办。

但男人将信封挑了个剑花指向"达摩",仿佛那信封就是一把锋利的短剑,仿佛要以这个优雅温和的姿势用这把剑刺穿"达摩"的身体。"我说过,该给你的好处,一分也不会少,不过呢……"他说着,从信封里抽出一叠厚厚的红色钞票和几张折叠的 A4 纸。

"这是什么?""达摩"指着 A4 纸问。

"这是你去年杀人时留在现场的脚印和血液 DNA,以及昨天黄昏在现场留下的脚印。有了这些东西,刑警很快就会找到你,还有你扔在现场的帽子,可以化验出 DNA。"

"帽子?""达摩"惊恐地看着男子,"那我该怎么办?"

"你想不想听我说一下接下来的情形?"

"达摩"点了点头。

"袭警案是公安机关列为首要侦办的案件,不管花多长时间,一定要抓到凶手。'当被害者是我们自己人的时候,必须不择手段寻找线索。'这是侦查手册里没有写到,而每一个警察都会这么做的事情。所以,今天下午的案件一出,全市的警察全都出动,不达目的他们绝不会放弃,直到他们……"

男子说着,指向"达摩":"逮到你为止。一切都是迟早的事,所以……"

"达摩"吞了口唾液。他试着去思考，但事情太多太复杂，他的头脑卡住了。"怎么办？"，他心想。

　　"让我来分析分析几种可能的情形。一呢，命案发生后，我本来可以开枪当场把你击毙，但这么一来，警察就会知道你有一个想消灭证据的同伙，于是就会继续展开追查，这对我不利；二呢，我可以慢慢地把你推出去，放些线索给警察，方便他们侦破这起命案，然后，想个办法在警察逮捕你的时候，让人将你击毙，布置得像是拒捕似的。但这样也不好，这又会多出一个知情人。"

　　说到这里，他顿了顿，大笑起来。

　　"别害怕，'达摩'。这两种都是已经被我排除的做法。我认为最可行的是坐在一旁看着，掌握办案进度，然后告诉你如何应对，教你如何逃跑……对了，追查到你的是去年杀害达一路父亲的那个人。"

　　"你……也是警察？"

　　"不，不是。"男子摇摇头，"我不是警察，我跟你一样，是一个跟警察作战的人。要战胜警察，就必须离警察很近……我跟你说这么多，你知道代表什么吗？"

　　"达摩"觉得口干舌燥，万分恐惧。他想面前的这个人一定是来杀他的，他暗暗地考虑，如果动起手来，该如何占住先机，一招制敌。

　　"这表示你不能再待在汉洲了，明白吗？"男人接着说。

　　"你是说，把这些钱给我，让我跑路……""达摩"声音嘶哑，观察着男子的神情。但是，想从对方脸上看出什么名堂来，简直比从宾馆墙壁里抠出美女还难。

　　男子把手伸进夹克里，抽出一把手枪。"还有这个。"他说，"这是一支警用左轮手枪，枪口装消音器，刚从黑市买来的，制造

第六章 鼹鼠

序号已经锉平，枪价从你的报酬里扣除了。"

男子掏出一根黑管套在枪口上，转过来。"达摩"吓了一跳，盯着枪口，如果男子动手，自己只有挨枪子的份，根本没有还手之机。但男子把枪口转向了对面的书桌，没有伤他的意思。

"感受一下，"男子把枪柄转过来，往"达摩"手里递："准星完美，平衡性十分好，只需轻轻提住，扣转自如。你要明白，不论是谁，只要他妨碍我们的生活，不管是什么样的生活，都要毫不留情地开枪。"

"达摩"极不情愿地抬起头，伸出手来接枪柄。他感觉到T恤下的肌肤沁出汗水，却又遍体冰凉。接过枪怎么办？是毫不留情地打死男子，还是……他睁大双眼。

他像演示慢动作似的，去抓枪柄。但男子的动作却十分快捷，手枪在他拇指间突然打了旋转，浑圆黑亮的枪口猛地顶住他的下巴。

"噗！"

枪口喷出红色焰火。"达摩"感到头部震动了一下。子弹钻入他的下颌，从后脑穿出，斜斜地射入天花板，留在水泥预置板里。

男子将左轮手枪放在"达摩"的右手里，没有一秒钟耽搁，从容离去。

专案会议室里弥漫着紧张的气氛，车小宁正在向在座的局领导和专案人员通报案情。

"据查，肖继中是达一路的舅舅。去年梅阳诈骗杀人案破获后，达一路并未流窜外地，而是隐藏在肖继中家里。因为走投无路，他盯上了李致的医疗保健器械技术，发现康馨集团的产品畅销，便利用窃取的技术生产假冒伪劣保健器械。"

"此人反侦察能力强。作案手法凶残、利落，不留痕迹；行踪诡秘，独来独往，善于躲避视频监控系统。而且精通网络技术，追踪定位准确迅速，作案快，让公安难以追查。他生活简单，适应能力强。我想丁杨说得对。为什么梅阳分局一直局限于针对汉洲调查，因为达一路作案没有留下任何痕迹，又掌控着虚拟空间，有意将案情跟汉洲发生的某些事情勾连在一起，使之产生千丝万缕的联系。"

唐学东翻着案卷，转脸看着车小宁，将临到嘴边的一句话给收了回去。

"当然，达一路不是十全十美的。肖继中发现了他留在家里的网络痕迹，所以他不得不杀害肖继中。本来是想造成老人心脏病突发的假象，但他没想到老人会逃跑，会挣扎，虽然刻意想给警方一团雾水，却让法医鉴定出了药剂。在杀害梅亚飞时，他有意引诱对方进入一个封闭空间，杀人后拿走死者的钥匙，想留给警方另一个谜团，并将侦查方向往康馨集团身上引，但他忽略了自杀药水的剂量问题。"车小宁接着说。

"假冒伪劣产品案情部分也是如此。他把汉洲当作产品的主要销售地，同时，掌握了蒙兰兰的志愿服务协会信息，将销售电话主要往服务对象打，他掌握着电子变声模拟技术，模仿女声不是问题。反正志愿者与老人之间已经建立起依赖性感情，就算电话销售显得可疑，老人们也不会怀疑是诈骗。"

欧阳谦提出质疑："如果老人接到电话，不买呢？虽说电话销售是广撒网，但买卖就不会那么干净利落了。还有，志愿者都是小女孩，老人逼问的话，她们会很害怕，早晚会自我辩护，同样会失败。达一路花这么大的成本诈骗，还不如抢劫来得轻松呢。"

"不，"车小宁摇摇头，"达一路做任何事情绝对是经过精确计

第六章 鼹鼠

算的。毕竟，他这么做，利润很可观，还有一种可能是炫耀自己的聪明。"

易江枫静默不语。

"丁杨说，达一路几年前就认识他，去年还有意跟他斗智来着……"欧阳谦说，"你说，达一路把产品销往汉洲，是不是想引起丁杨的注意？"

"没错。"

"如果他想报复丁杨……应该更直接才对！"

"我们在高智商、针对警察的犯罪中发现一个很重要的因素，那就是打击伤害他的身边人。高智商者都有很强的自我意识，渴望自己的身份被世人认同。达一路希望丁杨有一天会爆发，希望拿起报纸，能读到丁杨办了冤假错案，希望证明现在的警察已经无力对付高智商犯罪。然后，他躲在一边哈哈大笑。"

易江枫问："难道这起案件还有如此不一般的动机？那他为什么要杀孙倩倩呢？光天化日，划破颈动脉，看起来不像是临时起意杀人。"

"不，她不是临时起意的受害者，只是有一个临时的契机。之前，丁杨汇报说孙倩倩给他打了很多电话，这说明孙倩倩发现了什么，逼得凶手对她下手。"

易江枫说："这个说法有道理。"

"还有，肖可语还在南都，"车小宁说，"目前最危险的是她。达一路知道丁杨跟肖可语的关系，他一定在南都有同伙，他们是用网络和飞客联络的，一定找得到肖可语……"

警用对讲机突然响了起来，在一线指挥侦查的黎政传来消息：视频监控和附近居民反映，疑似达一路的嫌犯潜藏在梅岭防空洞里……

七

夜色深重,月亮忽隐忽现。所有民警都全副武装,包围了梅岭防空洞所在区域。黎政在对讲机里不断提醒胡志远:"目标涉嫌杀害一名警察,所有行动人员注意安全!如果目标拒捕,可以当场击毙!"

梅岭一带十分荒芜,周边全是棚户区。车小宁也带着行动队赶了过来,在上岭的石阶路下,遇见了围成一圈的巡逻车。"这就像参加一场集训。"欧阳谦喃喃自语。

黎政是现场总指挥。他介绍道:"嫌犯年纪不到三十岁,板寸头,身高一米七五至一米八零,精干壮实。他穿牛仔裤、夹克外套,适合携带武器。饭馆老板说他看起来像个长途车司机,或者业务员,安安静静,不抽烟,希望这些信息能有帮助。"

"他是什么时候回到防空洞的?"车小宁问。

"应该是杀人后便回了。据反映,这人来这里有一段时间,开始有人以为他只是上山游玩,看到几次后,才明白他可能住在附近。平时,除了在饭馆吃饭、上超市买些东西,从不闲逛。今晚大约七点时,派出所民警拿着他的模拟画像访问到这里,打听到这个人的消息。接着,我派出刑警入户调查,并配合视频监控,核实有人藏在防空洞里,可能就是嫌疑人。"

"怎么能确定就是他呢?"

黎政的视线扫过欧阳谦:"附近没有人见过他长什么样子,即使丁杨也不知道,案卷里没有他的照片,但我们结合种种证据,联系起来考虑,就是这个人。"

第六章 鼹 鼠

车小宁神色沉着，双眼散发光芒。一名他们毫无所知的嫌犯……

他打开指挥车的门，像个准备上场的拳击手。欧阳谦注视着他，从他精干的身影看到了自信从容的神情。他说："实施无缝包围，暂时不要直接插进去，防备他狗急跳墙。"

易江枫将指令传达下去。

车小宁继续跟黎政讨论嫌疑对象。体格壮硕的年轻人藏匿防空洞有好几种可能性，流浪者、逃犯、无家可归者，还有迷失在虚拟空间的网迷。达一路非常聪明，应该不缺钱，但谁知道呢？不缺钱也不一定住豪华宾馆，梅岭防空洞倒适合隐身。

"我们得快点把这事弄清楚。"车小宁说，黎政点了点头。

十几名分局年轻刑警拿出武器，完成上膛动作。对方是个凶残熟练的杀手，但他们在抓捕杀手方面经验丰富，现在正是他们发挥才能的时候。

胡志远整队宣布抓捕的标准程序。分局民警已经把梅岭围得水泄不通，一只蚊子飞过，都会反馈准确信息。他们都穿着防弹背心，是直插防空洞的尖刀。最重要的是，要快、精、准、突袭进去，让达一路没有时间反应，迅速制伏，尽量不使用武器，留住活口。

车小宁仍不放心，他领导的治安行动大队都是精挑细选的特警，每一个都不比分局刑警差，希望配合突击。黎政同意车小宁的提议，将治安支队和分局的民警一起整合成突击队，组成四个分队，悄然地往防空洞摸去。

四面都是风，月下的夜色里，通往岭腰洞口的路吞吃着民警的脚步并不断往前生长着，每个人只能靠肉眼辨识前方的状况。春末的芬芳空气中，飞舞着数不清的蚊虫，好似引路的复仇精灵。特警们端起微冲,枪口对着前方。这是突击队形的常规预防措施,不论嫌犯从哪里出现,都会受到致命攻击。

四小队呈战斗队形包围防空洞。

"我先带一个人潜进去,摸摸情况,"胡志远说,"四小队阶梯前进,互相接应,嫌疑人现身,就实施包抄,利用火力压制,不信他不缴械。"

车小宁说:"还是让欧阳去。"他看着欧阳谦,他的衬衫已被汗水浸湿了,正警惕地伏在草丛里,像一匹老狼。

"我来好了。"胡志远说,"欧阳是我师父,而且没有人比我更熟悉这个防空洞。"

"我出生在这个地方,从小就在洞里玩耍,只有我进去合适……"欧阳谦说。但胡志远打断了他:"师父,你别争。"

胡志远提起微冲,对着欧阳谦拱了一下手,很江湖地消失在夜色里,像是被漫长的黑夜给吸了进去。车小宁望着胡志远消失在视野深处,深色的双眼冷静沉着,挥手让特警提高警惕。唐学东的指示是活捉,如果他顽抗,即便不把他的头轰烂,先要给他双腿一梭子。

苏南紧贴在胡志远身后。一步、两步、三步,进入洞口后,他们停下脚步,深呼吸,身子贴在洞壁。先让眼睛适应黑暗……洞里寂然无声。

你别以为改变了杀人手法,我就不知道肖继中和梅亚飞是你杀的。胡志远想着,往更深处走了几步。

依然悄无声息。

接下来,他的动作非常缓慢,转过两个破损的弯道,与苏南围住了那个干燥通风、设施完善的洞穴。穴口有门,他捏住门把。

车小宁带着分队逐渐跟进,欧阳谦快速挡在前面,但胡志远已

第六章 鼹鼠

经扭开把手,并顺势倒地,滚进了洞穴里。"警察!警察!警察……"

洞里无人。嫌疑对象难道是盘丝大仙,就像水蒸气一样蒸发掉了?

特警们打开手电,对洞穴实施全面搜查。床头上面的洞壁上刻着一个"下"字。车小宁仔细揣摩,后来他想明白了:那不是"下",而是一个未写完的"正",代表着凶残的嫌疑对象已杀害三人,包括孙倩倩。

洞壁上还有一行歪歪扭扭的文字:"掠杀,只为复仇。"

康馨集团总部坐落在长江南岸,云麓峰西侧的雁麓大道。

从大道旁的巍峨大门进去,丁杨递上蒙礼勤的名片,便被引领着往主楼方向驶进。与其说是参观一家公司,不如说进入了一个军事禁区。院内道路分设多道关卡,机械路障和阻车器都是智能装置,路旁树木茂密,但树木之间,时不时地挂着一个摄像头,记录着人车的全部行程。摄像头都是高清球机,全方位、无死角,带着高清的人脸识别技术。

往前行驶两百米,拐过一个缓缓的弯道进入主楼:一座三十层的半弧形建筑,全幅式钢窗茶色玻璃,旁边有两座六层的碉堡式建筑。丁杨将车停在地下停车场里,封翎已在那里等着。"你好,丁警官,"他说,"请跟我来。"

两人乘电梯上了十八楼。电梯间的门带自动人脸识别,不用伸手,门就自动打开,前面仍是一道玻璃门。在他们等待的时候,身后的门轻轻关上。丁杨感觉被困在了两道门之间,隐形的保安系统记录下他的每一个动作。封翎揭开旁边一个小盒,将手掌伸进去,玻璃门轻轻地发出"嘀"的一声,往两边打开。

网谍

丁杨不得不再次停下脚步，眼前的景象完全出乎他的意料。这是在户外吗？刚才分明进入了主楼，还上了十八层电梯；这是夜晚吗？他分明清晨才驾车出门。

丁杨感到自己站在一处广阔空间的边缘，头顶繁星闪烁，一轮纤细的月牙正从一簇桂树后面慢慢升起。在蛙鸣声中，一阵暖风拂过，空气中弥漫着油菜花的芬芳，还有股刚刚翻过的泥土的味道。

"丁警官，"封翎搀着他的胳膊往里走，"蒙总正在开会，我们先在这休息一会。"

里面还有一些贵宾，但恐怕跟丁杨一样不明就里。他跟封翎一起走到草坪上，然后找了个地方，拿块毛毯铺上。草地修剪得整整齐齐，面积应该有一个足球场大小，微风吹过，草木沙沙作响。星空幽幽，挂着纤细的月牙，飘着白云。

过了好几分钟，丁杨才明白，这完全是个假象，是康馨集团斥巨资建立的一个高度逼真的体验区，为的就是给客户制造震撼的视觉效果，进而宣传集团的科技养生理念。

坐了一会，封翎接了个电话，提醒丁杨，蒙礼勤要见他。两人再次搭乘电梯，进入一个宽敞的中庭。精心修剪的热带植物展开枝叶，拥抱透过茶色玻璃射进来的阳光。一个褐色头发的漂亮女子站在离门几米的地方。

女子领着丁杨来到一个小小的会客区。深色的护墙板，豪华的椅子，装饰简约却显高档，与刚才的高科技殿堂风格完全不同。墙上整齐地挂着一排排金属匾额，社区服务奖状和蒙礼勤与各界知名人士的合影，还有镶在镜框里的来自上级单位、名流人物的致谢信。

接着，一个态度认真和善的中年妇女过来招呼："您喝点什么，丁警官？"

第六章 鼹 鼠

丁杨摇摇头。"如果没有别的事，您可以进去了。"她按了一个身份识别装置，丁杨右边门上的锁"咔嗒"一声打开。她推开门，做了一个请的手势，让他进去。

如果说，蒙礼勤的会客区是彰显其社会地位的地方，他的办公室则完全相反，这是丁杨见过的最原始质朴、最未加布置的两百平方米左右的空间。房间里除了几乎一面墙的书柜，一套办公桌椅，一张长沙发，中心位置几乎空无一物，空荡荡的更加放大了宽敞的感觉。

显然，蒙礼勤心目中的豪华就是完全没有阻隔的空间，没有任何物件来妨碍他的思考。房间位于大楼的中心位置，南北两面都是外墙，是茶色玻璃幕墙。透过玻璃照射进来的光线给房间镀上了一层深沉忧郁的金色。其余两面则贴着浅蓝的隐形墙纸，各挂着两幅正方形的抽象派绘画。

靠书柜的办公桌不是常见的大板桌，而是银亮的合金桌，三根细细的、闪亮的金属腿，银色桌面上空无一物。座椅同样是银色金属骨架，黑色真皮座靠垫。桌前没有第二把椅子。显然，要么访客站着汇报，要么蒙礼勤与访客一道坐在长沙发上促膝交谈。

这是真正别致特异的办公室。

丁杨进去时，蒙礼勤站在西面玻璃幕墙下，双手叉腰，两眼平视，望着室外茂密的树林。好一会儿，他终于转过身来，谨慎而焦虑地看着丁杨。两人谁都没说话。

他的五官像尺子量出来似的匀称，方方正正的脸，稍显单薄的、坚毅的嘴唇。但是，他并不给人一种咄咄逼人的感觉。相反，他身上好像散发出一种疲惫、忧郁的气息，经过岁月的焠炼，成熟睿智的形象像一圈光环萦绕着他。他神情举止低调，一点都看不出再过几天公司就要上市，他的事业将迎来最辉煌时刻的样子。

网 谍

　　他终于开口说话，声音低沉，丝毫没有热情，也没有恼怒或愤恨，仿佛在陈述一个最普通的事实。"丁警官，这么多年过去，你为什么还要缠着兰兰不放手？"

　　房间空旷而安静，丁杨有些不愿用自己的声音去打破它的静谧。"这跟你无关。"他轻声回答，却十分坚定。

　　蒙礼勤对这种冒犯的回答出乎意料地平淡，轻轻打了一个手势，转换了话题。"请到这边来。"丁杨踩着一尘不染的浅灰色地毯，走到离他两米的地方。他挥着手指着窗外："怎么样，是不是很美？"

　　窗外的树林沐浴在梦幻般的金色阳光里。"那是大自然的恩泽。"丁杨话里有话地答道。

　　两人并排站着，几乎与云麓峰葱茏的树林平行。

　　"我不是一个纯粹的商人，丁警官。我搞研究出身，国外的学术刊物都称我科学家，我很喜欢像你这样懂技术的年轻人。"蒙礼勤看向窗外，眺望远方的云麓峰，"你知道吗？我真希望时光能够倒转，像你一样年轻，回到专注于研究的美好过去。"

　　"你的研究，就是为了实现这个梦想吗？"

　　"你指的是康馨集团？"他转过身来看着丁杨，"我年轻时热衷研究，纯粹的研究，为的是让父母长生。"蒙礼勤微笑起来。"那是一个很美很美的想法，对不对，丁警官？"

　　"嗯。"

　　他点点头："但我一直没有突破，就像古时研制长生不老药似的，撰写的论文似是而非。后来，我降阶以求，长生不行，养生保健总可以。生命是一种有机体，如果给她适宜的阳光、雨露和养分，生命是可以延续的。这才是对一个生命科学家真正有意义的课题。"

第六章 鼹 鼠

他顿了一会儿,目光越过丁杨,仿佛陷入了回忆。

"但是,这个时候,父母过世,资金链断了,我几乎陷入绝望之中,没有政府经费支持,经商成了我生存和延续研究的唯一希望。在这困难时期,我夫人捡拾到一个弃婴,取名兰兰。我一心扑在生意和研究上,夫人省吃俭用,抚养兰兰成长。现在,我的生意做大,研究成果变成了产品,公司蒸蒸日上,兰兰事业有成。但是,你也知道,商场如战场,战场永远不缺别有用心、手段卑劣的对手,这就是出现各种谣言的原因。"

他停了下来,陷入沉思。

"进来后随处可见的监控或许让你有些紧张,我很抱歉。"过了一会,蒙礼勤继续说,"监控并非针对哪一个人,在这个地方出现的每一个人都存入了数据库。"

他忧郁地望着丁杨:"你有好东西,总有人想施尽手段窃取,包括你的亲人。"接着是一阵难堪的沉默,仿佛黑洞吞噬般的沉默。

丁杨刚要开口说话,蒙礼勤摇摇手,阻止了他。"四年前,你跟她在一起,我很高兴。"他说,"时过境迁……不过,不论她做什么,我一点办法都没有。"

"据我所知,她似乎并没有对你做什么。"

蒙礼勤露出倦态的、似乎有点谅解的微笑。他走到办公桌前,按了一下桌面。他的手指下面出现了亮光,玻璃墙却渐渐暗了下来,仿佛拉上了窗帘,房间像一只巨大的蛋壳,他们站在充满蛋黄的空间里。

蒙礼勤触了一下桌面的另一处,身后的墙壁突然有了生命似的活动起来,露出一幅三四平方米的巨大等离子屏幕,显示出巨大的化学分子式结构图。

"这就是我一生的工作,丁警官。"蒙礼勤说。他盯着屏幕,像着了魔似的:"很漂亮,对不对?"他又按了一个按钮,生命细胞开始自我复制,不停地分裂又聚合,直到开成一个双螺旋结构。蒙礼勤看得入了迷:"我对女人没兴趣,丁警官。"

"你这是为兰兰的说法辟谣吗?"

"算是吧!我是一个科学家,我专注于研究和创造。你可以去打听打听,十个科学家,九个性冷淡。"他指着屏幕,"这种分子式不是在游戏中就能完成的,它不像哲学,或者艺术,当然也有人把科学说成是哲学或者艺术,那只是一种内在联系,但科学的进步无异于使用镐头钻探石山,其艰苦程度非艺术创造可比。"

屏幕的画面仍在裂变,那是生命的一种进化与完善。

"我把自然界的一切都放在我身边,我要对它无所不知。"他说,"但我考虑更多的是个体的生命,而不是后代的延续,所以我很遗憾。还有,我因为研究生命,发现了一个世人普遍忽视的真理,或者说,这是我从科学里发现的哲学。"

丁杨疑惑地看着屏幕,思索着蒙礼勤所说的话。

"只相信自然世界的存在,一个没有选择的世界。没有真正的智慧,没有道德。"

"是社会文明,让世界是非分明。"

蒙礼勤笑了笑:"多浪漫的观点。好人与坏人,英雄赢得美人归。"他说:"我也希望这样,如果它存在的话。不过,它们不存在。所谓文明只是一类神学,这世上根本就没有什么道德,丁警官。"

"你的观点很可怕。"

"算是吧!如果你跟我谈道德,那你是否为四年前对兰兰始乱终弃而感到内疚,是否为看到我家财过亿、兰兰事业有成又跟她纠缠在一起,而感到羞愧?如果谈道德,我是不是更有理由嫌弃你呢?"

"所谓始乱终弃和纠缠,只是你一厢情愿的想象而已。"

蒙礼勤责备地看了丁杨一眼,但没有立即作出回应。

过了一会,他说:"所以,所有的道德只是人们为自己的行为寻找的借口。"

"我问心无愧。"

"心是一种自然生成。这说明你也只是一个自然人。"

丁杨沉思了片刻。"当然,"他说,"每一个人都是自然人。只是有些人不太自然,身上隐藏着很多的秘密,把自己化身成一个很大的谜、一个躲在幕后的人。我想,封翎就是你推向前台表演的人,他看似野心勃勃,却并不明白你的谜底。"

蒙礼勤脸上闪过一丝微笑:"我说过,你很聪明。"

"我并不期望弄清楚你是怎样一个人。你潜心研究,只为父母长命百岁,却陷入困境;你将研究成果推向社会,让老年人幸福、颐养天年,却遭到小人算计,引起无数负面新闻。也许你真的是这样一个固执的科学家,不理会人情世故。这样的话,你要如何误解我?我对你没有反感,我为与你女儿的事跟你说对不起。"

丁杨望了蒙礼勤一眼。"但是,你也可能是一个不择手段的混蛋,所谓研究成果只是剽窃的,公司生产量能并不大,却把大量偷工减料的伪劣产品推向社会,只为赚取巨额利润,获取上市的机会。如果真是这样,我也不会感到吃惊。"

"谢谢你的真话大冒险。丁警官,你放心,我是你说的第一种情形。"

"但愿吧。"丁杨说,"那也请你相信,我跟你女儿什么事都没有。"

蒙礼勤认真地看了丁杨一阵,说:"咱们一言为定。"

"我想提醒一句,要小心江心洲。"

蒙礼勤若有所思地点点头:"我想说,目前我最不能容忍的是有人到处散布小道消息。你明白吗?丁警官!特别是关于我、我的公司。"

"这我可无能为力。"

"你行的,你代表正义的力量。"

"如果你真的认为我那么有力,我想问你几个问题。"

"只要我知道答案,你可以问我任何问题。我向你保证,我不会撒谎。但作为交换条件,你一定要给我需要的东西……时间不能太长,我还有一个会。"

"好,你要什么东西?"

"帮助。一是帮我劝说兰兰,不要再造谣与我作对,只要劝劝就行;二是关于江心洲,他在网管办,那是帮我封杀负面舆情的地方,不靠他,就得你帮我消除网上乱七八糟的消息。"

"这两件事都可以考虑。"

蒙礼勤点点头,轻声说:"好,你可以开始了。"

"江心洲一直在为你做事吗?"

"是的。"

这句话不算,几乎是人尽皆知的事。"除了帮着封杀负面舆情,他还做些什么呢?"

"他原是我公司的技术主管,当然还要为公司做一些技术上的活。"

"身兼两职?"这倒是一个新信息。

"为了这次谈话的目的,告诉你一件事没关系。他本来可以有封翎的地位,但因为冒犯兰兰,差点被我赶了出去。封翎回来了,他们又不和,我才把他推荐给宣传部,让他任顾问。这是朋友之间的谈话,你没必要把他的丑事说出去。"

丁杨点点头,问:"他是怎么冒犯兰兰的?"

蒙礼勤迟疑了一会,说:"你也没必要问得太细,总之有冒犯行为。"

"为什么不报警抓他?"

"他实在是个人才,送进监狱太浪费。另一方面,他真心悔改,兰兰不想把事情宣扬出去,于是保留了他的工作和职位。同时,我跟他谈过一次话,感觉他也不是真正的坏人,不是想毁了兰兰,只是出于爱慕。"

"于是,你给了他一个更好的岗位?"

"是的。我握有他的把柄,他更要听命于我。当然,我是讲尺度的人,没有限制他的自由,更不想吓着他,只是让他小心对待。"蒙礼勤眼中露出恍惚的神色,"他这个人看起来帅气,也有天才级的智商,但有性格缺陷。"

他停了一会儿:"当然,现在,他进步很快,社会生活锻炼人。但我对他的使用也淡漠了些,仅限于他的职业范围。"

"公司的事有封翎?"

蒙礼勤淡淡地笑了一下:"封翎只是个自以为是的年轻人。"

"你就不怕他毁了兰兰?"

蒙礼勤点点头:"封翎与江心洲不同。江心洲着迷的只是兰兰,他没有霸占我财产那么大的胃口,而他又有网络技术方面的才能,我需要他发挥这方面的才能。"蒙礼勤看着丁杨,"封翎是个留学生,太有才华了,不用可惜,毁掉更可惜,但他胃口很大。于是,我就做了一件符合逻辑的决定,将他变成家庭的一员。"

"蒙兰兰呢?她服从你的决定?"

"兰兰你不用担心。为了大家的事业更好发展,她会同意的,何况封翎那么优秀。"

丁杨不禁皱了一下眉头，说："你这是利用自己的女儿做交易啊！"

"也没有说硬让他们结婚，只是放任他们恋爱而已。对于兰兰来说，封翎很优秀，做她的经纪人干得很好，日久生情嘛，这是个不错的选择。"

"你与云端医疗技术研究所破产有没有关系？"

"我不知道你具体指什么？"

"李致破产是你造成的吗？你在其中起了什么作用？"

"不是。我算是一个袖手旁观的同行吧。"

"你的答案太模糊了。"

蒙礼勤笑了起来："好吧，丁警官。我曾经资金链断裂，几乎陷入绝境，如果不是侥幸做生意赚了一桶金，我也将永无翻身之日。对他来说，无非是后一种结局。当然，他的研究到底距成功有多远，我并不知道，也不想知道。"

"这么说，你根本不清楚他在研究什么？"

"我说过，他是同行。"

"那么，市场上出现大量假冒伪劣产品，还有负面消息，你有没有怀疑过跟他的研究成果有关呢？"

蒙礼勤耸耸肩："怀疑过，说实话，还让江心洲调查过他的情况，但没找到证据。不过，我们一直在调查此事，如果你知道线索，我们可以一起调查，互通有无。只是，目前我想请你帮一个忙，不要纠结这件事，我怕再生负面消息。"

"打击正是为了更好地维护你们的利益。"丁杨说，"怎么会出负面消息？"

蒙礼勤不动声色："你不明白，丁警官。福兮祸所伏，调查是

第六章 鼹鼠

把双刃剑。"

"我不懂。"

"同行相嫉、仇富是当前创立事业者面临的两大灾难。"他双眼喷出怒火,这是他第一次流露强烈的情绪。"你知道吗?当年我缺资金,就是因为同行挤压,让我的研究无法进行下去。前两年,也有人认为我应该为李致的破产负责,可确实跟我毫无关系。现在,事情的真相是,有人假冒我的产品,有人销售假冒伪劣产品,但还有人别有用心地想嫁祸到我头上,恶意中伤,试图阻止我上市。"

他的话充满了激愤,丁杨不想接着说下去,但注意到他不断地看时间,知道剩下的时间不多了,于是改变话题:"你知道最近的三起命案都跟假冒医疗器械有关吗?"

"你绝对不能这么说!"

"为什么?难道你认为无关?"

"我不仅认为命案跟医疗器械无关,而且认定你的说法是别有用心者刻意对我的栽赃打击,这也是我今天请你来的原因之一。我已经跟黎局长说好了,在命案里不提我的公司。丁杨,我也想拜托你,在案卷和汇报里回避一下。请你相信,我会很高兴交你这个朋友,也会将我们之间的合作永远持续下去。"

"那怎么提呢?"

"我不知道。但你们一定有办法的。我得去开会了。"两人在沉默中四目相对,空间这么大,寂静像太空一样令人心悸。"答应我,好不好?丁警官!渡过这一难关,我会全力协助你们,把一切查个水落石出。"

丁杨站在那儿,一动不动地看着蒙礼勤,好像在观察他心里是不是有什么鬼。过了一会,他说:"我可不可以再问一个问题?"

蒙礼勤唇间露出一丝微笑:"这表示你同意了,对吗?丁警官!

说吧，别让我的属下等得太久了。"

丁杨不置可否："兰兰生的孩子，是你的吗？"

一阵很不自然的沉默，蒙礼勤脸上渐渐失去了血色，本来不动声色的冷静被打破，变成了焦虑和几乎失控的恐惧。他竭力使自己保持镇静，但没有成功。缓了好一会，蒙礼勤从嗓子眼里挤出一句嘶哑得几乎听不清的话："封翎这么说的？"

"不，你不觉得自己的话有漏洞吗？"

蒙礼勤手指僵硬地摁了一个按钮，丁杨身后的门悄然向两边滑开："再见，丁警官，希望你信守承诺。"

第七章
合　璧

一

此刻，那条项链就挂在肖可语的脖子上，细细的链子是白金的，吊坠呈心形，背面刻着一些怪模怪样的英文字母，第一个字母看起来像 M，又仿佛是数字 5，但连起来读，却完全不符合英文单词的拼写规则，也许是某种缩写？但不论如何，这是肖继中被害的关键证据。她费尽周折，现在，终于拿到它了。

空荡荡的停车场第二出口竟然有一座投币电话亭。肖可语虽然脸上仍有强烈的灼烧感，眼前一片模糊，但她精神陡然一振，拔腿飞奔过去，对着电话亭露出笑容。一切都结束了，真正的结束，她马上就可以坐高铁回家了。

肖可语走进电话亭，拨打黎政的手机。但不论怎么等待，手机里始终传出电信小姐的声音："你拨打的电话无人接听，请稍候再拨。"

她只好放下话筒，决定过几分钟再试。

胡椒粉的灼烧感在慢慢减弱，肖可语努力不去感受它。她知道不能揉搓眼睛，越揉只会越糟，她以顽强的意志忍耐着。她迫不及待地又拨了一次黎政的手机，电话仍然无人接听。肖可语已经等不及了,她的眼睛如火烧一般,她得用水把胡椒粉冲掉。

先让领导等着吧!两眼模糊的肖可语朝指示牌显示的厕所方向走去。

转角果然就有厕所,厕所就会有水。肖可语似乎听到里面有动静,更加小心,侧着身,以防备的姿势敲了敲门:"有人吗?"

里面寂静无声。

可能是阿阮,她想。阿阮说过要把胳膊上的文身擦干净。

"阿阮?"她叫道。她又敲了敲门。没有回应。肖可语轻轻地走进去。这是带两个公共洗手池的厕所,左边标着女性,右边标着男性。"有人吗?"她边走边喊。里面没有回应,似乎空无一人。她环顾四周,向洗手池走去。

水管是感应的,两手一伸,便溅出一股清水,凉凉爽爽。肖可语俯下身,泼着一把一把的水洗涤眼睛,顿时感到自己的毛孔开始收缩,疼痛感消退,笼罩在眼前的那片雾霭也慢慢地消散了。她盯着镜中的自己,模样儿就像哭了好几天。

她用衣袖把脸擦干,身后一个东西在镜中的映像引起了她的注意。她转过身,是阿阮的小背包,从女厕所的隔间下面露出来。

"阿阮?"她叫道。没人应答。"阿阮?"

肖可语走过去,用力敲隔间的侧面,没人应答。她轻轻地推了一下,门"砰"的一声开了。

肖可语吓得差点叫起来,但还是忍住了。阿阮蹲在便位上,眼睛向上翻着。她脖子以下全是血,仍有大量血液汩汩地从右颈割开的动脉里流出来。

天哪!肖可语的惊愕化作警惕性恐惧,这真是一场噩梦。她转身便往后退。

"你是肖可语女士吧?"一个几乎算不上是人的声音在她身后沙

第七章 合 璧

哑地说。

肖可语侧身退到门口，愣在那里，望着一个男人从男厕走出来。令人奇怪的是，此人看起来没有明显的威胁动作，却有一种她熟悉的血腥东西。

"我是'达摩'，你应该还有印象。"那个怪异的声音似乎是从这人的肚子里发出来的。"达摩"掏出手枪，对准肖可语："把项链交给我。"

仿佛受到潜意识求生本能的暗示，肖可语身上每一块肌肉突然绷紧。就在枪响的同时，她飞身跃起，转过厕所门。一颗子弹在她身后的墙上炸开。

"婊子！""达摩"气急败坏地骂道。在那一瞬间，肖可语竟然躲过了子弹。

肖可语逃出厕所，径直往空旷的停车场跑，背后传来追赶的脚步声、粗重的呼吸和再次扣上扳机的声音。

"去死吧！""达摩"一边高声喊，一边像恶狼似地冲过去。

"啪！"枪又响了。空中闪过一道红光。但那不是血，而是别的东西，竟然直直地砸中"达摩"的胸口，迫使他提前开了枪。那是阿阮的小背包。

肖可语从立柱边冲出来，手肘用力顶着"达摩"的胸部，直把他推向墙壁，随即发起更加猛烈的撞击，枪被从手中打落，然后两人一起滚倒在地。肖可语挣扎着抢枪，但枪被"达摩"压在身下。她只得站起来，沿着一排立柱往前面跑去。

空荡荡的停车场就像一片难以穿越的沙漠。肖可语拼命地绕着立柱转圈，以比任何时候更快的速度奔跑。

枪声，又是枪声，但似乎跟她无关……

在她冲出旋转门的时候，身后的玻璃在枪声里跌得粉碎。但她

311

已管不了那么多，拼命地挤过门框，挣扎着来到人行道上。

那里正有一辆出租车在等人。

肖可语猛拉车门，但车门锁着，司机不让她上车。他是那位金丝眼镜男人请来的，他得在这儿等着。肖可语转过身，看到"达摩"手里拿着枪，飞速穿过旋转门。

不远处的小蜜蜂电动车还在，那是她唯一的救命稻草了。

"达摩"冲出停车场，看到肖可语在拼命地发动电动车，却怎么也无法启动。"达摩"露出微笑，缓缓地举起手枪。

钥匙转错了方向！肖可语摆弄了一下前控制杆，电动车响了几声，却又没了动静。

"项链脱下来。""达摩"的声音越来越近。

肖可语猛地抬头，她看到枪管，黑色的枪口正对着她。她再次扭动钥匙，小电动车突然启动起来，猛地向前冲去，"达摩"的子弹几乎擦过她的头皮。肖可语拼命抓牢把手，不让自己掉下去，电动车颠簸着偏离路基，绕过青草泅漫的拐角，驶上前往市区的高速公路。

"达摩"怒不可遏，转身冲向出租车。

几秒钟后，出租车撞过护栏滑下绿化带，跌入高速公路，直向电动车追去。

这是一场猎鹰捕黄莺的游戏。电动机时速只有五十公里，驶起来嘎嘎直响，不及一台装了动力的板车，而肖可语恨不得插翅能飞。出租车则疯了一般，车速直接超过一百五十公里每小时，仍然在不断地加快速度。

已是午夜，高速公路车辆很少，肖可语通过侧镜，看了一眼出租车的灯光，测算着大约不出两分钟，出租车就会追上她，心里感到一种未曾有过的恐惧。

第七章 合 璧

她埋下头，拧动车把加大油门，电动车达到了全速。她紧盯着不远处出现的弯道和停车区，预想着在"达摩"毫无防备的情况下，如何调头。

突然，一声枪响。

子弹落在肖可语身侧的护栏上。她回头一看，杀手把身子伸出车窗正瞄准她。肖可语一侧身，后视镜炸成了碎片。瞬息之间，她听到子弹连续不断地在头顶嗖嗖飞过。她平趴在车上，一切都只能交给天意了！

前方停车区的路灯越来越亮。出租车穷追不舍，车头灯忽远忽近地在公路上投下一道道鬼魅般的阴影。枪声再次响起，子弹打在电动车尾部的挡泥板上，侧侧地射穿，弹了出去。

肖可语尽量不再躲闪。我要想办法到停车区去！那里有值班警察，但她不清楚警察会在哪里休息。这个时候，不可能有警察站在马路中间。还有，值班的可能是高速交警，他们带没带枪？能不能拦得住杀手？会不会白白送了性命？

进入停车区，四下空寂无人。可笑肖可语还在为未带枪的高速交警担忧。这里根本就是一个还未交付使用的场地，一片荒芜。肖可语意识到刚才所有的问题都是无稽之谈。

夜色朦胧，肖可语眯起双眼，仔细瞅着哪里可能是值班室，哪里可能住着保安？可是，一切都清清楚楚，停车区确实空空如也。

两辆车都像离弦箭一般飞向停车区的值班楼，肖可语拼命地往楼道走廊驶去。可那里很窄，很短促，根本没有刹车距离。出租车呼啸着从侧面冲了过来，肖可语回头一看，只见"达摩"端起了手枪。

说时迟，那时快，肖可语一脚踩住刹车，可她根本来不及将车刹下来，走廊的瓷砖地板光滑锃亮，惯性让她直直地往楼道边的窗

313

户撞去。

"达摩"盯准肖可语,却来不及扭转汽车方向,眼看着撞上楼墙,也是一个急刹,轮胎在光滑的地面上失控,发出刺耳的嘎吱声。伴随着一阵烟雾,出租车打了个转,轮胎直冒火花。就在出租车穿墙而入的瞬间,肖可语的电动车飞速地驶上台阶,直往窗户飞了出去。

钢铁与实心砖墙撞击发出震耳欲聋的响声。可是肖可语一点也没有感觉到那么响亮,她稳稳地把住电动车把,手臂和头脸被窗户玻璃碰撞得鲜血淋漓,疼痛异常。直至落地,才发现自己已经飞出了楼外,弹到一片丰茂的草地里,人仍在电动车上。

出租车冲破一道楼墙,仍卡在另一道楼墙中间,烟雾弥漫中,看不出里面的状况。

肖可语心惊肉跳,赶紧加大油门,匆匆消失在夜色之中。

离开康馨公司,丁杨被叫回了专案组,车小宁也来了。他们刚刚得到消息,杀害孙倩倩的凶手躲在一家民宿里自杀了。

车小宁十分不解:"既然已经将知情人灭口,而且销毁了犯罪证据,凶手为什么要匆匆逃离防空洞,躲进一家民宿自杀呢?"

现场勘查侦查员报告,"达摩"住的房间没有外人进入痕迹,也没有与人搏斗或者被人强迫的痕迹,用于自杀的手枪上没有其他人的指纹,弹道检验结果也与自杀的判断相吻合;凶手持枪对准自己的下颌射击,子弹从下颌射入,从头顶射出,在天花板上被找到了。

丁杨说:"线上诈骗犯罪,线下杀人灭口,是达一路的典型作案手法,这起案件仍有可能就是他遥控指挥的。结合倩倩被害现场的帽子和鞋印,以及自杀现场的证据,民宿的死者就是杀害倩倩的

第七章 合 璧

凶手,这一点可以确认。但是,民宿的自杀现场太完美,这多少有些奇怪。我想提请大家注意,他绝对只是达一路派出的杀手,达一路可能发现事情暴露,便用他顶罪。现在的关键是如何找到幕后指使人。"

车小宁点点头。"我也一直认为这可能是团伙犯罪。"他说:"或许,幕后人知道凶手已经暴露,伪装自杀蒙蔽警方,就像杀害梅亚飞一样,促成警方结案。所以,自杀本身就是伪造的,真实目的是用他来顶罪。"

丁杨说:"还有,去年我们无法鉴定那具死尸是达一路,现在同样存在这个问题。我们确定系列案件是达一路做的,但凶手可能只是他的杀手兄弟。就像车支说的,他想抛出凶手蒙蔽我们。我建议将倩倩被害案、杀手自杀,与梅阳分局的两起命案串并调查。"

"对倩倩杀人灭口,本来就是为了掩盖前两起命案的真相,当然要串并案。丁杨,对孙倩倩手机里关于'魔法鹦鹉'和'网站自建和自毁功能'的信息,你有什么想法?"

"我想从孙倩倩的手提电脑入手,检查是否有黑客远程入侵她的系统。"

车小宁没有说话,这是一个他完全陌生的领域。

痕检技术员看着丁杨,说:"我们从电脑上提取了指印,全是被害人的。室内没有外人闯入的痕迹。"

丁杨坐到电脑前,编写了一个应急软件,起名为"侦探",然后编辑,拷贝到孙倩倩电脑的启动盘上。他灵巧的手指迫不及待地滑到凉爽的字母键上,直接进入简洁的 DOS 系统,屏幕上立刻闪出一个灰色 C:。

他盯着不断跳动的光标,心脏急剧跳动。

屏幕上出现更多文字和图像。很快,就像外科医生小心剥离一个棘手肿瘤的蔓生物一样，丁杨小心翼翼地探查孙倩倩电脑里的资料——孙倩倩被害后，只有电脑还保存着她的温热，留存着她的生活记忆。他要通过它，跟同事们一起了解她被害前后的情况，了解罪犯对她做了些什么。

半个小时后，丁杨说："倩倩的电脑是她死后被入侵的，入侵者使用的手法跟去年梅阳分局的诈骗杀人案手法类似。这次入侵，目的在于寻找并销毁孙倩倩记录的有关他们犯罪的证据。同时，我通过对入侵者进行逆向追踪，找到了一些线索。"

欧阳谦急切地问："发现了什么？"

"发现入侵者电脑里的'魔法鹦鹉'源代码和虚拟网站自建、自毁功能指令。而且，里面包含了一个奇怪的时间信息：2010年8月17日。"

"十多年前？"车小宁打破砂锅追问，"能说明什么呢？"

丁杨知道这个时间包含的秘密，但他正要回答，手机响了，强超在电话里火急火燎地问丁杨在哪里。丁杨皱了皱眉头，该收回夜钓了。

然后，他冲大家诡秘一笑，拿出事先准备好的饮料和零食，紧接着强超就推门进来了，也不跟大家打招呼，老实不客气地坐在桌边狼吞虎咽地吃起来。

丁杨站在他背后问："他们总是不让你吃饱吗？"

"啊……不是。"强超慌乱地扭过头，"我……我只是没吃饭……"接着，他好像意识到了什么，不等丁杨开口，继续说："我……我跟他们没关系。"

丁杨绕着强超踱了一会儿步。这步踱得跟刚才的眼神一样，平添了强超内心的焦躁和恐惧。他埋着头，绝望像洪水般淹上心头。

丁杨踢了踢凳子，盯着强超惊惧的脸。"他们是谁？"丁杨问，

第七章 合璧

"你知道的,不论你在网上做什么手脚,都逃不过我的眼睛。说吧,他们对你怎么了?"

"没,没什么。"

丁杨拿出一张打印纸,上面是强超前段时间下载软件、查询信息、阅读网文的记录:"这是什么?"

"这……这是我为了配合你的调查……绝对不是江心洲让我这么做的。江心洲总想抓我进监狱……"

丁杨盯着强超,嘴角浮起丝丝冷笑:"我从没提过江心洲,你跟我说他干什么呢?"

"你们不是一直怀疑他嘛!"

"你怎么知道我们怀疑谁?"

所有的目光都指向强超。强超硬扛着,说:"这两天我跟你们在一起时偶尔听到的。"

"我们根本没有提起过嫌疑人,更没有说过江心洲。"苏南早就忍不住了,快步冲过来,一把掐住强超的脖子,把他推到墙根。强超像兔子一样挣扎。

"还撒谎!在你摆弄肖继中电脑时,丁队长就发现你鬼鬼祟祟的。"苏南放开手,强超瘫倒在地上。"你还在梅亚飞的电脑里植入证据,侵入公安网偷看侦查信息……"

"不……我没有……"

丁杨呵斥道:"住口,强超。前天我就警告过你,难道你忘了。你已经涉嫌参与谋杀,严重触犯了法律,本来我可以抓你,但考虑到你有立功表现,似有悔意,而且被我监管着一言一行,谅你也逃脱不了,才给你表现机会。"

强超浑身颤抖:"我……我冤枉啊!"他浑身颤抖,紧张得满脸发绿,"他……他找到了我家里。他是什么都做得出来的……"

317

"他是谁?说!"

"不知道,他蒙着面,"强超不像扯谎,口气很委屈,"他说在我第一次帮你时就追踪到了我。他叫我帮他做事,否则就杀我全家。"

丁杨给他描述了几个嫌疑人,强超却一一否定了。

"那人手段很凶残,手法很高明,如果我不帮他做事,他威胁要杀死我妈。他已经杀害了倩倩,要杀我就像捏死一只小鸡。我害怕极了,我从来没想过会卷到这种事情里。以往,我只是打打游戏、聊聊天、黑入别的网站捉弄一下别人、打几个免费电话,都是闹着玩的。可是,你把我叫到公安局,让我突然变成了别人的眼中钉,给别人造成了威胁,我也就受到了那些该死的威胁。那人真的会杀我妈,扭断我脖子的!"

强超哭得呼地抢天,或许他一直压抑着,这时才真正地发泄出来。是的,他只是一个游戏黑客,一个吓坏了的孩子。丁杨年轻时亲身经历过,只是没有遇到那些不好对付的人。对于强超来说,那人是恐怖的、无法抗拒的强敌。

丁杨伸出手去抓他的肩膀,但他甩开了。

"你可以报警,可以直接告诉我呀!"丁杨拿出一张打印纸,"何必偷偷摸摸地在梅亚飞的电脑里留下暗记,帮助我?如果威胁你的人知道,还不是也会杀了你。"

"我想,并不是所有人都看得出来,除了你。"强超抽着鼻子,"丁警官,这是我给你留的线索,希望能指引你去抓住他。"他指着纸上的一张图片,"我做这个不是为了自己,我有自己的原则。"他说,声音里开始透出愤怒:"江心洲也是黑客,很厉害的。"

"你怎么认定威胁你的人就是江心洲呢?"

"一半是猜想,一半是……"强超犹豫了一会,"从那个威胁我的人电话里听得出来的。"

"他说什么了?"

"他抓我时接了个电话,没有透露对方身份,但我有这个感觉。他是汉洲人,接电话的人也是汉洲的,那人还让我接过电话,对方用了变声。"

"他让你干什么?"丁杨瞪着眼睛。

强超垂下头:"他让我植入证据,让我监视你们,让我向他通报你们发现的证据……"

"这些事你都做了,对不对?我没有冤枉你!"

强超擦干眼泪:"每个人都欺负我,你知道吗?无论我走到哪里,谁都可以对我呼来喝去。后来遇上你,你教我不要做坏人,你教我替你去抓坏人,做一些有意义的事。我在认真地做,知道吗?我没有出卖你。"

丁杨明白,他帮忙了,只是他还在两者之间摇摆,就好像一棵墙头草,无奈风的左右。丁杨不是要将他推向犯罪,而是要揭露犯罪,就像当初洗白他的盗窃一样,挽救才是目的。"好吧,我姑且相信,但要看你接下来的表现。"

"那么,你准备把我怎样?"

车小宁明白丁杨的用心,对强超说:"你还这么小,我们不想因此毁了你,接下来,你要好好配合丁警官,将功赎罪。"

"我觉得蒙面人即使不是江心洲,也是江心洲指使的。"强超说,"你们快去抓他,抓住他,就等于找到了犯罪的人。"

"他怎么跟你联系的?"

"手机。他窃取了网上通讯程序。不过,应该可以追踪——"

"你能够追踪网络电话,对吗?"

"我一直在尝试,我想看看能不能侵入他的系统。只是我还没有成功，但我让自己的程序离了机，然后销毁了所有提及用户名和密码的相关文件。我想，不论是在家里，还是在网吧，那么做他就查不到我。这也是我急急忙忙赶到你这里来的原因。"

"他用网络电话指使你，一定删除了所有内容。"

强超躲闪丁杨的眼睛。"他会删除，但还有漏洞。"他说，"我可以查看他是不是清除了硬盘里的未使用空间，是不是改写了临时文件和耗损文件，是不是给日志文件改写加密。"

丁杨点点头。说实在话，即使他，也不可能做得这么周密。

强超接着说："即便是最高明的黑客，也不可能这么周全地清除一切痕迹。有些单位失密也就是这么造成的。我只要有一台不怕被追踪的网络主机，运行取消删除软件，就可能侵入他的终端，获得需要的信息。"

"如果你侵入他的终端，就可能获取所有的情报，对吧？"车小宁问。

"只要它在终端里出现过。"强超的回答非常肯定。

二

迷宫般的机房操作间里，到处是令人眼花缭乱的显示器。强超坐在一台主机前，十指紧张地敲击键盘，一边自言自语："比我想象的狡猾，竟然把使用记录全都清除了。不过，一定有办法的。"过了一会，他皱眉道："他是不是提防着我，赶在我来之前……不，他熟悉你！丁哥，你跟他交过手，他使用过'魔法鹦鹉'？"

"对，是他，去年我差点儿被他害死。"

"可我没有接触过它。它不是江心洲编写的。"强超说。

第七章 合　璧

"当然不是江心洲,他是一个更强的黑客。他的初级版被我们摧毁了,这个是改进版,能寄生在任何程序里,你可以追踪一下试试。"

强超抬了抬眉毛:"你要我黑入他的数据库?他怎么可能留下懒虫?"

车小宁好奇地问:"什么是懒虫?"

"黑客术语。"丁杨解释:"因为疏于管理,或者掉以轻心而留下的漏洞。黑客只要经常在网上游走,就可能犯这种低级错误。有一个就足够了。"

"那么我们还等什么?"车小宁说。

强超摇摇头,看了一眼围观的领导道:"他不是白痴,他有自己的保护措施,能把使用记录清除得一干二净,当然不会留下懒虫。如果有,多半是个陷阱,用来反查我们的。"

丁杨一脸的不高兴:"你说的一切我都考虑过,再迟他就填补完所有漏洞了。"

"可能根本没有漏洞,"强超嘟哝道,"这可是跟一帮杀人的家伙打交道。"

"别担心,"丁杨打断他,"这里是执法系统,如果他敢反查,就等于将他自己的犯罪证据放进执法系统里。我不认为会发生这样的事情。"

"我就是在分局机房操作时,被他们找到的。"强超否定了丁杨的说法,"每个人都有自己的操作痕迹,就像您认出他是您的老对手一样。除非有一大帮人合作,否则没办法保密。软件、程序、黑入手法,都可能留下痕迹。还有很多意外因素……"

丁杨看着强超,说:"这不用你教我。"

好一会儿,机房里谁都没讲话。然后,丁杨突然用手指着强超:"你刚才说什么,反查?这个人一定攻击过康馨集团,康馨的网站里有反查痕迹。小崔,你真是个天才,这事干成了,我帮你找个正当职业……"

"不知道还有没有那个命。"

丁杨知道强超这是挣扎在两难选择之间:一方面他被那个人要挟着;另一方面又经不起黑入一个新目标的诱惑。不过,强超最终选择了后者。"我需要知道它的域名。"

丁杨早有准备,给了他域名。"我们开始吧。"

"还需要一个合法身份。"强超指着车小宁,"是不是可以用领导的名义?"

车小宁看着丁杨:"什么?"

"如果以单位的名义,那我就没必要请你配合了。那样只是浪费时间。所以要么我以我的名义、你以你的名义登录,要么就算了。"丁杨说。

强超刚要起身,车小宁伸出手,挽住他的胳膊,说:"就以我的名义,没问题。开始吧。"

几分钟后,密码被破解,丁杨进入康馨集团的数据库,发现了"魔法鹦鹉"入侵痕迹,更露骨的是,有一个叫"雷神"的网民,给康馨网站发去许多骚扰邮件。虽然都加了密,但从文头来看,"雷神"的身份确定无疑。

强超的内心充满了兴奋,眼睫毛在灯光下轻轻颤动着,像一排刚刚萌生的青草,说:"这个'雷神'并不像您说得那么厉害吧?就这一漏洞看,他简直就是外行。"

"你是说,伪装的?"丁杨疑惑地问。

"有些装傻的模样……不过,没道理呀,以他对您的了解,他一定知道,这种漏洞必然会引起您的疑心。"

第七章 合 璧

"不,"丁杨说,"这是他精心策划的,就是想吸引我的视线,将我的视线留在康馨。"

强超明白过来:"真狡猾。他这是司马懿遇上诸葛亮,都在打对方的主意。"

"那我们就顺藤摸瓜,查他是从哪里发起的攻击。"

"不行,丁哥。"强超答道,"他用的是刀枪不入的匿名网站。"

"如果真是这样,保存源代码的电脑主机一定在汉洲。"

这时,季亚明给丁杨打来电话,告诉他网安支队追踪"雷神"行踪的情况。放下手机,丁杨对强超说:"'雷神'最近的活动都在汉洲,出现在南都的信息都是从汉洲发送的。"

"他是不是汉洲人,或者他的工作地就在这里?"

"汉洲是他的祖籍,但不是他的常住地。"丁杨说,"不过,网络是他的全部生活,无论他走到哪里,他都在网上。"

强超说:"入侵痕迹数据已经解密,对吧?那就把他的上网轨迹下载下来,发送到我邮箱里,我来追踪定位。"

丁杨点点头,滚动浏览着屏幕保护器,眼前是比尔·盖茨的格言:"网络正在改变人类的生存方式。"

"小心点,他的程序里一定设置了陷阱。"丁杨提醒强超。

"我明白。"强超敲击 Shift 转换键,关掉屏幕保护器。因为单靠转换键不能发布指令,也不会影响电脑里存储的软件及数据,黑客从来不会在这个键上设置绊网。

可"雷神"不是一般的黑客。强超刚刚敲下那个键,屏幕便出现一片空白,接着出现下列文字:"触及雷区,成批加密开始。"

"糟糕!"强超惊叫一声,赶紧关闭程序,可对方的病毒十分强大,控制了主机电力系统,键盘关闭毫无反应。他起身想关闭主电源,但电源装置隔得很远,而且主电源控制整个系统。就在他起身的瞬间，硬盘里已布满了繁复的加密乱码。

"可恶……"强超气愤地连连拍打着键盘，"一点用也没有，线索丢掉了……"

"不会。"丁杨斩钉截铁地说，"我们本来就是在尝试，他这样干，只是留下更多的痕迹、更多的线索。如果你能破译这个软件的密码，就成功了。"

"有道理。"强超重新在工作站主机前坐下，重新进入车小宁的账户界面，驱动刚刚编制的黑客工具，下载了一个名叫"蚂蚁"的文件。

丁杨笑起来："蚂蚁？"

强超没有回应他。这时屏幕上出现一行文字：

加密/解密

输入用户名：

强超键入的所有字母、数字和符号变成一连串星号，共二十一个。丁杨皱起了眉头："你真是敢想，难道你真的可以破译所有加密标准的软件脚本？"

"通常能……"强超的回答带着无法抑制的热情和骄傲。说着，他按下"防卫"键，让加密文件一一进入解密程序。"加密的算法模式起源于逻辑推理，不同的加密软件有着相同的标准样本，我的破译软件基本都能识别……"

可是，一个多小时过去，尽管丁杨和强超破译了康馨网站里有关"魔法鹦鹉"的痕迹数据，却无法以此为线索追踪黑客侵入的路径。

丁杨一下跌坐在扶手椅里："什么也没有。"

"可能是康馨集团的网管删除了路径，但这个网管必须比黑客更高明才行……"强超拼命地搓着双手，好像要把手上沾染的病毒

第七章 合 璧

搓下来似的。

"他们怎么可能有那么高明的人?"丁杨说,"一定是黑客自行销毁的。"

"他就那么自信,数据不删,偏偏删除路径?"强超开始运行修复软件,片刻后,屏幕上出现了过去几星期系统里删除的内容。他浏览了一遍,说:"没有黑客,没有攻击,只有一些非法访问,数据已经损坏。"

丁杨看着一屏乱码,突然发现了玄机。"蒙兰兰?蒙兰兰是非法访问人?她怎么懂得自动生成和自毁功能……却又不清除自己的登录痕迹?"

"她有正常访问权限,也许在某些时候却不敢正常访问。"强超说,"倘若真是如此,也说得过去,因为即使留了痕迹,她也可以矢口否认。"

丁杨摇摇头。解铃还须系铃人,他要再见蒙兰兰,了解相关情况。她虽然歌唱得好,但电脑并非她的专长;虽然在集团占有股份,但她并不关心集团的经营。那么,她的账号总是出现在系统里,究竟意味着什么呢?

晨光洒在西郊错落的小道上,一辆破烂的电动车轰鸣着疾驰而过。肖可语使劲扳着变速手柄,将油门捏到底。从逃离高铁北站到现在,几个小时,在城郊结合部绕来绕去。她在心里琢磨着:项链到底藏着怎样的秘密?追杀我的人是谁?是从汉洲来的吗?但听口音又不像。她想起阿阮死在厕所的模样,心里一阵翻滚。

她想穿过这片郊野回到高铁北站去,可小路如迷宫一般,她不是拐错路口,就是进入死胡同,不断地迷失方向。她想看到高铁站大楼的标志,但除了东方的晨曦,什么都辨识不了。

那个戴金丝眼镜的人一定还在追踪她，不论是步行还是驾车，一旦他追上来，绝对不会放过她。肖可语费劲地控制着电动车，拐过一个个陡弯，发动机的声音响彻郊野。她知道，如此情形下，她很容易被发现。这时，唯一对她有利的只有速度。她得尽快赶到市区去！

绕过很多村舍，又穿过许多菜地，最后，她停在一个标有高速互通指示的岔路口。她感觉仿佛大白天遇到了鬼打墙，她记得这个地方刚刚来过。她调转车头，刚要起步，电动车突然"噗哧"一声，熄火了——电表的指针指向了零。

好像冥冥之中早有定数，那个可怕的身影出现在前方路口。

瞬息之间，肖可语从那架金丝眼镜明白了刚才为什么没看到追踪者的身影了，他熟悉这里的地形，预判了她的逃跑路线，在这里堵她。她察觉出了危险，脑门上瞬即多了几条汗水，没有丝毫迟疑，跳下电动车，拔腿就跑。

但是，"达摩"坚定地站在前面，端起手枪，"砰"地射出一颗子弹。

肖可语来不及以花式步法躲避，也没来得及跑出手枪的射程，子弹追过来，她感觉腰部的肌肉猛地一紧，接着是热热乎乎、又麻又痒的感觉。她明白自己中了枪，血流了出来，可是她并不觉得疼，仍然一个劲地朝前冲。

"达摩"是个职业杀手，他原打算射击肖可语的头部，但就在他做出决定的时候，突然改变主意，枪口下移，瞄准了她的腰部。目标在不停地移动，不管是纵向还是横向，瞄向腰部，都不会失去准头。他的算盘打对了。

他知道，尽管子弹可能只是让肖可语擦破点皮，并无大碍，但有那一枪已经足够了。子弹让肖可语见了血，那是死神的气息，将

第七章 合 璧

决定接下来的赛程。

肖可语毫无选择地朝前面乱冲。她不停地绕着圈跑,避免成为靶子。身后的脚步声一直没有消失。现在,她的大脑一片空白,根本没有疼痛,只感到害怕,她靠直觉在自我保护,生的渴望让她激发出使不完的劲。

一道红光划过。子弹射进身侧的砖墙上,炸出零星的碎片,划伤了肖可语的脸颊。她左拐进入一条巷子。这里应该有居民!她禁不住大呼救命,但是,除了脚步声和紧张的呼吸,清晨的村巷非常寂静。

此时,腰间的疼痛开始蔓延开来,火烧火燎一般。她真担心自己倒在这片巷子里。她四处张望着,寻找一扇开启的房门、一扇生命的窗户,哪怕是任何一个能让她从这令人窒息的巷子里钻出去的狗洞,可是她什么也没有看到。

"救命啊!"肖可语的嘴张了张,连自己都没听清自己的声音。

小巷曲曲折折地延伸着,越来越破烂,越来越没有人迹。肖可语希望出现一个岔道,或者任何一个出口。但到处是墙,是紧锁的门。后面的脚步声却越来越近。

然后,她来到了一个令人绝望的地方:小巷到了尽头!

前面是一堵残墙,墙下是一堆建筑废料。除此之外,没有出口!

肖可语抬起头,看了看两侧的楼和对面的残墙,转过身,沿着来时的巷子往回走。刚走出几步,她不得不停了下来。在巷子的斜坡处,出现了一个身影。"达摩"从容不迫地朝肖可语走来,端着的手枪在晨光下熠熠生辉。

肖可语退回残墙角。腰间的疼痛发作起来,她轻轻地捂着中枪的地方,殷红的鲜血从指缝间流出来,流到大腿。她大脑一片混乱，低下头，望了望胸前的项链，阿阮一定是因它而死的，她也将因它而丧命？

肖可语紧紧地靠着残墙，感到脚下的石子粒硌得慌，背后泥墙的砖头让她回到了少年时代，让她想起父母，想起丁杨……还有儿子。

哦，天哪……儿子！出来这几天，她几乎忘记了儿子。这也是她离开儿子最久的一次。她可能再也见不到儿子，见不到丁杨了，因为不可能再有奇迹发生……

但是，她要为儿子再拼一把，为丁杨……希望他能给她力量，让他明白她是多么地爱着他们。她闭上双眼，任往事如决堤的潮水般涌来。她想到的不是分局的会议，不是刑侦队的案件，不是她辛辛苦苦拼死得来的项链。她想到的全是儿子，是丁杨带着儿子在路口等她回去的身影……身影站成了两棵地老天荒的树。

我得为他们活着！她想，我没有错。她扭动着身子，一边往残墙的顶端爬去，一边睁大双眼看着身后。那个戴金丝眼镜的人越来越近了。

墙外响起鸡鸣狗吠，远处是一派春日田园风光。然而，肖可语奋力攀爬着，爬过墙垛，看到一行身着盛装的青年男女，有说有笑地走在墙下开满小花的绿色小道上……

这时，枪响了……

"达摩"趴在肖可语蹲过的残墙上，沮丧地咒骂了一声。子弹没有打中肖可语，却将她吓得摔下了残墙。他跳上墙，准备补枪。可是，墙外小道上村民越来越多，挑担的、推车的、游荡的，欢天喜地唱着歌，彼此打着招呼，有说有笑。

原来这天是农历三月初三，古称"上巳节"，是纪念黄帝的节日，又称为"三月三"歌圩节。每当此日，较大的歌圩地，摊贩云集、民贸活跃，煞是热闹。人们在歌圩场上赛歌、赏歌，男女青年通过对歌寻找彼此情投意合的对象，互赠信物。南都西郊居民对这一天期盼已久，方圆几十里的男女青年黎明时分便往圩场里赶。

"达摩"想暂时回避一下，再次伸头去看时，却再也看不到肖可语。他怒火中烧，迅速跳下墙，跑上小道。瞬息间，所有的人像小小的浪潮一般涌过来，将他团团围住。村民根本没有注意到"达摩"的存在。他们或悠闲、或欢快地迈着步，却步伐整齐，仿佛是一个整体，栅栏似的挡住了他的去路。

此时，肖可语跟跟跄跄地也跻身在人群里。她知道只有混在他们之中，才能找到求生之路。她腰间依然火烧般的疼，不过似乎已经不再流血。但她不敢大意，或许就在身后，那个要命的杀手正紧紧地盯着。

她在商贩和赛歌的人流里穿来穿去，尽量低着头，装得像他们中的一员。小路一下子变得开阔起来，转过弯是一个集镇，肖可语眼前一亮，宽敞的广场上搭起两座歌台，台前摆着五色的米饭，男女老少围在歌台前唱歌。

男女青年穿着五彩的衣饰，推挤着穿过马路，朝歌台走去。肖可语试图从人群中挤出来，朝公路出口走，可她陷在人群里，摩肩接踵的人流拦住了她。

人群渐渐分流，分别靠近两座歌台。肖可语又试着从右边挤出来，可此时，人群的力量更大了。对传说的崇拜，对爱情的期望，形成一股推挤力，汇成一股巨大的力量。她只能重新回到人群中。

前方的台阶若隐若现，像是通往某个嘉年华游乐场的入口。猛然间，肖可语意识到，她已被人群拥向了跟人对歌的舞台。

三

丁杨决定插小路赶去蒙兰兰的别墅,向右侧并道的时候,他从后视镜里发现一辆红色皮卡跟着打转向灯,疯了似地从左道右拐弯,插进了小路。

红色皮卡!在梅溪路转弯时不也出现在后视镜里吗?这是丁杨第三次看到它了。

这是有人跟踪我吗?难道他们一直守在公安局门口?否则,即便是杀手,怎么可能这么准确地跟上来呢?丁杨想确认一下。他放慢速度,绕过一个路口,再绕一个路口,然后回到快车道上。后面的红色皮卡跟着减速,左转,左转,也回到快车道上。

跟踪,确实是有人在明目张胆的跟踪!丁杨看到车里有两个人,一个是司机,一个坐在副驾里,两人都三十岁左右,壮实粗蛮。他想起了孙倩倩的死,想起孙倩倩的提醒,如果是杀手跟踪,那就等于他的生命面临着危险。

返回?报警?还是继续往别墅去呢?他首先想到了报警求助。丁杨清楚自己在体能上的实力,一对二,他没有把握。何况对方肯定有枪,即便是以车相撞,只要对方一脚油门到底,就会将他和他的汽车碾得粉碎。出发时,车小宁要派欧阳谦作陪,丁杨拒绝了。他觉得这是一次私人访问,不需要固定证据,多一个人多了许多顾忌。

后悔已经来不及。丁杨又看了一眼后视镜,皮卡离他的轿车已不足十米。

他加速再加速。汽车全速行驶,跟踪的尾巴被甩开几个车身的距离。他想电话报警,却发现刚才加速、变道时,放在副驾的手机已经滑落座椅,掉进了车底。

虽说与皮卡之间的距离越拉越大,但这是城市快车道,行驶的车辆不多,皮卡疯狂起来并不比他的轿车慢,稍不留神,距离就会拉近。丁杨不敢掉以轻心,更不敢停下来捡拾手机。他通过后视镜密切观察着后面的皮卡,突然发现一台白色城市越野车靠过来,几乎并行,车里伸出一支手枪,对准了他。

他只顾着皮卡车,却没注意还有一台车配合跟踪。越野车仍在加速,手枪对他挥了挥,示意他靠边。显然,他们已经决定对他动手了。

越野车的转向灯闪烁着。丁杨没有时间考虑。他不能让皮卡撞上来,便只能主动撞向越野车。他已做好两车相撞的准备。但皮卡司机似乎知道他的心意,加速朝他冲来,像一座大山般出现在他的后视镜里。越野车则一晃一晃,想将他逼停。

丁杨将油门踩到底,顶着对方冲过去。越野车司机见状,并不回避,也加速撞过来。丁杨要的正是这个机会,等越野车加速,他却"嘎"地点刹,两车立即间隔出七八米。

有这几米就够了!丁杨情急之下把方向打向左边,猛地踩足油门,车右侧镜与越野车尾部碰撞被刮飞。越野车紧急减速,却没料到皮卡跟在后面全速追赶,两车"砰"地撞在一起,越野车被撞得失去控制,翻倒在路边。

丁杨加快速度,然后在下一个路口右拐,转进梅溪大道。五公里后,他看了看后视镜,红色皮卡和白色越野车再也没有追上来。

终于没事了。丁杨松了口气,停下车来。然后,弯下身去捡拾掉在车底的手机。

"不许动,举起手来!"

不知何时，皮卡竟然鬼魅似的跟丁杨的小车并排停在一起，离他的驾驶室不到半米。皮卡副驾里的男人从窗口伸出枪来对准了他的头。

那人一手持枪，一手拉开车门，关掉了丁杨的引擎。

皮卡司机下车抱起丁杨，将他生拉硬拽地拖进轿车副驾驶室里，然后掏出一副手铐，将他的手铐在门把上，又用一块黑布蒙住他的眼睛。

"安静些。"他说，"我们一起兜兜风。"

先下皮卡的男人钻进轿车后座里，仍用枪指着丁杨："趴着，不要抬头。"他粗声说，"否则让你好看。"丁杨依言趴好，那人就把枪移到了他的头部。

丁杨感觉汽车一直在往南面开，先是平滑的公路，然后稍有些磕碰，再后来似乎有些崎岖。凭印象，是在前往蒙兰兰别墅的路上，只是不能肯定。

最后，汽车在车库里停下来。还是皮卡司机给丁杨下了手铐，解开蒙面布。车库后面有一道门，门上装了密码锁。司机按了一组密码，丁杨被挟持着走了进去。

三人沿着楼梯拾级而上。到了第三层，皮卡司机开门进去，持枪男人把丁杨推进室内，顺手关上了门。

"你们想干什么？"丁杨问。

房间里除了靠墙的角落有一根落水管，几乎空无一物。司机走到房间尽头，打开消防栓，从中拿出一卷又宽又厚的黑色胶带，吼道："安静点儿，大家都省心。"

丁杨明白，挣扎无益。他斗不过这两人。

司机"哗"地撕开一段胶带，用牙齿咬断，封住丁杨的嘴。接着，又扯下一段，蒙住丁杨的眼睛，绕过他的头粘在一起。

第七章 合 璧

然后,持枪者逼着丁杨往后退,让他靠在落水管上,粗暴地将胶带粘上丁杨的双手,往后一拉,跟落水管绑在一起。因为绑得太紧,丁杨的手臂像被滚烫的水浇淋似的,痛得一阵阵颤栗。接着,又是一番撕拉胶带,将他的腰扳直,将他的腿扳直,一段段地绑在落水管上,将他绑得粽子似的,没了人形。

丁杨就那样直直地贴在落水管上,一动也不能动,然后听到"咔嗒"一声,门上了锁。

痛苦,随着时间的推移,慢慢到来,慢慢强烈,并不断变换。

先是被粘得太紧的嘴、眼和面皮,像被锯齿和钝刀割似的,一块块剥去;过了一会儿,腿骨和腰椎一节节地碰撞,一节节磨损。随后,变成了强烈的痛波在体内循环,似蚁咬似蜂刺,似刀绞似电钻,一阵阵,疼得丁杨几乎晕死过去。

接下来,痛波往脑海里涌去。那是一种无法形容的痛觉,像锤击,又像锤击配合着针刺,头晕目眩,却又瞬间让他痛醒。忽晕忽醒之间,仿佛阎王要他的命,却又没有把他的命拿去,吊在那里,晃荡着。

所有这些不同的疼痛都化作了挣扎。

开始,丁杨想到佛,想到禅境,想凭借它们忘掉持续不断、撕心裂肺的疼痛;被折磨得奄奄一息时,他渴望休克,渴望让心灵得到片刻的安宁;然后,他的意识竭力想逃离,渴望以死来得到解脱。哪怕是真的死去,只要让他不再如此疼痛。

相反,疼痛的感觉却在增强,增强,增强,到最后仿佛成了一个魔鬼,逼着他进一步清醒地体验每一丝痛苦。

他的心理游戏完全失败了。饱受折磨的每一根肌腱、每一个连接组织、每一块肌肉都在尖叫……

当痛苦真正像海浪一样淹没他时,丁杨的眼前出现了一个黑点,一开始很小,但越来越大,最后他终于知道了黑点的力量——

那是他征服这种疼痛的武器,那是这世上最恐怖的武器。

这世上,唯一能与痛苦抗衡的,只有恐惧。

不是晕迷,不是死亡。即使在痛苦最强烈的时候,丁杨仍然能够感觉到恐惧清晰而独特地存在着,也是他清醒的唯一根源。

于是,丁杨开始拼命地挣扎。头撞得落水管"砰砰"作响,双手向后撑,想撑断胶带,却只带来更钻心的痛楚。不行!如果用尽全力,头会被撞破,手会弄得脱臼,胶带却仍然不会断,只会更加痛苦,徒增内心的恐惧。

于是,丁杨决定暂歇一阵。

但是,只要清醒,便有注意力,只要注意力在,便有疼痛,有恐惧。两种感觉不停地纠缠着,急剧增强着,让他眼冒金星,却并没有让他晕过去。

好吧,丁杨对自己说,那我只有豁出去。

豁出去不是放弃一切欲念,而是想方设法求生,哪怕失去!

他冷静下来。不是疼痛中的清醒,而是克服疼痛和恐惧的精神。他忍着痛,感受落水管的粗细——未曾装修的房屋的落水管,没有生锈,也会粘着水泥硬浆,那便是生机。

他慢慢地挪动手臂,让胶带在落水管上摩擦。撕裂般的疼痛在手臂上传递,但胶带与水管摩擦传出的刮裂声令他惊喜。不一会儿,胶带绷裂了,小心地将双手挣开,撕掉胶带。然后,他将双手抬到眼前,扯开了蒙在眼睛和嘴巴上的胶带。

生机,其实就在冷静的瞬间。

房间里一片光明。丁杨迅速撕掉腰间和腿上的胶带,在地上坐了一会,让血液恢复流动,让关节和肌肉恢复正常。

他小心地活动了一下手腕,又活动了一下膝关节,站起来,推

第七章 合 璧

了一下门,是锁着的。但这是临时木门。丁杨做了做剧烈运动前的热身,然后用肩膀狠撞过去。

很痛,但比起刚才的经历,还算可以忍受。接着又撞了几次,门外的锁从胶合板上掉了下去,门一下子开了。

丁杨小心翼翼地往外走,随时准备着遭人袭击。越过大厅,径直走进消防梯,一路悄无声息。看起来,别墅里好像没有人。

车库也是空的,他的车被人开走了。

他跑出院子,跑到大路上。忍着疼痛掉头左看右望,确信没人跟踪,便索性驻足多看了一会。关押他的,是一座新修的农庄,六层的主楼,东西还有两栋三层的附楼,前有庭后有院,围墙花木皆成规模,不是普通的农家庄院。

在路上跑了一会,丁杨反应过来,太阳晃在头顶稍微偏西,仍是中午。就是说,他在农庄里被关的时间并不长,可能不到两个小时——或许绑架者正在某个地方吃午饭呢!

他愈发警惕起来。这是一个清幽雅致、风景秀丽的地方,可以看见远处高楼的檐尖,应该离主城区不远。葱郁的花木之间,掩映着许许多多的别墅庄园,看起来十分眼熟。丁杨在一个路口迟疑了一会儿,迫不及待地往一条幽静小径走去。

就是这里,没错。

小路进去看起来像是蒙兰兰别墅,只是上次驾车过来时,对周边的观察不如现在细致。上次,他是沿着蒙兰兰的微信位置过来的。

他跑起来,穿过林荫道来到别墅门前,大力拍了拍。等了一会,铁门"轰"地开了,是电控的。丁杨走了进去。接着,看见小楼的防盗门自动打开,仿佛伸出一只邀约的手。

走上台阶,把门拉得更大些,里面透出微弱的灯光。他走进去，看见椅子上坐着一个人，竟然是江心洲。

江心洲没有微笑，没有起身相迎，手里持着一支手枪，对着他晃了晃。

"把门关上，"江心洲说着，看着丁杨，"你小子真不愧为警察，这么快就挣脱了，那些废物都吃屎去了吗？"

"蒙兰兰呢？她哪去了，让她来见我。"

江心洲没有理会："很聪明啊，这么快就识破了我的计谋。"

"挖洞寻蛇打可不是个好事情，"江心洲接着说，"本来一切我都安排得妥妥帖帖的。但现在，又要死几个人。"

江心洲看上去很恼火："丁杨，凶手已经畏罪自杀了，所有罪行都可以落在他头上了结了，你们，包括黎政、车小宁都可以交差了，为什么还要死抱着不放呢？！愚蠢地坚持寻根问底，有什么好处？只会让你把命搭进去。"

"这一切真是你勾结达一路干的？"丁杨疑惑地摇了摇头，"快回头吧，还有争取宽大的机会。"

"哈哈，别跟我玩那套唬人的把戏了。我倒想劝劝你，如果你能作出明智的选择，也还有活着的机会。"

"告诉我兰兰在哪里？"

"想她吗？好啊，"江心洲冷笑，"我带你去看她。"

丁杨感觉掉进了冰窟："你抓了她，把她关在哪里？"

"不想让她死的话，你就乖乖地伸出手来，让我铐上。"江心洲说。丁杨死死地盯住他手里的枪。突然，后面蹿出一个绑架者，枪柄狠狠地砸向丁杨的脖颈……

赛歌现场一片沸腾。明媚的阳光里，红色的气球、黄色的拱门、五彩的飘带，还有汹涌的歌咏声、叫卖声、推挤声。肖可语被

第七章 合 璧

簇拥在一群年轻女性之中,内心里突然涌起感恩之情。她还能呼吸,还活着,是这场歌圩创造的奇迹。

她检查了一下腰部的枪伤,伤口很小,只是擦破点皮,已经不再流血,但灰色衬衣上留下一片鲜艳的血迹。她把衬衫塞进裤腰里,伸长脖子看着,广场的外围扎了一圈警戒带,当地干部在维持秩序,只有一个穿制服的,大约是一村一辅警。她想,如果凶手仍然跟着的话,只可能混在男性歌手里,或者被堵在外围。

肖可语只猜对了一半。"达摩"到了歌圩场,但他躲在歌台后面的阴影里,正沿着木架的过道缓缓向前,他在警戒带刚要拉起时,退出了男性歌手群。这次追杀越来越有意思了,他感觉肖可语就在里面……他一行一行地辨识着歌手群里的女人。歌台边缘,扎满了各色绸带,飘飘忽忽,时不时地遮住他的视线,缠住他的身子,阻止他的脚步。这真是个愉快开心的地方,"达摩"想,过一会儿,那个美丽的女人死在歌台上,不知当地人作何反应。

肖可语也感觉到了"达摩"的存在,矮下身,躲开外围的视线。女孩好奇地瞪着她——在这欢庆的日子里,肖可语的举止打扮实在令人惊异。

"我是被人逼着来的。"肖可语试着跟身边的女孩搞关系。夹在奇装异服的女孩中间,她显得特立独行,很容易被人发现。她想换上一件民族服装。旁边的女孩看似穿了几层彩衣,脱下一件无伤大雅,可这怎么说得出口呢?

"现在是什么年代了,还有包办婚姻……"女孩好心地为她打抱不平。

抽签仪式开始了,女孩队列沿着歌台过道往前移动。仪式结束,将各自分散,她就得落单。她穿得如此显眼,子弹必定直奔她而来。肖可语突然感到一阵恐慌,怎么办呢?离开人群,还是继续随大流？她看着身边女孩的五彩外套，灵机一动，掏出身上所有的钱，外加一块手表，跟女孩商量卖一件外套给她。

女孩眼馋地盯着那块标着外文的手表，迟疑了一会，脱下了外套。她身上还穿着一件勾丝的彩衣，并不影响她继续参加歌赛。

抽签仪式进行得很快，一个个女孩拿到自己的签号欢天喜地散去了。眼看着队列一步步缩短，"达摩"心里一阵窃喜，看你还往哪里躲！

他在枪口稳稳地装上消声器，选择了一个适合瞄准的位置。这一刻早该来了。追了这么久，肖可语总是异常的走运。现在，他不想陪她玩了。

所有签号抽完，一个老妇开始给在场的四五十名年轻女性讲解规则。"达摩"知道肖可语一定也在里面，死死地盯着，想着等人群一散，就从二十米外对那件特别的灰色上衣开枪。

老妇一边讲解，一边不满地盯着肖可语。她虽然明白现今对歌只是一场游戏而已，但也不能不认真穿衣呀。女孩换给肖可语的那件五彩衣是丝织镂空的，长仅及腰，紧紧地绷在她的上身，不仅没有遮住裤子，而且露出了上衣的丝丝灰色。

肖可语蜷缩了身子，希望那件五彩衣遮得住她的灰色上衣和靛色牛仔裤。然而，规则讲解完毕，女孩们分散开来寻找各自的歌伴，彼此热烈地聊起来。慢走一点！肖可语祈祷着。但对歌就要开始，歌台开始清场。

"达摩"发现了那条不配套的靛色牛仔裤。他沿着左侧的警戒线朝歌台前走。谨慎不是他的风格。他抓起上膛的手枪，发出狠声："去死吧！"

倏忽之间，肖可语看见一道金属的亮光闪过。不好，是枪！

说时迟，那时快，她像踩在起跑器上的运动员，突然听到了发

第七章 合 璧

令枪响，本能地向前腾跃而起。台上台下一片惊慌失措。

肖可语扑过警戒线，消过音的子弹落在她身旁的水泥地上，溅起些微火星。她翻过一道矮墙，冲进对面的小楼里，看上去像村委会的办公楼。

一楼没有后门，她只得失控般的蹬上台阶，侧身往二楼的办公室躲，但铁门紧锁，她只得继续往楼上跑，腹部一阵刀绞般的疼痛。一会儿，她跌跌撞撞地上了三楼，楼里和其他地方一样，空空荡荡，不见一人。如果没有其他出口，简直就是死地。

广场上传来一阵阵欢叫，身后响着追赶的脚步声。她无处可去，看见一道门虚掩着，便跌跌绊绊冲了进去。这是个套间，外间像是办公室，办公桌上有电脑，里间的门开着，隐约能看到一张床。这里也没有出口，肖可语不由得暗暗咒骂。

这时，里间仿佛有了动静，一个穿着睡衣的中年妇女慌慌张张地跑出来，看见肖可语，一时目瞪口呆。没有时间解释，肖可语冲她吼道："帮我出去！"

妇女愣怔了一下，大约也看到了肖可语腰间的鲜血，脸色随即变得煞白，哆哆嗦嗦地指了指办公桌对面墙壁上的一道帘子。肖可语上前掀开帘子，帘子后面有一道小门，跟一道铁桥相连，通向另一栋楼，进入楼里便看见一道消防梯。

四

丁杨苏醒过来的时候，头痛欲裂，感觉双手还被铐着。

果然如江心洲所说，他看到了蒙兰兰，就在他旁边，被绑在一把椅子上，正焦急地看着自己。同时，他注意到，这不是原来的房间，看起来像一间机房，又像一间书房，东西两侧分别摆着电脑。令他吃惊的是，这里的电脑竟然是运算能力十分强大的高级主机。

"别过来!"蒙兰兰发出一声尖叫。她的叫声太像一阵钻心的痛苦引起的呻吟了，因此她叫过很长时间后，那声音还在丁杨的耳边回响。他被这声尖叫惊愕得倒吸了一口凉气，使劲转过头去。

江心洲手持一根铁钻、一把铁锤，慢慢地走到丁杨与蒙兰兰之间，俯身看着蒙兰兰惊恐的脸。蒙兰兰痛苦地蜷缩起身子，似乎想缩进椅子里。那把椅子绑在一根与天花板相连的铁管上。这时的江心洲，面目狰狞，眼露凶光，不再是网管办顾问的模样。他的目光不停地在丁杨和蒙兰兰之间睃巡，仿佛一个验尸官。

"你应该明白，我可不是说着玩的。"他对蒙兰兰说。同时挥舞着铁锤，"我要杀你轻而易举，但我舍不得。"

蒙兰兰怒视着他，汗珠从她脸上不断滚落。

他一定发现丁杨在扭动，朝身后看了看，但觉得丁杨不构成威胁，于是又转向蒙兰兰："我想要的东西已经说得很明白。"

他用铁钻指了指她身后的手提电脑。蒙兰兰转头瞧了一眼屏幕。江心洲举起了锤子："说还是不说？"蒙兰兰狠狠地瞪了一眼。

江心洲反手一转，铁锤滑溜地朝丁杨腿上砸来，"砰"的一声。声音不大，却令人毛骨悚然。丁杨闷哼一声，牙齿几乎咬碎了。

"看来，你把密码藏在心里，却并没有把丁杨放在心里。你玩我，也在玩丁杨，对不对？哈哈哈……"江心洲退后一步，又抡起铁锤。

"我真不知道'魔法鹦鹉'在哪里，更不知道密码!"蒙兰兰喘息着。

丁杨突然意识到，他苦苦追寻的谜底就要揭开了。这确实是一个巨大的阴谋。江心洲并不清楚"魔法鹦鹉"的真正内容，只是一

第七章 合 璧

个被推上台前的跳梁小丑。他绑架蒙兰兰,是因为他发觉自己被利用了,以为蒙兰兰是那个操纵者。

"兰兰,别说没用的。"江心洲凑近蒙兰兰的脸,"听着,我的人已将这里全部控制,没有人会来救你的。我时间多得很,我有的是办法让你把欠我的还我,把我想知道的全都告诉我。我这个人说到做到,孙倩倩就是最好的榜样。"

"我的钱已经全部给你了!"蒙兰兰喊道。

江心洲不动声色地抓住她的手腕,慢慢地将她的手平放在水泥地上。她试图反抗,却办不到。她望着自己张开的手指,铁锤在手指上滚动。

"想用那点钱打发我!我要密码,文档传输服务站的密码,你知道的,对吗?他们编制的'魔法鹦鹉'源代码不就上载在那里吗?"

江心洲还真是一个高明的黑客,文档传输服务站是黑客储藏隐秘软件的地方,它可以在世界上任何一个计算机系统里。除非有确切的文档传输地址、用户名和密码,否则想找到你要的东西,就好比在太平洋里找一个小小的绣花针。

江心洲用轻柔的语气说:"瞧瞧这些手指,嫩笋似的……"他爱抚着蒙兰兰柔软细腻的指头。片刻后,他轻声问:"你一定知道密码的,是吗?"

蒙兰兰摇了摇头。

铁锤毫不留情地朝蒙兰兰拇指砸去。丁杨就地一滚,两脚横扫过去,挡住铁锤。江心洲嚎叫一声,铁锤猛地回扫,砸向丁杨。丁杨又是一声闷哼,倒在地上。

江心洲冷笑着,一脚踩在丁杨身上。"想英雄救美?这下好受吧?"他说,"我会慢慢地折磨你,别着急。"

他将丁杨拖到电脑桌下,掏出一根绳子,将丁杨绑在电脑桌脚下。"我就是要先折磨这个女人,让你看着心疼。"他轻描淡写地说,"你尽管大声喊叫,我很有耐烦心。"

蒙兰兰怒容满面。一个惯于撒娇,惯于用女色控制他人的人,此刻却完全无能为力。"你这个太监,"她无力地吼道,"失败者!无用男!有命拿我的钱,没命享受的!"

怒气在江心洲眼里一闪即逝,他再次举起铁锤。

"不要,不要!"蒙兰兰大喊。她深吸了一口气,说出一串网址、用户名和密码。

江心洲在手提电脑上"哔哔啪啪"地敲击了一阵。"有点慢,先让你歇一会。如果不对,有你好看。"

蒙兰兰胸脯一挺,闭起眼睛,滚出两行泪水。然后,转向丁杨:"丁杨,相信我,我是无辜的。这是别人设的局,我只是一颗被人利用的棋子。"她挺了挺身子,血糊糊的手微微颤动,脸上的肌肉一阵阵抽搐。

"闭嘴!"江心洲吼道。

可蒙兰兰不理睬他,继续说:"我唱首歌给你听,好吗?Through long lonely nights without us, Be always true to me, Keep this day in your heart eternally, You'll hold me in your arms……"

她咳嗽了几声,接着说:"记得吗,这是《恋人协奏曲》,我最喜欢的英文歌之一。记住,丁杨。这是一个爱人的忠告:'把今天永远地保存在你心中。'"

好熟悉的歌词!那悲伤的声音里有一种柔婉的调子,但听在丁杨的耳朵里,有金属刺入似的疼痛感。他的记忆迅速激活。这句歌词是肖继中的电脑密码!蒙兰兰的歌唱不是愚蠢的爱人忠告,也不是临死前的表白,而是提醒和告知。肖继中的电脑密码竟然真的跟

第七章 合璧

蒙兰兰有关系。

"假的,假的!"江心洲从手提电脑前转过身,抓起铁锤怒视着蒙兰兰,"这只是一个邮箱账号,通信软件向康馨集团的某个系统发送了什么过去。该死,你是在向谁报信?!"

蒙兰兰盯着自己血迹斑斑的手,尽管疼痛难忍,脸上却露出笑容。

"我能向谁报信?或许只是念错了一个字符而已。"她悦耳动听的声音与此时危险的情景很不相称,就像有人吟诗赞美一处挖开的旧坟。

江心洲勃然大怒,挥起铁锤,往蒙兰兰娇嫩的手指砸了下去。蒙兰兰发出一声惨叫,雪白的脸像僵尸般诡谲。

"别折磨她!"丁杨大喊,"达一路不就是你请的吗?你怎么会不知道?"

"你知道个屁!"江心洲丧心病狂地转过身,铁锤地挥向丁杨的小腿。

丁杨紧紧地咬着牙,可江心洲半途将铁锤收了回去。

"我也不知道,"丁杨说,"你这样折磨我们,只是浪费时间。"

江心洲轻蔑地瞥了丁杨一眼,又转过身抓住蒙兰兰的手,仿佛怜香惜玉似的,平展在地面上,嘴里轻轻地吁着,发出变态的笑声。他缓缓地在她手上落下铁锤,轻轻地碾压。那种碾压看似轻巧,因为指骨已被锤碎,每一次接触,都是一次噼啪断裂,带给蒙兰兰更加钻心的疼痛。铁锤不断滚动,指骨不断噼啪作响,仿佛在撕裂丁杨的心。

终于,蒙兰兰受不了了!

"我说,我说。"她说出一长串英文和数字组合。

江心洲在电脑上敲击片刻,这一次,他对蒙兰兰提供的信息表

网 谍

示满意:"算你懂事。已经通过了例行查验,开始运行编译程序……"

几分钟后,他敲击回车键。"很好。"他说,"已经回到文档传输服务站,掌握了游离控制权。不过,我还要检查下载日志,看你是不是把软件转移去了别处。"

检查和编辑像"魔法鹦鹉"这么复杂的程序,通常需要好几个小时。丁杨猜想江心洲的电脑内存一定十分强大,能够同时完成好几台机器的工作。

片刻,江心洲依然歪着脑袋盯着手提屏幕。

"好,看起来不错。但要销毁,或者使用病毒入侵并非易事,过会儿,我再操作。我想拥有它最原始的权限。"

蒙兰兰闭上眼睛,眼角溢出泪水。

江心洲站起身,提着铁锤朝蒙兰兰走来。她侧过身子,想要躲开,可是捆绑的椅子与落水管连在一起,加上被锤击的手指疼入骨髓,伤及了神经,身子似乎不听使唤。

"你为什么要这样对她?她不喜欢你,你自卑,对不对?"丁杨刺激江心洲,想把他吸引到自己这边来。

江心洲却并不中计,面向蒙兰兰说:"几年了,我一直把你当偶像,而你却一直把我当垃圾,看我不顺眼,还让你养父将我扫地出门。"

"你一定做了让她作呕的事情。"丁杨接着刺激。

江心洲没有回答。

丁杨猜想,蒙礼勤说江心洲非礼蒙兰兰一定是真的。他就是这样一个卑鄙的人,他一定掌握了蒙兰兰私生子的秘密,以此相要挟,想要蒙兰兰的身体。但后来他又得逞了,因为蒙兰兰需要他,利用他对付封翎。

第七章　合　璧

丁杨怜惜地看着蒙兰兰，觉得她真是罪有应得。她一直在利用江心洲窃取封翎的秘密，想要最后毁掉封翎。因为封翎把持了她的儿子，还想霸占她，霸占蒙氏集团所有财产。鹬蚌相争，渔翁得利，那个渔翁是谁？

"魔法鹦鹉"的编制者只可能是达一路，那谁是使用者呢？蒙兰兰吗？她想当渔翁，雇佣达一路，与江心洲一起对付封翎？这怎么可能？

这时，江心洲心满意足地离开电脑，紧盯着蒙兰兰问："关于源代码，他有没有对你说过什么？会不会还有备份？"

蒙兰兰摇了摇头。

江心洲阴沉地转过身子，似乎相信了蒙兰兰的话。他慢慢打开公文包。丁杨看到他拿出一个令人心悸的东西，顿时明白了他想干什么。

"不，"丁杨喊道，"你要的钱和源代码都拿到了，还拖延什么，还不快跑！"

"我也是万不得已。"江心洲取出一支注射器。这是丁杨第三次见到这种注射器。江心洲从一瓶绿色液体里抽出药剂，在丁杨身旁蹲下来，拉下他的领子，按着他的颈脖寻找动脉。

丁杨望着对面的蒙兰兰。她闭着眼睛，不知是恐惧还是疼痛、昏迷。丁杨明白，自己真的在劫难逃了："你可以杀我，但你要告诉我，你把可语怎么了？"

"哈哈，好，那我就告诉你，免得你当冤死鬼。"

就在这时，门口响起一声大喊："住手！"

丁杨心头一阵狂喜，竟然是强超的声音。

江心洲闻声一惊，扔掉注射器，迅速拔出手枪。可没等他开火，一连串巨大的枪声响起，他往后倒了下去。胡志远冲了进来，继续朝着江心洲射击。

但是,子弹并没有打中江心洲。江心洲从地上一跃而起,一边开枪,一边往窗口方向跑。房间里枪声大作,但子弹似乎都没有打中人。

"这是怎么回事?他要杀你吗?"强超扑在丁杨身上。

"他要杀死我们俩人!"

门口又冲进几个刑警,江心洲逃无可逃,突然转身朝窗口冲过去,几名刑警试图阻止,但晚了一步,江心洲头一栽,越过窗口,消失在窗帘后面。

几秒钟后,窗外传来令人心悸的重物坠地的声音……

那是一道螺旋形的消防梯,每转一圈,北墙上设有一孔通风窗,透进淡淡的光线。"达摩"拔出手枪,紧贴着外侧的墙壁往上追,以防肖可语从上面袭击他。楼梯每层的拐角平台上有两只小型消防桶,如果肖可语用上它,是很不错的武器。

不过,"达摩"不怕,子弹的威力比两尺见长的消防桶大多了。

楼梯很陡,中间有一个空洞。去年,他的一个兄弟与人在这种螺旋形消防梯上搏斗时,从那个空洞里摔下去死了。他相信,那不是唯一的案例。这种老式建筑,在楼梯间摔倒,或者掉进空洞,是常有的事,没有人会为此承担责任。

经过三楼伪装的消防门,他心里暗笑。刚才肖可语就出现在这里。他推了推,是锁死的。与门并排,是一个与肩齐高的窗口,他向外看了一眼,窗外应该是阴坑,冒着阵阵臭气。

五楼便是顶层,上面的楼梯间空无一人。肖可语并没有埋伏袭击他。"达摩"意识到,也许肖可语根本就没发现他追来。这表示他掌握着整个局势——他观察过,此楼的设计对他十分有利,消防

第七章 合 璧

梯仅此一间,每层都有铁门,不跑往楼下,便只能逃进顶楼。

上了楼顶,他便可以随便射击,那里空空荡荡,肖可语无处可藏。更重要的是,他在暗处,肖可语在明处,跟打靶没什么区别。

"达摩"听到了脚步声,大约相隔一个楼层。他想象着子弹穿透肖可语身体的情形。假如她在楼梯中间走,他随时可以开枪;假如她贴着墙壁,他就得贴得更近些;假如她手里抓着消防桶,那便追进楼顶。那时,她除非跳楼……

任务完成在即,他检查了一下手枪。同时,随手点击了一下手表表盘,回复信息随即发出——目标:肖可语已干掉!

"达摩"一使劲,猛地冲上去。楼顶空荡荡的,寂寥无人!他愤怒地转过身来,压低嗓子,尖喝了一声。肖可语消失了。

四楼与顶楼之间,阴坑上方十二米左右,肖可语攀悬在消防通风窗外,像个外墙检修工似的趴着,只是身上没有绑安全绳。

"达摩"急匆匆地出现在一楼消防梯上时,肖可语刚从三楼妇女的家里钻出来,再要返回去已经迟了,妇女关闭了暗门。她不得不往上逃,然后跳上四楼窗台,将身体吊在墙外,恰好及时地躲过了"达摩"的视线。

杀手太自信了,没有注意到肖可语紧紧抓在窗台上的手指。

肖可语暗自庆幸,警察学院的体能训练没有白费,高强度的引体向上、举重、俯卧撑锻炼出来的臂力,此时派上了用场,让她得以吊在墙外这么久。

但是,不管她的胳膊多么强健有力,她的肩膀也已经拉得生疼,二头肌几乎已经粉碎。特别是腰部的伤口好像又撕裂了,牵动头部神经一阵阵地呐喊着,让她放弃。

窗台由粗糙的预制水泥板砌成,尖棱似的水泥钢筋边角刺进了她的指腹里,浸出沥沥血滴。肖可语知道,不要几分钟,"达摩"

就会从楼顶跑下来,她得想好如何对付。

她闭上眼睛,费劲地向上拉着身体。她的双手越来越无力,腰间的疼痛越来越厉害。她向下瞟了一眼,四层楼高,外加落地全是石头,掉下去不死也会重伤。

这时,楼上传来"咚咚咚"的脚步声,"达摩"从楼梯上冲下来了。机不可失,时不再来。肖可语咬紧牙关,猛地向上拉动身体。身体猛地上冲时,钢筋边角刺伤了她的手臂。"达摩"的脚步越来越快了。突然,她惊恐地发现,手臂的血正一滴一滴地向窗台外滴落,如果"达摩"注意到这些血迹……

可现在想这些已经没用了,她身体下方的楼梯传来"达摩""咚咚咚"的脚步声,肖可语在心中默念:"快点儿跑,快点儿跑……"

"达摩"的头终于从楼梯口冒了出来,接着,整个人站在了四楼窗台下面。"达摩"专注地往楼下张望,不见肖可语的影子。难道这么快就逃了,或者她刚才根本就躲在顶楼上,躲在顶楼的某个角落里?那么,自己应该回到顶楼上再仔细搜寻一遍?"达摩"有些犹豫。

好像有什么东西滴在了自己的脸上,温暖而黏稠,"达摩"缓缓地抬起头,看见了悬在头顶的肖可语。肖可语荡起身体,把所有的力量都集中在两腿上——

"去死吧……"肖可语怒吼道。

"达摩"的头被从天而降的肖可语准确踢中。巨大的冲击力让他失去平衡,先是撞上消防梯外侧的护栏,继而向后翻滚,从三楼坠落下去……

肖可语顾不上用力过猛带来的疼痛,紧接着追下楼去。她首先捡起"达摩"的手枪,然后欺身到"达摩"身边,用枪口对着他。

第七章 合 璧

楼道口雪亮的阳光下,"达摩"缩成一团,身上血肉模糊,已经死得不能再死了。

肖可语将手枪插进腰间,颓然地坐在门槛上。瞬息之间,泪水奔涌而出,她强忍着没有痛哭出声。她明白,该抓紧时间回汉洲去,回家再哭也来得及。

她想站起身,但疲劳过度,怎么也站不稳,只得沮丧地坐着,两眼无神地看着那具尸体。她得报警,得留下现场追杀的证据。

肖可语终于站了起来,走进庭院里。中午的阳光令人目眩,腰上的疼痛已经减轻了,她站立片刻,恍惚之中听见广场清越的歌声和热烈的欢呼。

就在她大步离开小楼,走向人群时,一辆汽车突然停在她身旁。两名男子从车里跳出来,全都是便衣,两人腰板挺得笔直,凝视着她,仿佛在审查一张证件,或者一份证据。

"汉洲肖可语吗?"其中一名中年人问。

肖可语收住脚步,脑子像炸了锅似的,惊讶地看着来人,问:"你……你们是什么人?"

"请跟我们走。"

屡遭追杀的肖可语已经不相信任何人,何况在这种突兀而离奇的相遇中。她身体一顿,全身神经都活跃起来,稍退一步,拔腿便逃。

另外一名男子闪身一跃,挡住她的去路,说:"请上车,我们换个地方说话。"

肖可语仍想伺机逃跑,中年人包抄过来,抓住她的手。她突然感到胸口一闷,眼前一片漆黑,身子不由自主地往地上栽去。

五

脱险后的丁杨想起的第一件事，就是在江心洲的手提电脑里输入蒙兰兰提供的密码，他要进入文档传输服务站，掌握"魔法鹦鹉"的游离控制权。不料，屏幕上一片乱码。

这怎么可能，是谁在这么短的时间里往江心洲的手提电脑里植入了超级病毒，毁掉了全部内存？丁杨惊疑了一瞬，立即转身奔向另外两台主机，竟然也是同样的情形。

一定是达一路，这座机房就是他的根据地。否则，不可能同时毁掉三台不在同一系统的电脑主机。

房间东面还有一道门，里面传出持续不断的嗡嗡声。丁杨紧贴着门框，推了推，房门似乎由里面拴着。他从一名刑警手里拿过一支枪，抬手就是一枪，子弹穿过锁孔，门应声而开。

丁杨侧身望了望，里面很暗，不像有人的样子。他找到一排开关，一边持枪对准前方，一边用左手摁下开关。霎时，室内洒满明晃晃的灯光，却空无一人。

声音是从哪里发出来的呢？丁杨十分疑惑。他在房间里搜索，看到东侧墙面摆着几张空空的书柜，柜脚地面有移动的痕迹。不错，里面有密室。或许藏了人……

他试着轻轻推了一下——柜脚虽然跟地面严丝合缝，却似乎装了滑轮——书柜缓缓地移动起来。他深深吸了口气，再次推动书柜，柜后果然有一扇门。

不知他的脚步，或者灯光是否惊动了里面的人？那人会不会正等在门口，正持枪准备着袭击？这么想着，丁杨手下却没迟疑，一

第七章　合　璧

把拉开了门，举起手枪。没有一丝藏人的痕迹，只有各种机器设备、纸箱电线、工具，以及一台黑色铁柜。

仍然空无一人。

他马上拨通季亚明的微信视频，将摄像头对准那个黑色铁柜："季支，我怀疑这个看似交换机的东西是僵尸程序主控机。"

老季谨慎地说："它只是看起来像一台交换机，不一定是僵尸程序主控机，也可能是因特网路由器，也可以发送网络指令。"

"我怀疑这个机柜正是我们追踪的那个'魔法鹦鹉'的中继站，或者转播器。"丁杨说，"我想请教一下，如果中继站在这里，发出拨打电话指令的仪器是不是必须在这里？"

"它也不一定是电话中继站。"

丁杨打量着铁柜子："上面没有开关，电线全埋在防磁地板下面，和支队机房一样。"

"那就对了，它可能是一条音频信号传输路径。但找到它没用，它并不产生指令。"季亚明说，"要不我让技术员过去，也许他们能够提供技术帮助，识别那里的仪器。"

"来不及了，我怕很快会有人阻止我们查下去。"

"我会让他们以最快的速度过去。"季亚明说，"听着，丁杨。你放手查，只要不造成太大的损害，我会帮你的。"

丁杨正准备关视频，却听见季亚明喊了一声："等等！"

"想起了什么吗？"

季亚明问："纸箱里有些什么仪器的使用手册？"

丁杨将视频对着纸箱："电脑主机、显示器、路由器，都是跟计算机有关的东西。联想、惠普、戴尔，还有MAGIC……"

季亚明笑起来："MagicBook，某著名品牌笔记本……正好是M、a、g、i、c，译成中文就是魔法。嫌疑人在盗用某著名品牌的软件!"

丁杨笑道:"怎么可能?"

"一定是,这就是为什么我们在现有设备里找不到它的原因。'魔法鹦鹉'是一套高级软件加一台计算机。嫌疑人设定了程序,让它按照一定的程式,在系统里不断地生成讯号,再通过中继路由器发送出去。"

丁杨转向黑色铁柜:"你是说这个中继器……"

他的话被季亚明打断:"还记得他去年控制执法系统,安排攻击行动吗?'魔法鹦鹉'不过是他的升级版而已……它的高级仅仅在于游离功能。文档传输服务站必须在某台固定的计算机里,软件却可以藏匿在别处,并不断游离。"

丁杨说:"可是……那么真切,那么相似,甚至跟志愿服务者的语气、语调、口音一模一样……难道是利用志愿者跟老人的对话录音,在软件里自动模仿生成……我早就想到这一点,可没想通其中的技术要领。"

"人机对话本身已不稀奇,机器人教学就是其中一种,嫌疑人提升了这一人工智能技术,设计出'魔法鹦鹉',而令我们束手无策的,只是它的游离功能。"

Magic(魔法),连基本的拼写都没有改变……

丁杨正要说话,手机断了线。之后,无论他如何拨打电话,或者使用微信,网络都处于无法连接的状态。

他继续观察那个黑色铁柜,模样就像普通的文件柜,一米五宽,两米五高,用厚金属板制成。背后是一排通风口,热气若隐若现。正面的嵌板露出一个个小孔,大部分孔里闪烁着绿色的指示灯,表示仪器在正常运行,也许正在执行"魔法鹦鹉"生成的指令。

第七章 合　璧

"你想到什么了吗？"丁杨问强超。

强超在网吧里待的时间长，但见识不如丁杨。他认为应该关闭电源，中断发送指令，以确认相关信号传输。但丁杨觉得，如果那么做，中断了信号传输，可能再也找不到软件程序。而且，一旦中继站遭到破坏，对方可能按照事先设计的程序，制造更大的破坏。他觉得最好是能进入硬件，掌握系统控制权。但是，可操作的仪表盘或者键盘目前无法操作，也就无法尝试对它进行控制。

这时，胡志远拿来了对讲机，丁杨调到网侦频道，接通了季亚明："你还在机房吗？我想毁掉这一中继器，检验'魔法鹦鹉'的游离功能，需要你的配合。"

"我在机房里，派出支援你的人已经在路上了。"

"好的，那你打开我的控制程序，"丁杨说，"查一查它还在不在网上？"

"仍在运行。"

胡志远绕着铁柜走了一圈，用目光示意丁杨。柜脚部位有一个小孔，看起来像是埋电缆留下的。丁杨朝着那个小孔打出一梭子弹，铁柜里响起"轰"的一声，绿色小灯一齐灭了。

对讲机里传出季亚明的声音："它仍在运行。"

丁杨沮丧地看了看身边的强超，说："那就只有一种可能，这栋楼里还有一台主机，是它在发出指令。"

季亚明派出的支援还没有赶到。丁杨相信，制止他们在楼里调查的人一定也在路上。他得抢时间找到证据，给孙倩倩，给失去生命的人，给那些被诈骗了钱财的老人们一个交代。还有肖可语，江心洲的话突然在他耳边回响："肖可语的事，真的对不起。"这是什么意思呢？他感觉要疯了。他试着把肖可语从自己的思绪中赶出去，可就是做不到。

丁杨从暗室里跳出来，往楼顶冲去。楼下几层，胡志远都带人搜查过，都是空的。那么，就只有楼顶，也许那并不是真正的楼顶，还有暗室。

枪声过后，房间里显得沉寂。丁杨往楼顶跑了一半，突然停下来，疲惫地靠着墙壁，他似乎听到丝丝低鸣，好像树林深处野兽的喘息，又像是老人如释重负的长叹。

这时，胡志远跑了过来，告诉他在搜查过程中，发现了一道暗门，就在顶楼的楼梯间侧面。他跟着胡志远来到顶楼，那是一扇铁门，里面冒出丝丝冷气，丁杨推门进去，冷气来自一台立式空调，空调下有两张书桌。桌上桌下便是电脑主机和显示器。一切再明白不过了。

丁杨在电脑面前坐下来，两手伸向键盘，立即传出泉水汩汩流淌的声音。突然，他的动作僵住了，像是一尊脚下生根的雕像。强超注意到丁杨的表情："丁哥，您怎么了？"

丁杨没有说话，强超能看到泪水在丁杨眼中打转。他不知道发生了什么，扭头看了一眼屏幕，那里显示出一行行信息——

目标：陈富贵已干掉

目标：丁小露已干掉

目标：老男人已干掉

目标：黑泡已干掉……

屏幕最下方还有一条信息。强超感到一阵恐惧。信息里有一个丁杨时刻挂在嘴边的名字，那是丁杨绝对无法接受的。他哆哆嗦嗦地将那条信息拉上来。

目标：肖可语已干掉。

强超垂下了头。这怎么可能，怎么……

第七章 合　璧

丁杨跟跟跄跄地走出机房，双眼间奔涌着凄楚的泪光，觉得眼前的世界陷入了地狱般的混沌。他扶着墙壁，强迫自己不要瘫软，很长的时间里，他感觉自己像一截陈年腐烂的树桩。他不知道要到哪里去，就那样走啊走，恍惚间走进了一间艳丽的房间。紫檀色的房门，鲜艳的红地毯，浅粉的墙壁，富丽堂皇，与楼上恍然两个世界。

突然，两只胳膊从身后抱住了他，紧紧地搂住他那几近麻木的身体。这感觉并不陌生，但此刻却令人作呕。那人虽没有肖可语拥抱他的那种丰盈，却有一种让人难以忍受的媚惑，透着失足女一样的放荡。

"丁杨，那一切都是江心洲干的，跟我没有关系。"

拥抱他的女人发出失魂落魄的声音。丁杨已听不进任何解释，何况那解释如此得苍白无力，像泼在地上的一滩泥水。丁杨扭过头去，想奋力挣脱她，蒙兰兰却紧紧地搂住他不放。

丁杨想要大叫，可叫不出声来；想要跑开，可挪不动脚。那双看似柔弱、只拿得起话筒的手紧紧地箍着他，像鼻涕虫一样粘在他身上。

"我爱你，"蒙兰兰柔声说，"这么多年，我从未改变过。"

丁杨感到一阵恶心。此时此刻，不论她是多么温柔，多么美丽，在他的意识里，她只会把他带向不幸，带向忧愁，带向悔恨。

"帮帮我，帮我改变这一切。"

丁杨甩开她的手。利用，这一切都是利用的结果！他早就看出蒙兰兰的心机，但江心洲是什么人，封翎是什么人，岂是轻易就会被人利用的？蒙兰兰是咎由自取。

"我爱你……"蒙兰兰继续说。

他望着她。她泪光盈盈地站在他面前，她是天使，也是魔鬼。

他想在蒙兰兰眼里寻找当年的清澈,看到的却只有阴霾。蒙兰兰也凝望着丁杨。她已经意识到,她渴望的那种信任感消失了,爱情已不复存在。

"我是利用了江心洲,想让他帮我。但没想到他狼心狗肺,却在背后暗害我。他投靠了封翎,收了封翎一大笔钱,却又在背叛他。丁杨,相信我,我爱你。"

丁杨听着反胃。他转身冲出门,往楼上跑去,她紧追过去。他们到了被绑架的大厅,地上的污血似乎在反驳蒙兰兰的表白,而那间暗房里仍发出"嗞嗞"声,好像是对她表白的抗议。

蒙兰兰盯着暗房,磕磕绊绊地冲了进去。"这……这里有道门!"她说,"我怎么不知道?"

这时,暗房里冒出灰黑的烟雾,"嗞嗞"声渐渐变成了爆响,防磁地板剧烈地震动着,仿佛沉睡的魔鬼被惊醒。

防磁地板下面无疑埋着电缆,但一定还有更重要的仪器。可能有人触发了毁灭装置,或者是远程发送了预警自毁功能……

"砰"!铁柜下的小孔冒出火星。接着,一团火球滚滚冒出,穿过黑色的铁柜,像沙漠龙卷风的呼啸,又像泥石流的冲刷,更像焰浆腾腾的火山的喷涌……各种声音交织在一起,发出阵阵回响,仿若魔鬼从山洞发出愤怒的吼叫。蒙兰兰吓瘫了,动弹不得。一间先进的计算机机房,瞬息之间变成了人间炼狱。

丁杨将蒙兰兰拖出暗室,僵立在烟雾弥漫的房间里,像是夜风乍起时突然慌乱起来一棵孤单的树。暗房毁灭了,他苦苦寻找的一切,可能就藏在那里;他需要的谜底,正在熊熊烈焰里沦为一抹飞灰。

醒过神来的蒙兰兰像一只被雨打湿的候鸟,颓丧地跌坐在粗粝的地板上,任凭众多的思绪在脑中烟尘般翻滚。她实在是不明白,

第七章 合璧

到底是从哪一天开始，她渴望的信任、爱情，试图赢得的帮助……一切的一切，都变得无法挽回又无能为力。想到这些，她终于没能止住滂沱的泪水，记忆中的疼痛和暗房里的火焰一样无情。

暗室已变成一座坟墓。

可是，丁杨苦苦追寻的东西呢？他似乎又听到肖可语在呼唤他。揪出犯罪，丁杨，揪出他，别放弃呀！肖可语的声音在鼓舞着他，指引着他。他飞快地冲出大厅，跑上楼梯。在他身后，浓烟尾随而来，蒙兰兰尾随而来。

把燃烧的气流甩在身后的时候，丁杨被楼顶忙碌的情形惊呆了。强超、胡志远、随胡志远而来的年轻民警，肩扛手提，甚至脚踢，将顶楼房间里的仪器都搬进了楼顶的平台，密密麻麻地摆了一地。

丁杨释然地吐出一口气，瘫坐在台阶上。他听到胡志远正通过对讲机跟车小宁联系，而对讲机里似乎传来黎政和封翎的对话声。他猛地一激灵。封翎一定带了律师，律师来了恐怕不是那么好对付的。

他看着蜷缩在身边的蒙兰兰。她浑身颤抖，鲜嫩的肌肤似乎缩了水，皱巴得像个老妇，眼睛失神地盯着面前的一小块空地。

丁杨心里突然冒出一个大胆的猜测，他问蒙兰兰："你利用江心洲，就是想打败封翎，夺得你养父的财产，对不对？"

那一刻，蒙兰兰突然神情恍惚地僵立在低垂的光线里，像是一只迷途的鸟，哀怨地剜了丁杨一眼，没有出声。

"你让他接近封翎，打探封翎的秘密，再以此搞垮封翎，对不对？他答应后，你告诉了他有关封翎勾结黑客、操纵'魔法鹦鹉'、赚取不义之财的事情？"

丁杨看见蒙兰兰瞳孔张大，知道自己射出的子弹没有偏离靶心。

"江心洲却被封翎以更高的价钱收买,从而帮着他操作'魔法鹦鹉',并指挥某个杀人工具。"丁杨乘胜追击,"江心洲利欲熏心,他要的不是封翎许愿的那点钱,更不是你的好处费,而是盯上了'魔法鹦鹉'和你家的财产……"

蒙兰兰不可置信地瞪着丁杨,摇了摇头。

"别急着否认,兰兰。江心洲能够指使杀手,与杀手商量'魔法鹦鹉'的事情,却不知道'魔法鹦鹉'的密码,说明杀手只是封翎交给他管理,真正跟杀手幕后的达一路联系的,只有封翎。我说得对不对?"

蒙兰兰躲避着丁杨的目光:"我……我没什么好说的。"

这话似乎已经肯定了丁杨的猜测。但时间很紧,他不想让她蒙混过关,他要让她说出所有的秘密。"'Keep this day in your heart eternally(把今天永远地保存在你心中)'到底代表什么?为什么成为肖继中电脑里的密码?"

蒙兰兰的脸色突然阴沉下来,收起了刚才的恐惧,变得冰冷而陌生。

丁杨几乎失了耐心:"如果将'魔法鹦鹉'跟志愿者的关系勾连起来,是不是说明你有杀害肖继中、梅亚飞和孙倩倩的动机?说,这一切到底是不是你的阴谋?"

蒙兰兰一言不发。

丁杨气急,打出最后一张牌:"好,你不愿跟我说,那就让你去跟记者说……"

蒙兰兰终于掩饰不住内心的担忧,闷声问:"为什么跟记者说?"

"警察的职责之一,是让广大人民群众拥有知情权,"丁杨干咳一声,"这么大的案子,公安机关当然要召开新闻发布会,让所有人都知道案情……而作为新闻记者,不挖些深度消息,是不会放手的。"

"什么深度消息?"蒙兰兰问。

"比如当红歌星的三角恋,还有她私生子的事情……"

"丁警官,你没有权利这样询问我的当事人。"门口传来一个声音。

两人同时转过头,说话的是封翎的律师,西装笔挺。后面跟着一高一矮两名穿检察服的中年男人。再后面,则站着封翎、黎政和车小宁。

六

封翎对黎政和车小宁说:"谢谢警方迅速破案,保护了兰兰。我会向蒙总报告这件事。同时,我请求各位领导暂时保密。康馨集团上市在即,市政府在全力推动,拜托各位了。"

"今天的案情,确实都清楚了。"黎政跟两位检察官交换了一个眼神,随后望着胡志远说,"但以前的犯罪事实还有待进一步侦查,证据并未取齐,对不对?"

胡志远感觉黎政的目光里像是收藏了很多的言语,答道:"此案前期的犯罪过程还没查清,人证物证还有待搜集,特别是犯罪工具,以及这栋别墅……"

"别墅?"封翎打断他的话,"这是康馨对集团高层的奖励。原来隶属江心洲名下,江被开除后,一度被集团收回,后来又返聘他回集团服务,便又暂时给他使用。"

"没关系,别墅归属问题不是重点,如果封总不放心,可以请检察提前介入。"

"从黎局介绍的情况看,符合提前介入的要求。"高个儿检察官说,"我们回去马上向检察长汇报,配合公安机关从快从严办好此案。"

"好的,我代表蒙总,谢谢检察和公安的各位领导。"

"应该的,封总。"黎政微笑道,"这是我们应尽之职。"

彼此寒暄了几句,黎政和车小宁便请封翎跟两位检察官先回市里。仲春黄昏的落霞里,车小宁拉住丁杨的手,未及开口劝慰,两串热泪便从丁杨的眼里夺眶而出。

黎政轻轻叹了口气,似乎对丁杨的泪水视而不见。他点燃一支烟:"目前面临的状况非常复杂,来自高层的压力不小,我们务必加快侦查速度……接下来,分两步走。"

车小宁说:"我们听你安排。"

"安排您我可不敢,唐副市长提出串并,意思是孙倩倩专案证据确凿,事实清楚,涉案凶手已经死亡,可以先移交。"黎政说,"凶手方面的口供疏漏,取证方面的疑问,影响证据链的构成,由我们梅阳分局串并所有系列命案一起,继续补充侦查。"

丁杨安静地坐在东头的角落里,透过窗户,看着晚霞滑落屋顶,静谧的树影里,两只喜鹊张开小小的翅膀在空中并排滑翔,突然一只站上树枝,一只却硬生生地转了个弯,离开树林往栅栏俯冲而去,也不知它接到了什么指令,要跟同伴分开。

丁杨突然想起,胡志远抢出了几台电脑,即使嫌疑人早已做好销毁计划,里面可能什么都没有了,但面对电脑他才能工作。他悄悄起身走上楼去,孙倩倩、肖可语不能白死,现在他要尽最大努力,破解楼上那台主机里的秘密。他的脑子里冒出一连串联想:密

第七章 合 璧

码、源代码、"魔法鹦鹉"诈骗收款账号、自建网站与自毁功能。不知道为什么,肖继中电脑密码又浮现在他的脑海,那也是蒙兰兰眼见江心洲要杀她时,对丁杨唱的歌:"Keep this day in your heart eternally(把今天永远地保存在你心中)。"

他深深吸了口气,将刚才串联起来的思绪打破、拆开,看能不能将它们重新组合。他的脉搏越跳越快。倘若这样说得通的话,一切都会颠倒过来,这样一来,一切就都吻合了,就可以解释江心洲为何将蒙兰兰绑来这里,在这里逼问密码。

他不相信灵感或心电感应,但他相信运气。

不是那种天生的运气,而是通过辛勤努力得来的运气。血、汗、泪到了位,于是,在某个时间节点,机会就会自然而然地落入你的手里。当然,也不是纯粹努力就能挣来运气,碰对时机,一切才能成立。

暗室的烟雾已经散去,楼顶的电脑都搬进了大厅,强超正在那些仪器间忙碌着。丁杨没说话,坐到屏幕前,迫不及待地研究起屏幕上的信息。他改编了一个后门软件,迅速从系统里挖掘出一个叫"隐秘门"的文件夹。

这是一个源文件夹!丁杨的心怦怦直跳,解密的希望如猫一般抓挠着他的心。终于有机会见识这个神奇的软件了,他的手指却突然凝在空中,久久没有落下。不错,此时他获得了网络控制权,可以探查"隐秘门"的所有源代码,但是,这会是江心洲组建的机房吗?是他留下的软件吗?答案是否定的。如果是江心洲编写了它,他还要逼问蒙兰兰干什么?丁杨怀疑,江心洲根本不知道里面的机房。

这个机房的主人应该是丁杨的老熟人达一路,他才是所有"达摩"杀手的真正幕后操纵者。只要达一路在,即使丁杨破解了程序，也非常容易被发现——如同强超追踪嫌疑人的网上痕迹被发现，然后被要挟一样。

如果真是达一路，他一定正在重新创建一个网络服务供应商和电子邮件地址，追踪这一带的信息，试图销毁自己的软件。这种情况下，要想找到他的软件源代码，破解"魔法鹦鹉"程序，固定证据，并借此找到他和他背后雇佣者的线索，可能就来不及了。

丁杨必须忍痛放弃看上一眼"隐秘门"的欲望，当务之急是寻找代码，让它追踪"魔法鹦鹉"的下落，至少找到它的路径。他创建了一个"隐秘门"快捷方式，并转移到自己的优盘里，继续在网络里潜行。

目前的互联网就像一座原始森林，生机勃勃、繁华茂盛，却充满了丛林法则和各种变数。活跃在网络的用户犹如出没在森林的动物，有兔子、梅花鹿，也有狮虎狼豹，安装的各种软件，可能是鲜嫩可口的果实，也可能是强弩、陷阱。进入别的电脑、入侵别的程序，就好似穿行在猛兽出没、陷阱暗布的森林。

终于，沿着"隐秘门"的虚拟路径，丁杨找到了一个标明"邮件"的文件夹。

他打开收件箱。

大多数是"雷神"发送给"MAG"这个用户的邮件。

丁杨小声对强超说："猜对了。他们使用的是同一个网络地址。你来看。"

他随意打开一个邮件。

邮件内容非常专业，包括下载的软件修补程序、工程技术数据标准规范。对方似乎早就知道有朝一日他们的电脑会被人控制，邮件里没有提及各自的私人生活，也没提到他们的真实身份。没有只言片语提到"MAG"是谁、"雷神"住在哪儿。

第七章 合 璧

不过，这也不是绝对的。

丁杨发现，一周前的凌晨，"雷神"给"MAG"发了一封奇怪的邮件："一边写着代码，一边心里想着你，虽然疲惫，脑海里却只有你完美的形象，只有对你的爱，你给我的安慰让我情难自禁……"

强超莫名其妙："随后，还有好几封同类的。"

跟过来的黎政俯在丁杨身后："有没有提到昵称，或者他们见面地址什么的？这个 MAG 看起来似乎是个女性？"

丁杨神秘地一笑："先工作，随后再向领导解释。"

他退出收件箱，检查发件箱。大都是些回复信息，几乎有问必答，仿佛又一个搜索引擎，包括排除"隐秘门"软件故障或编写别的软件补丁等等技术信息，专业性更强，与雷神的信件比起来更一本正经，更没有涉及私密性问题。

强超越看，越觉得"雷神"了不起。认为"雷神"是一位出色、冷漠、博闻广识、什么都能理解却就事论事的人。而"MAG"的回复简短干脆，丝毫没有拖泥带水，他很少写完整的句子，语法、句法和标点符号却无懈可击。由此看来，"MAG"学历高、素养好、性格傲慢，对"雷神"若即若离。

"这么说，"黎政沉思道，"'MAG'可能有研究生以上学历，对'雷神'利用多，感情的成分少，而'雷神'的感情成分重，全心全意帮助'MAG'。"

丁杨没有回应黎政的话，继续敲击键盘。

"这是一个计划表。"强超指着屏幕说，"时间安排精确到分秒，大部分都是下午和晚上，但又避开了下班休息和节假日。天哪，日程都排到了明年！"

"有没有对象的姓名？"黎政问。

网　谍

丁杨打开子目录，找到标明"计划详单"的文件夹。这个文件夹里有几十个文件都是各种图表、简报，内容太多了，而且所有的图表和简报都是数字、符号和英文字母，乍一看莫名其妙、不知所云。

丁杨没有时间仔细分析，每看过一页，就按一下打印键——先保存证据，再慢慢破译。但打印速度是固定的，他不由得摇了摇头："太慢了。"

"是不是发送到这边的辅助机，由我来打印？"强超说。

丁杨摇摇头："太冒险了，一旦自毁程序启动，转移出去的东西同样不能幸免。"

"理论上你是对的。"强超反驳道，"但你别忘了，我们跟他在赛跑，时间比什么都宝贵。他可能已经知道我们进入了他的主机。"

丁杨知道强超是对的。他不再犹豫，马上执行下载命令。突然，电脑音箱传来急促尖厉的声音。屏幕右上角出现了一个红色窗口："错误！"

无需检查系统，丁杨立刻就知道了原因：这不是下载警报，而是一种"后门"病毒，一旦点击下载，便等于打破了毒气罐。

想不到达一路的防护竟然如此严密！丁杨还没来得及做出反应，屏幕上的窗口又蹦出几个红色大字："成批加密开始！"

"不好！"丁杨惊叫道。下载操作忽然停止，屏幕上的"计划详单"文件夹变成一个打破的鸡蛋，白的黄的摊成一团稀糊。

强超懊恼不已："是我错了。"

丁杨绝望地盯着屏幕，说："这是一种即发性病毒，他把整个文件夹都毁了。"

一旁的黎政问："会不会影响我们继续取证？"

"肯定影响。不过，就像线下取证一样，湮灭了一个证据，可

第七章 合璧

以用其他证据补充，只要形成完整的证据链。只是少了一条路径，接下来更难了。"

所有人的目光都盯着丁杨。丁杨则盯着密密麻麻、源源不断冒出来的串串乱码，感觉眼前的一切很不真实，胸中一阵阵窒息：任何一组乱码都可能隐藏着有用的线索，或者告诉他们背后的人是谁，"雷神"在哪里，以及下一条线索的路径。

"等等！"强超突然喊道，"他这不仅是加密，是要毁掉这台电脑，必须立即采取措施。"

丁杨恍然大悟，猛地冲到电闸前，但已经太晚了。电脑主机发出一阵嘎吱声，紧接着屏幕变成一片蓝色，系统停止运行，所有人都目瞪口呆。

"没有别的办法了吗？"黎政问。

丁杨死死地盯着屏幕，摇摇头，继而又点点头："还没到绝望的时候，强超，我们把这几台电脑连接起来，组建一个小范围的局域网，重载备份文件……"。

一阵忙乱之后，电脑发出几声类似敲钟的声音，它不过是普通计算机的声波而已，但在丁杨听来，却好似敲响了洪钟大吕。屏幕上显示："正在配置系统更新。"

丁杨跳起来，拥抱了一把强超。强超说："得抓紧时间操作，他一定时刻监控着自己的软件，一旦触动，只需检查一下系统，随时都可能找到我们。"

丁杨在电脑前坐下，飞速敲击键盘。连成小系统网的几台电脑屏幕上，数字与图表快速地交替闪现，像是电视被人不断摁拨遥控切换频道。这是他组建的临时工作站，所有系统、路径、密钥都在他自己手里。这时，屏幕上赫然显示出一条信息：

把今天永远地保存在你心中

输入密码——

身后传来强超疑惑的声音:"这个路径你是怎么找到的?会不会携带更厉害的病毒?"

"你以为这是病毒?"丁杨擦了一把额头的汗水,"病毒能够自我复制,就有根文件!但这个没有……"

强超依然心神不宁:"比病毒更厉害的?那是什么?它能做什么呢?"

"不知道,"丁杨深吸一口气,"这个东西既自负又愚蠢,简直是双重的自大狂。它就像无穷无尽的海绵一样,冲撞上去软绵绵的,甚至可以撕破它,但缝合的速度比撕的速度还要快,甚至找不到缝合口——"

"那就是连环锁扣。这种锁扣似乎有着生命,不是复制。它只有一个目的,把入侵者绞进去……"强超望着屏幕,双手演示着太极动作。"道生一,一生二,二生三,三生万物。粘连,复合,再粘连,以至无穷……但是,它总是有弱点的。"

"弱点……如果真是海绵,我就用火。"丁杨手指飞速地敲击着,"兵无常势,水无常形。"他说,"这个程序正应了这句话,它结构不复杂,凭本能行动,渗透、淹没、淹没、渗透。就是这样简单,简单得要死,不需要指令。"

"那就编制一个火势软件试试?"强超问。

丁杨长长地叹了一口气:"我试过了,我们面对的不是海绵,是黑洞,是大海。"他又载入一个程序,静静地等着屏幕变化。

把今天永远地保存在你心中

输入密码——

路径没有变化,口令没有生成。

强超看了一眼丁杨,欲言又止。迟疑了一会儿,终于说:"是

第七章 合　璧

不是需要硬键入的密码，保存在优盘或芯片里……"

"万能设密软件脱离源代码工作？"丁杨好像自问自答，"对，他设了一道门，不但带走了钥匙，还隐藏了锁芯，必须同时找到钥匙和锁芯的位置，才能打开这道门。"

"那怎么办？"强超着急地说，"我们时间不多了，一旦我们的防火墙失去效力，他可能再次摧毁我们的小系统网。"

这时，黎政一边拨打手机，一边悄悄地退了出去。丁杨假装没有看见，幽怨地埋下头，呆呆地盯着屏幕上的那个窗口。"在南都。"他嘴里喃喃道。

"什么？"强超一时摸不着头脑。

"肖继中意识到有人要杀他，把密码芯片寄给了南都的一个朋友，但那个朋友也被杀了。"他终于明白了黎政派肖可语去南都的真实目的。

"那芯片呢？"

"黎局长派人去找了。"丁杨说，身体微微发抖。

"找到芯片了吗？"强超问，"怎么不派人送回来呢？"

丁杨默然不语。

这时，车小宁带人走了进来。

"车支队长，"强超气急败坏地喊道，"需要寄往南都的那个密码芯片！您赶快联系一下黎局长，让他派人加密传送过来，要快。"

房间里一片静默，没有回应强超。

"你还在等什么，车支！"强超大叫，"快给南都的警察打电话呀！接通后，我来告诉他们该怎么做，要赶快传过来，晚了电脑里的证据就会被毁掉。"

"不用麻烦了，"丁杨轻声对强超说，"派往南都的人已经死了。"

就在这时，屏幕发生了变化，窗口下面跳出一排绿色数字。

"倒计时开始了！"强超倒吸一口冷气，颓然坐在一把椅子上："被他发现了，他要把我们这个小系统毁掉！"

"天哪，这些电脑都是私人财产，你们知不知道！"封翎的律师惊呼着闯了进来："我要向市委市政府汇报，对你们这种违法违纪行为进行处理！"

他的身后跟着封翎、蒙兰兰，还有黎政。

律师大呼小叫着冲过来，试图扯掉电源线，干扰警方的操作。他是律师，明知这是把自己往嫌犯队伍里送，却仍然肆无忌惮，因为他知道有人会为他的冲动买单。买单的人知道，只要争取一点点时间，系统毁了，他们就赢了。警方再也找不到那个软件，也就再也发现不了他们的秘密。

这时，如果黎政稍一迟疑，律师就得逞了。封翎和蒙兰兰大概也认为黎政不会阻止，因为他们之前已经达成了协议，江心洲是本案的主犯，蒙兰兰是受害者，本案到此结束；而黎政之所以会妥协，是因为封翎有市政府某些领导的背书：康馨集团上市在即，不能在这个时候出任何问题。

可是，当律师发出第一声叫喊时，黎政气定神闲地挥挥手，几名民警立刻挡在律师身前。

"你最好明白自己在干什么，黎政。"封翎也失去了以往的风度，咬牙切齿地说。

黎政不搭理他，吩咐那几个民警："把他们三个人看起来！没我的命令，谁也不能把他们带走！"

这时，丁杨转头看了一眼，看到了黎政所说的"三个人"——律师、封翎和蒙兰兰，三人面面相觑，一个个脸如死灰。

第七章 合璧

"嘀嘀"的倒计时声音再次响起,屏幕窗口下面的数字由绿转红,屏幕开始颤动,出现细细的干扰线,一圈圈的,由中心往外围扩散。

"快想办法啊!"强超催促道,"自毁程序已经启动,如果我们不能尽快拿到芯片,及时载入代码、输入密码,所有证据都会被毁掉!"

黎政稳坐屏幕前,不露声色。他的心在怦怦狂跳,响亮地敲打着汉洲之夜。刚才,他跟接应肖可语的刑警通了电话,肖可语被救的消息给他带来巨大鼓舞。他相信肖可语必定已经取得了芯片。但她仍处于昏迷之中,这让他饱受煎熬。他在等待,冷静地等待。此刻,他也只能让大家跟他一起等待。他平静地对强超说:"你以后就会慢慢懂得,在人的一生中,等待是很要紧的一件事。"

强超认真地领会着这句很深奥的话,最后他还是固执地摇了摇头说:"拿不到芯片,说什么都是白搭。"

黎政拍了拍强超的肩。"谢谢你一直在这里帮忙。不要着急……"他拿起对讲机,郑重地点击了几个键:"指挥中心,"他说,"我是黎政,能视频连线了吗?"

指挥中心回复:"视频连线马上接通!"

黎政将手机斜靠在电脑桌上。几秒钟后,屏幕亮了,图像由歪歪斜斜慢慢地变得清晰,是两个男人的影像,其中一个脸型瘦削,戴着耳麦,另一个皮肤黝黑,典型的两广特征。看背景,两人似乎是在一辆行驶的汽车里,音频接通了,手机里传出背景噪音。

对讲机里传来指挥中心的声音:"音频视频信号正常,已实现双向传输。"

"这是南都传回来的吗?"车小宁忍不住问。

"对,"黎政一边回答,一边注视着画面里的两人。肖继中死前留下遗书:"'魔法鹦鹉'包含重大阴谋……数据芯片寄往南都梅宜……",虽然仓促间肖继中只写下不足二十字,但黎政进行了认真分析,迅速派出肖可语循踪追查。令人遗憾的是,肖可语失联,他不得不再次派出刑警赶往南都。

芯片到手了吗?肖可语会不会因此牺牲性命?黎政虽然运筹帷幄,却万分焦虑,他又不敢把这一切告诉丁杨,更不敢把真相告诉专案组里的其他人。不是不相信同事们,网络太强大了,对手太精通网络,他真不知道会从哪里泄密。

黎政只能孤注一掷,相信肖可语一定能找到邮件。

"快啊!"强超不停地看着屏幕上的倒计时,"再不传输,就太迟了。"

手机上的图像晃动了一下,镜头从两个男刑警身上移开,转向汽车后座。肖可语躺在车后座上,一动不动,浑身沾满鲜血。

丁杨突然从椅子上一跃而起,冲到手机跟前:"可语……"他转头看着黎政:"她还活着吗?还活着吗?"黎政还未答话,他又对着手机屏幕喊道,"可语!可语!我是丁杨,可语……"

手机屏幕里的肖可语似乎是被丁杨唤醒的,她似乎听到了一个声音。那声音从很远很远的地方传来……

她腰背胳膊火辣辣的痛,疼得她眼冒金星。头晕晕乎乎,像在大海里晃荡,身体已不属于自己。可是,有个声音在呼唤她。遥远、微弱,却无比亲切、清晰,仿佛来自她的心里。

"可语!"那个声音越来越响。她想把杂音从脑海里赶出去,只保留这一个重要的声音。

"可语……对不起……"

肖可语微微睁了睁眼睛,现出一束朦胧的光亮,拉出一道长长的灰线,然后慢慢亮起来。她想翻动一下身体,可浑身疼痛。她想

第七章 合 璧

开口说话,却发不出声音。

那个声音还在呼唤她。

她感觉有人抱住了她的双肩,让她靠坐起来。她渐渐睁开了眼睛,朝着发出声音的屏幕看去。那是一张小小的手机显示屏,屏里有个声音在呼唤着她。她茫然地盯着那个发亮的人影,仿佛正从另一个世界泪流满面地注视着自己。

"可语……"

声音很熟悉。他是天使。他是来找她的。天使开口说话了:"可语,我爱你。"

肖可语的心里发出一声欢叫,好像刚刚坠入一场梦境。

丁杨朝着屏幕伸出双手,又哭又笑,情绪非常激动。他拼命地擦着泪水,喊道:"可语,我……我还以为……"

车上的男刑警说话了:"这会儿她还没有完全清醒,让她安静一会儿。"

"可……可……"丁杨结结巴巴地说,"我看到发送的信息,说……"

男刑警笑着说:"我们也看到了。那只是'达摩'想要实施的计划。"

"可是,血……"

"她确实受了枪伤,只是擦破点皮而已,"男刑警轻松地回答,"别担心,丁警官,主要是体力过分透支让她昏迷,不会有事的。"

来自手机内外的声音编织成一张网,始终罩着丁杨。丁杨的眼前掀开了那层薄雾。

肖可语神志渐渐清明,她抬手揉了揉眼睛,又挺了挺腰,想让自己显得精神一点。她从来没有在丁杨面前萎靡过,她要保持那份精干和美丽。丁杨惊喜地看着她,那张沾满泥灰却依然娇美的面容填满了他的眼睛。

"可语,谢天谢地!我还以为再也见不到你了呢!"

肖可语轻轻地叫了一声:"丁杨?"

"是我,可语。现在我们两人的领导都在这里,我要提出请求。"丁杨疯狂地说,响亮的嗓音在大厅里回响,"你回来我们就去结婚,好吗?"

"丁……丁杨"肖可语注意到小屏幕里黎政和车小宁及许多同事都盯着她。"我们已经商量过了,忘了吗?五一,请大家喝喜酒的。"

"我知道。"丁杨终于笑起来,"不过,这次,我想让那串项链成为我们爱情的信物。"他伸手到镜头前。肖可语从脖子里拿出那串项链——

"芯片呢,肖可语。"黎政命令道,"取出来!"

强超双手搁在键盘上。"对,"他仿佛在发布命令,"把芯片内容传输过来!"

丁杨此时突然冷静下来,他一把推开强超,十指浮在键盘上,随时准备着敲击。肖可语仍然有些虚弱,手脚却十分麻利,细致地打开吊坠,将芯片倒在掌心。

七

康馨集团三楼体验区里,蒙礼勤孤独地站在无限变幻的光影之中。一切都偏离了他掌控的方向。他预见到了这一切的发生,但群狼环伺,他是猛虎。他以为这一切会爆发在公司上市之后,那时他会腾出手来切断一切联系,维护公司的利益,维护自己的荣誉。没

第七章 合 璧

想到，他们如此急不可耐……

蒙礼勤挥挥手，周围的光影幻化为他为公司上市发布会准备的视频，他自己的形象投射在巨大的穹顶之上，绘声绘色地描绘他的新技术、新理念即将掀起的一场革命——

"我们的星球在五亿年前的寒武纪，经历了一次突如其来的生命大爆发，大部分物种几乎在一夜之间诞生。今天的人类，正在亲历一场技术大爆发。新的技术以令人目不暇接的速度发展，如果不转变理念，人类将从创造技术、掌控技术，变成被技术操纵、被技术奴役，技术将超越人类。

"诸位如果不相信技术对人类的吞噬，那么，请看看你的周围，电脑、智能手机、机器人、VR技术，它们已经占据我们生活的全部，而这些，只是这种吞噬的原始发端。医学上，我们已经将电脑芯片植入大脑，将纳米机器人注入我们的血液，制造由我们的大脑控制的假肢，基因编辑工具正在改变我们的基因组，毫不夸张地说，我们正在失去人类自己的身体。

"如果这也是进化，掌握财富的人也就掌握了进化的钥匙，他们可以随意改造自己的躯体，成为生物与技术融合的产物。控制论、合成智能、分子工程、虚拟现实……将彻底改写人的定义。今天活在人类体外的工具，在可以预见的将来，将成为有钱人的身体。那时候的世界，除了贫富差距，还会有自然人与超人的差异。

"转眼间，有钱人将不再是自然的物种，而自然的人则会感到这个世界已经走到了尽头。所以，我恳求诸位，跟我一起行动，与其利用器官移植、电子元器件替换器官，不如利用科技来保持我们有机躯体的健康，促进衰老组织的再生，促进手眼脑的升级，却不是替换。如此，这个世界将是自然人的世界。

"在我所期待的未来，智能医疗保健器械将捍卫自然，捍卫每一个平等生命的有机躯体，而不是让冷冰冰的科技支配我们。每个人都必须寻求自然的延续，而不是电子元器件的替代品。当我们走向充满不确定性的明天时，我们将为此刻的转变而骄傲。因为我们既维护了自身的健康快乐，又保持了后代的自然延续，而不是让科技元器件造就不死的超人，却抹杀了自己的自然后代——到那时，我们将倍感欣慰，因为我们因科技而强大，却没有忘记自己的责任！这才是对未来科技最乐观的期许，是科技时代造就的最大的幸福和快乐。"

蒙礼勤再一次为自己的演讲感到陶醉。可惜，这个视频再也没有机会公开播放了。

在光影斑斓的穹顶上，他恍然看见了蒙兰兰的身影——那么漂亮，那么柔情，对他是那么信任。他曾以为那包迷药只会留下一个迷局，以为那是对自己的爱和希望的自然延续，是对自己自然缺陷的弥补。那时的他怀着怎样的焦渴和欣喜啊！他自以为种下了爱和希望的种子，不料，种下的却是让自己万劫不复的祸根。

一切都结束了。

他的设想非常大胆——通过智能器械让人活力再造。他一直从事这项研究，后来发现江心洲有些天赋，便培养他学习信息技术，希望两人携手实现这个美梦。然而江心洲并未把天赋用在研究上，除了贪图他的财产，还把魔爪伸向他心爱的养女，他儿子的母亲。

"我是个贪婪的人，"蒙礼勤想，"卧榻之侧，岂容他人酣睡。"

对于重新选择合伙人，他考虑了很久。封翎是他将蒙临轩送往M国时看中的，果然没有让他失望。封翎盗取了李致的技术，又结合了他的研究成果，取得了重大突破。但他们的产品毕竟只是给老年人托了一个梦，实际效果并不像他们宣扬的那样好，而且也不是每一件产品都能达到规定的技术指标。

第七章 合 璧

蒙兰兰介入生产和销售，封翎的工作积极性空前高涨，公司利润成倍增长。他以为蒙兰兰终于明白了作为继承人的责任，她是临轩的母亲，而自己毕竟精力有限，儿子继承前需要有人掌舵。他为此感到欣慰，但对于封翎，他只有利用。

随着流入市场的伪劣产品越来越多，社会上出现了种种不利于公司的负面舆情。他终于知道了真相，所谓的利润奇迹，不过是一个黑客利用网络编造出来的销售骗局。可他仍然觉得自己能够控制，让公司起死回生，一步步走向上市之路，这正是他的梦想，何乐而不为呢？他睁只眼闭只眼，放任他们搞下去，直至连续发生命案。蒙礼勤怒不可遏，叫来封翎训斥，谁知封翎冷冷一笑，说黑客是蒙兰兰雇佣的，诈骗杀人都是他爱女的策划。

怎么可能呢？她怎么会这么做呢？那份遗嘱只是权宜之计啊！是在迫不得已的情况下才会实施的啊！他要挽回败局，于是亲自召见达一路，许以重金，请他清除所有知情人。蒙礼勤相信自己仍有机会。如今，江心洲跳楼死了，少了个知情人，有了个最好的替罪羊。只要毁掉别墅机房里的一切数据，是的，他想，还有机会。

他的思绪被手机铃声打断，是那个他刚刚熟悉起来的声音。与室内的静谧和窗外的微风相比，那个声音简直就像一阵惊雷："密码泄露了。"

"什么？"蒙礼勤发出一声惊叫，"你说过你会清除一切障碍的！你说过你的手下会确保绝对安全！"

"听着，我也损失惨重，我的'魔法鹦鹉'被破解了……把你答应给的钱，立即给我，立即！"电话那头生气地冲着他大声咆哮。

"你不是说它是不可破解的吗？你不是说你会保证它安全运行吗？"蒙礼勤毫无理性地嘶吼道，"我的事业呢？我的上市呢？我……"在他狂妄的心里，只有他对别人下命令的权利，因为云彩底下的一切事物，都是他的。

"没有了，你的一切都没有了！把钱给我，否则就等着警察抓你！"

"你也敢威胁我？别以为我不知道你藏在哪里。坏我的事，威胁我的人还没有出生！"

"呵呵，世上事只有想不到，没有办不到，如果你不履行诺言，你想不到的事情还会接连不断地发生！"手机里传来嚣张的声音。

蒙礼勤僵住了。凭直觉，他感到达一路的身后深藏着大片的秘密，像波诡云谲的海洋一样，深不可测，让人探不到底。

听到丁杨和肖可语走进讯问室的脚步声，锁住双手的蒙兰兰像是被一阵记忆的气息所牵引，蓦然抬起头来，就在与丁杨四目相对时，即刻绽放出犹如烟花般的灿烂，又瞬即幻灭成火花掉头垂下时的落寞。令人难以想象，眼前的她，在一天之前还是万人瞩目的明星。

"丁杨，帮帮我。"她用乞求的语气说，"是蒙礼勤没有讲真话，是他联系的达一路，一切都是他做的，他还想隐瞒临轩的事，他想死无对证。"

蒙礼勤始终不承认联系过达一路，不承认迷奸蒙兰兰，不承认儿子是他的。警方已请求国际刑警协助提取男孩的血样，只要DNA结果出来，真相终会大白。

"蒙礼勤收养我，从一开始就是谎言。他一直在按那些有权势的人的审美打造我，每一件衣服，每一双鞋，甚至用什么化妆品，都由他来挑选。如果不是为他生下了继承人，他早晚会把我当作礼品送出去。"

丁杨任由她说下去。

第七章 合 璧

"他一直在引导我,暗示我。他让我忘记遭迷奸的事,忘记儿子的事。但我怎么能忘记呢?其实,我也不知道假如真的找到儿子我该怎么办,我只是想看看儿子。但我找儿子的事被他发现了,你能想象出他有多愤怒。我从没见他发过那么大的火。我真的觉得他会打死我。他说他收养我,就是想找能为他诞生一个继承他血脉的人,现在有了,但绝对不能让人知道是他的继女生的,那样会毁掉彼此的事业。他有什么事业?他就是个不知廉耻的人,顶着科学家的光环,却剽窃了别人的成果……"

肖可语问:"你怎么不举报他呢?你成年了。"

蒙兰兰摇摇头:"只要封翎在,我就不可能做什么,他控制着我的儿子。封翎是处心积虑进入康馨集团的,他和蒙礼勤臭味相投、一拍即合。蒙礼勤在盗窃李致的研究成果时遇到了阻碍——李致的核心成果都保存在网站里,而且密级很高。两人狼狈为奸,封翎负责窃取,蒙礼勤则研究如何将剽窃技术转化成产品。但蒙礼勤还是失算了,封翎的胃口太大,他根本满足不了。临轩是蒙礼勤的财产继承人,是我与他的中间纽带,封翎当然不会放手。他要紧紧地把我和儿子抓在手里,才能控制公司,控制蒙礼勤。我毫不怀疑,等公司上了市,跟我结了婚,他就会毫不犹豫地对蒙礼勤下手,进而谋害我和临轩!"

蒙兰兰对三个男人的心思清楚得很,但她的反击只是想把水搅浑——她想让三个男人勾心斗角、三败俱伤,不想自己却成了三个男人阴谋诡计的道具。

丁杨说:"可是,肖继中的电脑密码跟这里所有电脑的密码都一样,是你唱的那句歌词,不就说明达一路是你联系的?"

"那只能说明肖继中的电脑跟这里所有电脑一样,都是达一路设置的密码。黑客达一路是封翎联系的,真的,'魔法鹦鹉'也是他跟达一路一起设计的。公司的大部分产品不过关，封翎就想出这种卑劣的手段，还把脏水往我身上泼。"

丁杨叹了口气："你如果还是冥顽不化，谁都救不了你。"

"你可以救我呀，丁杨。"蒙兰兰完全不顾肖可语在场，"我要见你，就是想让你救我呀！雇佣黑客的事都是封翎干的。"

丁杨摇摇头："我们破解了达一路的主机，里面有你们两年来的通话记录，蒙兰兰，你怎么狡辩都是没用的。"

"你……你们都知道了？"蒙兰兰的身子瘫软下去。

"为什么？"丁杨问，"这一切都是为什么呢？"

"遗嘱。"蒙兰兰的眼中有了密集的雾水，"他有一份遗嘱……那份遗嘱不包括我，甚至没有临轩。封翎摊牌后，蒙礼勤偷偷跟律师见面，他立下一份遗嘱，如果他意外死亡，就把所有财产都献给公益事业。可是，那一切都是属于我、属于临轩的，我要把它夺回来！"

丁杨心中叹息，蒙礼勤的那份遗嘱，只是对付封翎的权宜之计，是为了防止封翎突然对他下手，可蒙兰兰却当了真。现在，已经没有必要告诉蒙兰兰了。她即使知道，除了徒增悔恨，还能怎样呢？

"所以，你就勾结黑客，一方面销售伪劣产品获利，一方面处心积虑为夺取财产做准备，等公司上市后利用黑客手段把蒙礼勤的股份转移到你的名下？"

"你……你怎么知道后续计划？"

丁杨从兜里掏出一张芯片："你的好黑客把它都储存在这里。"

"那……只要在你手里，你就可以帮我的。"蒙兰兰涎着脸，竟然说出如此无耻的话语。

丁杨站起身，冷冷一笑，说："你好自为之吧！"他挽起肖可语

第七章 合 璧

的胳膊，义无反顾地迈开脚步，再也没看蒙兰兰的脸，不知身后的她是否流泪。

肖可语抓住丁杨的手，两人一起走出执法办案中心。她终于理解丁杨为什么四年前离开蒙兰兰，而在办案中却又主动跟她接近。她相信，这一切都是丁杨经过慎重的思考之后做出的决定，那是他的理智和纯粹。而蒙兰兰，因为成长环境的原因，已经沦为单纯耗损他人的机器，以为所有一切都能为她所用，而不能与她违逆——为了赚取自己的利益，不仅失去了道德观念，而且无视法律。

那天，肖可语也终于知道江心洲对她的追求不过是利用她。蒙兰兰和封翎的口供都证实了江心洲把她和孙倩倩当作刺探侦查情报的途径。如果她没有被黎局派往南都，也可能成为被江心洲谋杀的人。虽然她从未接受江心洲的追求，但也从没想过他的品性竟坏到了骨子里。世界太混乱，不可能期待所有人都是纯粹的。肖可语生出难以抑制的慌乱，身体里扩散开巨大的空虚。

"上车吧，我们去接奇奇。"丁杨说，将肖可语从沉思中唤醒过来。

"听说封翎将所有的事都推在蒙礼勤父女身上，是不是？"肖可语说。

"他逃脱不了审判的。"丁杨说。他侧过头，绅士地将肖可语让进车里说，"情商决定走什么路，智商决定走多远。封翎智商再高，只是让他在犯罪的道路上越走越远。"

汽车内一阵静默。

肖可语打开车窗，晚风拂面而来，她品味着城市生活的方方面面——穿梭的汽车，各种各样的植物，匆忙的人群，爱情，还有罪孽——遍布城市的每一个角落。

丁杨觉得命运真是宠幸着他，肖可语在与"达摩"的搏斗中，救了自己，同时也将他从沉沦中挽救过来。但是，孙倩倩却走了，永远地跟他们分开了。

　　生活不会十分符合逻辑，一半是迎风而战，一半是偶然相遇。也许，生活中符合逻辑的，只有这么一条：现实的恶意永远比想象中更幽微吊诡。不仅对孙倩倩，还有梅亚飞、肖继中，还有陈富贵、丁小露、老男人……

　　但丁杨和肖可语是警察，他们像普通平民一样呼吸，却需要在现实的恶意里做出没有标牌价的献身；他们寻求和谐与安宁，他们保持淡泊，更要在幽微吊诡里挽救自己。